Ullstein

ÜBER DAS BUCH:

Mörderische Immobilienspekulation in Südengland und an der spanischen Costa del Sol ist das Thema dieses Segelthrillers. Und natürlich die rasante internationale Regattaszene. Das Netz spannt sich von einem kleinen englischen Hafen bis zu einem Feriendorf bei Marbella, wo sich Europas maritimer Jet-set amüsiert. In die unsichtbaren Maschen verstrickt sich Martin Devereux, ein weltbekannter Steuermann von Zwölfer-Rennyachten.
Nach einem Skandal beim America's Cup in Australien kehrt er verfemt nach England zurück – um zu erfahren, daß seine kleine Werft vor dem Bankrott steht. Sabotage und Mord sind die Ursachen. Martins Seniorpartner verfolgt die Spuren bis nach Südspanien – und verschwindet.
Da begreift Martin, daß nicht nur seine Existenz, sondern auch sein Leben bedroht ist. Er akzeptiert einen mysteriösen Überführungsauftrag zur Costa del Sol und entdeckt beim Kampf auf Leben und Tod in der stürmischen Biscaya den ersten Hinweis darauf, daß er ein Opfer skrupelloser Immobilienhaie wurde: Besitzer attraktiver Wassergrundstücke verunglücken, wenn sie nicht verkaufen wollen, tödlich auf ihren Booten, und ihm ist ein ähnliches Schicksal zugedacht.

DER AUTOR:

Sam Llewellyn hatte sich bereits mit mehreren maritimen Sachbüchern in England einen Namen gemacht, als 1987 mit *Laß das Riff ihn töten* sein erster Roman erschien. Er ist selbst ein erfahrener, leidenschaftlicher Segler und nahm an zahlreichen Hochseeregatten teil. Weitere Thriller aus diesem Milieu sind bei Ullstein erschienen oder in Vorbereitung. Llewellyn lebt mit seiner Familie in Herefordshire, Südwestengland.
»Llewellyns Stärke ist das Hochseesegeln, ein Sport, in dem er offenbar ebenso Experte ist wie Dick Francis bei Pferderennen.« (The Times)

Sam Llewellyn

Schuß in die Sonne

Roman

Ullstein

Maritim
Ullstein Buch Nr. 22417
Herausgegeben von
J. Wannenmacher
im Verlag Ullstein GmbH,
Frankfurt/M – Berlin
Titel der Originalausgabe:
Death Roll
Aus dem Englischen von
Brunhild Seeler

Erstmals im Taschenbuch
Ungekürzte Ausgabe

Umschlagentwurf:
Hansbernd Lindemann
Illustration: John Schreiner/
The Image Bank

Printed in Germany 1993
Druck und Verarbeitung:
Clausen & Bosse, Leck
ISBN 3 548 22417 2

September 1993

Gedruckt auf alterungsbeständigem
Papier mit chlorfrei
gebleichtem Zellstoff

Die Deutsche Bibliothek –
CIP-Einheitsaufnahme

Llewellyn, Sam:
Schuß in die Sonne: Roman /
Sam Llewellyn. [Aus dem Engl. von
Brunhild Seeler]. – Frankfurt/M;
Berlin: Ullstein, 1993
(Ullstein-Buch;
Nr. 22417: Maritim)
ISBN 3-548-22417-2
NE: GT

Vom selben Autor
in der Reihe
der Ullstein Bücher:

Laß das Riff ihn töten (22067)
Ein Leichentuch aus Gischt (22230)

1

»Wende!« schrie die Stimme in mein Ohr. »Jetzt!«

Sie klang dünn und blechern, die Stimme, denn sie kam aus zweitausend Meter Höhe in den UKW-Empfänger, der in meiner Shorttasche steckte.

»Moment«, sagte ich ins Kehlkopfmikrophon, das mir den Hals einschnürte, dafür aber die Hände für *Pollux'* lederbezogenes Steuerrad freiließ.

Jetzt wurde es still, wenn man vom Rattern des Hubschraubers über den in den australischen Himmel ragenden Segeln und dem Rauschen und Zischen des mächtigen Aluminiumrumpfes absah. Ich genoß das, denn wenn man bei den Ausscheidungsrennen zum America's Cup das Letzte aus einem Zwölfer herausholt, sind Augenblicke der Stille selten. Außerdem ist es dann immer die gespannte Stille harter Denkarbeit.

Der Mann neben mir unterbrach die Stille. »Also wenden wir?« fragte er.

Ich drehte mich um und warf einen raschen Blick nach Steuerbord. Dort drüben, siebzig Meter weiter, pflügte *Castor* durch die glitzernde blaue See. Sein weinroter Rumpf durchschnitt gerade eine Welle und schleuderte das Wasser über Bill Rogers, den Vorschiffsmann, der sich damit abplagte, den Kopf eines Segels ans Vorstag zu zwängen. Sein Gesicht glänzte schweißnaß in der Sonne. Er sah nicht gut aus. Vor dem Rennen hatte er mir gesagt, daß er Grippe habe. Aber für Leute, die dem Constellation Challenge angehörten, dem britischen Herausforderer-Team, war Grippe kein Grund, an Land zu bleiben.

»Moment noch«, sagte ich und spürte, wie die Spannung von den zehn Männern wich, die unter Sydneys Sonne auf dem kastenförmigen Alurumpf schwitzten. Eine Zwölfer-Rennyacht ist mitnichten die »Ballerina der Meere«, wie sie von den Journalisten der Yachtzeitschriften so gern bezeichnet wird. Mit fünfundzwanzig Tonnen Gewicht und weit übertakelt, sind solche Yachten für den Kampf gebaut und haben mehr Ähnlichkeit mit einem Panzerkreuzer als mit einer Ballerina.

»Wenden!« schrie die Stimme wieder.

Ich blinzelte in den hellen Himmel hinauf. Der Hubschrauber schien rückwärts zu fliegen. In ihm saß Geoffrey Lampson, unser Trainer. Bestimmt kaute er jetzt, zerfurcht, schweißnaß und krebsrot, an seiner kalten Pfeife, weil die Jungs da unten nicht machten, was er sagte.

»*Pollux*«, quäckte die Stimme. »Klar zur Wende!«

Wieder schaute ich zur *Castor* hin. Ihr Vordeck schien nur aus einem gebauschten Mylar-Segel zu bestehen. Bill Rogers war krampfhaft bemüht, es runterzudrücken, seine Bewegungen wirkten schwerfällig; er war wirklich nicht im Lot.

»Rhee!« sagte ich und legte Ruder.

Das eben noch stark krängende Deck wurde, als *Pollux* durch den Wind ging, wieder zu einer horizontalen Fläche unter meinen Füßen. Der dicke Alubaum kam krachend über, die Genua glitt zügig auf die andere Seite, und eine Gischtfahne fegte nach achtern, als *Pollux* wieder überholte, nach Steuerbord diesmal, und an *Castors* Bug vorbeizog. Ich konnte Bill Rogers' offenen Mund erkennen, ein dunkles O in seinem fahlen verschwitzten Gesicht. Dann warf er sich der Länge nach auf das noch nicht geschotete, geblähte Segel, während *Castor* nach uns wendete. Wie ein gigantischer Scheibenwischer fegte dessen Genua übers Vordeck. »Den haben wir aber schön überrumpelt«, sagte unser Taktiker grinsend.

»Gut!« quäkte Lampsons Stimme in mein Ohr, als sei mein Timing sein Verdienst. »Prima gemacht. Bleibt auf diesem Bug.«

Ich schwitzte vor Hitze, Anspannung und Ärger über das Gequassel aus diesem hoch über mir summenden Insekt.

»Noch ’ne Wende«, sagte ich zu meiner Crew.

Die Winschen schnarrten, und wir gingen wieder über Stag, zurück auf den Backbordbug. Zwischen unseren beiden Booten lagen jetzt etwa hundert Meter Wasser. Lampsons Stimme jammerte mir ins Ohr. Ich versuchte, sie zu ignorieren. Paul Welsh, *Castors* Rudergänger, schrie etwas. Es klang nervös, was mich freute. Ich behielt den Abstand zwischen unserem Heck und *Castors* Bug im Auge. Schon den Start hatten wir gewonnen, indem wir sie abdeckten, und nun gewannen wir Zoll um Zoll an Vorsprung.

Castor und *Pollux* gehörten dem Constellation Challenge. Seit sechs Wochen segelten wir diese Vorläufe hier draußen in der blauen Tasmansee gegeneinander, und seit sechs Wochen wurde ich immer deprimierter.

Um eine Zwölfer-Herausforderung auszurichten, muß man eine Stange Geld haben. Und ein paar Manager, die es verstehen, dieses Geld für die richtigen Boote auszugeben. Außerdem braucht man noch Leute, die diese Boote so schnell wie irgend möglich segeln. Ein schnelles Boot ist das erklärte Ziel eines guten Syndikats, da gibt’s normalerweise kein Wenn und Aber. Doch den Vorsitz des Constellation Challenge hatte His Lordship of Honiton, und für Seine Lordschaft waren Wenn und Aber so wichtig wie Sauerstoff zum Atmen. Er hatte Geoffrey Lampson als Trainer angestellt, und der war ausgeschwirrt und hatte die Crews angeheuert. Ich hatte meine Zweifel gehabt, ob ich überhaupt mitmachen sollte. Aber andererseits liegen Jobs als Steuermann auf einem potentiellen America’s-Cup-Herausforderer nicht jeden Tag im Briefkasten, selbst wenn man schon eine Menge Regatten gewonnen hat. Doch ich bereute meine Zusage ziemlich bald, und das taten außer mir noch mehrere Leute in den Crews.

Seit ein paar Minuten schrie die elektronische Stimme wütend auf mich ein, aber ich hörte nicht mehr hin. In dem Boot hinter uns schielte Paul Welsh auf seine Segel. Ich sah, wie er seinen Trimmern zunickte. Er würde gleich zu wenden versuchen.

»Wende«, sagte ich und kurbelte an dem großen, lederbezogenen Steuerrad. Wir wendeten beide gleichzeitig.

Ich sah, wie sich Pauls Augenbrauen finster zusammenzogen. Er haßte es, zu verlieren, besonders gegen mich. Das hatte er immer gehaßt, schon seit unserer Kindheit. Er wendete wieder. Wir folgten seinem Beispiel.

Ein Windstoß fuhr unter das auf *Castors* Vordeck liegende Segel und bauschte es jäh auf. »Runter damit!« schrie Paul. Seine Stimme klang heiser und wütend.

Sofort rannte Bill Rogers nach vorn, um das Segel zu bändigen. Ich hatte ihn nun drei Monate lang bei der Arbeit beobachtet, und es war nicht zu übersehen, wie groggy er sich fühlte. Er lief wirklich nur auf halben Touren.

»Klar zur Wende!« schrie Paul.

Ich für meinen Teil hätte ja gewartet, bis Bill da vorn die Sache im Griff hatte. Aber wenn es ums Gewinnen ging, war Paul auf dem Wasser wie zu Lande völlig rücksichtslos. Wie Bill klarkam, war Bills Sache.

Die Schotwinschen sirrten, als die Gorillas sich mit ihren ausladenden Schultern in die Kaffeemühlen stemmten. Das Unterliek der Genua peitschte übers Vordeck. Bill wandte ihr sein gelbliches Gesicht zu. Er stand einfach nur da, starrte die Genua offenen Mundes an und machte nicht einmal Anstalten, sich zu rühren. Das Segel hieb ihm in die Magengrube und fegte ihn in die See.

»Mann über Bord!« brüllte ich zu Paul hinüber.

Die Köpfe der in meinem Cockpit hockenden Gorillas fuhren herum. Sie starrten mich an. Aber *Castors* Segel drüben killten nicht einmal. Hoch gen Himmel ragend, schob sich die weiße Pyramide weiterhin auf uns zu.

»Hat er nicht gehört«, sagte jemand.

Die Begleitboote standen eine halbe Meile achteraus. Die See vor Sydney ist sehr groß und sehr tief. Und es gibt Haie darin.

»Wende«, rief ich. »Klar zur Wende, schnell!«

Das Deck schwankte unter meinen Füßen, als ich hart Ruder legte und wir mit knatternden Segeln über Stag gingen. Die Schot schien zu winseln, als die Großschoter sie abspulen ließen und den Baum rausdrückten, um Fahrt aus dem Boot zu nehmen.

»Ich sehe ihn«, sagte mein Mann auf dem Vorschiff. Ich hatte kaum den kleinen schwarzen Schopf ausgemacht, der auf einer blauen Welle auf- und abtanzte, als aufgeregtes Geschrei zu uns herüberschallte. Ich wußte, was geschah, noch bevor ich es zu sehen bekam. Paul glaubte wohl, daß Bill sich vorn der Länge nach hingeworfen hatte und das Segel über seinen Rücken gerauscht war. Und jetzt dachte dieser Idiot vermutlich, daß ich ihm vor den Bug kreuzte. Das durfte ich nach den Regattabestimmungen nur, wenn ich völlig klar war von seinem Boot. Ich sah seinen Steven, eine scharfe rote Schneide, die tintenblaues Wasser aufwarf und genau auf die Mitte unserer Bordwand zuschoß.

Ich ließ das Steuerrad wirbeln und fiel ab. *Castor* aber hielt Kurs, ganz klar: mit Paul Welsh am Ruder gab es kein Manöver des letzten Augenblicks. Das Gequassel in meinem Ohr war unversehens eine Oktave höher gerutscht. Geoffrey schrie etwas von Regattaregeln. Aber wenn ein Mann über Bord gegangen ist, gilt nur mehr der gesunde Menschenverstand, und keine vernünftige Wettfahrtleitung der Welt würde eine Rüge dafür erteilen, daß ein Menschenleben gerettet wurde.

Ich brüllte erneut: »Mann über Bord!«

Castors Bug kam immer näher. Und *Pollux* drehte gerade. Einen Augenblick herrschte absolute Stille. Ich konnte die Gesichter meiner Gorillas erkennen und das Weiße ihrer Augen.

Als ihnen klar wurde, was gleich passieren würde, fingen sie an zu schreien.

Und es passierte.

Der scharfe weinrote Steven mit seinem Schnurrbart aus weißer Gischt rammte *Pollux* an der Kante ihres einfallenden Hecks mit einem Geräusch, das zwischen Knirschen und Klirren lag. Das Deck schlingerte unter meinen Füßen und schleuderte mich gegen den Großschoter. Die Rümpfe krachten, *Castors* Bug bohrte sich in *Pollux'* Heck, und mit einem langgezogenen schrillen Stöhnen kreischte Metall auf Metall. Für den Bruchteil einer Sekunde dachte ich: Nichts weiter passiert, es ist nicht das Ruder oder sonst ein wichtiger Teil.

Dann sah ich das Backstag.

Das Backstag ist in Hecknähe an Deck verankert und läuft bis zur halben Masthöhe hinauf. An seinem unteren Ende hat es eine starke Talje zum Durchsetzen und Abstützen des Mastes. Auf unserem Backstag ruhte eine Belastung von vier Tonnen. Diese ganze Last wurde von einer Titanschraube gehalten, mit der das Backstag über einem Unterlegklotz verbolzt war.

Als *Castors* Steven sich aus dem Spalt zog, den er in unser Heck gebohrt hatte, bewegte sich die Talje.

Ich konnte gerade noch: »Wahrschau!« rufen, dann riß das Backstag aus seiner Verankerung. Irgend etwas prallte mit voller Wucht gegen meinen rechten Unterarm. Der zurückfedernde Mast schleuderte die Talje in die Luft, als sei sie ein Köder am Ende einer Angelschnur. Immer weiter flog der Schwarze Klumpen in den blauen Himmel. Plötzlich schien sich alles in Zeitlupentempo zu bewegen. Der Mast federte wieder vor. Die Genua stand voll. Irgend jemand schrie etwas von Schoten fieren und Druck aus dem Mast nehmen. Ich erkannte die Stimme. Es war meine eigene.

Zu spät.

Es krachte gewaltig, die oberen zwanzig Meter des Mastes

stülpten sich vor, dann brach er. Die Segel peitschten knatternd, und der Rumpf lag plötzlich schwer und seltsam träge im Wasser. Für eine Schrecksekunde hörte alles Geschrei auf, um dann erneut einzusetzen. Im Zentrum des Geschehens aber schien es ganz still zu sein. Es war der Schmerz, der die Geräusche von mir fernhielt. Ein Höllenschmerz in meinem rechten Unterarm. Ich spürte, wie ich mich über ihn krümmte. Wie gern hätte ich meinen Kopf auf das kühle Metalldeck gelegt, aber leewärts konnte ich Bill Rogers in etwa zehn Meter Entfernung ausmachen. Er bewegte nervös den Kopf hin und her. Hält Ausschau nach Haien, dachte ich. Mit der intakten Hand zerrte ich den Hufeisen-Rettungsring aus seiner Halterung an der Reling und schleuderte ihn Bill zu. Ich konnte nicht erkennen, ob er ihn erwischte. Der Schmerz in meinem Arm wurde so schlimm, daß ich am liebsten laut geschrien hätte.

Das UKW-Gerät gellte mir in den Ohren. »Halt's Maul!« brüllte ich ins Kehlkopfmikrophon. Dann zerrte ich es mir mit der linken Hand vom Hals, riß den Stöpsel aus dem Ohr und schmiß den ganzen Kram über Bord. Jetzt erst merkte ich, daß ich auf den Knien lag. Das Deck war naß. Im Cockpit stand Wasser. Viel Wasser. Als ich hochschaute, schleifte die ganze Wuling von Mast und Segeln träge in den Wellen. Vier Gorillas halfen Bill an Bord. Das war ziemlich einfach, weil unser Freibord schon sehr niedrig war. Geschockt dachte ich: Sie sinkt!

Castor kam längsseits. Meine Crew kletterte hinüber. Sie wirkte in dem grellen Sonnenlicht wie benommen. Ich wartete bis zuletzt, zum einen, weil das vom Kapitän erwartet wird, zum anderen, weil es mir schwerfiel, mich zu bewegen. Wie eine heiße Kugel brannte der Schmerz über meinem rechten Handgelenk, und mein Puls pochte mit jedem Herzschlag wie ein rotglühender Gong.

»Gib mir die Hand!« rief einer der Winschenkurbler auf *Castors* weinroter Bordwand hoch über mir. Aber mein rechter

Arm schmerzte derart, daß ich ihn mit der Linken halten mußte. Deshalb beugten sie sich zu mir herunter, packten mich am Rücken meines T-Shirts und hievten mich an Bord.

Paul Welsh, tief gebräunt und die breite Stirn über der Filmstarnase in Falten gelegt, schaute mich tadelnd an.

»Verdammt noch mal«, knurrte er, »du hattest überhaupt kein Recht zu wenden. Du . . .«. Sein Blick wanderte an meinem Arm hinunter. »Mein Gott!« sagte er, und seine braune Haut wurde grau wie Fensterkitt.

Er bastelte sich jetzt sein Alibi zurecht, aber mein Arm schmerzte zu sehr, als daß ich zum Kontern aufgelegt gewesen wäre. So hielt ich ihn nur behutsam fest und schaute zur *Pollux* hinüber. Eines der Begleitboote, eine große Chris Craft, kam heran, um sie in Schlepp zu nehmen, aber ich sah an der Art, wie die weißen Blasen aus dem klaffenden Riß am Heck aufstiegen, daß es zu spät war.

Paul sagte: »Das wäre nicht nötig gewesen. Ein Begleitboot hätte Bill rausgeholt.« Sein Blick schnellte zwischen *Pollux* und mir hin und her, und er sah aus, als würde ihm jeden Moment schlecht werden. Ich hatte meinen Arm eigentlich gar nicht ansehen wollen, nun aber folgte ich seinem Blick. Es war noch derselbe brave alte Arm wie vorher, nur daß er jetzt unmittelbar über dem Handgelenk einen ganz neuen Ellbogen unter der australienbraunen Haut hatte.

»Uff«, sagte ich, dann drehte sich mir der Magen um. Es war die typische Übelkeit, die einen überkommt, wenn man weiß, daß einem Schlimmes und Unabänderliches widerfahren ist. »Du gehörst ins Krankenhaus«, sagte Paul übertrieben besorgt.

Aber bei allem Schmerz war mir klar, daß er das zum Nutz und Frommen der Zuhörer sagte, nicht etwa meinetwegen. Er war halt einer dieser auf Publicity bedachten smarten Typen, unser Paul.

Aber niemand hörte ihm zu. Stattdessen beobachteten wir,

wie *Pollux* einen letzten Schwall weißer Blasen ausspie, bevor sie wie ein Tümmler in die Tiefe glitt.

Der Wind war schneidend, und *Castor* legte sich hart über. Ich hielt meinen Arm umklammert und beobachtete die auf den blauen Wellen treibenden Trümmer, unter denen soeben ein Boot im Wert von einer halben Million Pfund langsam auf den Grund der Tasmansee sank.

2

Das Krankenhaus war kühl, sauber, voller Topfpalmen und Reporter, die mich mit Fragen über gesunkene Boote bombardierten, was Martin Devereux' zunehmende Aggressivität nicht eben dämpfte. Ich hielt den Mund, weil nicht nur mein Arm mir Übelkeit verursachte. Dicht gedrängt warteten sie alle vor dem Raum, in den nun ein Arzt eintrat. Der schlug ihnen die Tür vor der Nase zu und machte mit mir scheußliche Dinge unter grellen Scheinwerfern. Dann sagte er mir, daß ich Glück gehabt hätte. Irgend etwas hatte drei Zoll über meinem Handgelenk mit Mordsgewalt Speichenknochen und Elle zerschlagen. Aber das Handgelenk selbst war unversehrt. Ich schaute den Gips an und die aus ihm herausragenden starren Finger, von der örtlichen Betäubung noch ganz steif, und sagte ja. Von Glück spürte ich allerdings nicht viel.

Die Krankenschwester bat um meine Unterschrift, die ich ihr nicht geben konnte, weil ich Rechtshänder bin und deshalb nicht schreiben konnte. Dafür schrieb sie dann ihren Namen auf den Gips, setzte ihre Telefonnummer dazu und blinzelte mich an. Sie hatte einen roten Mund und feurige schwarze Augen, aber ich verspürte nur den einen Wunsch, nämlich nach Hause zu gehen und mich hinzulegen, bis mein Arm seine Entrüstung vergessen hatte. Und außerdem gab es schließlich Camilla.

Constellation Challenge sorgte gut für seine Steuerleute, jedenfalls nach dem, was man dort unter »gut« verstand. Man meinte beispeilsweise nicht, daß die Crew kameradschaftlich in einem großen Haus zusammenleben sollte, vielmehr wünschte man, wie Honiton es auszudrücken beliebte, die Offiziere von den Matrosen zu trennen. Man hatte mir ein Apartment in der obersten Etage eines großen Holzhauses an der Ruscutters Bay gemietet. Jede Stufe seiner Außentreppe schien mir nun zwei Meter hoch zu sein. Der Wohnraum hatte ein großes Fenster mit einem Balkon davor, und das Glas war kühl an meiner Stirn. Von dort hatte man Aussicht auf blaues Wasser, bläuliche Gummibäume und schmucke Vororthäuser, die bis zum Dach in üppigem Grün steckten. Aber ich war dieser ganzen Exotik überdrüssig. Ich sehnte mich nach dem grauen Himmel und dem scharfen Horizont von Marshcote, meiner Heimat an der Südküste Englands, wo die lärmerfüllten Pubs nach Salz rochen, nach feuchten Pullovern und Rauch. Dort würden Henry und Mary jetzt durch Werft und Marina stapfen, die Lohntüten verteilen und über den Regen fluchen, der über die Marschen gepeitscht wurde von diesem ewigen Wind. Er rüttelte an den Wellblechschuppen und drückte das ölige Wasser in die Ecken des Marinabeckens.

Aber ich war in Sydney, und an eine Lohntüte war nicht im Traum zu denken.

Das Bad roch nach Camillas Duftwässern. Sie blieb nur hin und wieder über Nacht, dennoch fehlte nichts von ihrem gesamten Arsenal. Ihre Cremes auf dem Glasregal über der Badewanne waren mit militärischer Präzision ausgerichtet. Da gab es Öle für die einleitende, begleitende und abschließende Phase des Sonnenbades und noch viele andere Flaschen, von denen ich nie wissen würde, wozu sie gut waren. Die Wirkung der Lokalanästhesie begann nachzulassen, und mein Arm pochte wie entzündet. Da ich mich nicht mit den starken Schmerztabletten einlullen wollte, die man mir im Krankenhaus mitgegeben hatte, kramte ich im Wandschrank in der Hoffnung, Paracetamol zu finden. Ich fand Augentropfen, Lippenstifte und Vitamintabletten. Aber kein Paracetamol.

Finster blickte ich mich im Spiegel an. Ich habe ein großes rundliches Gesicht, blaue Augen und eine große Nase. Ich habe ein vortretendes Kinn, was mit dazu beiträgt, daß die Leute mich für aggressiv halten; mein Haar ist gelblich braun und gehörte mal wieder geschnitten.

Heute abend war ich weiß Gott kein schöner Anblick.

Meine Nase hatte zuviel Sonne abbekommen und häutete sich. Ansonsten war ich grünlichgrau. Auf dem Kragen meines Crewhemdes warb ein Logo für schottischen Whisky, auf der Brust prangte das Emblem einer Baufirma. Du wirkst einfach lächerlich, sagte ich mir, so lächerlich wie ein Badezimmer mit sechs Sorten Sonnenöl und ohne Kopfschmerztabletten. Aber letzten Endes war das Bad Camillas Domäne, und Camilla bekam grundsätzlich keine Kopfschmerzen, weil sie Falten um die Augen machen.

Ich quälte mich aus den Kleidern und unter die Dusche, wo das Wasser mir das Salz abspülte. Den Gipsarm hielt ich hoch, damit er nicht naß wurde, was auch das Pochen dämpfte, allerdings nicht viel. Dann trocknete ich mich ab, ging ins Schlafzimmer, legte mich aufs Bett und wünschte mich weit weg.

Nach einer Weile schmerzte der Arm dermaßen, daß ich doch die Krankenhaustabletten nahm und dösig wurde.

Sehnsüchtig dachte ich an Henry und Mary.

Es war ungerecht, daß mein Arm so weh tat, weil ich ihn mir gebrochen hatte, und daß Constellation Challenge mich nun fallen lassen würde. Ich hatte schon genug andere Sorgen. Mary hatte mir ein paar Briefe geschrieben, und was darin stand, war alles andere als beruhigend.

Ich hörte die Eingangstür schlagen. Das mußte Camilla sein.

Sie sagte: »Also, *wirklich*!« Vermutlich wegen meiner Kleider auf dem Boden.

Ich sagte: »Ich bin im Schlafzimmer.«

»Super«, sagte sie. »Noch schöner, wäre es, wenn du immer gleich alles wegräumen würdest.«

»Ah«, sagte ich. »Sorry.«

Sie kam nicht zu mir. Sie blieb draußen und räumte auf. Das Telefon klingelte. »Hallo?« fragte sie. Dann wurde ihre Stimme sanft und liebenswürdig. »Oh«, sagte sie. »Ich sag's ihm. Bleiben Sie am Apparat.« Dann, zu mir: »Es ist Jack Halpern von der Sydney Morning News.«

»Ich will ihn nicht sprechen«, sagte ich.

»Martin!« Ihre Stimme hatte etwas von einem Peitschenhieb.

»Ich bin nicht ganz auf dem Damm. Ich habe mir den Arm gebrochen.«

»Mein *armer* Schatz . . .«. Ich hörte, wie sie mich entschuldigte und auflegte. Es klingelte sofort wieder. Sie nahm ab. »Könnten Sie später noch mal anrufen?« fragte sie. Und dann kam: »Ach so, George«, mit einer anderen, fast ehrerbietigen Stimme. »Wie nett, Sie gestern abend in den Taits getroffen zu haben.« Es gab nur einen Menschen namens George, bei dem sie diese Stimme auflegte. Ich lag da, schmerzgepeinigt, und harrte der Dinge, die jetzt kommen würden. »Darling«, gurrte sie. »Es ist Georgie Honiton.«

Ich setzte mich auf. Die Tür öffnete sich. Camilla war groß, hatte endlos lange braune Beine und eines der typischen stupsnasigen, breitmündigen Modelgesichter. Sie trug einen türkisfarbenen einteiligen Badeanzug, der mit atemberaubender Exaktheit an ihr klebte, und ihre Augen paßten genau zur Farbe des Badeanzugs. Sie blickten, wie immer, leicht argwöhnisch.

Steif ging ich zum Telefon. Die Stimme am anderen Ende hielt sich nicht lange mit Vorreden auf. »Devereux«, sagte die Stimme. »Wo sind Sie gewesen?«

»Im Krankenhaus«, antwortete ich. »Ich habe mir den Arm gebrochen.«

»Ah«, sagte Lord Honiton. »Tut mir leid, das zu hören.« Die Stimme war etwa so warm wie überbackenes Eis. »Haben Sie eine Minute Zeit? Wir machen gleich Lagebesprechung.«

»Bin schon unterwegs«, sagte ich und legte auf.

Camilla sagte: »Mit dem Arm kannst du nicht fahren.«

»Ich nehme ein Taxi.«

Sie lächelte honigsüß mit ihren kleinen, scharfkantigen Zähnen. »Nein, das tust du nicht«, sagte sie. »Ich bringe dich hin. Georgie würde es mir nie verzeihen, wenn ich dich in diesem Zustand auf die Straße ließe.« Sie küßte mich auf die Wange. »Also zieh dich brav an, und auf geht's.«

Ich grinste sie an, so gut ich konnte. »Danke, Omi«, sagte ich.

Sie zog einen Schmollmund. Mit Camilla zusammenleben hieß, als Glamoursegler Glamourboote zu segeln. Und Regatten zu gewinnen. Für die Dinge an Land war sie zuständig, darüber gaben wir uns beide keinerlei Illusionen hin.

Während sie mich durch die Stadt chauffierte, sackte ich im Sitz zusammen, hielt meinen Arm umklammert und dachte über den America's Cup mit seinem Erster-Klasse-Glamour nach. Dann versuchte ich mich zu erinnern, wann ich zum letzten Mal mit wirklichen Freunden zusammengewesen und in abgenutzten Hemden ohne Werbesprüche herumgelaufen war und wann ich eine Regatta gesegelt hatte, ohne daß Geoffreys Stimme in mein Ohr quäkte.

Das Büro des Syndikats lag unmittelbar neben den Schuppen am Innenhafen. In den Schuppen befand sich eine große Werkstatt, wo Mechaniker die Boote zwischen den Rennen auseinandernahmen und wieder zusammensetzten. Camilla küßte mich zum Abschied und fuhr zu einer ihrer Cocktailparties. Ich wischte den Lippenstift ab und ging hinein.

Das Büro enthielt zwei Palmen, drei Schreibtische, sechs

Telefone und zwei Bilder: eines, auf dem ein nacktes Mädchen etwas Obszönes mit dem Baum eines Eintonners machte, und ein anderes, das die *Endeavour II* zeigte, die 1934 den America's Cup verloren hatte. Heute abend enthielt der kleine stickige Raum außerdem einige mächtige Leute.

Geoffrey Lampson war gekommen; die schweren roten Hängebacken fielen ihm über seinen weißen Kragen, und die schmalen Augen fixierten die nackte Lady. Dann war natürlich Georgie Honiton da, im Blazer, braungebrannt und geschniegelt wie immer. Er hatte sein weltmännischstes Lächeln aufgesetzt, während er mit dem fetten Mr. Morton von der Constellation Bank plauderte, dem größten Sponsor des Syndikats. Honitons listige Bernsteinaugen warfen mir eine schnellen Blick zu, registrierten meine Anwesenheit und wandten sich wieder Mr. Morton zu, dessen rote Lippen so mißbilligend geschürzt waren, als ob er gerade jemandem eine Bitte um Kontoüberziehung abschlüge.

Paul Welsh hatte zwei seiner Trimmer und seinen Taktiker mitgebracht. Sie hatten schon früher mit ihm Regatten gesegelt und machten diesmal vermutlich mit, um einen Teil des Geldpreises zu bekommen. Deshalb konnte er auf ihre Loyalität bauen. Meine Stärke ist Politik noch nie gewesen. Paul sah irgendwie verschlagen aus. Ich begann mich so unbehaglich zu fühlen, wie man sich eben fühlt, wenn einem beim Wettkampf die Initiative entglitten ist. Ich hätte ebenfalls ein paar meiner Leute mitbringen sollen.

Paul grinste mich mit seinen weißen Filmstarzähnen an. Ich grinste zurück, verdrängte das gräßliche Pochen in meinem Arm in die hinterste Ecke meines Bewußtseins und versuchte, nach der mir abhanden gekommenen Initiative zu schnappen. Paul hatte sehr wenig Grund zu grinsen. Die Kollision war seine Schuld gewesen. Er trug noch immer seine Shorts und das Whiskyhemd, hatte aber eine Krawatte umgebunden.

»Na, wieder zusammengeflickt?« fragte Honiton. Seine zynischen Augen blickten aber nicht auf meinen Gipsverband, sondern dahin, wo eigentlich meine Krawatte hätte sein müssen. Von Booten hatte er nicht viel Ahnung, aber in Etikette war er eine Autorität. Was ihn betraf, so hatten Challenge-Crews bei Challenge-Anlässen Challenge-Krawatten zu tragen.

Mein Arm puckerte. Ich hatte einen Fauxpas begangen.

»So, dann wären wir also komplett«, sagte er. »Guten Abend zusammen. Vielleicht wollen Sie anfangen, Geoffrey?«

Lampsons dicke rote Hände lagen wie Fleischbatzen auf dem Tisch. »Okay«, sagte er. »Martin, tut mir leid, daß du dich verletzt hast. Aber ich kann dir ebensogut gleich jetzt sagen, daß ich dir vom Hubschrauber aus Anweisungen gegeben hatte. Die hast du ignoriert.«

»Das hat doch damit nichts tun«, sagte ich entgeistert. Die Kollision war eindeutig Pauls Schuld gewesen.

»Und dann bist du, weiß der Himmel warum, genau vor Paul über Stag gegangen«, sagte Geoffrey.

Draußen auf dem Kai rammte jemand einen Gabelstapler in einen Container; für mich aber war die Welt so still geworden, als sei ich in einen Brunnen gefallen.

»Würdest du das noch mal sagen?« bat ich. Im Raum hing ein unangenehmer Geruch: nach Furcht, Ärger und noch etwas, das nicht klar zu definieren war. »Du hast vor seinem Bug gewendet«, wiederholte Geoffrey.

»Um Bill Rogers rauszuholen. Er war über Bord gegangen.« Ich sprach ruhig und gemessen. Martin Devereux war zwar bekannt dafür, daß er sagte, was er dachte, aber dies war nicht der richtige Ort dafür. Paul verzog keine Miene.

»Wissen wir«, sagte Geoffrey kurzatmig. »Wir haben ja schließlich Augen im Kopf. Aber die Begleitboote waren da, sie hätten ihn rausgeholt.« Er sprach langsamer, um Zeit zu gewinnen. »Statt dessen wendest du dein Boot etwa eine Länge direkt vor Paul . . .«

»Vier Längen«, sagte ich. »Mindestens.«

»Das ist nicht das, was Paul sagt«, meinte Geoffrey. »Und es ist nicht das, was ich sah.«

Ich starrte ihn an. Er log. Warum? Durch den Tablettennebel dämmerte mir die Erkenntnis: Ein Steuermann mit gebrochenem Arm ist für mindestens vierzehn Tage außer Gefecht. Und wenn dieser Steuermann für Lord Honiton gefährlich unabhängig war, ein Mensch, der seine Meinung allen sagte, die sie hören wollten – was lag dann näher, als ihn vor den Sponsoren als den Mann hinzustellen, der soeben ihre halbe Million auf den Meeresgrund geschickt hatte, selbst wenn er der beste Steuermann des Syndikats war?

Plötzlich erkannte ich den Gestank im Raum. Es roch nach Sündenbock. Ich sagte zu Lampon: »Du weißt verdammt genau, daß das nicht stimmt. Die Begleitboote standen eine halbe Meile achteraus. Und in dieser See hier gibt es Haie. Paul behielt seinen Kurs bei, so daß ich logischerweise davon ausgehen mußte, daß er Bills Unfall nicht gesehen hatte. Also war ich verpflichtet, ihn rauszufischen, und Paul war verpflichtet, sich von mir freizuhalten.«

Honitons Unterkiefer war vorgestreckt. Er sah ernst aus, aber bei allem Ernst konnte er nicht einen Anflug von Schadenfreude verbergen. »Bitte mäßigen Sie Ihren Ton«, sagte er. »Paul bleibt dabei, daß Sie unmittelbar vor der Kollision direkt vor ihm wendeten.«

»Ich fürchte, die Jungs aus meiner Crew werden das bestätigen«, meinte Paul mit einem jungenhaften Grinsen.

»Aber nicht Bill«, sagte ich.

»Ach!« sagte Paul. »Der war doch über Bord, oder?«

Ich schaute ihn an, dann Geoffrey und Honiton, und wußte, daß es nichts weiter zu sagen gab. Sie hatten eine perforierte Linie um meinen Hals gezogen mit der Aufschrift: »Hier aufschneiden.« Ich rekapitulierte: »Du wolltest dich mit Bill nicht aufhalten, weil du eindeutig hinter mir lagst, und als ich seinetwegen langsamer wurde, wolltest du mich überholen. Als du dann gemerkt hast, daß du mich dabei auch noch foulen konntest, hast du mich gerammt. Du hast *Pollux* versenkt. Und nun versuchst du, es mir in die Schuhe zu schieben.«

Jetzt herrschte tiefes, tödliches Schweigen. Und ich stand da, fühlte mich krank und wußte, daß es wieder mal mit mir durchgegangen war. Bitte mehr Takt und Diplomatie, dachte ich. Keine gemessene Antwort, die wütend endet. Von Sündenböcken werden bessere Manieren erwartet.

»Ich denke, das sollten Sie besser zurücknehmen«, sagte Honiton. Seine Augen waren zusammengekniffen wie die einer Kröte. Paul stand da und sah drein wie ein schmollender griechischer Gott mit einem Hemd voll Whiskyreklame. Der Teufel sollte mich holen, wenn ich hier einfach so sitzenblieb, ich, Martin Devereux, der irre Ire, der sagt, was er denkt und die Konsequenzen ohne mit der Wimper zu zucken auf sich nimmt. Und daher sagte ich: »Jetzt reicht mir der Quatsch. Ich scheide hiermit aus dem Rennen.«

Ihre Gesichter wurden starr, aber nicht vor Überraschung, sondern weil sie den Atem anhielten in der Hoffnung, daß ich meine Worte nicht zurücknehmen würde. Sie ersparten ihnen den schmutzigen Job, meinen Rücktritt zu betreiben.

Lord Honiton sagte: »Ihr Benehmen läßt zu wünschen übrig, Martin.« Paul sah mich scharf an, und ich konnte den verstohlenen Triumph in seinen hübschen braunen Augen erkennen. Das erinnerte mich an eine Schulregatta in Firefly-Jollen auf der Themse. Paul war damals Eton-Schüler gewesen, ich hingegen besuchte eine Schule in der Nähe von Reading, die kein Mensch kannte. Ich hatte Paul klar und sauber geschlagen. Danach hatte er sich hingestellt, mit eben diesem Ausdruck in den Augen, und gesagt: »Kein Wunder, daß er gut ist. Er arbeitet ja auch in der Werft, die das Boot meines Vaters wartet.«

Seine Kameraden hatten gekichert.

Danach hatte ich mich nicht, wie von ihm beabsichtigt, geschämt, sondern ihn in den Fluß geschubst, und seine Freunde hatten mit offenen Mäulern dabeigestanden. Wir hatten uns noch nie was geschenkt, Paul und ich.

»Nun denn«, sagte Honiton. »Ich werde dafür sorgen, daß die, die es wissen sollten, erfahren, wie Sie sich hier aufgeführt haben.«

Rücktritt mit Tücke und Konterschlag angenommen. »Ich werd's überstehen«, sagte ich.

Honiton erlaubte sich, ganz leicht den Mund zu verziehen. Von Lampsons Stirn perlte der Schweiß der Erleichterung. Die Götter hatten das Opfer angenommen.

»Paß gut auf, Paul«, sagte ich. »Als nächster bist du dran.«

Damit verließ ich den Raum, bahnte mir einen Weg durch die wild gestikulierenden Reporter und trug meinen klopfenden Arm in ein Taxi.

Camilla kam um halb neun nach Hause.

»Darling«, sagte sie. »Ich hab's schon gehört. Tut mir ja so leid für dich.«

»Mach dir keine Sorgen.« Aber sie sah gar nicht besorgt aus. Sie ließ den Blick umherschweifen. Mir sank das Herz. Sie war nicht nach Hause gekommen, um mich zu trösten, sondern um ihr Notizbuch zu suchen. Das Telefon klingelte. Sobald Camilla ein Haus betrat, fingen sämtliche Telefone an zu läuten.

Ich hörte sie in der Diele sprechen. »Paulie ...« sagte sie. »Ach, weißt du, das ist jetzt etwas unpassend.« Es klang aber nicht so, als fände sie es unpassend. Ich stand auf, obwohl mir übel wurde. Sie sprach jetzt leiser, ich hörte sie nur sagen: »Morgen.« Dann legte sie auf und kam ins Wohnzimmer zurück.

Ich hatte schon meinen Koffer aus dem Schrank gezogen.

»Was machst du?« fragte sie.

»Packen«, sagte ich. »Ich fliege nach Hause.« Ich atmete tief durch. »Kommst du mit?« Ich hielt den Atem an, aber ich wußte die Antwort schon.

»Nach Hause?« fragte sie und starrte mich mit ihren großen türkisgrünen Augen an. »Wohin nach Hause?«

»Nach Hause«, sagte ich. »Nach England.«

Ihre Nüstern waren so weit und edel wie bei einem Vollblut. Jetzt bebten sie belustigt. »*England?*« fragte sie. »Im März? Du machst wohl Scherze.«

Ich nickte. »Ja«, sagte ich. »Scherze.« Ich begann die Hemden mit der linken Hand aus der Schublade zu ziehen. »Alles klar.«

»Was ist klar?« Sie hatte so eine Art, die Augen besonders weit zu öffnen, damit sie unschuldig und einfältig wirkten.

»Mit uns. Aus.«

»Ach, jetzt dreh doch nicht durch«, sagte sie und warf einen verstohlenen Blick auf die Uhr.

»Du solltest lieber gehen«, sagte ich. »Sonst kommst du zu spät zum Dinner.«

Sie nickte. Das blonde Haar tanzte um ihr Gesicht. Einen Moment glaubte ich, daß sie traurig aussähe, aber es war bloß der Schatten. »Ich hol' dann meine Sachen ab«, sagte sie. »Morgen.«

»Ist gut«, sagte ich.

Die Tür schlug zu. Ihre Absätze klapperten die Stufen hinunter auf dem Weg zu Paul, nunmehr Star-Steuermann des Constellation-Syndikats. Ich saß auf dem Bett in dem großen weißen Raum, der leer und trist wirkte, und sagte mir: »So ist das, wenn man sich mit einem Playgirl einläßt.«

Schließlich stand ich schwerfällig auf und fing an, meine Hemden einzupacken.

Das Telefon klingelte die ganze Nacht, und von Zeit zu Zeit hämmerte jemand gegen die Tür. Ich lag da, ließ meinen Arm pochen und meinen Kopf schmerzen und meldete mich nicht.

Am nächsten Morgen, in der Maschine nach London, teilte die Stewardeß Zeitungen aus. »Oh«, sagte sie. »Sie sind Dev, nicht?« Sie lächelte, ein nettes australisches Lippenstiftlächeln. Ich gab zu, daß ich es war, und sie zwinkerte mir zu. Ich lächelte zurück, fühlte mich aber wie ausgebrannt. Dann begann ich zu lesen.

Die Titelseite des Sydney Herald brachte es auf einen kurzen Nenner. DEV: BOOT VERSENKT – ARM GEBROCHEN – AUSGESCHIEDEN stand da. Die Story triefte von Honitons scheinheiligem Bedauern. Sie hätten auch meine Stellungnahme gebracht, wenn ich gestern nacht mit einem von den Zeitungsleuten gesprochen hätte. Aber so gab es nur ein kurzes, größtenteils korrektes Resümee meines Lebens, wobei hervorgehoben wurde, daß ich zu den sechzehn weltbesten Regatta-Steuerleuten gehörte. Und zu den drei freimütigsten. Man rätselte, ob meine notorische Neigung, kein Blatt vor den Mund zu nehmen, zu meinem Ausscheiden geführt hatte, und spekulierte über die möglichen Auswirkungen besagter Freimütigkeit auf meine künftige Karriere.

Darüber fing auch ich an zu spekulieren. Paul Welsh gab sich in der Öffentlichkeit stets verbindlich, als Mensch mit geschliffenen Manieren, wie das bei einem Eton-Absolventen mit einem prächtigen Anwesen in Hampshire eben so ist. Ich dagegen kam aus einem Cottage im County Waterford und einer wahrlich nicht erfolgreichen Bootswerft an der Südküste Englands – Orten also, wo es nicht unbedingt als Tugend gilt, mit seiner Meinung hinterm Berg zu halten.

Ich warf die Zeitung weg, bettete meinen Arm in der Schlinge um und schaute aus dem Fenster. Unter mir schimmerte die Küste von New South Wales in der Morgendämmerung.

Vom Constellation-Syndikat zurückzutreten war theoretisch keine Katastrophe. Da ich noch dazu aus den bereits laufenden Ausscheidungsregatten des Jahres kam, konnte ich theoretisch anderswo jederzeit wieder einsteigen. In der Praxis war das allerdings nicht so einfach. An solchen Wettfahrten nimmt man nur auf Einladung teil. Die meisten Einladungen für die großen Regatten dieses Sommers waren inzwischen schon rausgegangen. Und Lord Honiton würde, wie angedroht, sein Bestes tun, um dafür zu sorgen, daß die wenigen noch ausstehenden Einladungen an jeden anderen als an Martin Devereux gingen. Honiton war ein mächtiger Mann.

Es sah ganz danach aus, als müsse Martin Devereux die internationalen Yachtrennen mal für ein Jahr oder zwei vergessen und als Juniorpartner hübsch im South Creek Boatyard bleiben.

Inzwischen hatten die Geschäftsleute in der Business Class ebenfalls die australischen Zeitungen gelesen und fingen an, mich anzustarren. Also tat ich mein Bestes, um möglichst gleichmütig auszusehen. Ich zog Marys Brief hervor und legte den Gipsarm drauf, damit er im Zug der Frischluftdüse nicht so flatterte, und las ihn wohl zum zehnten Mal.

»Ich hoffe, bei Dir läuft alles gut«, stand in dem Brief. »Wir haben ununterbrochen Sturm, wie du dir wohl vorstellen kannst.« Ich konnte. Ich war bei Mary und Henry aufgewachsen, in ihrem Backsteinhaus am Hafen, wo der Wind über die Marschen heulte. »Henry arbeitet viel zuviel. Alle wollen mit ihren Booten ins Wasser, und alle natürlich bis spätestens Ostern. Und Henry will verdammt sein, wenn er jemanden hängenläßt.« Auch das konnte ich mir vorstellen. Henry war manchmal etwas verschroben. Aber er hatte im Krieg eine Konvoi-Eskorte aus Zerstörern befehligt, und bei ihm galt als eherner Grundsatz, daß ein Gentleman ein Mann von Wort ist.

»Im Moment mache ich mir ziemliche Sorgen um den alten Sturkopf«, schrieb seine Frau. »Wir verlieren eine Menge Kunden. Ich fürchte, er wird einfach zu alt für den Job. Beim letzten Sturm hatten wir eine schreckliche Massenkarambolage; zwei

Boote davon müssen wir verschrotten. Die Versicherungsprämien steigen exorbitant, und Henry murmelt was von Feindaktion.«

Ich faltete das Blatt zusammen und schob es in die Brieftasche zurück. Henry wurde alt, okay. Schließlich war er einundsiebzig. Aber was mich viel mehr beunruhigte, war der letzte Satz. Henry war einer Tradition verhaftet, wonach man weder Ausreden vorbrachte noch welche gelten ließ. Wenn er was von »Feindaktion« murmelte, dann sah es ganz so aus, als würde es solche Feindaktion wirklich geben.

Außerdem war Mary schon mit Henry verheiratet, seit er in der Barentssee durch die U-Boot-Rudel geprescht war. Wie fast alle Marinefrauen hatte sie eine Haltung, die so unerschütterlich war wie die eines Tankers im Trockendock. Wenn eine Frau wie sie zugab, daß sie sich Sorgen machte, dann war das durchaus ernstzunehmen.

Ich schluckte eine von den Krankenhauspillen und lehnte mich zurück. Es sah ganz danach aus, als würde ich in South Creek soviel zu tun bekommen, daß mir sehr wenig Zeit für Regatten blieb, selbst wenn ich dazu eingeladen würde.

3

Es gibt viele Stellen an der Südküste Englands, die schöner sind als Marshcote, diese wuchernde Stadt aus roten Backsteinhäusern, die um 1850 aus dem Boden geschossen sind, als die Great Western Railway eine ihrer Nebenstrecken zum damaligen Fischereihafen Wyke legte. Immer weiter hatten sich damals die Neubauten aus rotem Backstein an Wyke herangeschoben, sich mit Hafenarbeitern, Lotsen und Spediteuren gefüllt und der Stadt einen kurzen wirtschaftlichen Aufschwung gebracht. Vierzig Jahre lang hatte die Nebenstrecke die im Hafen gelöschten

Waren zur Haupteisenbahnlinie geschafft und von da aus weiter nach Bristol und zur verarbeitenden Industrie in den Midlands und Home Counties. Aber der Wohlstand war nur von kurzer Dauer gewesen.

Denn die Bucht versandete, und die schmale Fahrrinne konnte nur mit aufwendigem Baggern freigehalten werden. Die Schiffe, die den Hafen anliefen, wurden immer kleiner, bis schließlich nur noch ein paar flachgehende Küstenfahrer übrigblieben, deren Eigner meist in einem Zustand alkoholisierten Trübsinns am Mahagoniriff der Bar im Burnett Arms hängen blieben.

Marshcote, das Wykes reetgedeckte Häuser mit einer Gründlichkeit umzingelte, die auch das letzte Aufgebot von Touristen verprellte, hatte sich unerschütterlich immer weiter in die salzigen Marschen der Umgebung hineingefressen, ungeliebt von seinen Bewohnern wie von seinen Besuchern.

Sechsundzwanzig Stunden nach dem Start in Sydney stieg ich daheim aus dem Fischzug. Was an Fisch überhaupt noch da war, wurde heutzutage zwar samt und sonders mit Kühl-Lkw befördert, dennoch jagte British Rails mit vorsintflutlicher Beharrlichkeit in den frühen Morgenstunden einen Zug von London-Paddington los, und der hielt pünktlich um 5.12 Uhr an der Abzweigung nach Marshcote.

Der Bahnhofsplatz war dunkel und naß von einem salzig schmeckenden Nieselregen. Mein Arm schmerzte, und mein Magen, durch die Zeitverschiebung völlig aus dem Rhythmus gekommen, jammerte nach Kaffee. Aber in Marshcote gab es um fünf Uhr morgens kein offenes Café. Der Regen fand seinen Weg in meinen Nacken und den Rücken hinunter. Es waren auch keine Taxis da. In Australien wehte jetzt eine leichte warme Brise, die nach dem Harz der nahen Wälder duftete, und im Hafen schaukelten, wie wunderschöne Waffen leise klirrend, die Yachten. Einen Moment regte sich bei mir angesichts dieses

Regens eine tiefe Sehnsucht nach Sydney. Dann warf ich meine Tasche über die gesunde Schulter und wanderte über die aufgeweichten Wege zur Bucht.

Die South-Creek-Marina liegt anderthalb Meilen südöstlich von Marshcote. Die Vorfrühlings-Dunkelheit war so undurchlässig wie nasser Samt, aber ich hätte den Weg auch mit verbundenen Augen gefunden. Unten am Ufer der Bucht mußte man nach links gehen und dem Pfad über drei wackelige Holzbrükken folgen, bis er sich gabelte. Dort nahm man den linken Weg. Der führte durch ein Schilfbett, das jetzt unter den Peitschenhieben des Windes zischte. Er ließ die Regentropfen wie Schrotkugeln ins Gesicht prasseln, dieser Wind. Das hätte meine Sehnsucht nach der warmen Brise Australiens eigentlich verdoppeln müssen. Stattdessen grinste ich, während ich durch die Niederung stapfte, weil ich nun gleich zu Hause war. Der Wind erstarb für einen Augenblick und ließ den langgezogen perlenden Schrei eines Brachhuhns durch. Der Regen wurde schwächer. Der Himmel war jetzt grau, und am Horizont tauchten schemenhafte Schatten auf. Rechts von mir lag der lange dunkle Schutzwall des Deiches. Genau vor mir, im Morgenrot zwischen dem Rand einer Wolke und dem schwarzen Horizont scharf abgezeichnet, erhoben sich eine Kieferngruppe, eine Gebäudeansammlung und dahinter ein Mastenwald: South Creek.

Es gibt nur wenige Bäume in Marshcote, und die meisten davon stehen in South Creek. South Creek hat auch meilenweit den höchsten Landbuckel in Form einer sich etwa zehn Meter über die Marschen erhebenden Kiesbank. Irgendwann im siebzehnten Jahrhundert hatte jemand ein Backsteinhaus auf dieser Anhöhe errichtet. Und am Ende des neunzehnten Jahrhunderts hatte eine vorausschauende Schiffswerft einen Dampfbagger gekauft und das natürliche Becken, wo der South Creek ins Meer mündet, ausgebaggert. Henry MacFarlane hatte dann dieses Anwesen gekauft, als er aus dem Krieg heimkam, und 1948 drei lange niedrige Wellblechschuppen neben das Hafenbecken gesetzt.

Als ich mich auf der letzten Viertelmeile gegen den Wind stemmte, wehten plötzlich die Auspuffgase eines Dieselmotors zu mir herüber. Ich spähte durch den Dunst des regnerischen Morgens und sah einen Geländewagen langsam die Deichstraße nach Marshcote entlangfahren. Er hatte kein Licht an. Vermutlich ein Segelfan, der die Saison nicht abwarten konnte, die ganze Nacht über den Kanal gedroschen war und nun nicht schnell genug nach Hause unter die heiße Dusche kommen konnte. Bei der Vorstellung mußte ich an Marys warme Küche und heißen Kaffee denken und schritt schneller aus. Fünf Minuten später war ich am Parkplatz neben dem Hafenbecken, wo außer Henrys Charterflotte noch die Yachten von etwa achtzig Eignern an von ihm gebauten Pontons lagen.

Auf dem Parkplatz standen an die vierzig aufgebockte Yachten, aber keine Autos. Über mir schoß ein Paar Heringsmöwen seitlich durch den in den Riggs heulenden Wind. Die Masten an den Schwimmstegen standen säuberlich in Reih und Glied.

Das Boot lag drüben am äußeren Steg, ganz in der Nähe der Holzspieren von *Aldebaran*, Henrys Baltic Trader. Es war ein hoher Mast, und er trug keine Segel. Motorengeräusch war nicht zu hören. Der Mast wurde trotzdem schneller und glitt, leicht schwankend, hinter den anderen Masten vorbei: der Mast eines führerlos treibenden Bootes.

Ich warf meinen Seesack hin und setzte mich in Trab. Der Mast lief mit dem Wind, und davon war genug da, um ihn vorwärts zu treiben. Er gehörte zu einer Moody Grenadier, einer fülligen Kreuzeryacht mit hohen Aufbauten, die dem Wind soviel Angriffsfläche boten wie ein mittelgroßes Segel. Sie war vom äußeren Steg E gekommen und schlingerte nun auf das Ende von D zu, dem nächsten Innensteg. Das Boot führte keine Lichter, und an Bord war niemand zu sehen.

Meine Schritte hallten auf den Stegplanken. Die Moody driftete mit gut drei Knoten Geschwindigkeit auf eine am Ende festgemachte Seadog-Ketsch zu. Seadogs sind sehr, sehr stabil. Moodys weniger, dafür aber sehr, sehr teuer. Die Karambolage, die es gleich geben würde, muß jemanden eine ziemliche Stange Geld kosten.

Ich stieg über die Reling der Seadog und rannte auf ihrem schmalen Seitendeck nach achtern. Sie dümpelte nur wenig auf den kleinen schwarzen Wellen, die der Wind im Becken aufwarf. Die Moody sah aus wie ein zehn Fuß entfernter, sich schnell nähernder Häuserblock.

Ein achtsamer Eigner hatte an der seewärts liegenden Bordwand der Seadog Fender hängen lassen. Mit klammen Fingern löste ich einen davon und brachte ihn mit der Linken übers Heck aus. Die Wellen trommelten gegen den Kunststoff der Moody, und der Wind heulte in ihren Wanten. Sie prallte mit der Cockpitseite auf den Fender. Die Seadog zerrte an ihren Leinen, der Fender wurde gequetscht wie eine überreife Frucht, platzte aber nicht. Einen Augenblick hing die Moody fest, der Wind drückte ihre Steuerbordseite gegen das Heck der Seadog. Dann kam sie mit dem Bug frei und begann mit einem schrecklichen Knirschen leewärts zu scheuern. Achtern hing ein Festmacher über Bord. Ich hatte keine Zeit, mich lange zu fragen, wieso er da so herunterbaumeln konnte, sondern riß den Bootshaken aus seiner Halterung auf dem Kajütdach der Seadog und fischte, als die Moody vorbeiglitt, die Leine auf, zerrte meinen rechten Arm aus der Schlinge, hielt sie damit fest, ließ den Bootshaken fallen und legte mit der Linken die Leine dreimal um die Backbordklampe auf dem Achterschiff der Seadog. Der Festmacher kam steif. Die Seadog zerrte an ihren Leinen, als die größere Moody versuchte, sie seewärts zu ziehen. Alles ächzte und stöhnte, daß ich dachte, jetzt passiert's, jetzt stranden wir alle miteinander an der Mole. Aber sechs Fuß vor der Steinmole stoppte die Moody, von einer einzigen Leine gehalten wie ein riesiges Pendel.

Ich belegte die Leine und versuchte den Fender wieder an die Bordwand zu hängen, bevor die Moody längsseits schwojen konnte. Aber diesmal kam ich zu spät.

Die Wucht des Aufpralls warf mich um. Ich knallte mit dem Arm auf das Kajütdach und schrie; es war ein häßlicher Schrei, den der Wind hinwegfegte. Als ich wieder aufschaute, lag die Moody ruhig längsseits. Ich kroch zur Reling und schielte hinüber. An ihrer Scheuerleiste klaffte ein häßlicher Riß, und mindestens ein Fender war durch den Druck geplatzt. Aber das war keine Katastrophe. Am äußeren Ende des Beckens lag ein Haufen Betonbrocken, aus dem die rostigen Stümpfe der Armierung ragten. Der Wind warf eine ziemliche See auf, und die Wellen wuschen träge über den Beton. Es sah ganz so aus, als hätte ich dem Eigner der nachlässig festgemachten Moody eine kostspielige Reparatur erspart.

Eine Minute lag ich so da. Auf der anderen Seite des Hafens spiegelte sich das schmutzige Orange der Morgendämmerung in den Fensterscheiben des Hauses. Nirgendwo brannte Licht, und aus den spindeldürren Schornsteinen stieg kein Rauch auf.

»Habe ich dich, du Schweinehund?« sagte eine Stimme auf dem Steg. Mein Herz machte einen Satz. Ich drehte mich um und blickte in vier Augen. Zwei von ihnen gehörten dem untersetzten grauhaarigen Mann, der auf dem Steg stand. Die anderen blickten mich durch das Zielfernrohr eines Jagdgewehrs an, das er auf mein Gesicht gerichtet hielt. Schwer zu sagen, welches Augenpaar das angenehmere war.

»Guten Morgen«, sagte ich, und ging übers Deck der Seadog auf den Gewehrlauf zu.

4

»Großer Gott«, sagte Henry MacFarlane und ließ das Gewehr sinken. »Was zum Teufel machst du hier?«

Ich sagte: »Irgendein Idiot hat vergessen, die Moody ordentlich festzumachen.«

Henrys grauhaariger Kopf reckte sich auf dem dicken Hals. Sein Blick ruhte einen Moment auf der Moody und schätzte dann den Kurs ab, den sie von ihrem Liegeplatz auf die Betonbrocken zu genommen hätte. »Gott sei Dank, daß du noch rechtzeitig gekommen bist«, sagte er. Schwerfällig hob er die breite Hand und klopfte mir auf den Rücken.

Im Morgengrauen sah er aus wie aus Stein gemeißelt. So war er immer gewesen: hart wie Granit, die Beine nach außen gestemmt, so daß höchstens eine Lokomotive ihn hätte umwerfen können. Aber die Haut unter seinen Augen war jetzt bläulich, und als wir uns zuletzt gesehen hatten, waren seine Wangen noch nicht so schlaff gewesen.

»Wir wollen sie wegbringen«, sagte ich.

»Das können die Leute nachher tun.«

Wir machten die Moody neben der Seadog fest. Dann gingen wir über die Pier zurück und zu ihrem leeren Liegeplatz am Steg E hinüber. Die für die Festmacherleinen vorgesehenen Ringe waren leer.

»Nichts gebrochen«, sagte Henry und betrachtete die Ringe. »Auch nichts zerschnitten. Die ist losgemacht worden.«

»Als ich ankam, fuhr gerade ein Auto weg.«

Er schaute mich an, als ob er etwas sagen wollte. Dann meinte er nur: »Ach, Schiet. Gehen wir frühstücken.«

Nach dem scharfen Wind draußen war die Küche der reinste Backofen: ein nüchterner Raum mit sechs Holzstühlen, einem emaillebeschlagenen Tisch und dem Kalender eines Winschenherstellers an der Wand. An der Decke verbanden wahre Marskanäle die Stellen miteinander, wo die Leimfarbe abgeplatzt und in Marys Kochtöpfe gefallen war.

In meiner Jugend war mir diese Küche immer so riesig vorgekommen wie die Kommandobrücke eines Zerstörers. Mit den Jahren hatte sich das geändert. Jetzt lagen Stapel von Briefen und Rechnungen auf jeder nur verfügbaren horizontalen Fläche, und zwischen die Typenhebel der betagten mechanischen Schreibmaschine hatte sich ein Klecks Butter verirrt. »Er wird einfach zu alt für den Job«, hatte in Marys Brief gestanden.

Henry stellte die Blechkanne mit Kaffee auf den Kanonenofen und sagte: »Mary ist noch nicht auf. Was zum Teufel hast du mit deinem Arm gemacht?«

Es war typisch für ihn, daß er sich, obwohl soeben ein hundertfünfzigtausend Pfund teures Boot in seiner Werft sabotiert worden war, mehr für mein Leben interessierte als für sein eigenes.

Ich berichtete, was in Australien vorgefallen war.

»Diese Schwachköpfe«, sagte er. »Wenn sie wollen, daß du solche Kähne segelst, dann hätten sie sie panzern sollen.« Ich lachte. Henry war ein großer Befürworter der Panzerung. Dann fragte ich: »Wer kommt hierher und bindet Boote los, damit sie stranden?«

»Ich weiß nicht«, sagte er. »Ich weiß es einfach nicht.«

Er nahm eine Zigarette aus der Metalldose und zündete sie an. Das war ein alter Trick von ihm, um mir nicht in die Augen schauen zu müssen. Er sagte: »Nachher führe ich dich ein bißchen herum. Mal sehen, was du davon hältst.« Etwas zu schnell stand er auf und goß uns Kaffee ein, noch bevor er richtig gezogen hatte.

Plötzlich merkte ich, daß Mary nicht die einzige war, die sich Gedanken darüber machte, ob er noch mit allem zurechtkam. »Vermutlich ein Zufall«, sagte er. »Ich meine das Auto, das du gesehen hast. War vielleicht der Milchmann.« Hart setzte er den dickwandigen weißen Becher vor mich hin, stapfte zum Kühlschrank und riß die Tür auf. «Die Milch«, sagte er. »Wo ist die denn, zum Kuckuck aber auch!«

»Der Milchmann kommt nicht vor acht«, sagte eine Stimme von der Tür her. Es war Mary, groß wie ein Baum, in einem blauen Morgenrock und mit Lederpantoffeln an den Füßen.

»Oh«, sagte Henry und wich ihrem Blick aus. »Ist das so?«

Mary zu umarmen war, als umarme man eine ausgewachsene Eiche. »Wie schön, dich wiederzusehen«, sagte sie. Ihr Gesicht war genauso wettergegerbt wie Henrys, und ihre lustigen blauen Augen erinnerten an die eines Wals. Aber um diese Augen hatte sie Falten, an die ich mich nicht erinnern konnte. Sie nahm sich eine Tasse Kaffee und trank.

Ich schaute zu Henry hinüber. Seine Hand zitterte, als er die Tasse an die Lippen führte.

In South Creek begann der Tag. Mary holte ein anständiges Stück Speck aus der Speisekammer, und wir schwätzten darüber, wer aus der Stadt was wann und wo gemacht hatte. Ich kannte Mary besser als irgend jemanden sonst auf der Welt. Sie war eine große, resolute Frau, die genau das sagte, was sie dachte, und die für Leute, die es nicht ebenso hielten, wenig Zeit hatte. Sie hätte eher Cembalo spielen als lügen können. Heute morgen freute sie sich über unser Wiedersehen offensichtlich genauso wie ich. Dennoch hatte ihre Fröhlichkeit etwas Gekünsteltes.

Henry nickte und grinste ab und zu, doch die meiste Zeit hielt er den Blick auf seine Tasse gesenkt. Ein halbes Dutzend Männer in Overalls kamen herein, sagten guten Morgen und gingen wieder. Es waren der Aufseher Tony Fulton, ein großer, braungebrannter Mann mit einem jungenhaften Grinsen und breiten Schultern, die in einem blauen Köperkittel steckten. Wenn ich nicht da war, erledigte er die meisten wichtigen Arbeiten und wartete die Charterflotte von acht 25-Fuß-Kreuzeryachten. Dann war da Dick Hammer, schmal, dunkel und – obgleich er noch gar nicht gearbeitet hatte – wie immer unbeschreiblich schmutzig. Er kümmerte sich um die Eignerboote und ihre Liegeplätze. Dann gab's noch einen Mechaniker, einen Takler und ein paar Leute für die Schmutzarbeit. Hammer schien nicht erstaunt, als Henry ihm sagte, daß die Moody treibend gefunden wurde, aber es war sowieso schwierig, seinen Gesichtsausdruck unter der Schmutzschicht zu erkennen. Er ging los, um alle Leinen zu überprüfen.

»Komm«, sagte Henry, als wir mit dem Frühstück fertig waren. »Machen wir einen Rundgang.«

Wir gingen um das Treibstofflager und die Schuppen zu den Schwimmstegen. Hammer hantierte in einer schmutzigen alten Schute mit Tauen. »Die sind okay«, sagte er. »Der Kerl hat die Moody losgebunden, schätze ich.«

»Hättest du verdammt noch mal checken müssen«, rügte Henry.

»Hab' ich ja verdammt noch mal gecheckt.« Seine Schraube wirbelte schmutzige Strudel auf, als er losbrauste.

Henry starrte die Moody an, sein Kopf sackte immer tiefer zwischen die Schultern. Dann nickte er und ging auf die Stelle des Parkplatzes zu, wo die aufgebockten Yachten standen.

»Was ist denn das?« fragte ich.

In der Ecke lagen zwei Charterboote auf der Seite oder besser das, was von ihnen noch übrig war. Sie sahen aus wie mit Preßlufthämmern bearbeitet.

»Ziemlich scheußlich, wie?« fragte Henry grimmig.

»Was ist passiert?«

»Wir hatten sie für den Winter eingelagert, dort drüben.« Er deutete auf den ans Hafenbecken grenzenden, gepflasterten Teil des Parkplatzes. »Es gab Sturm, da sind sie von ihren Böcken gefallen. Ins Wasser. Platsch, platsch, platsch.« Wir traten an den Beckenrand und schauten hinunter. Es waren die Stahlbetonbrocken, auf die auch die Moody aufgebrummt wäre, wenn ich sie nicht noch erwischt hätte. Zwischen den Stahlträgern hingen immer noch GFK-Stücke wie Fleischfetzen im Fang eines Löwen. »Müssen wir abschreiben«, sagte er. »Die Versicherung war gar nicht erfreut.«

Inzwischen hatte ein schmuddeliger grauer Tag begonnen. Das Küchenfenster des Hauses war ein gelbes Lichtviereck. Als wir über den Hof gingen, sah ich Mary drin am Tisch sitzen. Jetzt sah sie nicht mehr vergnügt aus. Sie hatte die Arme aufgestützt und starrte mit grauem Gesicht vor sich ins Leere. Da wußte ich, daß es hier sehr schlimm stand.

Das Büro hing voller Rauchschwaden von den ersten selbstgedrehten Zigaretten der Männer. Das Telefon klingelte, und Henry kam auf Touren. Ich ging ins Haus zurück. Mary lächelte mit echter Freude, als sie mich sah.

»So«, sagte sie. »Bleibst du jetzt ein bißchen länger?«

Es hätte sie nicht gerade aufgemuntert, wenn ich ihr erzählt hätte, daß Lord Honiton gerade sein Bestes tat, um meine Seglerkarriere zu ruinieren. »Ich dachte, daß es hier bestimmt einiges zu tun gibt.«

»O ja.« Ihre Stimme klang erleichtert. »Das wäre wirklich fein.« In ihr Gesicht kam wieder Farbe.

»Henry hat mir die Boote gezeigt, die der Sturm umgeworfen hat.«

Plötzlich sah sie wieder abgespannt und grau aus. »Ja ...«

»Einen so starken Nordsturm habt ihr hier aber nicht oft.«

»Es war auch nicht der Nordwind«, sagte sie. Ihre Stimme kam wie von weit her und klang dünn.

»Wieso?« Ich verstand nicht. Die Boote hatten am nördlichen Beckenrand gestanden; ein Südwind hätte sie landeinwärts gekippt und nicht auf die Betonbrocken im Hafenbecken.

»Der Sturm damals«, sagte sie, »kam aus Süden.« Sie senkte den großen grauen Kopf auf die Hände, und zwischen ihren roten Fingern wurde es naß.

Ich kannte Mary, seit sie die Pflegschaft für mich übernommen hatte, und da war ich elf gewesen. Aber ich hatte sie noch niemals weinen sehen. Ich trat neben sie und tätschelte ihr mit meiner intakten Hand unbeholfen den breiten Rücken. Mir war sehr unbehaglich zumute. Ich goß ihr Kaffee ein und wartete, bis sie aufhörte zu weinen, was sie bald tat. Dann fragte ich: »Was geht hier vor?«

»Du kennst doch Henry«, antwortete sie. »Er will's mir nicht sagen.«

»Hast du ihn denn gefragt?«

»Natürlich hab' ich«, sagte sie hitzig. »Man wird ja wohl fragen dürfen, wenn jemand alles dransetzt, um unsere Existenz zu vernichten.«

Ich antwortete nicht, daß es auch meine Existenz war, denn das wußte sie sowieso. Henry gehörte das Grundstück, und als Seniorpartner traf er die wichtigen Entscheidungen. Als Juniorpartner kam und ging ich, wie ich wollte, organisierte die Arbeit übers Jahr und half aus, wenn meine Regatten es erlaubten. Es war eine gute Vereinbarung. Henry und Mary hatten ihre Freude daran, mich gewinnen zu sehen, und ich brachte der Marina damit Publicity.

»Alles gerät außer Kontrolle«, sagte sie. »Und ich weiß nicht, was er vorhat. Du kennst ihn ja.«

Ich kannte ihn. Als ich zwölf war, während meiner Schulferien, war er plötzlich sechs Wochen lang verschwunden, ohne jemandem vorher etwas davon zu erzählen. Er hatte den Kapitän eines holländischen Öltankers verfolgt, der seine Tanks bei Oar Head ausgespült hatte. Er hatte ihn auch gestellt, doch es lagen nicht genügend Beweise vor, um ihn gerichtlich belangen zu können. Also hatte er den Ärmsten zwei Liter des von ihm verölten Wassers trinken lassen. Henry war ein Einzelkämpfer.

»Dir würde er es vielleicht sagen«, meinte Mary. »Ob du's mal versuchst?«

»Natürlich.«

Die Tür flog auf. »Komm«, sagte Henry. »Wir wollen die Hummerkörbe einholen. Das heißt, wenn du nicht zu gehandikapt bist?«

»Natürlich nicht«, sagte ich. Dinge wie die Zeitverschiebung und gebrochene Glieder durften Henrys Grundsätzen nicht im Wege stehen. Die Hummerkörbe gehörten rausgeholt. Punktum.

Sein kantiges Gesicht verzog sich zu einem breiten Grinsen. »Bist doch ein feiner Kerl«, sagte er. »Bin verdammt froh, dich wieder hier zu haben.«

Als ich aufstand, klingelte das Telefon. »Dev! Wie geht's, wie steht's?» Die Stimme am anderen Ende klang rauh, aber herzlich. Doch ich ließ mich nicht täuschen. Silk arbeitete für ein *This Week* genanntes Käseblatt und liebte Stories über Sport, in denen es um Gehässigkeiten ging und um Geld, aber möglichst wenig um Sport.

»Wie ich hörte, hatten Sie ein bißchen Knatsch mit dem guten alten Honiton. Tut mir leid für Sie. Es gehört schon einiges dazu, aus dem America's Cup auszusteigen.«

»Ich habe mir den Arm gebrochen«, sagte ich.

»Und ein Boot versenkt. Richtig, richtig. Aber ein paar von den Jungs, mit denen ich sprach, meinten auch, Sie hätten – naja, vielleicht den Mumm verloren. Also, ich meine, Arme heilen ja wieder. Trotzdem sind Sie ausgestiegen.«

»Sagen Sie denen, daß sie sich irren«, antwortete ich, krampfhaft bemüht, meine Stimme ruhig zu halten.

Silk schien meine Antwort gar nicht zur Kenntnis genommen zu haben. »Die Theorie lautet, daß Paul Welsh besser segelte als Sie und daß Sie ausstiegen, bevor die Trainer Sie raussetzen konnte. Was ich also gern gewußt hätte: Werden Sie in diesem Frühjahr anderswo segeln, um wieder ins Geschäft zu kommen? Denn jetzt, wo Sie beim America's Cup draußen sind, würden

Sie vielleicht doch gern weiterhin bei Top-Rennen mitmischen, oder? Wie beim Senator's. Vielleicht hätten Sie dazu gern eine Einladung. Aber ob Sie die auch bekommen?«

»Noch ist nichts entschieden«, sagte ich.

Der Senator's Cup ist gewissermaßen der Mount Everest des Regattasports. Es geht dabei um eine Reihe von Siegen, die alle hohe Geldpreise einbringen. Und um die Ehre, daß jeder, der zur Teilnahme eingeladen wird, zu den acht besten Steuerleuten der Welt gehört. Die American Yacht Federation spricht die Einladungen aus und hört sehr auf die Meinung von Leuten wie Lord Honiton. Wie Silk ganz richtig sagte, brauchte ich nun, da ich beim America's Cup nicht mehr mitmischte, den Senator's Cup, weil es sonst nämlich abwärts ging mit meiner Karriere.

Silk bohrte: »Wie ich höre, hat Welsh Ihnen auch noch Ihre Puppe ausgespannt. Das muß Ihnen doch schwer zu schaffen machen.«

Jetzt reichte es mir. »Wer sich im Mist wälzt, kriegt auch die Ohren voller Dreck.« Damit knallte ich den Hörer auf und folgte Henry in die Sonne und den klaren würzigen Wind hinaus.

5

Draußen in der Bucht zerrte die Ebbe an Henrys Fischkutter. Unsere Heckwelle schwappte gegen den Schlick am Ufer des South Creek, als wir Kurs auf das tiefe Wasser der in den Kanal führenden Flußmündung nahmen.

Wir liefen unter Motor, und außer dem satten Tuckern des Diesels und Möwenkreischen war nichts zu hören. Die Masten und Dächer der Marina versanken hinter dem Deich.

»Bißchen langsam im Vergleich zu dem, was du sonst gewohnt bist«, sagte Henry.

»Ruhiger.«

Ein Schwarm schwarz-weißer Gänse segelte über die Seegrasbetten der Schlammzone. Eddie Silks Bild begann zu verblassen. Das war immer so hier draußen, wo die Sandbänke unter dem blaßgrünen Wasser ihre weißen Finger spreizten und die Wellen ans Ufer brandeten. So war es schon gewesen, als ich zum erstenmal hier gewesen war, wenige Tage vor meinem zwölften Geburtstag. Mein Vater war drei Monate zuvor gestorben; meine Mutter hatte ihn schon lange vorher verlassen. Mein graues, halbverfallenes Elternhaus war dem Efeu und den Gläubigern zum Opfer gefallen, und ich war ein kleiner, aggressiver Junge mit blondem Strubbelkopf, der mit einem Koffer und einem handschriftlichen Brief meines Vaters bei Henry ankam. Später hatte Henry mir von diesem Brief erzählt. Die beiden hatten sich im Krieg kennengelernt und waren enge Freunde geworden. Mein Vater bewunderte Henry dermaßen, daß er entschieden hatte, einzig und allein Henry könne sich um einen zwölfjährigen Jungen kümmern, für dessen Schulgeld gesorgt war, bis er ins Erwachsenenleben eintrat. Für meinen Unterhalt waren zehntausend Pfund dagewesen, die Henry zu meinen Gunsten in die South-Creek-Marina investiert hatte. Insofern war an Pauls Stichelei von damals also durchaus etwas dran: Schon mit fünfzehn Jahren war ich Partner ohne Stimmrecht in der Marina gewesen, die das Boot seines Vaters instandhielt.

Die Mündung erweiterte sich auf beiden Seiten. Austernfischer segelten über die flachen Ufer, und weit draußen trieben zwei Kormorane in einer Gezeiten-Stromschnelle. Nach zwei Meilen wich das Ufer noch weiter zurück. Wir kämpften uns durch die Brecher auf der vorgelagerten Barre und wurden von der Ebbe in die offene See katapultiert.

Ich fragte: »Was ist eigentlich los, Henry?«

Er tat, als ob er nichts hörte. Da wußte ich, daß ich würde warten müssen.

Henrys Hummerkörbe waren gleich hinter den an die schwarzen Klippen von Oar Head brandenden Wellen ausgesetzt. Ich manövrierte das Boot an die gelbe Markierungsboje des Hummerkorbs mit dem eingestanzten MacF. Henry fischte ihre Leine mit dem Bootshaken, schlang sie um die Winsch und begann einzuholen.

An der ersten Leine hingen sechs Körbe. In keinem war auch nur ein einziger Hummer. Unbeholfen zog ich die Krebse mit der Linken raus und legte stinkende Makrele als neuen Köder aus.

»Kein Schwanz mehr im Meer«, sagte Henry. Wir fuhren weiter zur nächsten Boje. Unsere Ausbeute bestand aus zwei Hummern. Der eine war im zweiten Korb und der andere im sechsten und letzten. Mit nur einer Hand Köder auszulegen, ist anstrengend, und ich wurde langsam müde. Daher war ich erleichtert, als ich die Boje unter der Huk von Oar Head auf- und abtanzen sah und noch erleichterter, daß der vorletzte Korb aus den schwarzen Tiefen zu uns heraufschimmerte. Ich beugte mich über den Köderbehälter.

»Aha, du Vieh!« schrie Henry hinter mir.

Ich drehte mich um. Er hielt einen riesigen Hummer in der Hand, dessen aufgeregt winkende dunkelblaue Scheren die Größe von Boxhandschuhen für Kinder hatten.

»Sieben Pfund bringt der mindestens«, sagte Henry. Er ließ die Gummibänder um die Scheren schneppen und legte den Hummer ehrfürchtig in den Fischkasten. Lauthals singend ließ er die Körbe wieder zu Wasser. Als der letzte verschwunden war, richtete ich den Bug auf die rot-weiße Marke am Ende von Crimmer Point. Die Sonne glitzerte auf der blauen See, und das grüne Land leuchtete, als ich mich gegen die Pinne stemmte.

»Sieben Pfund. Vielleicht acht.« Henrys Augen glänzten. »Hätte nicht gedacht, daß es so was überhaupt noch gibt.« Er knuffte meinen gesunden Arm. »Phantastisch!«

Ich kannte Henrys Stimmungen. Dies war eine seiner Triumphphasen, in der er weniger wortkarg war. Ich fragte: »Wer schmeißt deine Boote um?«

Die Falten um seine Augen waren wie schwarze Gletscherspalten, als er auf die Stelle starrte, wo die Sonne den niedrigen Stummelmast ritt. »Seahorse Land«, sagte er. »Immobilienfirma aus London.«

Ich starrte ihn an. »Was?«

»Der Kerl ist vor ein paar Monaten aufgetaucht«, erzählte Henry mit grimmig zusammengekniffenen Augen. »Fürchterlich mieser Typ in einem abgewetzten Anzug. Aber mit Jaguar. Ließ mir seine Karte da. Wollte den ganzen Kram mit allem Drum und Dran kaufen. Ich hab' ihm gesagt, daß er sich zum Teufel scheren soll.« Er rammte mit dem Daumen Tabak in seine Pfeife, als würde er jemanden in einem abgewetzten Anzug zerdrücken . »Die Woche drauf hat er wieder angerufen. Habe ihm dasselbe gesagt. Da hat er nach meiner Versicherungsprämie gefragt. Ich sagte ihm, daß ihn die nichts anginge.«

»Wieso Versicherung?«

»Er wollte wissen, ob sie ausreicht.«

»Verstehe.« Henry verabscheute es, über Geld zu reden, denn er dachte, die Welt würde von lauter Gentlemen regiert. »Aber Immobilienfirmen befassen sich normalerweise nicht damit, Marinas zu ruinieren.«

»Diese hier schon«, sagte Henry.

»Hast du die Polizei verständigt?«

Henry beugte sich zum Süll runter, um sich die Pfeife anzuzünden. »Natürlich hab' ich«, sagte er. »Ich sagte ihr, daß diese Yachten nicht umgefallen sind, sondern umgeworfen wurden. Die Polizisten haben sich das angeschaut und gesagt, daß es wohl ein verärgerter ehemaliger Mitarbeiter war. Oder vielleicht doch der Sturm.« Rauch verhüllte sein Gesicht. »Der Sturm kam aber aus der falschen Richtung. Und außerdem habe ich keinen verärgerten ehemaligen Mitarbeiter.«

Das stimmte. Henry erntete bei seinen Mitarbeitern Loyalität und Zuneigung. Ich fragte: »Was hast du jetzt vor?«

Henrys Blick ruhte auf dem Sieben-Pfund-Hummer, aber er war nicht mehr leuchtend und freudig, sondern kalt und nachdenklich. Wenn ich ein U-Boot-Kommandant gewesen wäre, hätte dieser Blick mich die weiße Fahne hissen lassen. »Hab' den Kerl angerufen und ihm gesagt, daß ich ihn besuchen würde, aber er wollte mir seine Adresse nicht geben. Egal - die Sache wird erledigt«, sagte er. »Ich habe schon einen Plan.«

»Was für einen Plan?«

Sein Gesicht wurde wieder verschlossen. Ich wußte, daß ich jetzt einen Henry vor mir hatte, der erpicht darauf war, der Welt zu zeigen, daß er die Dinge noch fest im Griff hatte. Es lag mir auf der Zunge, ihn daran zu erinnern, daß ich sein Partner war und Mary seine Frau. Aber Henry war schon immer von dem Prinzip ausgegangen, daß andere nur das strikte Minimum zu wissen brauchten. Mir war klar, daß er noch viel weniger mit der Sprache rausrücken würde, wenn sein Juniorpartner sich jetzt als Nervensäge erwies. So schob ich nur den Gashebel etwas weiter vor, und wir tuckerten schweigend nach South Creek zurück.

Nachts schlief ich bei mir im Point House, einem kleinen Backstein-Cottage, das eine Meile entfernt von South Creek auf einer grasbewachsenen Kuppe in den Dünen stand. Ich hatte es vor zehn Jahren für weniger als den Preis eines Gebrauchtwagens erstanden. Im Wohnraum waren zwei Bilder von Wildgänsen, eine ständige leichte Sandschicht auf den Steinplatten und ein Holzofen in der Ecke: ein Ort, der weit weg lag von Zwölfer-Rennyachten und dem Glamour Sydneys, ausgezeichnet dazu geeignet, um Menschen wie Camilla und Honiton zu vergessen.

Ich wurde früh wach, machte mir einen anständigen Kaffee und lauschte dem Gekreisch der Möwen über dem weiten gelben Halbmond des Strandes. Dann ging ich hinaus, warf den alten Land Rover an und fuhr zur Marina.

Das Büro war leer, die zerbeulte Uhr an der Wand stand auf 7.40. Ich setzte mich an Henrys Schreibtisch und blätterte sein schwarzes Adreßbuch durch. Es war gespickt mit Namen und Telefonnummern und enthielt auch etliche Visitenkarten. Die, nach der ich suchte, war mit einem stilisierten Segelboot und einer Palme geschmückt und schwarz-blau bedruckt. SEAHORSE LAND stand in Großbuchstaben darauf, TERENCE RAISTRICK prangte in der linken unteren Ecke, und rechts unten war noch eine Telefonnummer vermerkt. Eine Adresse war nicht angegeben. Ich nahm den altmodischen Apparat und wählte eine Nummer in London. Die Stimme am anderen Ende klang verschlafen.

»Harry?« fragte ich.

»O Gott«, sagte die Stimme. »Was willst du denn um diese Zeit?«

Harry Chase und ich waren zusammen zur Schule gegangen. Er war Polizeireporter beim *Guardian,* mit einem mächtigen Appetit auf Carlsberg Spezialbräu und dicke Zigarren. Die South-Creek-Marina machte ihm immer einen Spezialpreis, wenn er bei uns ein Boot charterte. Wir gingen hin und wieder zusammen in London essen, und bei dieser Gelegenheit erzählte er mir dann seine Gruselstories.

Ich sagte ihm, was ich über die Firma Seahorse Land wissen wollte. »Nie gehört«, sagte er. »Worum geht's dabei?«

»Weiß ich nicht. Noch nicht. Hast du immer noch Freunde bei der Polizei?«

»Vercharterst du immer noch Boote?«

Ich gab ihm die Telefonnummer auf der Visitenkarte durch. »Kannst du die Adresse für mich rausfinden?«

»Ist ein Autotelefon.«

»Dann vielleicht was über den Eigner und dessen Adresse?«

Er grunzte. »Muß ich?«

»Willst du diesen Sommer wieder segeln?«

»Ich ruf nachher zurück.« Er legte auf.

In der nächsten Stunde klingelte fast ununterbrochen das Telefon. Meistens waren es Eigner, die Wirbel wegen ihrer Boote machten. Dann, um neun Uhr, als ich mir gerade meine zweite Tasse Kaffee eingoß, hörte ich eine wohlvertraute Stimme.

»Martin?« fragte die Stimme sanft. »Hier ist Jack Archer. Ich rufe dich im Auftrag des Pulteney Yacht Club an.«

»Tag«, sagte ich. Jack Archer, ein kleiner rosiger Mann, war einer der Direktoren von Padmore and Bayliss, Großbritanniens größter Werft für Serienboote. Vor kurzem war er in den Vorstand des Pulteney Yacht Clubs gelangt, eines netten Vereins in einem siebzig Meilen weiter südlich gelegenen Hafenstädtchen. Er war clever und ehrgeizig, und ich war ziemlich sicher, daß ich schon wußte, was er wollte.

»Der Iceberg Cup«, sagte er. »Ich ... Also, wir hier im Club ... Wir würden uns sehr freuen, wenn du mitmachen könntest.«

Den Iceberg Cup gab's noch nicht lange, und er gehörte nicht gerade zu den großen Regattaereignissen. Oder, besser gesagt, er gehörte sogar eindeutig zu den zweitklassigen Rennen.

»Ich weiß noch nicht, ob ich bis dahin fit sein werde«, antwortete ich.

»Hast dir den Arm gebrochen, wie ich höre«, sagte er. Archer hörte alles, gewiß auch von meinem Krach mit Honiton. »Nun ja, ich weiß, wir sind nicht ganz dein gewohnter Standard, aber vielleicht könntest du uns doch mal ins Auge fassen, ja? Außerdem würde es dir überhaupt nichts schaden im Hinblick auf den Senator's Cup, nicht wahr?«

»Womit segelt ihr denn?« fragte ich.

»Mit Bayliss 34.«

Ich dachte nach. Archer bat also einen bekannten, wenn auch derzeit etwas dubiosen Steuermann, bei einem zweitklassigen Rennen mitzumachen. In Booten, die seine Firma baute. Das lief ganz schön auf Publicity für ihn hinaus.

»Siebeneinhalb Riesen für den Sieger«, lockte Archer.

Unsere Marina konnte siebeneinhalb Riesen sehr gut gebrauchen. Und ich konnte einen Sieg gebrauchen. Weil eine Regatta eine Regatta war, selbst der Iceberg Cup.

»Okay«, sagte ich. »Danke. Ich hätte schon Lust.«

»Prima«, sagte Archer mit dem Enthusiasmus kleiner rosiger Männer. »Prima.«

Ich rief Charlie Agutter in Pulteney an und fragte, ob er frei sei und kurzfristig eine Crew auftreiben könne. Charlie war ein alter Freund aus Zeiten, in denen wir beide auf der *Sorcerer* um den British Captain's Cup gesegelt waren. Außerdem hatte er die Bayliss 34 entworfen, so daß es sehr nützlich war, ihn an Bord zu haben. Charlie sagte, er könne. Als ich auflegte, steckte Tony den Kopf durch die Tür und suchte Henry. Ich bat: »Bleib noch'n Moment.«

Der Aufseher setzte sich hin. Er war so groß, daß der Stuhl unter ihm zu schrumpfen schien. »Tony«, sagte ich, »was ist hier los?«

»Aber auch alles geht in die Hose«, sagte er. Er legte eine Prise Tabak in sein Zigarettenpapier. Der auf seinen Handrücken tätowierte Anker fuhr ihm quer übers Gesicht, als er die Zigarette anleckte.

»Beispielsweise?«

Seine Lippen verschwanden, als er an der dünnen Zigarette zog. »Du hast die Boote ja gesehen«, sagte er. »Die's umgehauen hat. Die können wir vergessen.«

Ich nickte. Seine grauen Augen blieben geistesabwesend. »Dann die Sache mit dem Diesel. Irgend jemand hat 'ne Menge Wasser in den Dieseltank unten am Treibstofflager gefüllt. Verdammte Schweinerei, siebenhundert Gallonen versaut. Und noch mehr so Kleinigkeiten. Das Boot, das du heute morgen eingefangen hast, war nicht das erste. Auch bei zwei anderen waren letzte Woche die Leinen losgemacht. Eins ist auf den

Klamotten gelandet, mit einem verdammt großen Loch im Bug.«

»Und du meinst, daß jemand dahintersteckt.«

Sein wettergegerbtes Gesicht blieb unbewegt. »Wir machen gute Knoten, und wir lassen kein Wasser in unsere Dieseltanks. Und keine teuren Boote nur zum Spaß auf die Steine brummen.« Das stimmte. In den fünf Jahren, in denen er hier Aufseher war, hatte uns die Leistungsfähigkeit der Marina Kunden scharenweise gebracht.

»Hast du jemanden gesehen, der hier rumlungert?«

Er zuckte die Achseln. Was die Kunden an Tony so mochten, war, daß er die Wahrheit sagte und Mißstände nicht beschönigte, ohne aber unnötigen Pessimismus zu verbreiten. »Tagsüber gibt's hier viel Betrieb, da kommt man ziemlich leicht rein. Und da wir keine Wachmänner haben, läßt sich auch nachts nicht viel verhindern. Schon gar nicht in Henrys Alter.«

Die Bürotür ging auf. Ein dünner Mann mit grauem Schnauzbart kam herein. »Tschuldigung, Leute«, sagte er. »Soll mir eine Baltic-Ketsch hier angucken, die *Aldebaran.*« Er zog ein Päckchen Zigaretten aus seiner Wildlederjacke und zündete sich eine an. »Bißchen einsam hier draußen, wie?«

Ich fragte: »Was wollen Sie denn sehen an der *Aldebaran*?«

»Alles«, sagte er. »Hier ist meine Karte.« Auf der Karte stand MATES & BUSHELL – Gutachter – Sheerness.

»Und wer hat das Gutachten in Auftrag gegeben?«

»Ein Typ namens Paul Welsh«, sagte der dünne Mann. »Für einen Kunden. Hat mich aus Australien angerufen.«

Es dauerte eine Weile, bis ich merkte, daß mein Mund offenstand.

»Ich steige nur noch in meinen Overall«, sagte der Mann. »Könnt ihr sie schon aus dem Wasser heben?« Und weg war er.

Ich fragte den Aufseher: »Was zum Teufel hat Paul Welsh mit uns zu tun?«

Tonys breite braune Stirn runzelte sich bekümmert. »Solltest du dir von Henry erzählen lassen«, sagte er. »Ich muß zum Kran.«

Ich ging zum Haus, um Henry zu suchen.

Er saß am Schreibtisch in seinem Büro. Hinter ihm stapelten sich die Ablagekörbe bis zur Decke. Der Schreibtisch selbst war über und über mit Papieren bedeckt.

»Draußen ist ein Gutachter, um sich die *Aldebaran* anzusehen«, begann ich. »Er sagt, Paul Welsh habe ihn geschickt.«

»Ach so ...« Henry rieb sich das Kinn. »Ja, das ist richtig.«

»Was hat Paul Welsh mit der *Aldebaran* zu tun?«

»Er verkauft sie«, sagte Henry. »Sieh mal, Martin, wir waren sehr knapp bei Kasse. Du weißt, daß ich das Makeln ohnehin nur nebenbei betreibe. Also, Paul Welsh hat mir vor sechs Wochen geschrieben und ein Kulanzangebot für *Aldebaran* und das Maklerbüro gemacht. Ich hab's angenommen.«

»Einfach so?«

Wie zuvor schon Tony, blickte nun auch Henry bekümmert drein. »Schau«, sagte er, »er will nur den Firmennamen. Er hat gesagt, daß er gar nicht hier makeln würde. Denn ich wußte ja, daß dir das nicht gefallen würde. Aber wir brauchten das Geld. Also habe ich verkauft. Wenn ich dich gefragt hätte, was hättest du gesagt?«

»Treib das Geld woanders auf.«

»Eben«, sagte Henry. »Aber woanders ist nun mal kein Geld mehr zu holen. Paul hat uns aus der Bredouille geholfen.«

Ich schaute in dieses Gesicht, das seine kantige Härte verloren hatte. Fast bittend blickte es mich an. Von seiner Warte aus gesehen hatte Henry das Bestmögliche getan. Und da er nun mal so entschieden hatte, mußten die anderen eben sehen, wie sie mit dieser Entscheidung klarkamen.

»Fünfzigtausend Pfund«, sagte er, »hat er bezahlt. Und wenn er die *Aldebaran* verkaufen kann, bevor sie völlig auseinanderfällt, kriegen wir noch mehr Geld. Komm, schauen wir mal nach dem Gutachter.«

Es hätte gar keinen Zweck gehabt, ihn zu fragen, warum Paul Welsh wohl den Namen einer so unbedeutenden Maklerfirma wie South Creek kaufen wollte. Henry gehörte nicht zu den Menschen, die hinter solchen Schritten verborgene Motive vermuteten.

Ich folgte ihm über die Pier zur *Aldebaran,* die tropfend im Hebezeug hing. Der halbverrottete Holzrumpf glänzte wie ein Walfischbauch. Der Gutachter wanderte mit einem Spitzbohrer um sie herum und piekte hier und da in die Planken. »Viel Arbeit«, sagte er. »Sehr viel Arbeit. Trotzdem – ein hübsches Boot.«

Henry bedachte ihn mit einem nachsichtigen Lächeln, als habe er einen Irren vor sich, und zog los, um seine Hummerkörbe einzuholen. Ich ging ins Büro zurück.

Um Viertel nach zwölf rief Harry Chase an.

»Deine Nummer«, sagte er. »War ein Riesenbohei, das rauszukriegen. Du schuldest mir mindestens eine Gratis-Charterwoche.«

»Mal sehen, was sich machen läßt«, sagte ich.

»Die Nummer gehört einer Firma namens Seahorse Land«, sagte er.

»Weiß ich doch.«

»Eingetragen auf der Isle of Man. Geschäftsführer sind ein Bankdirektor und ein Anwalt, wie üblich. Sonst ist nichts rauszukriegen. Außer einer Anschrift, wo die Telefonrechnungen hingehen.«

»Und die lautet?«

»Upper Tier 22, Waterfront, Southampton.«

»Danke schön«, sagte ich. »Schick uns deine Urlaubsdaten, und dann sehen wir mal.«

6

Ich fand Tony im Burnett Arms, einem düsteren Backsteinhaus in einer düsteren Backsteinstraße. Er saß in seiner Stammecke auf einem Hocker, nippte an einem Halben und sprach mit einem Krabbenfischer. Er grinste, als er mich sah, und spendierte mir ein Bier.

Ich sagte: »Los, wir fahren jetzt nach Southampton.«

»Wieso das?«

»Seahorse Land einen Besuch abstatten. Ich will ihnen ein paar Fragen stellen über Strolche, die anderer Leute Boote losbinden und Wasser in anderer Leute Treibstoff schütten.«

Seine Hand mit dem Glas blieb mitten in der Luft hängen. »Bist du sicher?«

»Sicher bin ich kein bißchen«, sagte ich.

»Elend weit bis dahin«, meinte er.

»Ein Grund mehr, gleich loszufahren.«

Er starrte mich einen Moment an und seufzte dann. »Pure Zeitverschwendung«, sagte er. »Und dabei haben wir jede Menge Boote aufzutakeln.«

»Wir nehmen deinen Wagen«, sagte ich.

Der Adamsapfel in seinem dicken Hals hüpfte auf und ab, als er sein Bier austrank. Dann sagte er: »Manchmal wundert es mich schon, daß du nicht Henrys leiblicher Sohn bist.«

»Ach ja?«

»Du bist genauso stur wie er. Und fast genau so'n Querkopf.«

»Danke«, sagte ich.

Wir verließen den Pub, kletterten in Tonys Auto und fuhren mehr oder weniger schweigend nach Southampton.

Waterfront war das typische Spekulationsobjekt von Bauträgerfirmen, die hofften, das große Geld dadurch zu machen, daß sie die heruntergekommenen Uferzonen Southamptons mit dem maritimen Flair einer Marina aufpolierten. Auf der leeren

Plaza vor der Ladenpassage standen zwei Flakgeschütze aus dem Zweiten Weltkrieg. Die Passage selbst ähnelte einem halb in Beton versunkenen gläsernen Faß, von dem sich einem der Blick über eine Marina mit lauter leeren Liegeplätzen bot. Der Regen riß Pockennarben in die Pfützen auf dem postmodernen Pflaster und rann an den Schaufensterscheiben hinunter. Die einzig sichtbaren Menschen waren die in ihren Läden hockenden, deprimierten Geschäftsleute. Sie warteten auf Kunden, die erst in zwei Monaten aufkreuzen würden, wenn überhaupt.

»Einfach schaurig«, sagte Tony.

Upper Tier war eine Büroetage über den Arkaden. Nr. 22 befand sich zwischen einem Reisebüro und einem Yachtmakler. Es hatte eine getönte Fensterscheibe, hinter der das Modell einer Marina ausgestellt war. Drinnen saß ein Mädchen an einem grünen Schreibtisch, im Rücken eine Tür.

»Was kann ich für Sie tun?« fragte die Empfangsdame. Der Aussprache nach war sie Amerikanerin.

»Ich suche Mr. Raistrick«, sagte ich. »Von Seahorse Land.«

»Haben Sie einen Termin?« Sie war hübsch und hatte graugrüne Augen, eine sanft geschwungene Nase und kurzes blondes Haar.

»Nein«, sagte ich. »Aber es betrifft die South-Creek-Marina.«

Der Blick der graugrünen Augen schien schärfer zu werden. »Wen darf ich melden?«

Ich sagte es ihr. Sie drückte eine Sprechtaste und sagte: »Mr. Devereux und Mr. Fulton von South Creek für Sie, Mr. Raistrick.«

Es kam keine Antwort. Irgendwo hinter der Rückwand des Büros schlug eine Tür. »Tut mir leid«, sagte das Mädchen. »Mr. Raistrick scheint nicht . . .«

Ich war mit zwei Schritten an der Tür in ihrem Rücken und riß sie auf. Das Mädchen rief: »He!«, aber da stand ich schon in dem Büro dahinter.

Die Außenwände waren ganz aus Glas, und hinter dem Glas lief eine Galerie rund um das Gebäude. Zur Galerie führte eine zweite Tür. Sie stand offen, weil ein dunkelhaariger Mann gerade hinausgestürzt war. Er rannte davon. Ich trat in den Regen hinaus. Die Füße des Mannes hämmerten laut auf den Eisenrosten. Er trug einen dunklen Anzug. Als er den Kopf wandte, sah ich flüchtig ein weißes, verschwitztes Gesicht mit einem dichten schwarzen Schnauzbart.

Es ist gar nicht so einfach, mit einem schweren Gipsarm zu rennen.

»Tony!« schrie ich. Ich hörte seine Schritte hinter mir. »Schnapp ihn dir!«

Tony begann zu rennen. Er war schnell. Im nächsten Moment schon waren sie nicht mehr zu sehen, weil sie eine Wendeltreppe hinunterflitzten, die sich in einem viktorianischen Wachturm an der Ecke des Gebäudes hinunterschraubte.

Das Mädchen stand neben mir und sagte: »Ich schätze, daß er Kaffeetrinken gegangen ist.«

Ich warf ihr einen raschen Blick zu, sie sah ernst aus. »Dafür hat er's aber sehr eilig«, sagte ich und rannte den beiden nach.

Den Eingang zum Wachturm bildete ein dunkler Torbogen, er stank nach Urin. Eine zweite Wendeltreppe verschwand oben im Dunkeln. Meine Schritte hallten durch den Schacht. Irgendwo unter mir stöhnte jemand. Draußen auf dem Parkplatz wimmerte ein Anlasser, dann quietschten Reifen. An der übernächsten Windung des Treppengeländers hing ein dunkler Schatten zwischen den Pfosten. Ich rannte zu ihm hinunter. Es war Tony. Ich packte ihn am Hemd und zog ihn auf die Treppenstufen zurück. Sein breites Gesicht war blaß, die rechte Seite blutverschmiert. Das linke Auge war klar und halb geöffnet. Er sagte: »Der Hund hat mir ein Bein gestellt.« Er wälzte sich auf Hände und Knie, und ich half ihm die Treppe hinauf.

Es regnete immer noch, aber das Tageslicht wirkte gleißend

hell nach dem dunklen Turm. Tony hatte eine lange häßliche Platzwunde über dem Auge. Ich brachte ihn ins Büro zurück, wo das Mädchen wartete. Sie sah blaß aus, aber beim Anblick von soviel Blut mußte jeder blaß werden. Wir gingen ins Büro, sie brachte Wasser, und wir säuberten die Wunde. Als sie die Treppe zu den Toiletten hinunterlief, um die Schüssel auszugießen, ging ich ihr nach, damit sie mich nicht mit Raistrick zusammen austricksen konnte. Als ich mich gegen das Waschbecken lehnte, musterte sie mich ironisch.

Ich sagte: »Ich hätte gern die Privatnummer von Mr. Raistrick.«

»Die hat er mir nicht gegeben.« Ruhig begegnete sie meinem Blick. »Ich arbeite erst seit einer Woche hier.« Wir gingen zum Büro zurück. Sie schrieb mir eine Londoner Telefonnummer auf einen Zettel. »Und ich schätze, daß ich hier auch nicht alt werde. Dies ist die Nummer einer Firma, die Mr. Raistrick häufig angerufen hat. Ich weiß, daß er von dort Anweisungen bekam. Vielleicht können die Ihnen weiterhelfen. Aber Sie sollten ihnen nicht sagen, daß Sie die Nummer von mir haben.«

Ich gab ihr meine Nummer und bat: »Vielleicht könnten Sie mich anrufen, wenn Mr. Raistrick zurückkommt?«

Sie lächelte nur. Jetzt hatte sie wieder Farbe im Gesicht, und ihr Lächeln war attraktiv, verriet aber nicht, was sie dachte.

Ich holte Tony aus dem Büro, und wir machten uns auf den Heimweg. Sein Auge schwoll an. »Wenn ich den schnappe, bringe ich ihn um«, sagte er. Sein Gesicht war aufgedunsen und düster vor Schmerzen. Das breite Kinn vorgereckt wie die Ramme eines alten Schlachtschiffs, verfiel er wieder in Schweigen und betrachtete die vorbeiziehenden tristen Vororte von Solent City.

Ich hielt an einer Telefonzelle und wählte die Nummer, die das Mädchen mir gegeben hatte. Eine Frauenstimme antwortete: »Marine Investments.«

»Ich hätte gern mit einem Ihrer Geschäftsführer gesprochen.«

»In welcher Angelegenheit, bitte?«

Ich zögerte. Wenn ich die falsche Antwort gab, würde sie mich abwimmeln. Aber es gab ja auch eine richtige Antwort. Also sagte ich: »Über den Verkauf der South-Creek-Marina.«

»Und wer spricht, bitte?«

Ich nannte ihr meinen Namen.

Kurz darauf dröhnte eine Männerstimme in mein Ohr: »Hallo? Was können wir für dich tun?« Die Stimme klang volltönend und sonor.

»Wer spricht da?« fragte ich verblüfft.

»James«, sagte die Stimme. »Dein alter Cousin James.«

Ich stand da, und meine Gedanken überschlugen sich fast. James de Groot war ein Vetter zweiten Grades und Direktor von einem Dutzend Firmen. Sein Name fehlte nur selten im Wirtschaftsteil großer englischer Zeitungen.

»Also«, drängte er, »was möchtest du?«

Ich sagte: »Du hast mit einer Firma von der Isle of Man zu tun, sie heißt Seahorse Land.«

»So?« In seiner Stimme lag jetzt ein Anflug von Argwohn.

Langsam wurde mir einiges klar. Ich sagte: »Es würde mich nicht wundern, wenn du deinen Freunden bei Seahorse Land von einem netten kleinen Wassergrundstück erzählt hättest, aus dem sich allerhand machen ließe. Aber du kannst ihnen von mir ausrichten, daß es nicht zu verkaufen ist. Sag ihnen außerdem, daß es hier Gesetze gegen Nötigung, Erpressung und gegen Sachbeschädigung gibt. Ich werde deinen Namen und den deines Freundes Terrence Raistrick morgen der Polizei melden.«

»Ich verstehe nicht, wovon du sprichst«, sagte James. »Aber ich könnte mir vorstellen, daß du Schwierigkeiten haben wirst, derartige Behauptungen zu beweisen.«

»Das werde ich schon schaffen«, sagte ich. »Also richte das deinen Freunden aus.« Ich hängte ein und stieg wieder ins Auto.

»Was gibt's?« fragte Tony.

»Soeben ist der Frieden bei uns ausgebrochen«, sagte ich.

Es wäre mir schwergefallen, jetzt mit Mary oder Henry zusammenzutreffen, deshalb fuhr ich, nachdem ich Tony abgesetzt hatte, direkt zum Point House, ging ein bißchen in die Marschen hinaus, beobachtete einen großen Schwarm Graugänse und dachte an James. James hatte hart an der Grenze der Legalität mit allerlei Tricks eine Menge Geld in der Finanzwelt gemacht, und mein Freund Harry Chase hatte gelegentlich durchblicken lassen, daß die Steuerbehörden sich für ihn interessierten. Dennoch war das Ganze seltsam: Die Kampagne gegen South Creek war rabiater, als es normalerweise James' Stil entsprach.

Ich wandte mich von den Gänsen ab und ging durch die Dünen zum Haus zurück. Ab heute nachmittag würde James sich wohl wieder auf die gute alte Steuerhinterziehung beschränken.

7

Mein Bett im Point House stand direkt unter dem Schrägdach. Der Wind riß am Fenster, rüttelte an der Holztür, und die Dachbalken knackten wie alte Knöchel. Ich schob die Gedanken an Raistrick und James beiseite und schlief wie ein Murmeltier.

Irgend jemand hämmerte an die Tür. Ich öffnete ein Auge. In das Hämmern mischten sich Rufe.

»Komme schon!« schrie ich und wühlte mich aus dem Bett.

An der Tür stand Tony Fulton, ein langes Pflaster über dem Auge. Er sah blaß und abgespannt aus, als hätte er schlecht geschlafen. Er kam rein, schaute die grob verputzten Wände an, den Holzofen und die Bücherregale. Sein eigener Geschmack ging mehr in Richtung Blümchentapete und Katalogmöbel.

»Wie spät ist es?« fragte ich.

»Neun.«

Ich ging zur Waschschüssel in der Ecke und spritzte mir kaltes Wasser aus dem Krug ins Gesicht.

»Du solltest lieber gleich rüberkommen«, sagte er. »Henry ist weg.«

»Weg?«

»Er ist gegen sechs ausgelaufen, um die Hummerkörbe einzuholen, ist mit der Tide zurückgekommen und hat die Körbe heimgebracht. Mary sagt, daß er, bevor er wegfuhr, einen Koffer gepackt hat. Er ist mit dem Motorrad los. Ich muß zurück. Da unten geht's zu wie im Irrenhaus.«

Ich zog mir, die lädierte Hand zu Hilfe nehmend, Jeans, einen Pullover und Segelschuhe an und ließ mich auf den Sitz des Land-Rover fallen. Der prustete, knatterte und begann dann sein panzerähnliches Rattern. Ich steuerte ihn über die von Kaninchen abgefressene Grasnarbe, durch die Dünen und dachte an Henry. Wenn man niemandem erzählte, so seine Theorie, wann man weshalb wohin wollte, dann verschwendete auch niemand Zeit damit, Vorbereitungen zu treffen oder sich Sorgen zu machen. Für einen Zerstörerkommandanten mochte eine solche Einstellung ja durchaus nützlich sein, nur war das natürlich keine Art, eine Ehe zu führen.

Die Sonne war aufgegangen, und der Wind hatte sich gelegt. Die Marschen rochen würzig, als ich aus dem Land-Rover sprang und neben dem Hafenbecken aufs Haus zuging. Mary war im Garten, auf Händen und Knien liegend dabei, mit der abgebrochenen Schneide eines alten Küchenmessers die ersten Grashalme des Jahres zwischen den Pflastersteinen zu jäten. Sie haßte Unkrautjäten, doch wenn etwas nicht so lief, wie sie wollte, dann konnte sie wahre Jät-Orgien veranstalten, als würde sie, wenn sie ihren Garten in Ordnung brachte, auch ihr Leben wieder in Ordnung bringen.

»Oh«, sagte sie. »Hallo.« Sie schaute nicht hoch.

»Henry ist weggefahren?« fragte ich. Es hatte keinen Sinn, um den heißen Brei herumzureden.

»Richtig«, sagte sie knapp. Ihre Stimme war rauh. »Nicht weiter tragisch. Hat er schon öfter gemacht.« Das stimmte. Es war nicht das erste Mal, daß Henry mich dazu bestimmt hatte, nach Mary zu schauen. Dabei brauchte sie überhaupt niemanden, der sich um sie kümmerte. Sie versuchte, ein Grasbüschel herauszustemmen. Die Klinge brach noch weiter ab. Das in der Erde steckende gezackte Ende schnitt ihr in den Finger. Sie ging in die Hocke und starrte das helle Blut an, das aus der Wunde quoll. »Oh«, sagte sie. »Verflucht.« Und das wiederholte sie in einem fort, als seien diese Worte die einzigen der Welt, die irgendeine Bedeutung für sie hätten.

Irgendwie war es obszön, eine so starke Frau wie Mary hilflos und alleingelassen zu sehen. Einen Augenblick hatte ich eine Wahnsinnswut auf Henry. Ich zog sie an der unverletzten Hand hoch und brachte sie zu der unter dem üppigen Rosenstrauch modernden Teakbank. Immer noch wiederholte sie: »Oh, verflucht . . .«

»Alles okay«, sagte ich. »Ich habe inzwischen mit ein paar Leuten gesprochen. Es wird hier keine solchen Vorfälle mehr geben. Tony und ich, wir machen das schon.«

Sie hob den Kopf. Das Haar hing ihr in grauen Strähnen ums Gesicht, und sie schaute mich entgeistert an. »Aber es geht mir nicht um die Marina«, sagte sie. »Es geht um ihn! Er ist nicht mehr der Jüngste. Und außerdem hat er's mit dem Herzen.«

Am Tor rief jemand. Es war Emily Johnson, Marys dickliche Nichte, die zweimotorige Sportflugzeuge steuerte und häufig auf einen Tee zu ihr kam, um über Rosen zu fachsimpeln.

Ich stand auf. Mary mochte Emily gern, und Emily hatte das Talent, sie aufzuheitern.

»Es wird ihm schon nichts passieren«, sagte ich. Da ich mit

James ein paar klare Worte gesprochen hatte, war ich fest davon überzeugt, daß ich die Wahrheit sagte.

Es wurde eine harte Woche. Der Iceberg Cup sollte am nächsten Dienstag starten, und bis dahin mußten auch die letzten Boote wieder in Dienst gestellt sein. Von Henry kam keine Nachricht. Am Samstag morgen erschien Tony im Büro. Die Beule auf seiner Stirn war abgeschwollen. Er setzte sich, rollte sich eine Zigarette und musterte stirnrunzelnd sein Feuerzeug.

»Na?« fragte ich.

»Dieser Gutachter«, sagte er, »der sich *Aldebaran* angeguckt hat. Er hat einen sehr günstigen Bericht geliefert.«

»Dann muß er blind sein«, sagte ich.

»Das Boot ist verkauft«, sagte Tony. »Und das ist die Hauptsache.«

Ich nickte. Es war in der Tat eine gute Nachricht für Henry und Mary. Für den Käufer war die Nachricht weniger gut, aber das war ein Problem des Gutachters. »Nachher spendiere ich uns ein Bier«, sagte ich. Er grinste mich an, mit diesem breiten verschwörerischen Grinsen, das für die Marina in den letzten Jahren Gold wert gewesen war. Dann ging er raus und ließ die Zeitung, die er jeden Morgen aus Marshcote mitbrachte, auf dem Tisch liegen. Wie gewöhnlich blätterte ich darin, um zu sehen, wer was in der Welt der schnellen Boote gemacht hatte.

Die Story stand in der rechten oberen Ecke. Mir wurden die Handflächen feucht, als ich sie las. Denn der, der in der Welt schneller Boote etwas Berichtenswertes getan hatte, war Martin Devereux, und das, was er getan hatte, war der Story nach nichts, worauf er besonders stolz sein konnte.

CONSTELLATION GIBT AUF lautete die Überschrift. Die Geschichte war im Grunde ganz einfach: Der bekannte Steuermann Martin Devereux, dessen Aggressivität stärker war als sein gesunder Menschenverstand, hatte einen teuren Zwölfer im

Wert von einer halben Million Pfund versenkt, ein weiteres Boot beschädigt und war dann ausgestiegen. Die Sponsoren hatten daraufhin die Lust verloren, und das Syndikat hatte sich entzweit.

Das war nicht gerade die Story, die man seiner Sammlung von Zeitungsausschnitten gern hinzufügte. Ich las den Artikel zweimal. Dann saß ich da und starrte Enid an, die auf der Schreibmaschine klapperte. Enid hatte ein blasses Gesicht, glattes Haar und eine rote Nase. Sie schnupfte in ihr Taschentuch wegen einer Erkältung, die das ganze Jahr dauerte. Und ich sah Camillas endlose, braune Beine vor mir, den blauen Himmel über Sydney und die weiß-beigen Segeldreiecke von Zwölfer-Booten im Matchrace. Und ich dachte: Diesmal hast du wirklich Scheiße gebaut, Devereux. Nur ein Verrückter konnte den America's Cup gegen Pulteney im April eintauschen. Eine ganze Menge Leute mußten sehr unglücklich darüber sein, daß dies geschehen war.

Enid schniefte und entfaltete ihr Taschentuchknäuel auf der Suche nach einer trockenen Stelle. Das Telefon klingelte. »Morgen, Morgen«, sagte Jack Archers Stimme am anderen Ende, so frisch wie eine ins Gesicht schwappende Welle. »Alles klar für die nächste Woche? Arm und so?«

»In Gips, aber prima«, sagte ich und wartete. Jack Archer war ein sehr beschäftigter Mann, der bestimmt keine kostbare Telefonzeit damit verschwendete, sich nach meinem Wohlbefinden zu erkundigen.

»Schon Zeitung gelesen?« fragte Archer. »Tja. Ich wollte dir nur sagen, daß wir die Teilnehmerzahl auf zehn erhöhen, nächste Woche. Okay?«

»Sicher«, sagte ich. Viel mehr hätte ich ohnehin nicht sagen können. »Wer kommt denn noch?«

»Jacques LeBreton«, sagte er. »Und Paul Welsh. Der ist ja jetzt frei.«

Ich atmete zweimal tief durch. Dann sagte ich: »Archer, du bist doch wirklich ein gerissener Hund!«

»Ich weiß«, sagte Archer. »Die Sponsoren sind hocherfreut. Wird bestimmt ein Kampf bis aufs Messer zwischen dir und Paul. Devereux läßt Welsh keine Chance. Nicht daß Welsh überhaupt eine Chance hätte. Aus allem kann man 'ne Story zimmern. Die Reporter werden sich auf dich stürzen. Also mach's gut, ja?«

»Natürlich«, sagte ich und legte auf.

Archer hatte recht mit den Reportern. Das Telefon hörte den ganzen Vormittag nicht mehr auf zu klingeln. Ich sagte ihnen, daß ich mich riesig auf den Iceberg Cup freute, daß ich Paul Welsh wie einen Bruder liebte, und nahm mir im übrigen vor, mir mittags ausgiebig in den Burnett Arms den Lügengeschmack von der Zunge zu spülen.

Ich war schon auf dem Weg zur Tür, als Archer erneut anrief. »Ach, übrigens«, sagte er. »Da du so nett zu diesen Schreiberlingen warst, dachte ich, daß ich dir was erzählen sollte, das du gern hören wirst: Das Komitee vom Senator's Cup interessiert sich für dich.«

»Glaube ich dir nicht«, sagte ich. »Nicht nach dem Artikel heute morgen.«

»Moment«, sagte Paul. »Sie sind auch an Paul Welsh interessiert. Und ich kann dir sagen, daß der von euch beiden, der beim Iceberg und beim Marbella Cup mehr brilliert, sein Ticket zum Senator's bekommt.«

Ich schwieg einen Moment, weil ich nach Luft schnappen mußte. »Beim Marbella?« fragte ich.

»Ganz richtig«, sagte Archer. »Ist natürlich noch sechs Wochen hin. Honiton sitzt mit im Komitee, aber du kriegst 'ne Einladung. Noch jede Menge Zeit.«

»Auch er wird auf Bayliss 34 gesegelt.«

»Messerscharf gefolgert.«

Langsam gelangte wieder Sauerstoff in mein Hirn. Ich sagte: »Du bist auf einmal ein richtiger Förderer meiner Karriere geworden.«

»Ich bin halt ein engagierter Mensch«, sagte Archer. »Und das ist dein verknöcherter Honiton auch. Ich habe mich für dich verwandt, Martin. Wir setzen großes Vertrauen in dich.«

»Danke«, sagte ich.

»Braver Junge«, sagte Archer verbindlich und legte auf.

Ich setzte mich an den Schreibtisch und schaute einer großen Westerly nach, die jenseits der Marina durchs Wasser zog. Dabei dachte ich an Archer und Honiton, die sich um Devereux und Welsh stritten. Wirklich ein netter sauberer Sport, dieses Wettsegeln.

Die Tür ging auf, und Mary kam herein. Sie sah besser aus als vor einer Woche. »Schau dir das an«, sagte sie und warf eine Ansichtskarte mit dem Bild eines Punkers auf den Schreibtisch. Auf der Rückseite war die Anschrift, eine in Gatwick abgestempelte Briefmarke und eine Nachricht in Henrys akkurater Navigator-Handschrift: »Fahre nach Spanien«, schrieb er. »Nehme brav meine Pillen. Alles Liebe. H.«

»Jedenfalls geht's ihm gut«, sagte sie. »Dieser Querkopf. Warum hat er mir nichts gesagt, bevor er losfuhr? Ein bißchen Sonne könnte ich auch ganz gut gebrauchen. Gott, bin ich erleichtert!«

Ich legte ihr den Arm um die Schultern, froh darüber, daß Henry ihrem Kummer ein Ende bereitet hatte. Aber im Boot hatte er mir von einem Plan erzählt, und die Karte sah mir gar nicht nach Urlaub aus. Ich hatte eher das ungute Gefühl, daß Henry nur Postkarten verschickte, um Mary zu beruhigen. Und wenn das stimmte, dann war es sehr gut möglich, daß ich weit weniger wußte, als ich bisher geglaubt hatte.

8

Pulteney war ein mittelgroßes, vom Fortschritt bisher nur wenig verschandeltes englisches Fischerdorf, in dem allerdings nicht mehr viele Leute vom Fischfang lebten, da es im Ärmelkanal nicht mehr allzu viele Fische gibt. Aber es hatte einen guten, hufeisenförmigen Hafen mit grauen Steinmolen und einer Seenot-Rettungsstation und war jedenfalls ein besserer Ort für eine Bootswerft als Marshcote, weil die steilen Gassen mit ihren kleinen Steinhäusern, in denen früher Fischer lebten, heute von reichen Leuten bewohnt wurden. Neville Spearman, der etwa eine Meile küstenabwärts in New Pulteney eine Werft betrieb, konnte es sich erlauben, mehr für seine Liegeplätze zu berechnen als irgend jemand sonst westlich des Solent. Und in den Lagerhäusern am Kai waren keine Fische und Netze mehr untergebracht, sondern Yachtmakler, Schiffsausrüster und Charlie Agutter.

Charlie Agutter war etwa fünfunddreißig Jahre alt, ein hagerer Mann mit einem Gesicht, das vornehmlich aus Dellen zu bestehen schien, und dunklem Haar, das ihm, den Stacheln eines Seeigels ähnlich, struppig vom Kopf abstand. Er war mal ein sehr guter Steuermann gewesen. Heute war er ein sehr gesuchter Taktiker und einer der besten Yachtkonstrukteure der Welt.

Ich zog ihn hinter seinem Papierberg hervor, und wir gingen auf den Kai hinaus. Für Pulteney war es noch früh, ein grauer Tag mit einem Westwind der Stärke fünf bis sechs, der die Kämme einer schmutziggrauen Schmuddelsee vor der Hafeneinfahrt boxte. Die Flaggen am Mast des vornehmen Yachtklubgebäudes wehten steif wie Bretter aus.

»Wir treffen uns drüben im Pub«, erläuterte ich.

Charlie warf einen mißmutigen Blick zum Yachtklub hinüber. »Ist mir auch lieber«, sagte er. Wir gingen zur *Mermaid* am anderen Ende des Kais, einem Pub mit fleckigen Tischen und nikotinbrauner Decke. Charlie begrüßte vier oder fünf alte Männer an einem Tisch in der Ecke und bestellte Bier. Wir tranken erst mal. Wenig später betraten drei große Männer die Bar. Der größte von allen war der Neuseeländer Scotto Scott, der sich um Charlies Boot kümmerte. Die anderen beiden waren Noddy und Slicer, Mastmann und Vorschoter. Ich bestellte ihnen ein Bier, und wir schwatzten. Aber ich war nicht recht bei der Sache. Ich war in Gedanken bei dem bevorstehenden Vergnügen, Paul Welsh das Fürchten zu lehren.

Nach dem Mittagessen wickelte ich wasserfeste Bandagen um meinen Gips und stiefelte mit den anderen zu Spearman hinüber. Die Regattaboote lagen in der »Arena«, den Liegeplätzen am Außenponton, die Neville zu Vorzugspreisen an all jene vermietete, von denen er sich Publicity für seine Werft versprach. Jack Archer, in Blazer und grauer Flanellhose, wartete rosig und geschniegelt neben den Booten. Er kam auf uns zu und teilte trockene Handschläge aus. Seine kleinen hellblauen Augen blitzten. »Schön, euch zu sehen. Fein, daß ihr kommen konntet.« Er zwinkerte. »Welsh ist noch nicht da.«

Die wartenden Boote waren lang, flach und schnittig und hatten die Anmut von Lanzenspitzen. Wir warfen die Leinen los und setzten rückwärts aus der Box. Ein Kameramann filmte uns routiniert, als wir am Wellenbrecher vorbei in den Fluß glitten.

»Prima Boot«, sagte ich. Charlie nickte ohne falsche Bescheidenheit. Die Bayliss 34 war schnell und wendig. Ihre Konstruktionswasserlinie von dreißig Fuß verlieh ihr eine Rumpfgeschwindigkeit von acht Knoten, aber wie die meisten von Charlie entworfenen Rennboote konnte sie plötzlich lossurfen und mit fast doppelter Geschwindigkeit durchs Wasser zischen. Die Ufer des Poult wichen zu beiden Seiten zurück. Wir stiegen in unsere Overalls und zogen die Segel hoch. Das Deck legte sich über, und in die Pinne kam Leben. Ich stellte den Motor ab. In plötzlicher Stille hielten wir auf die offene See zu.

Bald war alles wie ausgelöscht: Cousin James, Paul und Honiton, Henry und seine Postkarte. Jetzt gab es nur den unter meinen Füßen sich wiegenden Cockpitboden, die flatternden Windbändsel und den Druck des Wassers am Ruderblatt.

Die vor uns liegenden Wettfahrten wurden in Einheitsklassen, also in praktisch identischen Booten gesegelt. Bei anderen Klassifizierungen können die Skipper versuchen, durch letzte Finessen an ihren Booten noch einen Vorteil herauszuschinden. Für unsere Rennen hingegen gab es keinerlei technische Vorteile; man gewann, wenn man sein Boot am schnellsten segelte und aus den Regattaregeln alles herausholte, was überhaupt herauszuholen war.

Also nahmen wir uns die Bayliss vor und machten uns an die Arbeit. Wir fuhren Segelmanöver, bis Noddy und Slicer der Schweiß herunterrann; wir lagen ohne Fahrt im Wasser und versuchten, uns an das schmale Niemandsland heranzutasten, das zwischen Ruderfahrt und Steuerunfähigkeit liegt; wir analysierten Diagramme, die uns zeigten, wie hoch am Wind wir laufen durften, um noch ein Maximum an Geschwindigkeit zu erzielen; wir fuhren mit ihr hinaus zum Danglas Head, wo die um die Landspitze wirbelnde Tide eine grobe See aufwarf, und beobachteten, was geschah, wenn wir ihren Bug in eine genau von vorn kommende See rammten oder ihr Heck von einer nachfolgenden anheben ließen. Wir suchten und tüftelten, probierten und bastelten; wir sezierten gleichsam das Boot, um es anschließend wieder zusammenzusetzen, und das Ergebnis all dieser Tests wurde von Charlie minutiös schriftlich festgehalten.

Unter buntem Spinnaker und platt vor dem Wind liefen wir bei Niedrigwasser flußaufwärts zurück. Auf der Mole standen zwanzig oder dreißig Leute und schauten uns zu. Einige filmten.

»Wir laufen unter Segeln ein«, sagte ich.

Normalerweise läuft man seinen Liegeplatz unter Motor an. Unter Segeln ist es eindrucksvoller, allerdings auch sehr viel schwieriger. Charlie schaute erst mich, dann die Filmleute an und grinste schelmisch. Scotto, der schon viel Zeit damit zugebracht hatte, Boote von Leuten zu reparieren, die beim Einlaufen eine Show abziehen wollten, sah weniger fröhlich aus.

Der Wind stand gegen die Tide und quer zum Steg. Auf raumem Kurs und leicht nach Steuerbord krängend kamen wir aus dem Fluß.

»Spi weg«, sagte ich.

Die Eisenarmierung des Wellenbrechers schoß vorbei, als Noddy und Slicer den Spinnaker einholten.

»Halse«, sagte ich.

An Steuerbord voraus hatte sich eine mit Yachten gesäumte Fahrrinne braunen Wassers aufgetan. Sie sah sehr eng aus. Ich lavierte uns in diese Einfahrt. Scotto holte die Großschot dicht, um den Baum mittschiffs zu bringen. »Genua«, sagte ich.

Die Genua sackte auf dem Vorschiff in sich zusammen.

»Großschot«, sagte ich. Wir drehten jetzt in der Gasse. Vor uns öffnete sich die schmale Box, in die das Boot genau hineinpaßte. »Kneifen.«

Scotto holte gerade soviel Schot dicht, daß das Segel sich für den Bruchteil einer Sekunde füllte. Sacht glitt das Boot voran.

»Schot los«, sagte ich.

Das nicht geschotete Segel knatterte. Sehr langsam schoben wir uns auf den freien Platz zwischen dem Seitensteg und unserem Nachbarn. Einen Fuß vom Ponton entfernt kam der Bug zum Stehen. Das Groß rauschte herunter, und da lag unser Boot, regungslos, genau in der Mitte seines engen Liegeplatzes. Bis auf das Surren der Kameras war es mucksmäuschenstill.

Etwa zehn Sekunden saßen wir da und posierten, dann stiegen Noddy und Slicer mit den Leinen über.

»Du irrer Ire«, sagte Charlie.

Wenn Devereux segelte, dann wollten die Leute einen irren Iren sehen und bekamen ihn auch.

In den nächsten beiden Stunden gingen wir Charlies Checkliste durch, umwickelten alles, was irgendwie schamfielen konnte, beklebten die Segel mit Turbulenzbändchen und überlegten, wo optimal noch Schotleitösen anzubringen wären. Es wurde halb fünf, bis wir fertig waren, und begann dunkel zu werden. Schwatzend gingen wir alle zusammen über die Mole. Einen Liegeplatz unter Segeln anzulaufen, ist eigentlich ein ganz plumper Trick, aber er hatte die Crew wie beabsichtigt zusammengeschweißt und zuversichtlich gestimmt.

Am Abend gab der Yachtklub eine Party. Normalerweise hätte ich es mir zweimal überlegt, ob ich hingehen sollte, aber da bei der Gelegenheit auch die Teams vorgestellt wurden, zog ich eine saubere Hose an und den Constellation-Challenge-Blazer, zum Beweis, daß ich überhaupt keine Veranlassung sah, mich irgendeiner Sache zu schämen. So zog ich los.

Im Saal oben drängten sich schon die Gäste. Als ich reinkam, verstummte das Stimmengewirr abrupt. Charlie stand an der Bar, einen Whisky vor sich und Paul Welsh neben sich. Ich atmete einmal tief durch und ging direkt auf sie zu.

»Wie ich höre, betätigst du dich neuerdings als Yachtmakler«, sagte ich.

Er lächelte sein unterkühltes Eton-Lächeln, das aber nicht das Glühen seiner Augen verbarg. »Man muß schließlich von was leben«, sagte er.

»Aber warum gerade von South Creek?«

»Hat 'ne Menge Potential.« Er nippte an seinem Whisky. »Ungenutztes Potential.«

»Und das gedenkst du zu nutzen.«

»Wer weiß?« sagte Paul. »Jahrelang war's zum Leben zu wenig und zum Sterben zuviel, es wurde also höchste Zeit, daß sich jemand darum kümmert.«

Ich fühlte, daß mein Gesicht erstarrte vor Wut. Irgendwo zuckte ein Blitzlicht auf. Ganz ruhig bleiben, dachte ich. Hat keinen Zweck, jetzt wütend zu werden. So zwang ich mich, sein griechisches Göttergesicht anzulächeln, und sagte: »Ich freue mich schon, mit dir zusammenzuarbeiten, weil ich dir dann täglich gehörig den Marsch blasen kann.«

Charlie zog mich zur Seite. »Warte damit bis morgen, ja?«

Das war der Grund, weshalb Charlie nie ein wirklich heißer Regattasegler werden würde. Er war nicht aggressiv genug. Heute abend war nur die Verlängerung von morgen, und es war nie zu früh, sich auf den Weg zur Startlinie zu machen.

9

Die gegnerischen Paare wurden ausgelost. Bei den Vorläufen segelte jeder gegen jeden, neun Rennen pro Boot. Die vier Boote mit der höchsten Punktzahl kamen dann ins Halbfinale. Wir gewannen alle Wettfahrten bis auf eine, als das Schothorn der Fock ausriß. Wir schlugen Paul um zwei Minuten, worüber er gar nicht glücklich war. Punktemäßig lagen wir an der Spitze, und Paul war Zweiter.

Am Freitag abend stieg wieder eine Party im Yachtklub. Diesmal wurde ausgelost, wer im Halbfinale gegen wen segeln würde. Archer fummelte mit seinen rosigen Fingern in dem Hut herum, schaute das Los an und dann in die Menge und lächelte wie ein Werbemanager, dessen Verkaufsprognose noch übertroffen worden ist.

»Erstes Halbfinale«, verkündete er. »Welsh gegen – Devereux.«

Ein Raunen ging durch den Saal, und ein paar Leute steckten tuschelnd die Köpfe zusammen. Zwei oder drei Reporter rannten zum Telefon. Es sah ganz so aus, als würden die Sponsoren für ihr Geld auch was bekommen.

Wir tranken ein ruhiges Bier in der *Mermaid* und aßen danach mit Scotto und Georgia, seiner aus Trinidad stammenden Frau, in ihrem Haus an der Quay Street zu Abend. Dann lief ich durch einen warmen Regenschauer zu Charlies Gästezimmer in seinem auf halber Höhe gelegenen weißen Haus.

Das Bett war bequem, und ich war hundemüde. Trotzdem konnte ich nicht einschlafen. Seit fünfundzwanzig Jahren haßte mich Paul wie die Pest, doch bisher war das nicht öffentlich bekannt geworden. Nun aber standen wir plötzlich im Blickpunkt des Interesses, nicht nur als Skipper in einer Regatta, sondern als Privatmenschen. Und trotz aller guten Vorsätze machte mich das nervös.

Am nächsten Morgen sagte der Wetterbericht Südwestwind Stärke fünf bis sechs voraus, in Böen bis Stärke sieben. Charlie und ich tranken schwarzen Kaffee, aßen Eier mit Schinken und eine Menge Toast mit Orangenmarmelade. Das Pflaster der Quay Street glänzte regennaß, und der Wind fauchte uns dermaßen ins Gesicht, daß wir die Augen zusammenkneifen mußten.

Für ein Matchrace war der Wind ziemlich stark. Wir schauten zum Fahnenmast des Yachtklubs in der Erwartung, die blauweiß gewürfelte »N«-Flagge zu sehen, die anzeigen würde, daß das Rennen verschoben war. Doch wir sahen nur den blauen Peter und die Hausflagge des Sponsors in der steifen Brise knattern.

»Auf in den Kampf.« Aber meine Kehle war wie zugeschnürt. Die Rennboote waren schon von der Marina an den Kai gebracht und dort in Zweierpäckchen festgemacht worden. Eine Bö rüttelte wütend an ihren Riggs, als wir über die Leiter ins Cockpit hinunterstiegen. Ich hatte ein scheußliches Kribbeln in der Magengrube, und mein Hirn fühlte sich an wie eine zähflüssige träge Masse. Zwei Boote weiter vorn räkelte sich Paul Welsh im grau-weißen Overall in seinem Cockpit. Wieder hörte ich seine Stimme abfällig über das sprechen, was Henry und Mary in jahrelanger Arbeit in South Creek aufgebaut hatten: »Es war jahrelang zum Leben zu wenig und zum Sterben zuviel.« Das dunkle Wasser zwischen den Booten kräuselte sich unruhig.

»Ganz schön rauh«, sagte Charlie.

»Los geht's«, sagte ich.

Rückwärts legten wir von der Kaimauer ab und steuerten auf die Ausfahrt zu. Wie die Zähne einer Säge, so scharf gezackt zeichnete sich hinter den Molenköpfen die Kimm ab. Bis wir an der Einfahrt waren, hatten wir die Segel oben. Eine Bö düste heran und ließ das Boot stark krängen. Grünes Wasser gurgelte übers Leedeck, und die Relingstützen zogen weiße Schleppen durchs Wasser.

Pulteney ist vor dem gröbsten Seegang im Kanal durch die Teeth geschützt, ein langes, südwärts verlaufendes Riff, so daß das Wasser hier relativ glatt war. Aber gegen Wind kann ein solches Felsenriff überhaupt nichts ausrichten, und Wind gab's heute eine ganze Menge.

Achteraus zogen Pauls dreieckige Segel hinter der Mole entlang. Weiße Gischt sprühte über seinen Bug, als er auf die ersten Wellen außerhalb des Hafens stieß. Mein Mund war trocken. Ich trank eine Tasse Tee aus der Thermosflasche, aber das half nicht viel.

Der UKW-Empfänger rauschte. Das Komitee sagte, wir sollten zwei Reffs ins Groß binden, also refften wir. Sofort schien das Boot sich wohler zu fühlen; es bekam weniger Schräglage, wenn es von den aus Südwest heranjagenden Böen gebeutelt wurde. Charlies Gesicht verschwand fast in der roten Kapuze seines Ölzeugs, als er sich über seine Uhr beugte. »Noch zwei Minuten bis zum ersten Schuß«, meldete er.

Bei diesen Wettfahrten gab es zwei akustische Signale. Das erste, acht Minuten vor dem Start, bedeutete, daß die beiden Teilnehmer sich in die Startzone begeben und die Feindseligkeiten beginnen konnten. Die meisten Matchraces werden schon beim Start gewonnen oder verloren. Es geht darum, so rabiat zu manövrieren und die Wegerechtsbestimmungen dermaßen zu strapazieren, daß man vor seinem Rivalen in eine Position gelangt, in der man ihn beim Absegeln der gesamten Bahn behindern oder abdecken kann. An einem ruhigen Tag mit leichter Brise ist so eine Wettfahrt ein Mittelding zwischen einem Seegefecht und einer Partie Schach.

Aber heute, bei diesem Wind, der den Wellen die Kämme wegriß, und bei diesem grauen Himmel, der direkt auf dem Horizont zu hocken schien, würde es nur Krieg geben, eine Schlacht und kein langes Taktieren. Pauls weiß-beige Segel knicksten, als sie von einer Bö erfaßt wurden. Das Signal ertönte. Behutsam manövrierte ich uns in die Startzone. Paul blieb abwartend zurück, und sein Rigg ratterte wie ein Maschinengewehr in dieser Bö, die weißmähnige Seen aus Südost heranjagte.

»Wir halten uns frei«, sagte ich.

Charlie nickte; der Wind drückte ihm das Haar flach an den Kopf. Wer sich an einem solchen Tag mitten unter seine Rivalen mischt, sucht Streit, das wußte auch Paul. Also hielten wir uns, den Bug genau im Wind, von den in den kurzen groben Wellen stampfenden Booten frei.

»Noch drei Minuten«, sagte Charlie.

»Schoten«, sagte ich.

Die Winschen klirrten. Die Segel wurden harte weiße Flügel; das Boot nahm Fahrt auf und fiel, fast gleitend, zur rechten Seite der Bahn hin ab. Wir holten zu einem weiten Bogen aus, gingen über Stag und hielten zügig auf die rechte Seite der Startlinie zu.

»Er geht nach links«, sagte Charlie.

Ich behielt Paul im Auge. Wir segelten jetzt hoch am Wind über Backbordbug und hatten Wegerecht. Paul blieb nichts anderes übrig, als sich von uns freizuhalten. Unser Steven zerhackte die Wellen, und der hohle Rumpf dröhnte bei jedem Aufprall. An Steuerbord kam die aufblasbare Startboje immer näher.

»Zehn«, sagte Charlie. »Neun. Acht.«

Die Boje war fünfzig Meter entfernt. Das Boot holte schwer über, als eine Bö die Segel auf die graue See hinunter drückte.

»Eins. Null«, sagte Charlie.

Drüben auf dem Komiteeboot riß der Wind ein graues Rauchwölkchen von der Mündung der Startpistole. Unser Bug zermalmte eine Welle zu weißem Schaum. Mit Braßfahrt gingen wir über die Linie. Paul war jetzt, über dem anderen Bug, auf gleicher Höhe mit uns. Mit Annäherungskurs pflügten die beiden Boote durch die graue See auf die Rennstrecke hinaus.

»Er wird hinter uns durchtauchen«, sagte Charlie. Wir hatten Wegerecht. »Paß auf.«

Wenn das über Steuerbordbug segelnde Boot durchtaucht, wendet es hinter dem Heck des Bootes mit Wegerecht und nutzt den Geschwindigkeitsschub, um auf dem anderen Bug wieder hervorzuschießen. Es ist ein nützliches Manöver, aber schließlich gibt es auch Gegenzüge.

»Er kommt«, sagte Charlie.

Aus dem Augenwinkel konnte ich erkennen, daß Paul abfiel, um Fahrt aufzunehmen und den nötigen Schwung zu bekommen, mit dem er hinter unserem Heck durchschießen und in Luv wieder auftauchen würde. Sein Boot preschte mit einem harten Rattern durch die Seen, und über seine Leereling quirlte weißes Wasser.

»Wende«, sagte ich leise.

Wir wurden von einer Welle emporgetragen, der Baum kaum über, und schon segelten wir über Steuerbordbug. Pauls Gesicht unter der spitzen Kapuze wurde dunkel vor Wut. Sein Blick wanderte an seinen Segeln hinauf, die im Abwind unseres Großsegels killten. Charlie verbarg ein Grinsen. Paul hatte das Manöver verpfuscht und war bei seinem Bemühen, möglichst viel Geschwindigkeit rauszuholen, so weit abgefallen, daß er nun klar achteraus lag. Wir waren jetzt zwischen ihm und der

Luvmarke, deckten ihn ab, und er konnte überhaupt nichts daran ändern. Bis zur Luvmarke zogen wir vor ihm her und rundeten sie sauber und glatt. Auf dem ersten Vorwindschenkel lag er dann, durch die harten grauen Wellen von uns getrennt, hundert Meter achteraus.

»Dem haben wir's gegeben«, sagte Scotto.

Ich schwieg und konzentrierte mich. Vor dem Zielschuß war ein Rennen nicht beendet. Wir hatten noch eine Runde vor uns, und selbst danach waren möglicherweise noch zwei Wettfahrten zu bestreiten, ehe das Halbfinale entschieden war. Wir hatten zuviel Wind, um irgendwelche Prognosen zu machen.

»Halse«, sagte ich und legte Ruder.

Wir ließen die Leetonne an Steuerbord und hielten auf den Amwindschenkel zu.

»Der ist erledigt«, sagte Noddy, als wir wieder der Luvmarke entgegenbolzten.

Er hat recht, dachte ich. Das hier ist keine Regatta, sondern eine Prozession. Dann sah ich den Fleck vor unserem Bug. Er erstreckte sich fünfzig Meter breit quer über unseren Kurs, eine Wasserfläche, deren Riffelung durch irgend etwas zu einer öligen Lache geglättet wurde. Mein Arm bewegte sich schon, bevor mein Hirn ihm überhaupt Anweisungen gegeben hatte, und riß die Pinne herum. Aber da waren wir schon mitten drin in diesem Feld von braunem Seegras. Ehe wir's uns versahen, waren wir wieder draußen.

»Himmel«, sagte Scotto, »das war aber knapp!«

Ich drückte die Pinne wieder von mir weg und merkte schon an der Bewegung, daß es mehr als knapp gewesen war.

»Wir verlieren Fahrt«, meldete Charlie.

6.1, 6.5, 6.1 zeigte das Log an.

Das Boot wirkte schwerfällig. Als ich einen kurzen Blick zurückwarf, sah ich Pauls größer werdenden Bug.

»Seegras am Ruder«, sagte ich.

Scotto reckte den Kopf über das auf- und abdreschende Heck. »Hat sich zugesetzt«, sagte er.

Wir versuchten alles nur Menschenmögliche. Wir segelten achteraus, stocherten mit Riemen und Bootshaken herum, aber das Seegras fiel nicht ab. So gingen wir volle fünf Minuten hinter Paul durchs Ziel. Scotto stieg ins eiskalte Wasser und zog ganze Hände voll dünner brauner Fäden vom Ruderblatt. Wir tranken Tee, und ich beobachtete Paul. Noch zwei Wettfahrten, dachte ich. Noch zwei, und ich kann sie beide gewinnen. Aber irgend etwas bereitete mir Unbehagen. Ich konnte mir selbst noch so oft vorbeten, daß die Sache mit dem Seegras einfach Pech gewesen war, irgendwie hatte sie unseren Kampfgeist gedämpft. Mir war kodderig. Paul besaß nicht nur das Maklerbüro von South Creek, er hatte auch das Glück auf seiner Seite. In hilfloser Wut grübelte ich, ob ich gegen diese Überlegenheit bestehen konnte.

Aber ich mußte es versuchen.

Beim nächsten Durchgang liefen wir raumschots zur linken Seite der Startlinie. Wir waren das Seegras los und machten gute Fahrt. Hinter uns sprühte das Kielwasser in einem weißen Fächer empor. Es wäre herrliches Segeln gewesen, wenn mir der Sinn nach Genießen gestanden hätte, aber das war nicht der Fall. Stattdessen peilte ich einen Kurs an, mit dem wir vom äußersten Ende der Startlinie, wo der Wind jetzt leicht schräg einkam, zur Luvmarke laufen konnten.

»Noch eine Minute«, meldete Charlie. Wir fuhren eine 180-Grad-Wende. Krachend kam der Baum über. Das Vorstag war jetzt in Deckung mit der linken Starttonne. Dazwischen segelte Paul Welsh. Wir preschten mit Kollisionskurs, parallel zur Startlinie, aufeinander zu, wir auf Steuerbordbug, er auf Backbordbug, und die flachen Rümpfe hackten weiße Splitter aus der See. Die Gischt prasselte aufs Deck wie Kieselsteine.

»Signal«, sagte Charlie.

Es wehte so stark, daß der Schuß kaum zu hören war. Diesmal würden wir knallharte Manöver fahren, ganz egal, wie stark der Wind war. Die Tonne schoß an Backbord vorbei. Ich schluckte trocken und wartete darauf, daß mich endlich die eiskalte Ruhe überkam, daß ich endlich die scharfe Linse vor mir hatte, durch die ich alles ganz klar sehen konnte, so daß ich wußte, was der andere tun würde, noch bevor er es wirklich tat.

Aber diese Ruhe kam nicht.

»Ich laufe nach Steuerbord«, sagte ich. Meine Kehle war so zugeschnürt, daß ich kaum sprechen konnte. Wir würden bis vor den Wind abfallen, beschleunigen und hinter Pauls Heck durchschießen müssen. Wasser klatschte übers Deck und mir ins Gesicht. Pauls Rumpf krachte in eine Welle.

»Jetzt!«

Ich drückte die Pinne von mir weg, das Heck drehte in den Wind. Paul zog jetzt gleichauf. Ich schwitzte. Noch während wir abfielen, sah ich seinen Baum in Augenhöhe auf uns zukommen. Ich zog an der Pinne. Aber wir waren im Wellental, und Paul war auf dem Kamm. Sein schwerer Baum knallte in unser straffes Backbordwant. Er begann zu schreien.

Mir war, als hätte ich etwas Kaltes und Schweres verschluckt. Er hatte ein Recht zu schreien, denn er hatte Wegerecht. Und ich war mit ihm kollidiert.

Jetzt schrien alle durcheinander. Das Want glitt weiter zum Ende des Baums, rutschte bis an seine Nock, wo ihn die Dirk hielt, und blieb daran hängen. Das Deck unter meinen Füßen sagte: »Peng!« Segel knatterten. Ich sah Pauls Vorschoter mit aufgerissenen Augen auf ihren herumschwenkenden Bug starren. Wie Bill Rogers, dachte ich. Genau wie Bill Rogers. Und ich biß die Zähne zusammen, preßte meinen gebrochenen Arm gegen den Brustkorb und wartete auf das Krachen, mit dem ihr Bug sich in unser Heck bohren würde.

Aber das Krachen kam nicht. Stattdessen machte es noch

einmal »peng«. Pauls Boot war freigekommen und glitt achteraus an uns vorbei. Mir lief der Schweiß vom Körper. Ich schaute hoch. Ein Want läuft normalerweise straff vom Masttopp zur Salingsnock und von dort zu den Püttings herunter. Dieses hingegen baumelte lose im Wind.

»Ist aus der Saling gesprungen!« schrie Noddy.

Es gab einen plötzlichen Knall, der Mast bog sich in Höhe der Saling durch und kippte dann nach Lee ab. Schwerfällig rollte das Boot im Wasser.

»Verdammte Scheiße«, sagte Scotto.

Vom Komiteeboot ertönte die Lautsprecherstimme: Protest anerkannt, Devereux disqualifiziert. Auch das zweite Rennen ging an Welsh.

»Jetzt hat er uns«, sagte ich. Dann begannen wir, die Trümmer zu klarieren.

Ein Zuschauerboot schleppte uns in den Hafen. Es war eine schändliche Prozession. Ich schaute zum Molenkopf hinauf. Am Fuß des kleinen Leuchtturms stand eine dichte Menschenmenge. Alle guckten uns zu, und zwischen den Augen blinkten viele Kameraobjektive. Ich versuchte amüsiert auszusehen.

»War einfach Pech«, sagte Charlie. »Die hätten uns bei dem Wetter gar nicht starten lassen sollen.«

Ich schüttelte den Kopf. Es war kein Pech gewesen, sondern schlicht eine idiotische Fehleinschätzung von mir. Ich war in das zweite Rennen nervös wie ein Lämmerschwanz gezogen, hatte nur darauf gewartet, angegriffen zu werden. Und prompt bekam ich die Quittung dafür. Ich reagierte vorschnell, und das kostete uns den Mast.

Paul stand mit blitzenden Zähnen am Kai und sah cool und smart aus. Das durfte er auch.

Ich wich den Journalisten aus, ging zu Charlie und duschte bei ihm. Anschließend war ein Empfang im Yachtklub, zu dem ich am liebsten nicht hingegangen wäre. Wir saßen in Charlies

Eßzimmer, tranken Whisky und hörten Musik. Er sagte: »Du solltest lieber diplomatisch sein und hingehen, Devereux.« Ich wollte gerade widersprechen. Aber das ist sinnlos, wenn man weiß, daß der andere recht hat, so wie es sinnlos ist, sein Schicksal zu verfluchen, weil man gerade ein Halbfinale verloren hat.

Eddie Silk war da und hinterließ Fettfinger auf dem Glas, aus dem er den Whisky des Yachtklubs schlürfte. Er war nicht eben der Richtige, mich meine Probleme vergessen zu lassen. »Zum Glück ist niemand dabei umgekommen«, sagte er.

»Es war Pech«, sagte ich und schaute über seinen fettigen Birnenkopf zu dem PR-Mann hinüber, der gerade ans Mikrophon getreten war. »Und hier – der Generaldirektor von Iceberg Wodka«, sagte er.

Ein blasser Mann in beigem Anzug kletterte aufs Podium und klopfte gegen das Mikrophon. Aber ich schaute nicht den blassen Mann an, sondern ein Mädchen mit dunklen Augenbrauen, sanft geschwungener Nase und kurzem blonden Haar. Die Empfangsdame, die im Waterfrontgebäude am Schreibtisch der Firma Seahorse Land gesessen hatte. Und sie schaute mich an.

Durch die Menge schob ich mich auf sie zu. Der Redner stellte gerade eine Verbindung zwischen Wodka und Sportsgeist her. Die Augen des Mädchens waren graugrün und undurchdringlich. Es sagte: »Ich hoffte, Sie hier zu finden. Wir treffen uns draußen.«

Draußen war die Wolkendecke etwas aufgerissen, und die Strahlen der Abendsonne vergoldeten die Pfützen auf dem ausgefahrenen Pflaster der Pier. Das Mädchen trug eine weiße Seidenbluse und eine eng anliegende Jacke mit Kupferknöpfen, die seine schlanke Taille betonte. Am Revers steckte ein Abzeichen der Gesellschaft zur Rettung Schiffbrüchiger. Das alles sah sehr proper aus, sehr yachtklublike. Wir stakten über die Festmacherleinen einiger Trawler zur *Mermaid* hinüber.

Hier, außerhalb der Cocktailparty, wirkte sie unsicher und nervös. Ich fragte: »Wie heißen Sie?«

»Helen Gallagher.«

Ich bestellte was zu trinken, und wir setzten uns an einen der ramponierten Holztische in der Ecke. »Ich habe nicht erwartet, Sie wiederzusehen«, gestand ich.

»Ich habe nach Ihnen gesucht. Um Ihnen ein paar Fragen zu stellen.«

»Nur zu.«

»Warum sind Sie damals nach Southampton gekommen?«

»Weil Ihr Mr. Raistrick der Marina South Creek, an der ich Anteile habe, ein Kaufangebot gemacht hat«, antwortete ich. »Und weil, als wir das ablehnten, ein paar merkwürdige Dinge bei uns passierten.«

Wieder nickte sie. Unglücklich starrte sie auf die zerkratzte Tischplatte nieder.

»Aber ich habe die Nummer angerufen, die Sie mir gaben«, sagte ich, »und diesem Unfug ein Ende gemacht.«

Sie schaute mich mit ihren graugrünen Augen so skeptisch an, daß mir unbehaglich wurde. Sie fragte: »Was wissen Sie über Seahorse Land?«

Irgend etwas an dieser Frau reimte sich nicht zusammen. Ich hatte sehr wenig Grund, ihr zu vertrauen, trotzdem fiel es mir schwer, es nicht zu tun. Ich sagte: »Ich weiß, wer die Firma leitet, deren Nummer Sie mir gegeben haben. Dieser Mann liebt das große Geld über alles, aber ins Gefängnis dafür will er nicht. Ich habe mit ihm gesprochen. Er hat aufgehört damit.«

Sie nickte und sah diesmal erleichtert aus. Ich verstand nicht, warum. Sie trank ihr Glas aus und stand auf.

»Ist das alles?« fragte ich.

»Das ist alles. Ich gehe allein zurück, okay?«

Ich öffnete ihr die Tür und sah ihr nach, als sie hocherhobenen Hauptes über die Festmacherleinen zurücklief, um im

Yachtklub zu verschwinden. Neben den rostigen Aufbauten der Trawler sah sie klein und zerbrechlich aus. Und entsetzlich einsam.

Ich trank noch eine Halbe. Das Gespräch hatte bei mir einen seltsamen Geschmack hinterlassen. Helen war die ganze Strecke bis Pulteney gefahren, um mir ein paar Fragen zu stellen. Ich war mir ziemlich sicher, daß sie nicht an Informationen über Seahorse Land interessiert war, sondern herauszufinden versuchte, wieviel ich wußte. Ich hatte das eigenartige Gefühl, daß mir auf den Zahn gefühlt werden sollte.

Ich verließ die *Mermaid,* verabschiedete mich von Charlie, bugsierte den Land-Rover aus dem Parkplatz und fuhr die Fore Street hoch. Wenn Helen geglaubt hatte, meine Neugier dämpfen zu können, dann war sie auf dem Holzweg. Ich war, ganz im Gegenteil, plötzlich sehr neugierig geworden. Und mir schien, daß mein Cousin James diese Neugier am besten befriedigen konnte.

James wohnte in Compton Hall, einem prächtigen Anwesen in Somerset. Es war Viertel vor zehn, als mein Wagen sich durch die Backsteinpfosten der Auffahrt schob. Das Haus war taghell erleuchtet, und in der Einfahrt standen fünf teure Autos. Ich kletterte aus dem Land-Rover, kämmte mein Haar mit den Fingern und stapfte die Stufen zwischen den Säulen hinauf.

Auf dem Marmorboden der Eingangshalle standen ein paar griechische Statuen, denen Köpfe oder Arme fehlten. Es wirkte alles sehr geschmackvoll, darauf hatten die Innenarchitekten wirklich geachtet. Durch die Flügeltür rechts drang gedämpftes Stimmengewirr. Sie öffnete sich, und ein Diener in schwarzer Jacke und gestreifter Hose kam, ein Tablett mit Puddingtellern balancierend, heraus. Er wollte mich gerade ansprechen, aber ich sagte: »Schon gut«, und ging an ihm vorbei.

In dem Speiseraum stand ein mit silbernen Leuchtern geschmückter langer Mahagonitisch, an dem lauter elegante

Frauen und Männer saßen. James, lächelnd und jovial, präsidierte am Kopf der Tafel unter einem zweitklassigen Gemälde von Reynolds, das er mal gekauft hatte, weil er fand, es sähe ihm ähnlich. Seine bis auf den Kragen des Frackhemds hängenden Backen waren rot vor Hitze, aber sein Blick wurde eisig, als er mich gewahrte; sein Lächeln schien zu gefrieren.

»Wenn Sie mich einen Augenblick entschuldigen?« sagte er zu seinen Gästen, nahm mich am Oberarm und führte mich aus dem Raum, bevor auf das Ambiente von schwerem Wein und dickem Geld der Schatten meiner schlechten Seglermanieren fiel. Er führte mich in eine Bibliothek mit Kaminfeuer und einem Servierwagen voller Whisky- und Sodaflaschen. Dort schloß er die Tür und drehte sich zu mir um. Seine Jovialität war wie weggeblasen, sein Gesicht dunkelrot vor Ärger. Er roch nach Alkohol. »Was zum Teufel denkst du dir dabei, hier einfach reinzuplatzen?«

»Ich möchte genauer wissen, welche Verbindung du zur Firma Seahorse Land hast«, sagte ich.

Er verzog keine Miene, aber das tat er sowieso nie. »Kümmere dich um deinen eigenen Kram.« Er griff nach einer Zigarrenkiste und nahm sich eine Zigarre heraus.

Die Kiste stand neben ein paar Fotos in einem Regal.

»Auch eine?« fragte er. Ich nickte.

Für einen Augenblick wandte er mir seinen breiten Rücken zu und nestelte mit Zigarrenschneider und Bauchbinde herum. Dann gab er mir die Zigarre.

»Seahorse ist out«, sagte er, als die Zigarren brannten. »Das ist außer Kontrolle geraten.«

Ich schaute auf seine wulstigen roten Lippen, aus denen der Rauch quoll. Bisher hatte er mir noch nie eine seiner guten Zigarren angeboten. Ich ging zu der Kiste im Regal und griff mir den Schneider, um noch etwas von ihrem Ende abzuknipsen. Die Diener hatten die Fotos mit militärischer Präzision ausgerichtet, Seite an Seite, mit auf den Millimeter gleichen Zwischenräumen. Aber eines der Fotos war hinter die anderen gerutscht. Ich zog es behutsam hervor und betrachtete es.

Es war ein farbiges Gruppenfoto von vier Männern. In der Mitte, rotgesichtig und blasiert, stand James. Neben ihm standen irgendein dunkelhaariger Bürgermeister mit goldener Amtskette und zwei weitere Männer, der eine im dunklen Anzug, der andere in Blazer und Flanellhose mit messerscharfen Bügelfalten. Im Hintergrund waren zwei neue Apartmentblocks zu sehen sowie ein zwischen Palmen aufragender Kran, von dessen Ausleger die rot-gelbe spanische Flagge wehte. Auf einem Transparent stand: »126 Apartamentos a Puerto Las Brisas.« Ein weiterer breitschultriger Mann in beigem Safarianzug stand unter der Flagge, das Gesicht von der Kamera abgewandt. So wie er dastand, hatte ich den Eindruck, daß er absichtlich wegschaute, weil er nicht erkannt werden wollte. Aber ich war nicht an Leuten in Safarianzügen interessiert. Ich betrachtete mir die Personen im Vordergrund.

Das dritte Gesicht von rechts war blaß und talgig, hatte einen schweren Schnauzbart und lächelte konventionell über weißem Kragen. Dieses Gesicht hatte ich schon mal gesehen. Da hatte es sich kurz umgedreht, als sein Besitzer über die eiserne Galerie des Waterfrontgebäudes gerannt war: das Gesicht von Mr. Terrence Raistrick. Neben ihm, schlank, untadelig und schmaläugig, stand Lord Honiton. Ich nahm das Foto zur Hand und drehte es um. James sagte: »Wenn du nichts dagegen hast, muß ich jetzt wieder zu meinen Gästen.«

Ich hielt das Foto hoch. »Das bist du«, sagte ich. »Du und der miese Mr. Raistrick. Und der gute alte Lord Honiton.«

Er riß mir das Foto aus der Hand, sein Gesicht war jetzt ganz dicht neben meinem. Seine rosige Fleischfarbe war einem häßlichen Gelbgrau gewichen. »Das ist ein sehr altes Foto«, sagte er mit unübersehbarer Angst.

»Die Jungs von Seahorse Land?« fragte ich.

»Ich habe mit Seahorse Land nichts mehr zu tun«, sagte James. »Und Lord Honiton auch nicht.«

»Wer dann?«

»Vielleicht machen die in Spanien noch ihre Geschäfte«, sagte James. »Aber ich weiß es wirklich nicht.«

»Wo ist Raistrick?«

»Keine Ahnung.« Das konnte sogar stimmen. »Ich an deiner Stelle würde nicht rumlaufen und jede Menge blöder Fragen stellen. Honiton ist schon vor Monaten ausgestiegen. Ich kann dir die Korrespondenz zeigen, wenn du willst.«

Ich schaute ihn an. Langsam kam wieder Farbe in sein Gesicht, und statt ängstlich sah er ärgerlich aus. Ich glaubte ihm, jedenfalls was Honiton anbelangte. Denn wenn Lord Honiton sich die Hände in Unschuld wusch, dann wurden sie aseptisch rein. In Bezug auf James war ich mir da nicht so sicher.

Ich sagte: »Du brauchst mir keine Korrespondenz zu zeigen. Aber in South Creek wollen wir von Seahorse nie mehr hören.«

Als ich den Land-Rover über die Straßen von Somerset lenkte, war ich in Gedanken bei James und seinem Verhalten. Er war so verschwiegen gewesen, wie er nur konnte. Aber warum hatte er solche Angst gehabt? Honiton war ein mächtiger Mann und auf jeden, der ihm in die Quere kam, übel zu sprechen. Aber er war viel zu sehr auf seinen guten Ruf bedacht, als sich in wirklich üble Sachen einzulassen. Was man von James nur bedingt sagen konnte.

Während der endlos scheinenden Heimfahrt zerbrach ich mir über die Angelegenheit den Kopf. Schließlich fand ich, daß James in Bezug auf Honiton die Wahrheit gesagt hatte; daß er selbst gerade noch ausgestiegen war, bevor die Praktiken von Seahorse ihm zu heiß wurden. Es wäre nicht das erstemal gewesen, daß er sich aus einer Firma zurückzog, die ihm nicht mehr geheuer schien. Und so erschrocken war er gewesen, weil er keinen unnötigen Wirbel wünschte. Alles in allem sah es ganz so aus, als ob es die Firma Seahorse Land noch gäbe, zumindest mit ihrem spanischen Zweig. Und wenn sie in einer Form weiterexistierte, die so heiß war, daß selbst James sich nicht die Finger daran verbrennen wollte, so klang das für mich alles andere als beruhigend. Plötzlich machte ich mir Sorgen wegen der Leute, die Henry in seinem Urlaub kennenlernen mochte.

10

Das Gefühl der Bedrohung war noch da, als ich am nächsten Morgen aufwachte. Ich ging direkt ins Büro und rief James an. Er schien nicht sehr erfreut, von mir zu hören. Ich sagte: »Ich möchte wissen, was es von Seahorse Land in Spanien noch gibt. Namen und Adressen.«

Er räusperte sich. »Keine Ahnung«, sagte er. »Der Mann ist umgezogen. Hab' ihn nie mehr gesehen.«

»Du kennst doch meinen Freund Harry Chase, den Journalist. Willst du, daß er sich mal ein bißchen umhört?«

»Soll er ruhig«, sagte James. »Ich kann ihm nichts erzählen, was ich nicht weiß.«

»Mal sehen.« Ich hängte ein und starrte auf den Hafenplan an der Wand. Wenn James bei der Drohung mit Journalisten nicht klein beigab, dann hatte er entweder wirklich nichts zu erzählen – oder aber ganz große Angst. Wie auch immer, Henry war jedenfalls da unten ganz auf sich allein gestellt.

Ich befestigte gerade die Hebegurte unter einer Westerly Centaur, die einen neuen Antifouling-Anstrich bekommen sollte, als ich meinen Namen rufen hörte. Ich hielt die straffe Führungsleine, während der Rumpf am Kran emporschwebte. Es war Mary. Sie stand am Gartentor, die Hände geballt wie ein Ringkämpfer. Ihre Backen waren rot.

»Komm mal mit!« Sie wartete meine Antwort gar nicht ab, sondern stapfte ins Haus und blieb vor Henrys Büro stehen. »So«, blaffte sie. »Würdest du diesem Mann da bitte sagen, daß er gehen soll?«

Hinter ihrer in einem blauen Wollpullover steckenden Schulter erkannte ich Paul Welsh. Er saß an Henrys Schreibtisch. Hinter ihm stapelten sich Aktenordner und Ablagekörbe bis an die Spinnweben unter der Decke. »Was ist?« Irritiert schaute er von dem Ordner auf, den er gerade durchblätterte.

Marys dicker roter Daumen schnellte hoch und deutete zurück über ihre Schulter. »Raus«, befahl sie.

»Ich prüfe gerade die wirtschaftliche Lage meines Maklerbüros«, sagte er. »Was mein Recht ist.«

Wenn ein Regattasegler einem mit Recht und Gesetz kommt, dann geht es um eine krumme Sache. Ich sagte: »Das ist Paul. Wenn du erlaubst?« Damit drängte ich Mary sanft aus dem Raum. Draußen zwinkerte ich ihr kurz zu und schloß vor ihrem sprachlosen roten Gesicht die Tür.

»Ich habe zu tun«, sagte Paul, während seine gepflegten braunen Hände einen Papierstoß durchblätterten.

Sanft sagte ich: »Du hättest dich anmelden können.«

Mit überzogener Ironie sagte er: »Du weißt, daß ich dieses Maklerbüro gekauft habe. Und in diesem Saustall gibt's weiß Gott jede Menge zu ordnen.«

Ich spürte, wie kalte Wut in mir hochstieg. Es war dieselbe Wut, die meine Konzentration beim Halbfinale des Iceberg Cup so beeinträchtigt hatte. Sehr langsam und ruhig sagte ich. »Du hättest dir gleichzeitig gute Manieren einkaufen sollen.« Am liebsten hätte ich ihn am Kragen seines makellosen Wollpullovers gepackt und zur Tür rausgeworfen. Stattdessen holte ich tief Luft. »Henry ist verreist«, sagte ich. »Dein Besuch wäre passender, wenn er wieder da ist.«

»Mir paßt es aber so besser«, sagte er ohne aufzublicken.

»Okay«, sagte ich, »dann muß ich wohl deutlich werden. Raus! Sofort!«

Er blätterte eine Seite um. »Ruf doch die Polizei«, sagte er.

Das reichte. Plötzlich waren wir wieder Martin Devereux, der eine namenlose Schule besucht hatte, und Paul Welsh, der Eton-Absolvent, dessen Vater seine Yacht in einer mickrigen kleinen Werft an der Südküste warten ließ. Ich ging quer durch den Raum auf ihn zu, nahm sein Ohr zwischen Daumen und Zeigefinger und zog. Er sagte: »Au!« mit einer schockierten Fistelstimme und versuchte sich mir zu entwinden.

Ich sagte: »Verschwinde, bevor ich dich rauswerfe.«

Er riß den Kopf weg und versuchte ein überlegenes Lächeln aufzusetzen; es wurde aber nur eine fade Grimasse. »Ich wußte ja schon immer, daß du so was entsetzlich Ordinäres an dir hast, Martin«, sagte er.

»Raus!«

»Ich wollte gerade gehen.« Er war blaß, und sein Mund war zu einem Strich zusammengekniffen. Als er an mir vorbeiging, holte er mit dem Fuß nach hinten aus und trat zu. Eigentlich hätte der Tritt meinen Unterleib treffen sollen. Aber er war zu plump und ungeschickt. Ich sprang zur Seite und packte mit meiner intakten Hand seinen Fußknöchel. So standen wir einen Moment, er auf einem Fuß hüpfend, ich seinen anderen haltend, bis ich sagte: »Dann geh!« Und ihn auf den Rücken warf. Er rutschte zum Eingang, wo er sich, weiß vor Wut, hochrappelte. »Gott, was für eine Bruchbude!« sagte er mit einem letzten Blick auf Henrys zerkratzten Schreibtisch und verschwand.

An dem Abend hatte ich eine Auseinandersetzung mit Mary.

»Ich will diesen Mann hier nicht sehen«, sagte sie, als ich gerade einen Stapel Rechnungen durchsah.

»Es ist aber sein gutes Recht, sich die Unterlagen seines Maklerbüros anzusehen.«

Sie reckte das Kinn vor. »Nicht in meinem Haus.« Sie runzelte die Stirn. »Vielleicht hat er sogar schon was mitgehen lassen. Irgend etwas fehlt.«

»Was fehlt?«

Sie schaute mich mit ihren blaßblauen Augen an und sagte: »Ich habe dieses blöde Büro hier dreißig Jahre lang belagert. Immer wenn Henry weg war, bin ich reingeschlüpft, um sauberzumachen, bevor er zurückkommen und mich rausschmeißen konnte. Also, irgendwas fehlt.«

»Und du glaubst, daß Paul es mitgehen ließ?«

Sie schüttelte den Kopf. »Wenn ich's mir recht überlege, eigentlich nicht. Es war was Größeres. Paul trug nichts bei sich, als er ging.«

»Aber du kannst dich nicht erinnern, was es war?«

Sie schüttelte den Kopf. »Ich weiß im Moment ja kaum meinen eigenen Namen.« Ich betrachtete ihr breites erschöpftes Gesicht und die schweren Arme auf dem abgestoßenen Emaille des Tisches. Mary hatte mich behütet, seit ich mit zwölf Jahren allein auf der Welt stand. Jetzt brauchte sie jemanden, der sie behütete.

»Weißt du was«, sagte ich, »ich habe nicht die geringste Lust, jetzt noch ins Point House zu fahren. Ich schlafe heute Nacht hier.«

Ihr Kopf ruckte hoch. Sie wollte mich vermutlich anfahren, nicht so albern zu sein, doch dann schien sie es sich anders zu überlegen. Die Kummerfalten, die von ihrer Nase zum Mund liefen, glätteten sich etwas. »Wenn du wirklich meinst?« sagte sie.

Umgeben von den vertrauten nächtlichen Geräuschen South Creeks lag ich auf dem Bett und döste. Draußen wehte ein starker Wind. Die Fallen schepperten, und die See donnerte auf den Strand hinter der Mole.

Plötzlich war ich hellwach. Mein Zimmer lag genau über

Henrys Büro. Außer dem Radau draußen in der Marina hörte ich noch ein anderes Geräusch, ein vorsichtiges Schleifen und Rascheln, das durch den Fußboden zu mir heraufdrang. Ich schloß die Augen. Ratten, dachte ich. In den Marschen wimmelte es von Ratten, und es war praktisch unmöglich, sie von einem so alten Haus wie South Creek fernzuhalten. Aber das Geräusch war für Ratten zu laut und das Rascheln und Schleifen zu schwer.

Ich schwang die Füße auf den kalten Boden, zog meine lange Hose und einen Wollpullover über, machte die Tür auf und begann die Treppe hinunterzusteigen.

Mary war eine Kriegsbraut gewesen. Ihre Ansicht über Energiesparen war von den Zeiten der Verdunklung geprägt, und sie hätte eher in Champagner gebadet als die Nacht über eine Lampe brennen zu lassen.

Doch unter Henrys Bürotür drang ein blaßgelber Streifen Licht hervor. Die Hälfte der Treppe hatte ich geschafft. Mein rechter Fuß ertastete sich seinen Weg an der Scheuerleiste entlang zur nächsten Stufe, möglichst dicht an der Wand, um zu vermeiden, daß es knackte. Vorsichtig verlagerte ich mein Gewicht.

Da knarrte die Stufe wie ein vollgetakeltes Segelschiff in einer Sturmbö. Das Licht im Büro ging aus. Den Rest der Treppe legte ich mit einem einzigen Satz zurück, drehte den Türknauf und stürmte in den dunklen Raum. Ich gewahrte nur flüchtig ein hellgraues Viereck, das Fenster, und Alkoholgeruch; dann kollidierte etwas mit meinem Kopf, und in meinen Ohren klingelte es, als ich gegen einen Stapel Karteikästen fiel. Polizei, dachte ich. Der irre Ire hat versäumt, die Polizei zu benachrichtigen.

Am Fenster bewegte sich ein Schatten, breite Schultern auf einem massigen Körper, der sich mit dem Schiebefenster abmühte. Ich hob die linke Hand und drückte auf den Lichtschalter. Es tat sich aber nichts. Kaputte Birne, dachte ich. Als ich mich mit der linken Hand hochstemmte, stieß ich gegen Metall.

Ich kannte es gut; es war ein schwerer Bronzeschäkel, den Henry als Türstopper benutzte. Mit dem Schäkel in der Faust kam ich in genau dem Moment wieder auf die Füße, als der Mann das Schiebefenster geöffnet hatte. Er zog, sich deutlich vom blaßgrauen Viereck des Himmels abhebend, ein Bein an, um von der Fensterbank aus nach draußen zu steigen. Mit aller Kraft schleuderte ich den Schäkel nach ihm.

Es war ein plumper Wurf, noch dazu mit der verkehrten Hand. Der Schäkel plumpste zu Boden, die Figur im Fensterbrett nach draußen und mit einem dumpfen Aufprall ins Blumenbeet. Mit den Füßen zuerst sprang ich ihm nach und landete auf etwas, das sein Körper gewesen sein mußte, denn er stöhnte und rollte sich zur Seite. In meinen Ohren rauschte das Blut. Jetzt sah ich ihn, eine dunkle, massige Silhouette, die ins Buschwerk kroch. »Halt, stehenbleiben!« brüllte ich.

Er blieb aber nicht stehen. Mit gesenktem Kopf stürmte ich auf ihn zu und rammte ihn. Einen Moment rangen wir miteinander, und ich versuchte, einen Fuß hinter seinen Knöchel zu haken, um ihn umzuwerfen. Aber sein Körper war breit und dick, und der Gipsverband machte es mir unmöglich, die Hände hinter ihm zu verschränken. So konnte er sich befreien, und ich traf ihn nur mit der Linken seitlich im Gesicht. Ich spürte, wie seine Finger nach meinem rechten Arm griffen. In mir begannen sämtliche Alarmglocken zu schrillen. O nein, nicht das, dachte ich, und versuchte, ihm den Arm zu entwinden. Aber ich war zu langsam. Er hielt ihn umklammert und zerrte daran, und ich krümmte mich bei der Vorstellung, was als nächstes passieren würde. Denn wir standen direkt an der Hausmauer, und die war aus harten, sehr harten Backsteinen gemacht.

Mit einem Ruck riß er den Gips hoch und schmetterte ihn gegen die Hauswand. Mein Magen schien sich umzustülpen, und das Rauschen in meinen Ohren wurde zum Tosen. Irgend etwas stimmte mit meinen Knien nicht mehr, sie wurden so schlaff wie durchweichtes Papier. Ich fiel auf den nassen Rasen und zog den Arm an mich.

Von oben fragte Marys Stimme: »Wer ist da?« Dann ging das Licht an.

Ich hörte Schritte über den Rasen davonhasten und wollte dem Mann nachlaufen, aber meine Knie funktionierten noch immer nicht. Ehe ich an der niedrigen Backsteinmauer war, wimmerte draußen auf dem Parkplatz ein Anlasser. Ich lehnte mich gegen den Goldregenstrauch und sah dem Wagen nach, dessen Lichtkegel sich in die Dunkelheit bohrten, als er mit über den Schotter tanzenden Rädern auf die landeinwärts führende Straße einbog. Der Wagen hatte eine hohe Kastenform. Er war zu weit entfernt, als daß ich sein Nummernschild hätte erkennen können. Aber auf dem Parkplatz roch es nach Diesel.

Ich wankte, den rechten Arm wie ein Baby an mich gedrückt, zum Haus zurück.

Mary sagte: »Was zum Teufel geht hier vor?«

»Einbrecher«, sagte ich. Sie sah blaß und verschlafen aus. »Ich glaube nicht, daß er irgend etwas mitgehen lassen konnte. Ruf trotzdem die Polizei an. Sag ihr, daß es ein Wagen mit Vierradantrieb war, Typ Toyota Land Cruiser. Die werden ihn schon schnappen.« Dort, wo der Gipsverband gegen die Mauer geschlagen war, klaffte ein Riß. Ich hielt den Arm fest und hoffte, daß Mary nicht sah, wie meine Knie unter dem Pyjama zitterten.

Der Fußboden des Büros war knöchelhoch mit Papieren und Aktenordnern übersät. Sie starrte auf das Chaos und wußte nicht, wo sie mit dem Aufräumen anfangen sollte. Ich stand da, blickte aus dem offenen Fenster und dachte an schwergewichtige Einbrecher mit Alkoholfahne, die instinktiv einen gebrochenen Arm gegen die Wand schleuderten. Plötzlich drehte sich mir der Magen um. Ich ging in den Garten und mußte mich entsetzlich übergeben.

Die Polizei traf ein: Sergeant Hone aus Marshcote und drei

Leute von der Kriminalpolizei Exeter. Sie hatten den Wagen nicht gefunden. Der konnte mittlerweile sonstwo sein, meinten sie, weil es doch ein Wagen mit Vierradantrieb war.

Ich nickte und dachte an den hohen, eckigen Wagen und den nach Diesel stinkenden Auspuff, den ich bei meiner Ankunft aus Australien gesehen hatte. Sie fragten, ob etwas fehle, und Mary sagte, sie könne nur raten. Dann beschrieb ich den Mann, was sie ebenfalls nicht weiterbrachte. »Sie hatten Glück«, sagte Hone, ein dicklicher, sommersprossiger Mann mit fuchsrotem Schnurrbart, während die Leute von der Kriminalpolizei Puder zur Sicherung von Fingerabdrücken verstäubten. »Zur Zeit läuft die reinste Einbruchwelle.« Er nahm einen Mundvoll Whisky und ließ ihn über die Zunge rollen. »Eine regelrechte Seuche ist das. Videorekorder und so.«

»Wir haben kein Video«, sagte Mary.

»Ah«, sagte Hone. »Aber das konnte er ja nicht wissen, oder? Sie hatten Glück.«

»Vielleicht fragen Sie mal James de Groot, was er darüber weiß«, sagte ich und gab ihm die Telefonnummer.

Schweigend warteten wir am Küchentisch, während Hone in Compton Hall anrief. Ich wagte nicht, den Arm in seinem aufgesprungenen Gips zu rühren.

Stirnrunzelnd kam er zurück. »Mr. de Groot ist auf Geschäftsreise«, sagte er. »Heute Mittag abgeflogen. Nach Amerika.«

Am nächsten Morgen fuhr ich zur Ambulanz nach Exeter. Sie röntgten meinen Arm und sagten, daß er prima heile. Trotz des Stoßes. Dann gipsten sie mich neu ein und schickten mich nach Hause. Als ich nach South Creek zurückkam, war die Polizei wieder da. Fingerabdrücke waren keine gefunden worden, und niemand hatte ein Auto beobachtet. Wieder wollten sie wissen, ob etwas fehle. Mary sagte, das sei nicht der Fall. Sie verabschiedeten sich.

Als sie weg waren, sagte sie: »Glaubst du, daß es Paul Welsh war?«

»Zu fett«, sagte ich.

»Schon seltsam«, sagte sie. »Da kommt jemand mitten in der Nacht, wühlt hier alles um und nimmt nichts mit.« Sie schwieg. »Vielleicht war er ja hinter derselben Sache her wie Paul.«

Alles in Henrys Büro mußte natürlich für Paul und den Einbrecher von höchstem Interesse sein. Der Einbrecher war für Paul aber zu groß, zu wuchtig gewesen. In Größe und Gestalt erinnerte er mich eher an James. James wußte, daß ich mir den Arm gebrochen hatte, und es hätte ihm sehr ähnlich gesehen, mich außer Gefecht setzen zu wollen, indem er ihn noch einmal zu brechen versuchte. Aber James hatte in der Maschine nach Amerika gesessen.

Inzwischen war es hell geworden. Ich ging ins Büro, um ein paar Briefe zu unterschreiben. Als Tony eintraf, rief ich ihn zu mir ins Büro. »Wir brauchen einen Mann am Tor«, sagte ich. »Die ganze Nacht über. Jede Nacht.«

»Teufel aber auch«, sagte er.

»Mit einem Funksprechgerät«, sagte ich. »Und am anderen Ende werde ich sitzen, in Point House.«

»Das wird den Kunden gar nicht gefallen«, meinte er.

»Sie werden sich daran gewöhnen müssen.«

»Kannst du dir vorstellen, daß unser Dick Kriminelle abschreckt?« fragte er.

»Ja«, sagte ich. »Solange er ein Funksprechgerät hat.«

Tony zuckte die breiten Schultern. »Wenn du meinst?«

Ich arbeitete, bis die Sonne als dicker orangeroter Ball hinter den Masten hing, dann ging ich zum Parkplatz hinüber. Tony kam mir entgegen und grinste über das ganze braungebrannte Gesicht. »Dick ist schon im Dienst«, sagte er. »Hab' ihm zwei Illustrierte, 'ne Kanne voll Tee und 'ne Dose Tabak mitgegeben. An dem kommt kein Dieb vorbei.«

»Und das Funksprechgerät«, erinnerte ich.

»Und das Funksprechgerät.«

»Danke.« Ich kletterte in den Land-Rover, winkte Dick zu und machte mich auf den Weg zum Point House.

Ich war müde. Ich machte mir ein Steak und wärmte eine Dose Bohnen, aß und wusch ab. Als ich das Kaminfeuer versorgt hatte, probierte ich das Funksprechgerät aus. Ich drehte es auf volle Lautstärke, damit ich Dick auch hörte, falls er in der Nacht versuchen sollte, Kontakt mit mir aufzunehmen.

Dann saß ich da und starrte auf mein Schachbrett. Aber ich konnte mich nicht auf das Spiel konzentrieren, weil sich ständig Henry dazwischen schob; Henry, der weit weg war und Gott weiß was mit gefährlichen Leuten in Spanien trieb. Die Figuren auf dem Brett begannen in meiner Vorstellung neue Formen anzunehmen: James und Helen, Raistrick und der Einbrecher. Ich sah die Marina in Miniatur vor mir, das Hafenbecken mit den Schlengeln, die Wellblechschuppen und das rote Backsteinhaus auf seiner Kiesbank. Dann veränderte sich die Einstellung, und die Figuren begannen um etwas anderes zu kreisen, aber dieses Andere lag im Dunkel, wie in graue Vorhänge gehüllt. Im Kamin kullerte ein Holzklotz zur Seite. Ich fuhr auf. Langsam erhob ich mich und stieg über die schmale Treppe nach oben in den Schlafraum.

Als ich die Augen öffnete, war es noch dunkel. Der Mond schien zum Fenster herein und malte silberne Vierecke auf die weiße Bettdecke. Meine Uhr stand auf 4.38. Ein paar Sekunden lag ich so da, lauschte dem Stöhnen des Windes und versuchte herauszufinden, was mich geweckt hatte.

Dann hörte ich die Stimme erneut. »Martin!« schrie sie. Furcht lag in dieser Stimme, sogar Panik. Ich stürzte ans Fenster.

Vor mir lag, flach und grau im Mondschein, der Dünenweg. An seinem Ende stand ein Auto mit schräg gen Himmel gerichteten Scheinwerfern. Über den Weg rannte eine große Figur in einem langen Kleid, das ihr um die Beine flatterte: Mary. Ich zog Hose, Pullover und Stiefel an und sprintete gerade die Treppe hinunter, als sie zur Tür hereinkam. Ihr Haar war vom Wind zerzaust, der blaue Morgenrock voller Sand und ihr Gesicht tränenüberströmt. »Der Ponton!« japste sie. »Der Ponton! Mein Auto steckt im Sand fest. Komm mit!«

Wir liefen nach draußen, und ich ließ den Land-Rover an. Ihr Volkswagen war vom Weg abgekommen und steckte bis zu den Radnaben im Sand. »Der Ponton hat sich losgerissen und treibt ab«, sagte sie und dann nichts weiter, weil sie zu sehr damit beschäftigt war, sich an ihren Sitz zu klammern, als ich den Land-Rover über den holperigen Weg jagte.

Als wir die Marsch durchquert hatten und zum Becken runterkamen, sah ich schon, daß irgend etwas an der Art nicht stimmte, wie sich die Masten in den östlichen Himmel reckten. Normalerweise standen sie ordentlich in Reih und Glied. Jetzt hingegen war ein Teil von ihnen als wirrer Pulk unten vorm Parkplatz gelandet. Mit aufheulendem Motor jagten wir um das Hafenbecken. »Ruf Tony an«, schrie ich, während ich aus dem Wagen sprang.

»Hab' ich schon«, sagte sie.

»Wo ist Dick?«

»Den hab' ich nicht gesehen.«

Ich rannte zum Beckenrand. Die Masten sahen aus wie ein Fichtenwald nach einem Orkan. Der Ponton, ein fünfzig Fuß langer, schwerer Schwimmsteg aus Holz und galvanisiertem Eisen, war vom Wind quer durch den Hafen getrieben worden und hatte die an ihm festgemachten Boote mitgezogen. Die ganze Wuling war auf die Eisenbetontrümmer gebrummt und rumpelte jetzt in der Kabbelsee auf und nieder. Es war grauenvoll, dieses Geräusch, mit dem der Ponton soeben Boote im Wert von einer halben Million Pfund zu GFK-Staub zermalmte.

Ich schaute nach Dicks Schute. Sie lag nicht an ihrem üblichen

Platz am Treibstofflager. Ich rannte zum Land-Rover zurück und zog eine Taschenlampe aus dem Handschuhfach. Ihr Lichtstrahl tanzte über schwarzes Wasser und gesplitterten Kunststoff.

»Kann ich was tun?« fragte Mary mit zittriger Stimme.

»Zieh dir was über.«

Die gelbe Scheibe der Taschenlampe blieb auf der Wasserseite des Schwimmstegs ruhen. Dort drüben lag, lang und schwarz, Dicks Schute. Ich rutschte die Mauer hinunter und kletterte über den zertrümmerten Bug einer großen Westerly auf den Steg. Dicks Schute war nicht festgemacht, sondern lag einfach so da und wurde nur vom Winddruck gegen die Fender gepreßt. Ich sprang auf die Motorhaube hinunter, mich ausbalancierend, und lauschte einen Moment. Der Motor war noch warm. Fallen schepperten, Wasser platschte und Rümpfe knirschten auf Betonbrocken. Das war alles.

»Dick!« schrie ich.

Keine Antwort.

Ich wartete nicht lange, sondern drückte auf den Anlasser. Der 120-PS-Diesel startete mit einem satten Tuckern. Ich holte eine der langen Trossen aus dem Schapp und belegte ihre Tampen an den auf beiden Seiten des Pontons angebrachten Ringen. Dann führte ich die Mitte der Trosse zum Poller am Heck, belegte, haute den Vorwärtsgang rein und schob den Gashebel durch. Der Motor heulte auf. Als die auf diese Art gebildeten Zügel sich strafften, wurde die Schute zur Spitze eines Dreiecks und der Ponton zu dessen Grundlinie. Das Heckwasser schäumte silbrig. Ich saß einfach da. Mehr konnte ich im Moment nicht tun. Leinen ächzten. Achteraus begannen die Masten unruhig zu pendeln, als das Gewicht des Pontons von den eingeklemmten Booten genommen wurde. Sehr langsam schleppte ich den Ponton seewärts. Die immer noch daran befestigten Boote kamen wie zerbeulte Erbsenschoten, in ihren Leinen hängend, hinterher. Am Ufer brannten jetzt viele Lichter, am Ende der Mole fuhr ein untersetztes Fahrzeug vor: der Winschenwagen. Ein Boot hielt auf mich zu.

»Ich bringe 'ne Trosse«, sagte der dunkle Schatten in seinem Heck mit Tonys Stimme. »Sie ist schon auf der Seilwinde. Beleg mal.« Er reichte mir das Auge einer schweren Drahttrosse. Ich machte die Mitte meiner als Zügel dienenden Leine an dem Auge fest, löste sie vom Poller und trat zur Seite, als die Winde den Druck übernahm. Sie kreischte auf, und dann bewegte sich der Ponton mit allem Anhang langsam durch das Hafenbecken zurück. Ich fuhr die Schute zum Treibstofflager und rannte zu Tony neben der Seilwinde. Sie jaulte und keuchte, und die Trosse dehnte sich, zum Zerreißen gespannt, quer übers Wasser zu den zerschmetterten Kolossen, die eben noch elegante Yachten gewesen waren. Inzwischen war es heller geworden. Tony sagte: »Zum Glück hast du ihn noch erwischt.« Im Scheinwerferlicht des Windenwagens zeigten sich tiefe Schatten unter seinen Augen.

»Hast du Dick gesehen?« fragte ich.

»Nein«, sagte er. »Wahrscheinlich schläft er drüben im Schuppen.«

Inzwischen war es so hell, daß man die Figuren am anderen Ende des Hafenbeckens deutlich ausmachen konnte. Es waren zwei Werftarbeiter und Mary. Die Werftarbeiter waren die Molensteine runtergeklettert und stocherten mit einem Bootshaken in dem das Wasser säumenden Schutt. Sie hatten sich vorgebeugt und starrten so konzentriert hinunter, als hätten sie etwas Interessantes gefunden.

Mir lief unter dem warmen Pullover ein Schauer über den Rücken. Ich rannte am Beckenrand entlang zu Mary. Sie stand auf der Mauer und sah ebenfalls hinunter. Und sie stöhnte: »O nein, o nein!« Der Grund dafür lag am Fuß der Mole, wo die Werftarbeiter ihn aus dem Wasser gezogen hatten. Es war Dick Power. Im frühen Morgenlicht sah er richtig sauber aus, zum erstenmal, seit ich ihn kannte. Aber das kam daher, daß er im Wasser gelegen hatte, schon eine Stunde oder mehr. Und er war tot.

Wir zogen ihn auf die Mole, er war eiskalt. Es wurde immer heller. Die Polizei traf ein und der Krankenwagen. Sein blaues Licht huschte über das trostlose Bild der Verwüstung. Eine Polizistin brachte Mary ins Haus und machte ihr einen Tee. Ich lief zurück zum Winschenwagen.

Der Schwimmsteg lag wieder an seinem Platz und sah fast so aus, als hätte er sich nie losgerissen, nur daß die an ihm festgemachten Boote an ihren Relings und Rümpfen jede Menge Schäden hatten. Das mochte sich in einer Größenordnung von zwanzig- bis dreißigtausend Pfund bewegen. Aber es konnte warten.

Ich ging zum Schwimmsteg und besah mir den ersten Festmacher. Er hätte mit einer schweren, galvanisierten Kette an dem vier Fuß tief in den Beton der Mole eingelassenen Ringbolzen gesichert sein müssen. Im Schein meiner Taschenlampe hing die Kette senkrecht ins Hafenwasser. Die Galvanisierung hatte Rostflecke, aber nicht über das normale Maß hinaus.

»Die Kette war neu in dieser Saison«, sagte Tony. Er bückte sich und zog das im Wasser baumelnde Ende hoch. »Da muß ein Glied gebrochen sein«.

»Zwei Glieder?« fragte ich. »An jedem Ende des Pontons eines?«

Es ist so gut wie ausgeschlossen, daß in einer so starken Kette ein Glied bricht. Daß zwei auf einmal brechen, gibt es einfach nicht.

»Ah so?« Tony starrte mich an.

»Jemand hat sich an den Dingern zu schaffen gemacht«, sagte ich. Armer Dick, dachte ich. Armer Junge, mit seinen Zeitschriften, seiner Kanne Tee und seiner Dose Tabak.

»Wir werden diese Glieder raufholen«, sagte Tony. »Wenn sie

durchgesägt worden sind, müssen sie noch da sein. Und wir werden verflucht noch mal rauskriegen, wer Dick umgebracht hat.« Seine Stimme war kalt und wütend. Ich wußte genau, was er fühlte.

11

Die Taucher machten sich auf die Suche. Sie fanden die Reste von zwei Kettengliedern. Das eine sah aus, als sei es auf dem Beton nach und nach regelrecht zermahlen worden, und das andere, als habe es sich verdreht und sei gerissen, als das eine Ende des Pontons mit dem Wind abgedriftet war. Von der Mole aus filmten zwei Fernsehteams.

»Also ehrlich«, sagte Kommissar Hone. »Das sieht mir ganz nach einem Instandhaltungsproblem aus.«

»Oder nach Sabotage«, sagte ich.

»Oder nach Sabotage«, sagte Hone. »Wir müssen das Untersuchungsergebnis abwarten. Wäre es Ihnen recht, wenn wir uns in der Zwischenzeit in Ihrem Büro unterhielten?«

Ich legte den Telefonhörer neben den Apparat, und wir unterhielten uns. Ich sagte Hone, daß es für mich ganz so aussah, als sei South Creek ein Opfer ständiger Sabotageakte. Er nickte. Keiner von uns beiden hatte viel geschlafen. Unter seinen Augen waren schwarze Ringe. »Ich hab' mich umgehört«, sagte er. »Offenbar steht South Creek mittlerweile in dem Ruf, daß es hier ständig Unfälle gibt.«

»Das ist der Zweck«, sagte ich. »Aber nicht die Wahrheit. Eine Firma namens Seahorse Land versucht, die Marina billig zu kaufen. Sie beschädigen die Boote, um unsere Kunden zu vergraulen.«

»Meinen Sie«, sagte Hone. »Meinen Sie.« Er seufzte und ließ seinen Blick durchs Fenster zu den Wrackteilen in der Ecke des

Parkplatzes schweifen. »Aber nehmen wir nur mal an, daß Sie sich täuschen«, sagte er. »Nehmen wir nur mal an, daß die Marina hier von unakkuraten Leuten geführt wird. Wie ich höre, sind Sie viel unterwegs. Und Kommandant MacFarlane ist ... Nun ja, er ist nicht mehr der Jüngste.« Er stand auf. »Wenn Sie nichts dagegen haben, würde ich gern noch mit Ihren Leuten sprechen.«

Die Notizzettel an der Pinnwand flatterten, als er durch die Tür ging. Ich legte den Hörer wieder auf, und sofort fing das Telefon an zu läuten. Vier Eigner hatten das Trümmerfoto im Lokalteil der Morgenzeitung gesehen und wollten wissen, was wir zu unternehmen gedachten. Ich sagte ihnen, sie sollten sich mit ihrer Versicherung in Verbindung setzen, lehnte mich zurück und wartete darauf, daß die Versicherung sich mit mir in Verbindung setzte.

Das Telefon läutete erneut. Ich atmete einmal tief durch und nahm ab. Die Leitung klang hohl und nach großer Entfernung. Eine dünne, leise Stimme fragte durch das Rauschen: »Hallo, wer ist dort?« Die Verbindung war schaurig, aber es war unverwechselbar die Stimme von Henry MacFarlane.

»Henry«, sagte ich. »Gott sei Dank, daß du dich meldest.«

»Ist jemand verletzt?« fragte er.

»Dick. Tot. Ertrunken.«

Es folgte ein kurzes Schweigen. Dann sagte die Stimme: »Armer Dick.«

»Wie hast du's erfahren?«

»Von jemand hier.«

»Wo bist du?«

»In Spanien.« Selbst durch das Rauschen in der Leitung kam seine Zerstreutheit durch. »Also hör zu. Ich brauche hier länger als gedacht und kann noch nicht zurückkommen. Aber da gibt's ein paar Sachen, um die ich dich bitte. Als erstes sollst du ein Auge auf diesen Paul Welsh haben.«

Ich war fast die ganze Nacht aufgewesen, mir brummte der Kopf. »Warum?«

»Tut nichts zur Sache. Beobachte den Schweinehund wie ein Luchs.« Es krachte in der Leitung. ». . . *Aldebaran.*«

»Was ist mit *Aldebaran*?«

»Krieg raus, wer sie überführt. Und fahr da mit. Glaub diesem Paul kein Wort. Ich werde hier Hilfe brauchen.«

Ich fragte: »Henry, was ist los?«

»Keine Zeit für lange Erklärungen«, sagte Henry. »Du segelst doch beim Marbella Cup mit, oder? Dann kannst du auch mit *Aldebaran* herkommen. So. Und dann noch was: Hol die Hummerkörbe raus.« Ich hatte den Eindruck, daß er sich bemühte, nicht belauscht zu werden. »Und bring's zur Bank. Es ist äußerst wichtig. Muß jetzt aufhören. Liebe Grüße an Mary. Sag ihr, daß ich meine Tabletten nehme. Der arme Dick. So. Ich melde mich wieder.«

»Wo bist du?« fragte ich. »Was soll ich zur Bank bringen?«

Aber die Leitung war tot.

Da saß ich nun und fragte mich, *was* wohl länger dauerte als gedacht und wieso zum Teufel er wußte, daß letzte Nacht in South Creek jemand verletzt worden war.

Die Sekretärin kam. Ich bat sie, alle Anrufe zu notieren, und ging zum Haus, um nach Mary zu sehen.

Sie war im Garten und jätete, verbissen das Gras zwischen den Steinen mit dem Messerstumpf bearbeitend, mal wieder Unkraut. Ich sagte: »Henry hat gerade angerufen. Er ist noch in Spanien und nimmt seine Tabletten. Ich soll dir liebe Grüße ausrichten.«

Ihre Miene erhellte sich für einen kurzen Moment, um sich gleich wieder zu verfinstern. »Na ja«, sagte sie. »Wenigstens etwas.«

»Die Verbindung wurde unterbrochen«, sagte ich. »Sonst hätte ich ihn zu dir durchgestellt.«

Sie zuckte die Achseln. Der Teufel soll dich holen, Henry, dachte ich, warum hast du mich und nicht lieber sie angerufen?

»Hast du ihm das von Dick erzählt?« fragte sie.

»Er wußte es schon.«

Sie runzelte die Stirn. »Wieso?«

»Wollte er nicht sagen.«

Sie stützte sich ab, stand auf und streckte den Rücken. »Komm«, sagte sie. »Ich brauche einen Drink.«

Sie selbst goß sich den Whisky drei Finger hoch ins Glas. Ich wiederholte ihr genau, was Henry gesagt hatte.

»So«, sagte sie, als ich fertig war. »Er traut diesem Paul Welsh also nicht über den Weg. Dann wären wir schon drei. Und er will, daß du die Hummerkörbe raufholst. Da phantasiert er wohl. Die hatte er doch raufgeholt, bevor er wegfuhr. Aber vielleicht sollten wir gleich mal nachschauen.« Sie quetschte meine Hand, und ihre blaßblauen Augen schwammen in einer Mischung aus Whisky und Tränen.

Wir liefen über den Vorplatz zur Mole hinaus, krampfhaft bemüht, nicht zu dem Trümmerhaufen an ihrem Fuß hinzuschauen. Henrys Hummerkörbe waren sauber an der Stirnseite des Wellblechschuppens gestapelt. »Wie viele hatte er denn ausgebracht?« fragte ich.

»Achtundvierzig«, sagte sie. »Ich hab' mir das mal ausgerechnet: etwa eine Tonne von diesen Dingern. Nur er und diese kleine Winsch auf dem Fischkutter. Jeden, aber auch jeden Tag. Und das in seinem Alter!«

Ich besah mir die Stapel. Die Körbe waren zu sechst übereinandergestellt, also hätten es acht Reihen sein müssen. Es waren aber nur sieben. Ich sagte: »Da fehlen sechs.«

»Wirklich?«

»Er sagte, hol die Körbe raus«, überlegte ich. »Wo kann er sie ausgesetzt haben?«

»Am Eel Hole«, meinte sie. »Da läßt er immer 'ne Leine runter, weil es sonst niemand macht. Dort gibt's aber keine Hummern. Nur See-Aale.« Sie legte mir die Hand auf den Arm. »Ich fühle mich nicht so recht«, sagte sie. »Will mich mal ein Stündchen hinlegen.«Ich sah ihr nach, als sie wie unter einer schweren Last mit gebeugten Schultern wegging, und dachte: Was immer du vorhast, Henry, das kann es doch nicht wert gewesen sein. Dann ging ich zum Fischkutter, warf die Maschine an und die Leinen los und hielt auf das Eel Hole zu.

Dort tanzten, sich in fluoreszierendem Orange und Limonengrün vom braunen Blasentang abhebend, etwa ein Dutzend Markierungsbojen auf und ab. An Steuerbord erhob sich ein grüner Hügel aus Wasser und zersprühte glitzernd. Vor meinem Bug reckte sich, von weißwirbelnden Brechern umtost, ein schwarzer Felsbrocken aus der See. Ich schob die Pinne nach Backbord und glitt zwischen den beiden Untiefen durch, die als natürlicher Schutzwall die Einfahrt zum Eel Hole bewachten.

Innerhalb des Klippenrings war das Wasser klar und grün, durchsetzt mit den weißen Spitzenhäubchen der gebrochenen Wellen. In der Mitte pendelte die gelbe Markierungsboje mit dem eingestanzten MacF.

Ich schob den Bootshaken darunter, fischte die Leine auf, schlug sie um die Winsch und begann, sie einzuholen.

Die ersten beiden Körbe waren leer. Mein Puls hämmerte, nicht nur wegen der Anstrengung. Im dritten Korb war ein dicker See-Aal. Ich kippte ihn über Bord und hievte weiter. Der vierte Korb war leer, der fünfte ebenfalls.

Als der sechste im klaren Wasser sichbar wurde, erkannte ich in seinem Flechtwerk einen flachen, viereckigen Schatten. Ich holte den Korb an Bord, steckte meine linke Hand in die Öffnung und zog eine emaillierte Geldkassette heraus, die Henry offenbar sorgfältig eingepaßt hatte, bevor er sie mit dem Korb der See übergeben hatte. Mit einem Ruck legte ich Ruder und nahm Kurs auf South Creek.

12

Ein leuchtendes Wabenmuster spielte, vom besonnten Wasser draußen reflektiert, auf der Stahlkassette, die vor uns auf dem Schreibtisch stand. Henry hatte gern solide Dinge um sich. Diese Stahlkassette hätte man auf die *Ark Royal* abschießen können, und dabei wäre nur die *Ark Royal* eingedellt worden. Der Tag war warm und schwül geworden, durchs Fenster drang das Geschrei der Möwen, und in der Ferne hörte man Enid auf der Schreibmaschine hämmern.

Mary sagte: »Das war's, was hier fehlte. Die hatte er immer auf dem Regal neben dem Fenster stehen. Wie dumm von mir, das nicht gleich zu merken.« Sie schüttelte den Kopf. »Aber warum dieser Zirkus mit dem Hummerkorb?«

Ich sagte: »Er will, daß ich sie zur Bank bringe.«

»Die Bank hat schon zu.«

Schweigend starrten wir die Kassette an. Dann sagte Mary: »Wenn wir wüßten, was drin ist, dann wüßten wir vielleicht auch, was dieser Sturkopf da unten vorhat.«

Ich hatte gerade dasselbe gedacht.

»Wir sollten ihm die Sache aus der Hand nehmen«, fuhr sie mit leichtem Verdruß fort. »Ich habe genug davon, daß er immer so abdampft.« Sie schwieg kurz. »Vielleicht war's die Kassette, die unser Einbrecher suchte. Und vielleicht war's auch das, was Welsh suchte.« Sie trat zum Schreibtisch. »Also, wo ist der Schlüssel?«

In Henrys Schreibtisch waren Kisten voller Schlüssel. Aber keiner paßte ins Schloß der Geldkassette.

»Nimm 'ne Säge«, sagte Mary.

Ich zog mein Messer und kratzte an einer Seite herum. Die Farbe ging ziemlich leicht ab, aber am Metall entstand nicht mal ein Kratzer. »Panzerstahl«, sagte ich.

»Wie wär's mit einem Schneidbrenner?«

»Wenn da Papier drin ist, verbrennt's dabei.«

»Also, wie machen wir's?«

»Indem wir sie morgen zum Schlosser bringen.«

»Verdammt«, sagte sie. »Ich will's aber jetzt gleich wissen.« Sie schwieg. »Und außerdem will ich das Ding nicht über Nacht im Haus haben.«

»Ich nehme sie mit zu mir.«

Sie gab mir einen Koffer, ich legte die Stahlkassette hinein, trug den Koffer zum Land-Rover und warf ihn auf den Beifahrersitz. Der Parkplatz stand voller Autos, wie immer an einem so schönen Frühlingstag. Außerdem konnte nichts die eigene Wichtigkeit so unterstreichen, wie ins Fernsehen zu kommen. Unten am Becken standen etliche Eigner um die Gutachter geschart, die sich ein Bild vom Ausmaß der Schäden an den Booten machen sollten und dabei von den Kameraleuten gefilmt wurden. Obwohl ich mit ihnen fühlte, hatte ich doch zu viele Dinge im Kopf, als daß ich wirklich sicher sein konnte, ihnen mit dem gebotenen Takt zu begegnen. Deshalb duckte ich mich und lief, bevor mich jemand erwischte, schnell in den großen Schuppen. Drin war es kühl und schummrig, und von den wie Dinosaurier auf ihren Böcken hockenden Booten ging etwas Beruhigendes aus. In der Ecke hing ein Telefon. Ich nahm den Hörer ab und wählte Paul Welshs Nummer.

»Hallo«, sagte er mit seiner verbindlichen Eton-Stimme.

Ich fragte: »Wer überführt die *Aldebaran* nach Marbella?«

»Geht dich das was an?« fragte er. Die Stimme war plötzlich kalt und feindselig.

»Ja«, sagte ich. »Es ist Henrys Boot, und er hat mich gebeten, mich darum zu kümmern.«

»Wie rührend«, sagte Paul. »Ich überführe sie selbst.«

»Du selbst?« Das kam so überraschend, als hätte er gerade angekündigt, er wolle das Regattasegeln aufgeben und bei der Handelsmarine anheuern. »Wieso macht das nicht ein Profi?«

»Versicherungsfrage.«

»Will die Versicherung etwa den Bericht deines Gutachters nicht anerkennen?«

»Es war der Gutachter des Käufers.«

»Hast du überhaupt Versicherungsschutz gekriegt?« fragte ich.

Er sagte: »Es reicht, wenn du weißt, daß ich für dieses Boot FOB Marbella bezahlen werde und daß ich es selbst überführe. Auf mein Risiko.«

»Aha.« Ich begann, Henrys Sorgen zu verstehen. Der Käufer würde Paul das Geld am Kai von Marbella übergeben – ein gerissenes Manöver, wenn Paul ein bißchen Druck auf den Gutachter ausgeübt hatte, damit er ein günstiges Gutachten lieferte. Wenn *Aldebaran* die Überführung nicht durchstand, würde der Käufer sein Geld behalten, Henry seines aber verlieren. »Beobachte den Schweinehund wie ein Luchs«, hatte Henry gesagt.

Ich seufzte. »Hast du schon eine Crew?«

»Ich nehme jemanden von der Werft.«

»Von welcher Werft?«

»Von South Creek natürlich.«

Ich sagte, so sanft ich konnte: »Ich fürchte, ich kann dir nur einen Mann überlassen.«

»Na schön«, sagte er. »Das müßte reichen. Und wen?«

»Mich«, sagte ich.

»Moment mal . . .«

»Als Crew«, sagte ich. »Und als Interessenvertreter des Eigners.«

Es folgte eine lange Pause. Schließlich meinte er: »Na gut, warum nicht?«

Ich sagte: »Tschüs, Skipper«, und ging zum Land-Rover zurück. Eines der Schiebefenster auf der Fahrerseite stand offen. Ich runzelte die Stirn und versuchte mich zu erinnern. Müde genug war ich ja, um etwas so Dummes zu tun. Ich schloß die Tür auf und kletterte hinein. Der Koffer lag noch auf dem Beifahrersitz. Ich beugte mich hinüber und schob ihn etwas zur Seite.

Er landete, leicht wie eine Feder, auf dem Boden.

Plötzlich schwitzte ich. Er war leicht aufzuheben. Viel zu leicht. Ich ließ die Schlösser aufschnappen.

Der Koffer war leer. Die Stahlkassette war weg.

Der Parkplatz leerte sich allmählich. Das Eiscreme-Auto war weggefahren, und es standen nur noch halb so viele Autos da wie vorhin.

Ich rannte zum Büro. Tony trank Tee und rauchte eine seiner selbstgedrehten Zigaretten.

Ich fragte: »Hast du jemand an meinem Land-Rover gesehen?«

»Hier hat's den ganzen Tag von Leuten nur so gewimmelt.«

Ich rannte zum Haus zurück. Mary saß im Garten und las Zeitung.

Sie hatte getrunken. Man konnte ihr kaum einen Vorwurf daraus machen.

Ich sagte: »Die Kassette . . . Sie ist weg.«

»Weg?« wiederholte sie. Ihr Blick war trübe und ängstlich. Sie schaute sich in South Creek um, das seit vierzig Jahren ihre Heimat war und wo jetzt Leute angefangen hatten, Boote kaputt zu machen, Geldkassetten zu stehlen und Tote zu hinterlassen. Dann lehnte sie sich zurück und fing an zu weinen.

Ich hätte am liebsten mitgeweint.

13

Die *Aldebaran*, eine gaffelgetakelte, zwanzig Meter lange Ketsch, war in den zwanziger Jahren für den Ostseehandel mit Holz gebaut worden. Bei diesen Holzschiffen brauchte man sich nicht allzu sehr zu sorgen, daß sie schnell untergehen könnten, schließlich hielt ihre Fracht sie einige Zeit schwimmfähig. Nachdem sie aber außer Dienst gestellt worden war, hatte die *Aldebaran* etwa die Schwimmfähigkeit eines Siebs, und seitdem hatten ganze Heerscharen verzweifelter Eigner ziemlich erfolglos versucht, sie kalfatern zu lassen. Vom Niedergang im Cockpit aus gelangte man in ihren mit wurmstichigem Holz getäfelten Salon, dessen abgewetzte Lederpolster kleine Messingnägel zierten. Messingbeschlagen war auch das Steuerrad vor dem Besan. In den Niederungen unter Deck stank es nach Bilgenwasser, halbleeren Farbtöpfen und verschüttetem Diesel. Ihr Motor, ein antiker Perkins, startete bestenfalls, wenn man ihm ein paar brennende Lappen in den Hals stopfte. Die Ketten und Taljen ihrer Ruderanlage schepperten und rasselten wie ein erboster Hausgeist.

Von weitem gesehen war sie ein Traum, von nahem ein Alptraum. Das einzig Sinnvolle, was die Werft noch hatte machen können, war, zwei elektrische Hochleistungs-Bilgepumpen zu installieren und einen Benzingenerator, der den Strom lieferte, mit dem sie betrieben wurden. Dann hatten wir, um ihre riesige Segelfläche und die mächtigen Holzspieren halbwegs handhaben zu können, ein paar starke Winschen an Deck verbolzt und ansonsten die Daumen gedrückt.

Am sechsten Tag nach meinem Anruf bei Paul saßen Mary und ich am runden Steintisch an der Südseite des Hauses und frühstückten. Von Henry hatten wir nichts mehr gehört. Die kahlen Erdrillen zwischen den Pflastersteinen um uns herum zeugten von den Bergen Unkraut, die Mary inzwischen gejätet hatte. Sie legte mir die Hand auf den Arm. »Bring ihn mir zurück«, sagte sie. Wir standen auf und gingen ums Hafenbekken zum Schwimmsteg hinüber. Mit ihren mitschiffs verzurrten Bäumen und der unter dem Besan festgelaschten, nagelneuen

Rettungsinsel sah die *Aldebaran* geradezu unternehmungslustig aus.

Paul traf nebst Gärtner in seinem BMW ein, schickte den Gärtner mit dem Wagen nach Hause und schnappte sich zwei Werftarbeiter, damit sie ihm das Gepäck an Bord schafften. Zwar hätten unsere Werftarbeiter Wichtigeres zu tun gehabt, aber ich hielt den Mund. Schweigen würde ohnehin in den vor uns liegenden Wochen eine weise Praxis sein. Mary legte ebenfalls mit Hand an, ebenso ihre Sportmaschinen fliegende Nichte Emily Johnson, die das seltene Talent hatte, immer gerade dann aufzukreuzen, wenn moralische Unterstützung vonnöten war. Mir fiel auf, daß Paul Mary aus dem Weg ging. Mittags verstaute ich die letzten von Pauls Mineralflaschen unter den Sitzbänken im Salon. Dann startete ich den Diesel und stieg an Deck.

Mary gab mir einen Abschiedskuß und ging, langsam und schwerfällig wie eine alte Frau, über den Laufsteg zurück.

Paul stand am Steuer. In seinem Wollpullover und der Leinenhose mit den scharfen Bügelfalten sah er elegant und chic aus. »Vor- und Achterleinen los!« schrie er. »Einholen, einholen!« Tony zwinkerte mir über die schnell breiter werdende Kluft schmutzigbraunen Wassers zu und warf mir die Leinen zu. Emily winkte. Ich schoß die Leinen auf und brachte sie nach achtern in die Hecklast. Tony und Emily hatten Mary wie schützend in die Mitte genommen. Mary winkte. Langsam schob *Aldebaran*s Bug sich aus dem Liegeplatz. Das Kielwasser schäumte weiß auf, als Paul hart Ruder legte, um das Heck herumzudrücken. Dann glitt ihr langer Bugspriet zwischen den Wellenbrechern auf die offene See zu.

Sie waren auf den Deich gelaufen, um uns nachzuwinken. Der Diesel schob *Aldebaran*s fetten Rumpf durch die fast überlaufende Fahrrinne der glitzernden Sonne entgegen. Die Figuren auf dem Wellenbrecher wurden immer winziger; sie hoben die Arme zu einem letzten Adieu, bevor sie endgültig den Heimweg antraten. South Creeks Masten verschmolzen mit der Weite von Marsch und Himmel.

»Segel bitte«, sagte Paul.

Ich ging aufs Vorschiff, schlug das Großfall um die Winsch und zog, Klau zuerst und Piek danach, das Groß hoch. Es war ein hartes Stück Arbeit, und Paul machte keinerlei Anstalten, mir zu helfen. Danach setzte ich Fock und Klüver. Mein Gips war erst Anfang der Woche abgenommen worden, und mein Arm hatte noch nicht wieder seine normale Kraft. Ich schwitzte, als ich nach achtern stiefelte, um auch den Besan hochzuziehen.

Als das geschafft war, stellte Paul die Maschine ab. *Aldebaran*s alte Segel blähten sich wie schmutzigweiße Flügel, und das Kielwasser malte einen weißen Schienenstrang aufs blaue Wasser. Der Seewetterbericht prophezeite uns Südwind, Stärke vier bis fünf. Dreihundert Meilen westlich von Irland zog ein Tiefdruckgebiet nach Norden, was bedeutete, daß wir bequem auf raumem Kurs nach Ushant laufen konnten. Bis dahin wären wir dann in einer neuen Wetterzone, würden uns dort durch die Biskaya mogeln müssen, um schließlich ab Portugal mit dem Nordwind südwärts zu laufen, bevor wir unser Glück in der Straße von Gibraltar versuchten. Nach Marbella waren es ungefähr 1100 Meilen – zwei Wochen bis in die Sonne, wenn wir halbwegs anständigen Wind hatten. Um beim Marbella Cup starten zu können, mußten wir es jedenfalls in drei Wochen geschafft haben.

An Steuerbord voraus versank hinter der verwitterten Teakreling die Landspitze von Oar Head in der See. Ich lehnte mich gegen den Behälter unserer hübschen Rettungsinsel, ließ mir die Aprilsonne aufs Gesicht scheinen und lauschte dem typischen Knarren und Ächzen eines großes Holzschiffes in einer langen, gleichmäßigen See. Holzboote hatte ich schon mit dreizehn Jahren aus South Creek herausgesegelt; dafür hatte Henry gesorgt. Später waren unsere Boote natürlich aus ultraleichtem, mit Chemiefasern versteiftem Kunststoff gemacht, Materialien, die man dem amerikanischen Raumfahrtprogramm und der britischen Aerospace abgeguckt hatte. Theoretisch hätte ich erfreut sein müssen, mal wieder auf einem Holzboot zu segeln.

Praktisch indessen empfand ich eher eine gewisse Beklemmung. Ich war schon früher mit Paul in diesen Gewässern gesegelt, da waren wir beide neunzehn gewesen. Damals lebte sein Vater noch, ein kleiner, aggressiver Mann, der es von einer Reparaturwerkstatt zu einer Kette von Werksvertretungen großer Automobilfirmen gebracht und Gefallen an Hochseeregatten und an der High Society gefunden hatte. Paul und ich hatten das Boot seines Vaters, die *Cortina*, für die Cowes-Woche überführt. Er war die ganze Zeit Ruder gegangen, ich hatte navigiert, Segel gewechselt und Tee gekocht. *Cortina* war eine schnelle, zwölf Meter lange Slup gewesen. Von solchen Booten hatten wir seinerzeit nicht eben viele in South Creek. Ich hatte mich schon als Jollensegler hervorgetan und mit dem ganzen verzweifelten Optimismus eines Neunzehnjährigen gehofft, daß ich als Belohnung für die Überführung vielleicht aufgefordert würde, an Bord zu bleiben, um das Rennen mitzusegeln. Ich hatte auch entsprechende Andeutungen gemacht. Und Paul hatte mir sein edles Eton-Lächeln geschenkt und gesagt, er wolle sehen, was er für mich tun könne. Nachdem wir in die Marina geschleppt waren, kam die Crew an Bord, und Paul gab mir einen Umschlag. Darin stak eine Fünf-Pfund-Note und eine Rückfahrkarte zweiter Klasse nach South Creek.

»Vielen Dank für deine Hilfe«, hatte er gesagt.

Ich hatte ihn angestarrt. »Und das Rennen?«

»Tut mir ja so schrecklich leid«, war seine Antwort gewesen. »Kein Platz.« Und er hatte gelacht, als sei allein schon der Gedanke an meine Teilnahme absurd.

Unsere ersten Tage auf See vergingen recht gemächlich. Wir hatten inzwischen eine gewisse Routine entwickelt, Paul und ich, und gingen jeweils sechs Stunden Wache. *Aldebaran* pflügte verbissen gen Südsüdwest, und unsere ganze Arbeit bestand darin, den Wetterbericht abzuhören, die Maschine drei Stunden am Tag laufen zu lassen, um die Batterien zu laden, mit denen die Selbsteueranlage und der Rest der Elektronik betrieben wurden, die Bilgen regelmäßig auszupumpen und uns ansonsten halbwegs wie zivilisierte Menschen zu benehmen, wenn wir einander begegneten. Jedenfalls versuchte ich das. Paul machte da keine großen Anstrengungen. Am Ende meiner Wache kochte ich Spaghetti oder Eintopf für uns beide. Am Ende seiner Wache aß Paul Corned-beef-Sandwiches, bot mir aber nichts davon an.

Auf einem Boot kann man besonders leicht in Wut geraten, und ich gehöre ohnehin nicht zu den ausgeglichensten Menschen. Aber er versuchte dermaßen offenkundig, mich zu reizen, daß es mir nicht weiter schwerfiel, mir meine Sandwiches selbst zu machen, den Abwasch zu besorgen und ihn ansonsten anzulächeln, wenn er mich finster anstarrte. Und wenn die nervliche Belastung sich bemerkbar zu machen drohte, dachte ich einfach an den Marbella Cup. In gewisser Weise segelten wir ja schon den Cup, hier draußen in der wogenden Dünung der Biskaya. Denn jedesmal, wenn ich Pauls Nadelstiche nicht beachtete, hatte ich ein kleines bißchen gesiegt.

Wir waren eine Woche unterwegs und etwa hundert Meilen vor der Nordwestecke Spaniens, als der Trouble begann. Gegen Mitternacht kam ich von meiner Wache in die Kajüte zurück und hörte die Wettervorhersage: westliche Winde, Stärke fünf bis sechs. Als ich früh morgens aufwachte, hatten die Schiffsbewegungen sich geändert. Das lange, gleichmäßige Wiegen, das durch den Winddruck in den Segeln zusätzlich gemildert worden war, hatte einem ruckenden schweren Stampfen Platz gemacht. Wenn der Bug eintauchte, folgte hin und wieder ein hartes Krachen.

Ich schälte mich aus dem Schlafsack, zwängte mich in die Stiefel und stolperte nach vorn in die dunkle Höhle des Frachtraums, um den Generator anzulassen. Die Pumpen jaulten und hatten jede Menge zu tun, denn so hart wie *Aldebaran* jetzt gebeutelt wurde, arbeiteten natürlich auch ihre Plankenstöße; wir machten kräftig Wasser. Ich zog mir Ölzeug über und stieg an Deck.

Bevor ich zur Freiwache nach unten gegangen war, hatte der Mond auf Wellen geschienen, so sanft gewölbt und schwarz wie Walrücken. Jetzt, im frühen Morgenlicht, waren sie schiefergrau, und der durch *Aldebaran*s alte Wanten heulende Westwind riß ihnen die Kämme weg und peitschte sie als schmutzige Schaumstreifen in die Täler. Paul stand am Ruder. Ich gab ihm seinen Tee und blieb zwischen dem Steuerrad und dem Wind stehen, damit mir mein Tee nicht ständig aus dem Becher gepustet wurde.

Paul drehte sich um und nickte mir zu. Er hatte vor Erschöpfung dunkle Ränder unter den Augen. Ich war selbst noch müde. Schon bei gutem Wetter sind zwanzig Meter ziemlich viel Boot für zwei Mann.

»Der Autopilot schafft es nicht«, sagte er. »Scheißkahn.«

»Sie braucht ein Reff«, sagte ich. »Ist schließlich kein Regattaboot.«

Er drehte sich abrupt um. »Ich will pünktlich ankommen«, sagte er.

An Steuerbord huschte ein grauer Schatten übers Wasser. Das Heulen im Rigg wurde zum Kreischen, und das Deck unter unseren Füßen holte stark über. Paul kämpfte mit dem Steuerrad, um zu verhindern, daß sie noch weiter aus dem Kurs lief. Ich packte eine Spake und zog. Langsam kam der Bug wieder herum. Unten dröhnten die Bilgepumpen und spuckten Luft, weil das Wasser weit nach Lee gurgelte. »Das Wetter wird noch schlechter«, sagte ich. »Wollen wir das Groß runterholen?«

Er schaute erst das Großsegel an und dann mich. Seine Oberlippe kräuselte sich leicht. »Besser spät als nie«, sagte er ironisch.

Ich entgegnete nicht, daß niemand Pluspunkte fürs Heldenspielen bekam, sondern pickte meinen Sicherheitsgurt ein und barg das Großsegel. Ohne Pauls Hilfe brauchte ich eine halbe Stunde dafür. Als ich es geschafft hatte, lief *Aldebaran*, jetzt nur noch unter Fock und Besan, etwas leichter, weil die Belastung geringer war. Da sie sich nun nicht mehr bei jeder Bö auf die Seite legte, konnte auch der Autopilot sie wieder halten.

»Verdammt langsam«, sagte Paul, die Hände in den Taschen, als ich schwitzend ins Cockpit zurückkam.

»Besser spät als nie«, sagte ich.

Der Himmel war dunstig und die Sonne von einem schmutzig-gelben Hof umgeben. Im Salon unten knisterte das Radio: Sturmwarnung für die Gebiete Sole, Biskaya, Finisterre. Wir waren mitten im Finisterre, für uns galt: »Sturm aus West unmittelbar bevorstehend, später auf Nord ausschießend.«

Ich überließ *Aldebaran* dem Autopiloten und ging nach unten. Paul war gerade dabei, sein obligates Sandwich zu verspeisen. Ich wartete, bis er es aufgegessen hatte, und machte mir dann auch eines. »Wir kriegen Sturm«, sagte ich.

»Hab' die Vorhersage gehört.«

Die Kajüte erbebte, als der Bug in eine Welle krachte. Ich arbeitete mich zum Decca vor und drückte auf die Knöpfe. Die Digitalanzeige glomm im Schummerlicht der Kajüte. Sie gab unsere Position mit fünfundzwanzig Meilen westlich von Kap Finisterre an, unter der Nordwestecke Spaniens. »Was gedenkst du also zu tun?« fragte ich.

»Schutz suchen.«

Ich sagte: »Vor heute nacht ist ein Landfall gar nicht möglich. Bis dahin haben wir schon Stärke acht, vielleicht neun. Du würdest also genau vor dem Sturm auf Legerwall zulaufen.«

Er sagte: »Ich werde den Sturm ganz bestimmt nicht auf diesem Scheißkahn hier abreiten.« Er sprach etwas zu hoch und zu schnell.

»Überleg's dir gut.«

Seine dichten schwarzen Augenbrauen zogen sich zusammen. »Der Skipper hier bin ich«, sagte er. Es war kalt, aber auf seiner Stirn glänzte Schweiß.

»Beobachte den Schweinehund wie ein Luchs«, hatte mich Henry gewarnt. Ich sagte: »Wir beide segeln dieses Boot. Henry MacFarlane möchte, daß es in einem Stück in Marbella ankommt. Und du möchtest das auch. Denn du willst deine Provision kassieren und ich den Verkaufspreis für Henry.«

Er schaute mich an. Gern hätte er wohl etwas Beleidigendes gesagt, aber er wußte nur allzu gut, daß ich recht hatte.

»Also laß uns noch ein Reff einbinden«, sagte ich so sanft ich konnte. »Dann können wir ein bißchen auf Vorrat schlafen.«

Draußen an Deck traf uns der Wind wie ein Vorschlaghammer. Eine Bö düste über die See und kreischte im Rigg. *Aldebaran* holte über, bis ihre Leepüttings Furchen ins Wasser rissen. Ich stolperte nach achtern und band drei Reffs in den Besan. Das Segel war so alt, daß es sich wie lappiges Wildleder anfühlte.

»Fock!« schrie ich.

Diesmal war es völlig ausgeschlossen, daß er am Ruder stehenblieb und mich vorne allein arbeiten ließ. Ich fierte die Fockschot, und sofort brachte der Besan sie in den Wind, wo der Bugspriet wirre Zeichen in den Himmel kritzelte. Wir tasteten uns am Baum entlang aufs Vordeck. Der Hals der Fock war am Ende des Bugspriets festgemacht. Ich fierte das Fall etwas. Auf dem bockenden Deck knieend rutschte Paul vorwärts, machte den Beiholer los und fing an, die Fock einzuholen. Ihr Hals hätte ihm jetzt eigentlich entgegenkommen müssen, stattdessen rührte er sich nicht.

»Verklemmt!« schrie Paul.

»Ich hole ihn.«

Er schaute am Bugspriet hinunter. *Aldebaran* ritt gerade auf einem Wellenkamm, und unter der Spiere hatte sich ein fünf Meter tiefer Abgrund aufgetan. Als wir steil ins Wellental abtauchten, schlug der Bug in grünes Wasser, und der Abgrund wölbte sich zu einer Wand auf, die immer höher wurde, bis sie sich schließlich vondannen wälzte und der Bugspriet weiße Gischt aus ihrer Flanke riß. Paul schaute mich mit bleichem Gesicht an. Ich wußte, was er dachte: daß er vorhin in der Kajüte den kürzeren gezogen hatte und das jetzt irgendwie wettmachen mußte. Er pickte seinen Sicherheitsgurt ein und begann sich nach vorn zu arbeiten. Verbissen fuhrwerkte er an dem verklemmten Beiholer herum. Da sah ich die See kommen. Ich sah das gelbe Holz des Bugspriets, sah Paul mit seiner roten Kapuze drei Meter weit draußen auf der Spiere hocken, und ich sah die hohe graue Wand, die sich vor ihm aufgebaut hatte und jetzt grollend und zischend auf uns zukam. Er blickte hoch. Wir kamen ins Lee der Welle und damit in eine plötzliche Windstille. In diese Stille hinein gellte sein Schrei. Er robbte rückwärts, kam aber nicht weit. Als der Bug die steile Vorderseite der See zu erklimmen versuchte, brach der Kamm und begann wie ein Katarakt abwärts zu stürzen. Ich warf mich nach vorn, packte Pauls Sicherheitsleine und zog, bis ich ihn an der Kapuze packen konnte. Dann kam der Aufprall.

Die See krachte an Bord wie ein Bulldozer. Sie riß mir die Beine nach oben und den Kopf nach unten. Irgend etwas schlug mir ins Gesicht, so daß ich den Mund öffnete, um zu schreien, doch damit hatte ich zum Atmen nur noch Wasser. Etwas riß heftig an meinem Brustkorb. Die Sicherheitsleine, dachte ich. Meine Beine flatterten wie Flaggen im reißenden Wasser. Aus, dachte ich. Wir sinken. Aber das Wasser vor meinen Augen wurde heller, und ich konnte wieder atmen. Achteraus verebbte das Tosen.

Meine rechte Hand hielt noch immer etwas umklammert: Pauls Kapuze. Sie war noch an seiner Jacke, und er war noch in der Jacke. Ich schrie: »Bist du okay?«

Er bewegte sich, sein Gesicht war gelb. »O Gott«, sagte er. »O Gott!«

Ich schaute zur Nock des Bugspriets. Das verhedderte Knäuel war weg. Das Segel auch.

»Hilf mir«, sagte ich. »Sturmfock. Nun mach schon.«

Aber er rührte sich nicht. Deshalb öffnete ich die Luke zur Segellast, zerrte die Sturmfock heraus und pickte ihre schweren Bronzestagreiter ein. Bis ich das geschafft hatte, war Paul auf dem Achterschiff verschwunden.

Ich zog die Sturmfock hoch, schotete sie in Luv, stolperte nach achtern, legte Ruder und zurrte es fest. *Aldebaran* fiel ab und lag dann, die Wellen von Steuerbord vorn nehmend, beigedreht. Das war alles, was ich im Moment für uns tun konnte. Ich ging nach unten. Paul lag samt Ölzeug in der Leekoje und schlief. Schock, dachte ich und warf eine Decke über ihn. Auch ich fühlte mich nicht gerade prächtig. Ich ließ den Decca unseren Standort bestimmen, füllte Benzin im Generator nach und schaltete die Pumpen ein. Dann zwängte ich mich in eine Ecke und wartete.

Der Wind nahm immer noch zu, der Seegang auch. Hinter dem schwarzen Wolkendach mußte die Sonne gerade untergehen. Im Zwielicht reichten die Seen bis zur Höhe der ersten Saling. Ihre Hänge waren schaumdurchsetzt. Ich zündete die Petroleumlampe in der Kajüte an. Sie schaukelte heftig in ihrer kardanischen Aufhängung und warf huschende Schatten auf die fleckigen Wände.

Um neun Uhr war die Nacht so schwarz wie ein Schornstein von innen, nur viel lauter. Paul lag noch immer in seiner Koje, das Gesicht grünlich, die Augen geschlossen. Ich hatte seine Wache übernommen. Jetzt wollte ich mich endlich mal aufs Ohr legen und schlafen. Ich überprüfte noch einmal unsere Position, ging zu ihm und rüttelte ihn an der Schulter.

Er machte sofort die Augen auf. Also hatte er nicht geschlafen.

»Deine Wache«, sagte ich.

Seine Pupillen wirkten unnatürlich weit. »Was?« fragte er.

»Wir liegen beigedreht fünfzig Meilen westlich von Vigo«, sagte ich. »Bei Windstärke acht bis neun.«

Aber er lag nur da und starrte mich an. Es war ein irritierendes Anstarren, so stumm, als sähe er durch mich hindurch. Ich wußte, wieso: Er lauschte.

Ich hatte es auch schon gehört.

Jedesmal, wenn der Bug von einer See fiel, gab es einen Schlag, als würde das Schiff mit dem Dampfhammer bearbeitet. Wenn man jahrelang Boote aus GFK und Aluminium gesegelt hat, kann einem völlig entfallen, wie so ein Holzrumpf bei jeder Bewegung kracht und ächzt. Aber nicht das machte mir Sorgen, sondern das schwer in der Bilge schwappende Wasser.

Ich sagte: »Ich werfe noch mal die Pumpen an, dann lege ich mich aufs Ohr.«

Die nassen Wände des Frachtraums glänzten matt, als der Strahl der Taschenlampe über sie hinweghuschte. Am unteren Rand der Decksbeplankung des hart arbeitenden Schiffes sammelte sich ein schwarzes Rinnsal. In der Bilge mußte das Wasser zwei bis drei Fuß hoch stehen.

Ich ließ den Generator an, dann drückte ich auf die Schaltknöpfe der Pumpen, die durchdringend zu jaulen begannen. Als ich in den Salon zurückkam, lag Paul noch immer auf seiner Koje. Er sagte: »Mir ist schlecht. Ich hab' mir den Kopf gestoßen.«

Ich nahm einen Riegel Schokolade aus dem Schapp und hielt ihm die Hälfte hin. »Hier«, sagte ich. »Niedriger Blutzuckerspiegel.«

»Nein.« Paul drehte den Kopf zur Wand.

Ich war zu erschöpft für diese Theatralik.

»Ich dachte, der Skipper hier bist du«, sagte ich.

Sein Kopf fuhr mit einem Ruck wieder herum, und mit einem Satz war er auf den Beinen. »Oh, du gibst doch einen prima Skipper für diese Überführung ab«, sagte er. »Der Kahn hier ist genau dein Niveau.«

Mir rauschte das Blut in den Ohren. Ich sagte: »Erst macht es dir nichts aus, ein unversichertes Boot zu überführen, an einen Käufer, der erst zahlt, wenn er das Boot hat, und dann benimmst du dich wie ein altes Weib, bloß weil dir der Wind um die Nase weht. Ich bin deswegen ein guter Skipper für diese Überführung, weil du's nicht bist.«

Er lächelte mich an. Es war ein häßliches Grinsen. »Wohl aus hartem Holz geschnitzt, wie?« fragte er. »Du, dein Freund Henry und diese alte Kuh Mary. Stümper seid ihr. Amateure.«

Mein Herz pochte stark und jagte die Wut durch meinen erschöpften Körper. Ich fragte: »Was treibt einen solchen Überflieger wie dich dazu, eine popelige Maklerfirma zu kaufen?«

»Ich habe meine Gründe.« Sein Lächeln wurde etwas selbstsicherer. »Aber die wären für dich zu kompliziert.«

Meinen Hinterkopf schienen blubbernde Lavaklumpen zu füllen. Das Tosen meines Blutes wurde so laut wie das Toben des Sturms. Ich hatte eine lange Woche und eine lange Wache hinter mir, zu Höflichkeiten war ich nicht länger aufgelegt. »Verstehe«, sagte ich. »Okay. Mir ist klar, daß du mich und eine Menge anderer Leute im Constellation-Syndikat ausgetrickst hast. Also laß uns doch zur Abwechslung mal was Einfacheres versuchen.« Ich beugte mich über ihn. »Wieviel hast du für Henrys Maklerbüro bezahlt?«

»Fünfzigtausend Pfund.«

»Ich wette mit dir um diese fünfzigtausend Pfund, daß ich dich beim Marbella Cup in Grund und Boden segle.«

Fünfzigtausend Pfund waren für ihn ein Klacks. Wenn hingegen ich sie zusammenkratzen wollte, mußte ich alles, was ich hatte, verpfänden. Wir schwiegen. Mein Magen war wie zugeschnürt. Der irre Ire hatte eine große Lippe riskiert, und nun mußte er zusehen, wie er sich da wieder raussegelte. Fünfzigtausend Pfund waren wohl das, was man einen guten Anreiz nennen konnte.

Pauls Lächeln war verflogen. »Warum nicht?« fragte er. Er sah niederträchtig und wütend aus. »Und wenn ich gewinne, kannst du dich mit deinen beiden alten Pensionären verpissen und von Sozialhilfe leben.«

Ich lächelte ihn an. »Deine Wache«, sagte ich.

»Leck mich am Arsch«, sagte er.

Plötzlich hob sich das Deck unter meinen Füßen, um dann wie ein Fahrstuhl, dem man das Seil durchschnitten hat, in die Tiefe zu sausen. Das Brausen draußen klang, als donnere direkt neben uns ein Zug vorbei.

Ich rannte den Niedergang hoch. Der Himmel war dunkel, aber zwischen ihm und mir hing noch etwas anderes, größer und dunkler. Eine See, dachte ich. Noch einer von diesen Scheißkaventsmännern. Wir lagen im Tal, mit der Breitseite zu ihm. Die Welle schob sich unter uns. Sie kam dermaßen schnell, daß ich spürte, wie ich in die Knie ging, als das Deck sich hob. *Aldebaran* legte sich weit nach Backbord über. Es war völlig windstill im Schutz des Wellentals. Aber als wir auf den Gipfel katapultiert wurden, packte uns der Wind genau von der Seite, mit einer solchen Wucht, daß die Ketsch unaufhaltsam in die Sonne schoß*, gerade als der Wellenkamm abkippte und auf sie niederstürzte. Sie legte sich weit nach Steuerbord, immer weiter, und das Deck war kein Deck mehr, sondern ein Abgrund. Ich wurde

*) In die Sonne schießen: gefährliche Reaktion des Bootes in überraschender Bö, wobei der Bug unkontrolliert in den Wind dreht und Kentergefahr besteht.

über die volle Länge meiner Sicherheitsleine zu Boden geschleudert. Da hing ich im Dunkeln, es kam mir vor wie eine halbe Ewigkeit, und sagte: »Komm hoch, du Scheißkahn, na, komm schon«, ganz ruhig, als spräche ich zu einem störrischen Hund.

Da hörte ich das Geräusch. Es klang wie eine Lawine schwerer Gegenstände, die in einen Abgrund prasselten. Wieder schob sich eine Welle unter uns, aber *Aldebaran* blieb mit Steuerbord-Schlagseite gekrängt liegen. Ich kroch ins Cockpit zurück und kauerte mich hin. Mir liefen Gischt und Schweiß übers Gesicht, und der Schweiß fühlte sich kälter an als die Gischt, weil ich nämlich wußte, daß es nicht den geringsten Grund gab, so ruhig zu sprechen.

Denn was ich eben gehört hatte, war das Poltern des verrutschenden Ballasts gewesen.

14

Pauls Geschrei war sogar durch den Sturm zu hören. Er lag auf dem Kajütboden und hielt seinen Kopf umklammert. Ich sprang über ihn hinweg und rannte in den Frachtraum.

Das war normalerweise ein langer leerer Raum mit Holzboden und Holzwänden. Der Ballast befand sich unter den Bodenplanken und wurde durch ein Geflecht von in den Spanten verbolzten Drahttauen gehalten. Im Schummerlicht, das die Batterien mit Mühe gerade noch hergaben, starrte ich auf ein Schlachtfeld aus zertrümmerten, steil nach rechts ragenden Bodenbrettern. Von den Drahttauen mußten etliche gerissen sein, wenn der schwere Ballast die morschen Bodenplanken durchbrechen und nach Steuerbord herunterpoltern konnte. Der Generator hockte noch auf seinem Sockel, war aber naß. Zum Glück hatten wir ihn gründlich wasserdicht machen lassen. Als das Boot rollte, schwappte sein Tankinhalt heftig hin und her.

Ich leuchtete mit der Taschenlampe in den Tank. Als wir das nächste Mal nach Steuerbord rollten, wurde auf der zum Motor führenden Leitung der Filter sichtbar.

Ich ging in den Salon zurück und sagte: »Füll mal Benzin im Generator nach.«

Paul starrte mich an, als verstünde er nicht. Dann fing er entsetzlich an zu fluchen. Seine Gesichtsfarbe war ein verwaschenes Graublau, seine Augen waren tief eingesunken. Er hatte solche Angst, daß er nicht mehr klar denken konnte. Man mußte ihm sagen, was er tun sollte, und ich erklärte es ihm Wort für Wort. Dann tat er, was ich ihm sagte. Der Generator heulte auf, und die Pumpen fingen an zu jaulen. Ich begann, mich um die zertrümmerten Bodenbretter zu kümmern.

Das dauerte eine halbe Stunde. Als ich fertig war, sah der vordere Teil des Frachtraums aus wie ein Holzschuppen. Der Sturm heulte immer noch. Der schwarze Tümpel unten an Steuerbord wurde flacher und schwappte jetzt schmatzend um den Haufen alter Eisenteile. Mich gegen die bockende Bordwand stemmend, begann ich, den Ballast bergauf zu schieben.

Es war eine unmenschliche Plackerei. Der Ballast bestand zum größten Teil aus Eisenbahnschienen, die so zurechtgeschnitten waren, daß zwei Mann sie in die Bilge tragen konnten; für einen Mann allein aber waren sie zu schwer, auch wenn dieser eine Mann nicht schon zehn Stunden lang wie ein Sklave geschuftet hätte. Die Schienenteile lagen in wüsten Haufen durcheinander, wie der Alptraum eines Mikadospielers. Es mußte wohl *Aldebarans* Überlebenswillen zu verdanken sein, daß die Schienen nicht gleich ihre Bordwand durchbohrt hatten.

»Paul!« brüllte ich.

Ich sah zu, wie er sich aus der Kajüte und zu mir an diesen schwarzen Tümpel schleppte. Er schien irgendwie geschrumpft zu sein. Er bewegte sich so langsam, daß ich erst jedes Eisenstück an einer Seite anheben und ihm in die Hände legen mußte, bevor ich es auch an meiner Seite hochnehmen konnte. Das Teil zwischen uns tragend, stolperten wir den abschüssigen Rumpf hinauf und legten es auf die Oberseites des Kielschweins. Dann holten wir ein weiteres Stück und noch eins. Und noch eins. Als wir zehn Stück oben hatten, waren unsere Hände aufgerissen und blutig. Eine halbe Tonne hatten wir geschafft, schätzte ich. Fehlten also bloß noch neuneinhalb Tonnen. Ich biß die Zähne zusammen und ging das nächste Teil holen.

Ich bückte mich und fischte in der dunklen Brühe herum. Da merkte ich, daß Paul nicht mehr neben mir war.

Er saß, den Kopf in die Hände gestützt, auf dem Kielschwein. Das von seinen Händen tropfende Blut wirkte schwarz im flackernden Licht.

»Los, weiter«, sagte ich. Meine Stimme war nur ein Krächzen. Meine Kehle war trocken und rauh.

Er rührte sich nicht. Draußen wälzten die Seen sich zischend und tosend unter den Rumpf, und im Rigg wütete der Wind. Im Frachtraum spiegelte sich das Licht gelb im schwarzen Wasser, und Paul saß da, den Kopf in die Hände vergraben, ohne einen Ton zu sagen. Ich stand auf und rüttelte ihn. »Willst du am Leben bleiben?« fragte ich.

Er schaute zu mir hoch. Sein grünlich-weißes Gesicht trug Blutspuren. »Ich kann nicht mehr«, sagte er.

»Doch, du kannst«, sagte ich. »Wir haben schließlich um was gewettet.«

Für einen Moment wurde sein Blick klarer, und hinter den starren Augen glomm Haß auf. Dann schlurfte er nach achtern zum Salon.

Ich wollte ihm erst nachlaufen und ihn zurückholen. Aber das wäre zu anstrengend gewesen. Deshalb ging ich zum Ballast zurück und schleppte zwei weitere Schienenstücke ganz allein bergan. Wie gern hätte ich mich einfach hingelegt und geschlafen. Es war mir mittlerweile ganz egal, ob ich ertrank oder ob

Paul ertrank. Aber ich hatte Henry versprochen, die *Aldebaran* nach Marbella zu bringen. Marbella und der Cup ... Ich würde diesen Schweinehund besiegen und ihn ein für allemal aus meinem Leben ausradieren. Ich konnte es mir einfach nicht leisten, jetzt zu ertrinken.

Ich bückte mich und fischte in der trüben Brühe nach dem nächsten Schienenstück. Meine Hände trafen auf etwas Eckiges, Glattes, und ich zog es hoch. Es war ein gegossener Ballastbarren, eine Legierung aus Kunstharz und Blei.

Ich zog ihn auf das Kielschwein, packte ihn in den nächsten Spalt und ging zurück. Da waren noch mehr von diesen Gußblöcken. Die mußte jemand von der Werft aus einem der Wracks geholt und hier eingesetzt haben. Ich empfand tiefe Dankbarkeit. Sie rissen die Hände nicht so auf wie die Eisenbahnschienen und wogen sehr viel weniger. Es war die erste erfreuliche Überraschung seit Tagen. Zunächst jedenfalls. Als ich etwa fünfzig Barren hochgeschafft hatte, bewegte ich mich in einem Nebel von Schmerzen und hatte Mühe, nicht vornüberzufallen. Es summte mir in den Ohren, und mir wurde klar, daß ich jetzt endgültig nicht mehr konnte.

Ich taumelte nach achtern in den Salon und aß, direkt aus der Büchse, eine Dose Corned-beef. Paul hatte sich ein Bett in der Leekoje gebaut und lag mit dem Gesicht nach unten. Beim Essen begann ich zu frösteln und entsetzlich müde zu werden. Aus dem Frachtraum drang das einschläfernde Brummen des Generators. Der Winkel zwischen Hängelampe und Wand war jetzt nicht mehr ganz so spitz. Die Uhr zeigte 0412: sechs Stunden, seit der Ballast übergegangen war. Das Barometer stand tief, aber fest.

Ich ging an Deck. Die Wolken waren aufgerissen und hatten sich in fliegende Inseln zerteilt, die über einen tiefen Golf von Sternen herangejagt kamen. Der Dreiviertelmond wirkte unerträglich hell nach dem Schummerlicht der Kajüte. Er warf einen harten Silberglanz auf die ausgefransten Wolkenränder und leckte an den hohen Wasserbergen, die an Backbord davonrollten, so daß ihre Schaumkämme sich in glitzernden Schnee verwandelten. Gegen die Hölle unten war dies hier oben ein in leichenfahles Licht gehülltes, wogendes Gemälde.

Zitternd kroch ich an Deck nach vorn, um nach der Sturmfock zu sehen. Gischt durchweichte mich, aber das Segel war okay. Als ich in den Salon zurückkehrte, wirkte er regelrecht warm und gemütlich. Ich ließ mich auf eine Koje fallen und lehnte mich zurück. Es war wie in der Gondel einer wildgewordenen Achterbahn, mir aber kam es vor wie der bequemste Platz meines Lebens. Ich schlief ein.

Nach dem Aufwachen machte ich meine Runde, so wie Henry es mir beigebracht hatte, wenn wir, als ich achtzehn war, durch den Kanal bolzten: Standortkontrolle durch Koppeln und Decca, Barometerkontrolle, Wetterkontrolle, Schiffskontrolle. Laut Decca befanden wir uns einundfünfzig Meilen westlich der Ria de Vigo. Ich zeichnete unseren Standort in die Karte ein, einen Bleistiftkreis mit einem Punkt in der Mitte. Das Barometer war gestiegen. Danach, und nicht vorher, setzte ich den Wasserkessel auf. Da hatte Henry kein Pardon gekannt: Erst kam das Schiff, dann die Crew. Paul lag noch immer in seiner Koje. Haßerfüllt schaute er mir zu, wie ich Kaffee kochte.

»Frühstück?« fragte ich.

»Nein.« Er hatte getrunken und roch nach Whisky.

»Du solltest lieber zusehen, daß du wieder nüchtern wirst«, sagte ich. »Es gibt noch jede Menge zu tun.«

»Jawohl, Herr Lehrer«, sagte er.

Ich setzte eine Pfanne auf den Herd und löffelte weiße Bohnen und eine Dose Rindsgulasch mit einem Spritzer Chilisauce hinein. Als es zu blubberrn anfing, kratzte ich das Ganze in zwei Schüsseln. Paul zog die Nase kraus. »Widerlich«, sagte er.

Ich stellte das Radio an. Eine sonore Londoner Stimme begann über Landwirtschaftsprobleme zu sprechen. Noch fünf Minuten bis zum Wetterbericht.

»Pfui Teufel«, sagte Paul und schob seine Schüssel weg.

»Ruhe«, mahnte ich und kritzelte die Sturmwarnung mit, die der Sprecher in gelangweiltem Ton verlas. Vermutlich hielt er sich für einen Helden, weil er sich morgens um fünf Uhr aus seinem warmen Bett gewälzt und in sein stickiges Studio begeben hatte.

Was er wohl sagen würde, wenn er diesen greulichen Salon mit seinem wüsten Durcheinander aus Werkzeug, Brotkrusten und nassem Ölzeug hätte sehen können, dieses chaotische Szenario eines schweren Sturms? Die restliche Durchsage ließ ich nur noch an mir vorbeirieseln. Ich dachte an ein anständiges Frühstück mit Bacon und Tomaten und wünschte mir sehnlich, nicht mehr in diesem Salon sitzen und Paul noch weitere zwölf Stunden anschauen zu müssen.

Paul sagte: »Stärke zehn. Wir kriegen Windstärke zehn. Und das mit diesem Kahn hier.« Er stand auf, taumelte und griff nach dem Handlauf über seiner Koje. »Hör zu«, sagte er. »Wir müssen was unternehmen.«

»Wir können überhaupt nichts tun«, sagte ich. »Und außerdem täuschen die sich sowieso. Das Barometer steigt.«

Er warf einen schnellen Blick auf das Gerät. Seine Augen waren rotgeädert und glasig. *Aldebaran* nahm wieder eine Welle und holte weit nach Steuerbord über. Er hielt den Handlauf umklammert und fuhr sich mit der Zunge über die trockenen Lippen. »Du bist total irre«, sagte er. »Sie kann jeden Moment kentern.«

»Was schlägst du also vor?«

»Mayday«, sagte er. »Laß uns Mayday senden.« Sein Gesicht war vor Enthusiasmus plötzlich rosig überhaucht. »Die schicken uns einen Hubschrauber aus Spanien, kein Problem. Das ist doch vernünftig, oder?«

Er lächelte, eine Parodie seines sonstigen Eton-Lächelns. Jetzt sah er aus wie ein Gebrauchtwagenhändler, der einen Wagen mit Totalschaden verkaufen will.

»Denk daran«, sagte ich, »dieses Boot gehört Henry, und wir überführen es. Ich werde bestimmt nicht hier rumsitzen und zugucken, wie du Mayday funkst, bloß weil du von diesem Wind die Nase voll hast.« Ich stand auf. »Jetzt kipp dir einen Eimer Wasser über und sieh zu, daß du nüchtern wirst. Danach bringen wir dieses Boot hier nach Spanien.«

Einen Moment waren unsere Gesichter so dicht voreinander, daß mir seine Alkoholfahne voll in die Nase wehte. Ich ging an Deck. Die grauen Wellen waren immer noch haushoch, und der Wind heulte nach wie vor ohrenbetäubend im Rigg. Aber die Wolken waren höher und ließen mehr blaue Streifen durchscheinen. In mir regte sich ein Hoffnungsschimmer. Schließlich war es schon vorgekommen, daß Tiefausläufer ihre Zugrichtung geändert und Meteorologen sich getäuscht hatten. Die See ging hoch, aber der Wind hatte höchstens Stärke acht. Dieser tröstliche Gedanke gab mir etwas Auftrieb, während ich alles checkte.

Aldebaran war trotz ihrer Schlagseite von 20 Grad in bemerkenswert gutem Zustand. Unten jaulten die Pumpen, und aus den Lenzschläuchen quollen Wasserströme. Ich arbeitete mich wieder nach achtern, um noch einen Blick aufs Barometer zu werfen. Als ich mich in den Niedergang beugte, saß Paul mit weißem, entschlossenem Gesicht vor dem Sender. Seine Finger lagen klobig auf dem Wählknopf. Er stand auf Kanal 16, dem Notruf. Er nahm das Mikrophon und drückte die Sendetaste. »Mayday, Mayday, Mayday!« sagte er. »Hier ist . . .«

Weiter kam er nicht, denn bevor er den Satz zu Ende bringen konnte, hatte ich ihn vom Sitz gerissen und auf den Boden geschleudert. Scheppernd schlitterte das Mikrophon an seinem Spiralkabel davon. Paul trat mich in die Magengrube, hart. Ich krümmte mich vor Schmerz. Aus dem Augenwinkel sah ich seine Hand vorschnellen. Und in der Hand hielt er eine Flasche. Ich duckte mich, aber nicht tief genug. Schmerz durchflutete mein Ohr und den Backenknochen. Das Boot schlingerte, und der Boden sackte mir unter den Füßen weg. Ich fiel gegen das Radio und stieß mit dem Kopf gegen ein Schapp. Vor meinen Augen wallten blutrote Vorhänge. Aber da bekam ich Plastik zu fassen: das Mikrophon. Ich zerrte daran, das Kabel riß. Ich stemmte ein Bein hoch, fiel aber wieder um und prallte mit Schulter und Rippen gegen ein Schott. Zischend entwich die Luft aus mir.

Es mußte wohl eine halbe Minute gedauert haben, bis ich wieder atmen konnte und wie ein Goldfisch auf dem Trockenen nach Luft schnappte. Schwerfällig zog ich mich den Niedergang hoch. Paul stand an Deck und zerrte mit einer Hand an den Laschings der Rettungsinsel.

»Nein!« brüllte ich. »Bist du denn verrückt geworden?«

Er wandte mir das Gesicht zu, es war das Gesicht eines Mondsüchtigen. »Verpiß dich!« schrie er und fummelte an seinem Gürtel herum. Als er die Hand hob, blitzte Metall auf: ein Messer. »Bleib, wo du bist!« schrie er. »Wenn du so wild bist auf deinen Scheißkahn, kannst du auch damit untergehen.«

Wie von Sinnen zerrte er an der Rettungsinsel. Ein Gurt ging ab.

Ich zögerte eine Sekunde. Paul war betrunken und durchgedreht. Bei diesem Seegang war es draußen wie in der Trommel einer riesigen Waschmaschine. Wenn er in die Rettungsinsel stieg, würde er mit Sicherheit sterben. Also sprang ich ihn mit einem Satz an.

Aldebaran schlingerte, als ihr Bug auf eine weitere See kletterte. Ich verfehlte Paul, aber immerhin verlor er dadurch sein Gleichgewicht. Er streckte die Arme aus, um sich an der Rettungsinsel festzuhalten. Ich sah sein Messer am Ende seiner Sorgleine davonfliegen. Und dann sah ich noch etwas. Etwas, das mich zur Salzsäule erstarren ließ, so daß ich nur noch dastand und gaffte.

Ich sah das Ding, das er in seiner Linken gehalten hatte, während er mit der Rechten an den Laschings herumnestelte. Das Ding war viereckig und grün, hatte abgerundete Ecken und auf dem Deckel einen Kupfergriff. Ich kannte ihn, diesen Gegenstand. Es war unsere Geldkassette. Die Geldkassette, die ich in Henrys Hummerkorb gefunden hatte und die mir auf dem Parkplatz aus meinem Land-Rover gestohlen worden war.

Die Kassette glitt Paul aus der Armbeuge und fiel auf das abschüssige Deck. Er bückte sich und wollte danach greifen, kam aber nicht bis unten, weil seine etwas kürzere Lifeline ihn zurückzerrte. Die Stahlkassette rutschte das stark geneigte Deck hinunter, blieb einen Augenblick an der niedrigen Fußreling hängen, kippte vornüber und versank wie beiläufig in den Fluten. Eine Welle stürzte donnernd herab.

Als sie aufgehört hatte, meinen Kopf aufs Deck zu hämmern, schaute ich hoch.

Die Rettungsinsel war zwar noch da. Aber die Welle mußte an ihrer Reißleine gezerrt haben, denn die ganze Leehälfte des Decks wurde jetzt von einem dicken, gelben, krapfenähnlichen Gebilde mit Dach eingenommen. Es sah aus wie ein kleines Gummizelt, das nur darauf wartete, daß Kinder zum Spielen kämen. Stattdessen kam die nächste Welle über den Bugspriet gekracht. Meine Welt wurde grün und weiß. Und als sie wieder ihre richtigen Farben hatte, war keine Rettungsinsel mehr da. Ich zog mich am Ruderrad hoch. Irgend etwas hatte meiner Nase einen Schlag versetzt, denn ich schmeckte Blut im Mund. Hundert Meter weiter leewärts, auf dem weißwirbelnden Rücken einer Welle, kreiselte der gelbe Krapfen. Dann kippte er mit dem Wellenkamm ab und ward nicht mehr gesehen.

Paul schaute ihm lange nach. Dann steckte er sein Messer ins Etui zurück und kroch ins Cockpit.

»Wo hattest du diese Stahlkassette her?« fragte ich.

Er antwortete nicht. Er sah bleich und erschöpft aus, und in seinem Blick erkannte ich Panik. Ich trat ganz dicht an ihn heran. »Die Kassette«, wiederholte ich, »wer hat sie dir gegeben?«

»Raistrick«, krächzte er.

Ich war zu müde, um weiter darüber nachzudenken. »Wir kümmern uns jetzt um den restlichen Ballast«, sagte ich.

Er schien mich nicht zu hören, sagte nur in einem fort: »O Gott.« Ich nahm ihm das Messer aus dem Gürtel und schob es in meine Tasche. Dann führte ich ihn nach unten. Das Barometer stieg noch immer. Der Wetterbericht von 13.55 Uhr sagte Nordwestwind Stärke drei voraus. Im schmutziggrauen Schein des Skylights beförderten wir drei Tonnen Schienen und Bleibarren von Steuerbord zur Mittschiffslinie und nagelten zur Befestigung Planken darüber. Mittlerweile war es drei Uhr nachmittags, aber Paul hatte noch kein Wort gesagt. Er bewegte sich wie in Trance; sein Gesicht war bleich und geistesabwesend.

Mit einsetzender Dämmerung wurden die Böen schwächer, und die Wellen brachen nicht mehr. Gegen sieben Uhr wehte es mit Stärke drei, und ich hielt mich am Ruder mühsam wach, während wir mit raumem Wind über eine weite grüne Grunddünung gen Osten liefen.

Um Mitternacht wurde am Horizont schemenhaft das weiße Licht des Panjon-Leuchtfeuers erkennbar. In den frühen Morgenstunden glitten wir entlang der zerklüfteten Küste der nördlichen Ecke Spaniens auf die portugiesische Grenze zu, und um sechs Uhr morgens steckte Paul unsere Leine an eine große Festmacherboje direkt unter der Festung von Bayona.

Ich warf noch einen Blick nach draußen, wo drei Meter hohe Seen gegen die Islas Cices an der Einfahrt zur Ria de Vigo brandeten. Dann zog ich zum ersten Mal seit vier Tagen mein Ölzeug aus, legte mich in das als wirres Knäuel an Deck liegende Großsegel und schlief auf der Stelle ein.

15

Als ich wach wurde, war es Abend. Längsseits lag eine mit Autoreifen behängte schmutzigblaue Barkasse. Der Mann darauf hatte einen breiten schwarzen Schnauzbart. Ich verstand genug von seinem Spanisch, um daraus zu folgern, daß er der Hafenmeister war. Eine Stunde später hatten wir die Zollabfertigung hinter uns und lagen an einer sauberen Steinpier, über der die Möwen kreischten. Ich saß an Deck, trank Bier direkt aus der Dose und beobachtete die gerade einlaufende Sardinenfangflotte, als Paul nach oben kam. Er trug ein sauberes Hemd und eine weiße Leinenhose mit scharfen Bügelfalten.

Ich hatte nochmals über die Geldkassette nachgedacht. Er hatte sie, seit sie über Bord gegangen war, mit keinem Wort mehr erwähnt, und es schien ihn auch nicht weiter zu beunruhigen, daß ich sie gesehen hatte. Also wußte er wahrscheinlich nicht, daß sie uns gestohlen worden war. Immerhin mußte ihm klar sein, daß sie wichtig war, sonst hätte er nicht versucht, bei Windstärke acht mit ihr in die Rettungsinsel zu steigen.

»Beobachte den Schweinehund wie ein Luchs.«

»Gehst du an Land?« fragte ich.

Er nickte.

»Ich komme mit«, sagte ich. Er zuckte die Achseln und antwortete nicht.

Der Lärm und Gestank der Stadt erschlugen mich förmlich; das war immer so nach einer Woche auf See. Wir ließen die engen Gassen hinter uns und kamen an einen Platz mit Straßencafés. In seiner Mitte war ein Brunnen mit Delphinen und einem Triton. Mopeds knatterten nur so zum Spaß umher, und hinter der fernen Kaimauer erstreckte sich das blaue Hafenwasser.

»Laß uns was trinken gehen«, schlug ich vor.

»Ich muß mal telefonieren«, sagte er.

»Vorher brauchst du einen Drink.«

Er zögerte. Sein Benehmen hatte sich geändert seit dem Sturm, so als sei der Ballon seines Selbstvertrauens angestochen worden. Er wirkte nicht mehr so überheblich, und ich glaubte, den Grund dafür zu kennen.

Wir setzten uns an einen der Eisentische. Der Kellner brachte zwei Cognacs, und ich fragte so beiläufig wie möglich: »War die Kassette wichtig? Die über Bord gegangen ist?«

Er griff nach dem Cognac und nahm einen kräftigen Schluck. »Das wirst du nie erfahren.« Er hatte die Lippen zwischen die Zähne gezogen und kaute darauf herum.

»Oh«, machte ich. Er hatte offenbar wirklich keine Ahnung, daß sie in South Creek gestohlen worden war, sondern einfach nur als Kurier gedient, ein Kurier, der Pfusch gebaut hatte. »Für wen war sie?«

Paul grinste mich an. Es war ein gemeines Grinsen, aber die Furcht in seinen Augen war nicht zu übersehen. Er schaute mich an, die Augen zu engen Schlitzen verkniffen, und schien mir bis ins Gehirn blicken zu wollen. Wir schwiegen. Schließlich sagte er: »Wenn du's unbedingt wissen willst, sie war für Georgie Honiton.«

Ich saß da, starrte ihn an und versuchte mir die Umstände vorzustellen, die Seine Ehrenwerte Lordschaft bewogen haben mochten, zunächst einen mitternächtlichen Überfall und dann einen Raub am hellichten Tag zu inszenieren, um sich in den Besitz anderer Leute Eigentum zu bringen. Es war einfach undenkbar. Es sei denn, der Kassetteninhalt gehörte in Wirklichkeit Honiton, und Henry hatte ihn ihm vorenthalten. Oder Honiton war doch noch Partner meines Vetters James oder dessen spanischer Freunde, und sie schoben Paul hin und her wie den Einkaufswagen eines Supermarkts.

»Was war drin?« fragte ich.

Er zuckte die Achseln. »Er hat mich nur gebeten, sie mitzubringen. Weiter nichts.« Er starrte mich einen Moment wie gehetzt an. Dann fragte er: »Du weißt gar nichts, wie?« Damit schob er krachend seinen Stuhl zurück und lief mit hochgezogenen Schultern quer über den Platz.

Ich bestellte noch einen Cognac und schaute den Schwalben im blauen Himmel und den Mädchen in ihren adretten Kleidern nach. Die Geldkassette lag unter einer Menge Wasser, und sie war der einzige Beweis. Ich wollte eine Erklärung für alles und sah auch nicht ein, was mich in Marbella davon abhalten sollte, eine solche Erklärung zu verlangen.

Zwei Tage später richtete ich *Aldebarans* stumpfen weißen Bug auf die glitzernde blaue Fläche hinter den der Ria de Vigo vorgelagerten Inseln. Paul war am Morgen zurückgekommen, und sein Gesicht war noch genauso bleich wie bei unserer Ankunft. Wir hatten nicht mehr miteinander gesprochen.

Ein Fischer blickte von den Netzen auf, die er gerade flickte. »Adónde vais?« rief er uns zu. »Wohin wollt ihr?«

»Nach Marbella«, schrie ich zurück. »In die Sonne!«

»Cuidado!« rief er. »Vorsicht! Marbella ist voller Diebe und Drogen!« Er grinste, und seine Zähne hoben sich gelb von seinem dunklen Gesicht ab.

Ich winkte ihm zu und drückte auf den Gashebel. Unter meinen Füßen vibrierte *Aldebarans* Deck. Von Drogen wußte ich nichts, aber vor Dieben brauchte man mich nicht zu warnen.

Der Wetterbericht war gut. Wir liefen unter Motor gen Süden, an den dunklen Sandstränden Portugals vorbei, und gelangten vor Kap San Vincente in nordöstliche Winde. Das Segeln hätte eigentlich ein Hochgenuß sein müssen.

War es aber nicht. Ich ärgerte mich über *Aldebarans* plumpen Bug, über ihren flachen Boden und ihre ständig jaulenden Pumpen. Ich fing an, den nach Diesel und muffigem Leder riechenden Salon zu hassen und das Knarren ihres veralteten Riggs, wenn sie in einer frischen Brise von immerhin Stärke vier kaum vorankam. Ich sehnte mich nach einem schnellen Boot, das prompt tat, was man von ihm verlangte, und wollte raus aus dieser Rumpelkammer von einem Schiff.

Paul ging es offensichtlich genauso. *Aldebaran* war jetzt wieder leicht einhand zu steuern, deshalb führten wir unsere Sechs-Stunden-Wachen wieder ein. Paul sprach kaum; vielleicht meinte er, in Bayona mehr gesagt zu haben, als gut für ihn war.

In der Morgendämmerung des sechsten Tages stiegen an Backbord voraus das rubinrote und das smaragdgrüne Blinkfeuer von Tarifa aus der See. Als die Lichter größer wurden, konnte ich die Stadt im Fernglas erkennen und ihre grauen Klippen, die Brandung unten weiß färbte. Und weiter zogen wir, zwischen den gezackten Spitzen des Rifs im Süden und dem langen Grat von Gibraltar im Norden, durch den dichter werdenden Schiffsverkehr. Der Himmel flimmerte vor Hitze, und in der Morgensonne war die See gleißend hell. Langsam, dicken schwarzen Dieselqualm ausspuckend, arbeitete *Aldebaran* sich ins Mittelmeer vor.

Es war kein abrupter Übergang. Die klaren Winde und das stürmische Blau des Atlantiks begleiteten uns auch hinter den Säulen des Herkules noch etliche Meilen weit. Im Norden erhob sich, dunstig grau in der heißen Brise, die Sierra. Als der Felsen von Gibraltar hinter die Kimm gesunken war, begann der schmale Streifen Land zwischen Bergen und See seine dunkelgrüne Pinienverbrämung zu verlieren, die weißen Betonklötzen Platz machte. Sie fingen ganz harmlos an, diese Pusteln, zunächst hier und dort als kleine Apartmenthäuser, die schlaue Bauern auf dem Dünen- und Ödlandstreifen zwischen Küstenstraße und See hatten errichten lassen. Ich kannte diese Ecke, weil wir von hier für den Sardinien-Pokal mal ein Boot überführt und uns bei dieser Gelegenheit in den künstlichen Yachthäfen zwischen gekünstelten Gebäuden mit gekünstelten Lokalen umgeschaut hatten. Nach Estepona steigt die Sierra steil an, und an ihrem Fuß drängeln sich die Häuserblocks mangels Bauland bis an die Ausläufer des Vorgebirges und auf die grauen Strände hinaus.

Sieben Stunden nach Gibraltar tauchte Marbella an Backbord voraus auf. Ich starrte zu der gelblichen Dunstglocke hinüber, die über dem Häusermeer hing. Es wehte kein Lüftchen, die Segel flappten, und über das spiegelglatte blaue Wasser drang der Verkehrslärm bis zu uns heraus. Marmorkuppeln glitzerten in der Sonne. Der Smog stank nach Geld.

Wir mußten die Segel runternehmen und standen uns, als wir das Groß auftuchten, am Baum genau gegenüber. Pauls Gesicht war wie versteinert. Er sagte: »Ich kann es kaum abwarten, dich beim Marbella Cup zu schlagen. Die Wette gilt doch?«

»Sie gilt«, sagte ich. »Du solltest also lieber noch ein bißchen trainieren.«

Er zuckte die Achseln und ging nach unten. Ich hörte, wie er sich über Funk eine Nummer an Land geben ließ und sein falsches Gelächter ausstieß. Er kam wieder rauf, als *Aldebaran* zwischen den Wellenbrechern hindurch in das ölschillernde Wasser von Puerto José Banus glitt.

Wir machten am Dique in der Nähe des Kontrollturms fest. Der Zoll kam an Bord, zwei mürrische Männer in olivgrünen Uniformen. Sie ließen sich in den Salon und in den Frachtraum führen und schüttelten die Köpfe, als sie die Pumpen und die Maschine sahen, die dicke schwarze Öltränen weinte. »Sucio. Schmutzig«, sagte der mit dunkler Brille und glänzenden Schuhkappen. Sein Kollege, ein zerknittertes Männchen mit einem Bauch, der sein Hemd zu sprengen versuchte, nickte und machte die Geste des Trinkens. »Haben Sie Whisky?«

Ich führte sie in den Salon und zeigte ihnen unseren Alkoholvorrat, der sich seit dem Sturm nur auf ein Dutzend Dosen Bier und eine halbe Flasche Whisky belief. Sie schauten sich das an und nickten. Ich fragte mich, ob sie wohl von mir erwarteten, daß ich ihnen davon anbot.

Übers Deck dröhnten schwere Schritte. Durchs Luk fiel ein Schatten. Eine Männerstimme brüllte: »Jemand zu Hause?«

Paul wirkte nervös. »Deke! Hier sind wir!« rief er.

Ein Mann kam den Niedergang runtergepoltert. Seine Schultern waren so breit, daß sie fast die ganze Kajüte verdunkelten. Er war etwa fünfzig und hatte gekräuseltes graues Haar, ein großes Gesicht und den typisch rotbraunen Teint des Nordeuropäers, der jahrelang in sonnigen Ländern gelebt hat. Die Wangen unter den von farblosen Wimpern umgebenen blauen Augen sackten nach unten wie bei einem alternden Boxer.

»Dies ist Martin Devereux«, stellte Paul vor. »Martin, das ist Deke Kellner, *Aldebarans* neuer Eigner.«

»Tag«, sagte Kellner und ließ sich schwer auf eine Polsterbank fallen. »Was für ein Leder«, seufzte er. »Man muß nur mal dieses Leder fühlen. Phantastisch!« Sein Akzent ließ auf Südlondon schließen. Er rief die Zollbeamten herein und fragte: »Paco, Pepe – wie geht's, wie steht's?«

Sie zwinkerten. Kellner zog zwei Bier aus dem Schapp und gab jedem eine Dose. »Mein neues Boot«, verkündete er. »Doch nett, nicht?« Die Zöllner lächelten gezwungen und nickten. Kellner war ein Mann, dem man schwerlich widersprechen konnte. »Trinken wir was!« Wir rissen alle unsere Bierdosen auf. »Zum Wohl«, sagte Kellner.

Als wir ausgetrunken hatten, schlug Deke vor: »Fahren wir doch gleich zur Werft hinüber.« Wir standen auf. Ich bin immerhin sechs Fuß groß, aber Kellner war einen halben Kopf größer.

»Danke, Paco, Pepe.« Er sah ihnen nach, wie sie auf den Kai sprangen. »Schreckliche Jungs«, sagte er. »Alles, was sie vom Leben erwarten, sind genug Peseten für den Spielautomat in Alonsos Kneipe und jede Stunde 'ne Fanta Orange. Wie die Kinder, wirklich.«

Ich warf die Leinen los. *Aldebaran* glitt durch das schmutzige Hafenwasser an einer Reihe blitzender Yachten vorbei. Sie maß gut zwanzig Meter, aber nach dem Standard von Puerto Banús war sie ein Badewannenbötchen. Drüben, neben dem im maurischen Stil gehaltenen Turm der Hafenmeisterei, starrte eine Armada großer Motoryachten mit den getönten Scheiben ihrer Glashausaufbauten wie blind auf das kleinere Kroppzeug von Booten herab. Deke sagte: »Erschreckend, die Stange Geld, die ihr bloß fürs Rumsitzen kriegt. Bringt sie zum Kran.«

Ich manövrierte *Aldebarans* Heck an die Pier. Die Hebegurte warteten schon auf uns. »Sie verschwenden wirklich keine Zeit«, meinte ich. Kellner lachte lauthals, als sei meine Bemerkung zu komisch. »Nein«, sagte er. »Nein. Wir verschwenden wirklich keine Zeit nich'.«

Wir sprangen auf die Pier. Der Motor des Krans wimmerte. *Aldebaran* schwebte durch die Luft, wassersprühend wie die Brause einer Gießkanne. »O du Schöne«, sagte Deke. »Okay. Paul und ich treffen uns nachher bei mir zu Hause. Ich will ihm den Scheck geben. Aber später startet 'ne Party bei mir. Gegen zehn. Sehen wir uns?«

»Wir sehen uns.«

Aldebaran senkte sich auf den betonierten Vorplatz, umschwärmt von kleinen dunkelhaarigen Männern mit Böcken und Keilen. Ich warf mir den Seesack über die Schulter und ging durch das Tor im Maschendrahtzaun zu den schwitzenden Urlaubern auf der Uferstraße.

Einmal noch schaute ich mich nach dem Mastenwald hinter dem betonierten Vorplatz um. *Aldebaran* war jetzt aufgebockt. An ihrem Rumpf wurde Dekes massige Figur sichtbar, neben ihm die schlankere Silhouette von Paul.

Hinter dem Zaun, der die breite Masse von der Yachtwelt trennte, bestieg ich eines der wartenden Taxis und nannte dem Fahrer den Namen des Hotels, in dem die Veranstalter der Regatta für uns Zimmer gebucht hatten. Es gab noch jede Menge zu tun.

16

Wenn man eine gewisse Zeit auf See verbracht hat und wieder an Land kommt, sieht zunächst alles ganz einfach aus. Aber dann wird's rasch kompliziert.

Schweißgebadet saß ich im Fond des Taxis. Draußen luden große Reklametafeln die Touristen ein, sich mit einer kleinen Anzahlung ein Stück vom Paradies direkt am Wasser zu sichern. Am Rand eines Dorfes, das einst gewiß sehr hübsch gewesen war, stand ein Schild mit der Aufschrift CAMPOS ELÍSEOS, Elysische Gefilde. Diese Gefilde waren von Abwässerkanälen durchzogen, über die der Wind graue Staubwolken fegte. Hinter den Staubwolken bewunderte der weiße Turm des Hotels El Gordo sein Spiegelbild im Swimmigpool zu seinen Füßen.

Auf dem Weg vom Taxi zur Drehtür fing mein Schweiß eine Menge Staub ein. Das Hotelzimmer war so stark klimatisiert, daß es eher einem maurisch gefliesten Kühlschrank ähnelte. Zur Begleitmusik der von den Elysischen Gefilden herüberdröhnenden Preßluftbohrer und Zementmischer duschte ich. Dann zog ich eine dunkelblaue Leinenhose und ein dunkelblaues Baumwollhemd an und griff zum Telefon. Meine Finger waren durch die harte Arbeit an *Aldebarans* Leinen noch ganz steif, und ich mußte dreimal ansetzen, bis ich endlich den Marbella Club gewählt hatte. Ich fragte nach Lord Honiton.

»Lorr' 'onnitton ist nicht im Hause«, sagte die perfekt geschulte Stimme am anderen Ende. Sie wußte auch nicht, wann er zurück sein würde. Darauf mußte man bei einem Salonlöwen wie Honiton in einer Löwenhöhle wie Marbella immer gefaßt sein.

Ich rief daheim in South Creek an. Mary nahm ab und schien erfreut, meine Stimme zu hören.

»Wir sind da«, sagte ich möglichst fröhlich. »Der Scheck kommt noch. Gibt's Nachricht von Henry?«

»Eine Postkarte«, sagte sie. »Vor einer Woche in Madrid eingeworfen. Er schreibt, es sei dort sehr heiß.«

»Das bringt uns auch nicht weiter.«

»Besser als gar nichts. Tony kümmert sich hier gut um alles.« Sie schwieg einen Moment. »Hoffentlich findest du Henry.«

Hinter den Elysischen Feldern dehnte sich Spanien, Meilen und Abermeilen Strand und Gebirge. »Natürlich finde ich ihn«, sagte ich und versuchte, meine Stimme zuversichtlich klingen zu lassen. Wir legten auf.

Anschließend wählte ich die Nummer, die Charlie Agutter mir gegeben hatte. Er war sofort am Apparat.

»Ich bin da«, sagte ich.

»Super«, sagte er. »Komm zum Abendessen.«

»Muß zu 'ner Party.«

»Ah«, machte Charlie. »Bei wem?«

»Deke Kellner.«

»Der hat 'nen Nachtklub, nicht?« fragte Charlie. »Gib gut auf deine Brieftasche acht, wenn ich dir raten darf.«

»Hatte ich sowieso vor«, sagte ich. »Training morgen um zehn?«

Anstatt in meinem gekühlten Hotelzimmer rumzusitzen und mich halb tot zu frieren, konnte ich ebensogut einen Spaziergang machen, um ein Gespür für dieses trockene Land zu bekommen. Deshalb ließ ich mich von einem Taxi durch die Staubwolken chauffieren. Etwa eine Meile vor der Adresse, die Deke mir gegeben hatte, stieg ich schließlich aus. Es war neun Uhr abends, und die Luft war schon kühler. An der kurvenreichen Straße schimmerten weiße Häuser durch dunkelgrüne Orangenbäume. Nach drei Wochen Salzluft tat es richtig gut, den Rauch von Grillfeuern und den schweren Duft der in den Gärten wuchernden Jasminsträucher einzuatmen.

Nach einer Weile gabelte sich die Straße und bog scharf nach links ab. Der nach rechts führende Ast mündete in einen Sandweg, der zu einem mit Olivenbäumen bestandenen Grundstück führte. Die graugrünen Blätter raschelten in der Seebrise. In einer Ecke saß ein alter Mann mit Strohhut über dem wettergegerbten braunen Gesicht und brutzelte etwas über einem Holzfeuer. Er trug die unförmige blaue Hose und das Hemd der andalusischen Kleinbauern. Ich hob den Arm, er winkte zurück. Durch diese Bewegung aufgeschreckt, flogen zwei Käuzchen aus dem knorrigen Stamm eines Olivenbaums und ließen sich, ihre seltsamen Okarinaschreie ausstoßend, auf einem Eukalyptus nieder. Irgendwo in der Nähe begann ein Hund zu bellen. Mit Bedauern wandte ich mich von dem Olivenhain ab und ging auf das Haus zu, dessen hohe weiße Mauer ihn links begrenzte.

Auf den bunten Kacheln des Torpfostens stand: »Nuestra Casa«, unser Haus. Über dem Namen war eine Sprechanlage, die überhaupt nicht zu den Esel- und Bauernmotiven der Kacheln paßte. Ich drückte auf den Klingelkopf und nannte meinen Namen. Außer der antwortenden Stimme war Partylärm zu hören.

»Kommen Sie rein«, sagte die Stimme mit Südlondoner Akzent. »Sie brauchen das Tor nicht aufzudrücken, es öffnet sich automatisch.«

Ich wartete vor dem schweren schmiedeeisernen Gitter. Das Schloß summte und klickte, dann schwangen die Torflügel unter dem Zischen einer Hydraulik auf. Es wirkte, als öffnete sich der Tresorraum einer Bank. Ich ging hindurch, und zischend schloß sich das Tor wieder hinter mir. Ich stand in einem Garten mit Geranien, Hibiskus und den obligaten Orangenbäumen. Vor mir wand sich eine Auffahrt zwischen Oleanderbüschen zum Haus, von dem nur ein rotes Ziegeldach und weiße Kamintürmchen sichtbar waren. Der Rasen war grün und gut gesprengt. Hier mußte jemand – nicht Deke Kellner vermutlich – sehr viel Zeit auf den Garten verwenden, obwohl er anscheinend nicht intensiv genutzt wurde. In der Luft hing der urige Geruch des Holzfeuers im benachbarten Olivenhain, und im Vergleich dazu wirkte dieser Garten hier so naturnah wie das Schaufenster eines Warenhauses.

Als ich in den Schatten eines Orangenbaums trat, hörte ich ein seltsam gurgelndes Japsen. Es war ein sehr unangenehmes Geräusch, bei dem sich mir die Nackenhaare sträubten.

Das Geräusch kam näher. Ich begann rasch auf das Haus zuzugehen. Der Abend war kühl, aber ich schwitzte. Ruhe, dachte ich, du bist doch nur auf dem Weg zu einer Party.

Das Geräusch bog um die Ecke. Es kam von zwei Dobermannpinschern. Sie waren so selbstsicher, daß sie sich nicht einmal die Mühe machten zu rennen. Auf Zehenspitzen kamen sie angetänzelt, zwei Barracudas auf Beinen. Fünf Meter von mir entfernt schwärmten sie aus: einer fünfundvierzig Grad zu meiner Rechten, der andere fünfundvierzig Grad zu meiner Linken, so daß ich mich nicht auf beide gleichzeitig konzentrieren konnte. Das mußte ihnen jemand beigebracht haben.

Mein Herz pochte. Ich ließ die Hand in die Tasche gleiten, um mein Messer rauszuholen. Aber ich war nicht mehr auf *Aldebaran*, sondern trug Partydress, und normalerweise besuche ich keine Partys mit einem Messer in der Tasche.

Das Geräusch hatte sich geändert. Es war jetzt gleichmäßiger, ein dumpfes, anhaltendes Gurgeln tief aus der Kehle. Die Hunde hatten die schwarzen Lefzen bis über die weißen Zähne hochgezogen. Sie japsten statt zu bellen und gurgelten statt zu knurren. Mir fiel ein, daß Hunde Augenkontakt als Aggression empfinden. Deshalb starrte ich einen Hibiskusstrauch zwischen den beiden an. Dann machte ich einen Schritt rückwärts.

Jetzt wurde das Gurgeln heller im Ton. Ich versuchte einen weiteren Schritt. Aber als ich meinen Fuß nur zur Hälfte zurückgesetzt hatte, waren ihre Lefzen bis an das rosa Zahnfleisch zurückgezogen, und das Gurgeln wurde zu einem Schnarren. Ich blieb stehen.

»He!« brüllte ich. »Ist da jemand?«

Nichts rührte sich. Die Hauswand war hoch und weiß, mit einer Bougainvillea davor. Sie hatte keine Fenster, nur eine schwere dunkle Tür, die bestimmt nicht offen war. Aus dem Haus drangen Stimmen und das blecherne Lachen einer Frau. Das ist doch albern, dachte ich. Gleich wirst du hier bei lebendigem Leibe aufgefressen, zwanzig Meter von einer Cocktailparty entfernt. Wie hatten die anderen Gäste überlebt? Da standen wir, die Dobermänner und ich, und bildeten ein unsichtbares Dreieck.

Dann hörte ich Motorengeräusch und das hydraulische Zischen des Tors. Der Wagen beschleunigte. Aus dem Augenwinkel heraus konnte ich ihn erkennen, es war ein grüner Seat. Ich winkte so heftig, wie ich mich getraute, um den Fahrer aufmerksam zu machen. Der Motor wurde langsamer. Ohne mich umzudrehen, sagte ich: »Bitte öffnen Sie die Beifahrertür.« Das Gurgeln der Hunde übertönte fast den Motor. Hinter mir klickte ein Türschnapper. Ich drehte mich um und rannte los.

Bis zum Auto waren es zehn Meter, und der erste Hund holte mich ein, als ich acht davon geschafft hatte. Ich riß schützend den Arm hoch und spürte meinen Ellbogen an seinem Hals landen, dort, wo der Jochbogen den Hals trifft. Er stieß einen häßlichen, hustenden Laut aus und ging zu Boden. Sein Freund mußte ausweichen, um nicht mit ihm zu kollidieren, und mittlerweile riß ich die Beifahrertür auf, ließ mich auf den Sitz fallen und schlug die Tür wieder hinter mir zu. Aber das Fenster stand offen.

Der Dobermann setzte drei Meter von mir entfernt zum Sprung an. Für den Bruchteil einer Sekunde blickte ich direkt in seine braunen Augen. Dann stieß er sich vom Fensterrand ab und war im Auto.

Wenn es etwas Schlimmeres gibt, als neben einem Auto mit einem Dobermann gefangen zu sein, der einen fressen will, dann ist es, *in* einem Auto mit einem Dobermann eingesperrt zu sein, der einen fressen will. Er war auf dem Boden gelandet. Dort versuchte ich, ihn mit den Füssen niederzuhalten. Jemand sagte: »Luft anhalten!« und beugte sich zu meiner Seite herüber. Es zischte scharf wie aus einer Spraydose, dann begann der Hund nach Luft zu schnappen. »Machen Sie die Tür auf«, wurde mir befohlen.

Ich machte sie auf. Der Hund taumelte hinaus, fiel auf den Fahrweg und rannte jaulend weg. Es war ein unangenehmer Geruch, der die Kehle reizte und in den Augen brannte.

»Tränengas«, sagte die Fahrerin. »Funktioniert auch bei Menschen ganz gut.«

Ich starrte sie an: kurzes blondes Haar, sanft geschwungene Nase, schwarze Augenbrauen. Sie hatte sich die Haare noch kürzer schneiden lassen. Als ich sie das letzte Mal gesehen hatte, war sie blaß gewesen. Nun leuchtete ihr Teint wie Heidehonig. Helen Gallagher lächelte mich aus ihren graugrünen Augen an.

»Wenn man Deke besucht, kommt man im Auto«, sagte sie. »Sind Sie okay?«

Mein einer Hemdsärmel befand sich im Verdauungstrakt des ersten Dobermanns. Die Zähne des zweiten hatten ein beachtliches Stück Haut aus meinem Fußgelenk gerissen. »Mir geht's prima«, sagte ich. »Freut mich sehr, daß Sie gekommen sind.« Damit meinte ich nur zum Teil, daß sie mich den Hunden entrissen hatte.

»Mich auch«, sagte sie. »Ich hasse es, wenn ein guter Mann aufgefressen wird.«

Ich lehnte mich im Sitz zurück und bemühte mich, wieder normal zu atmen. »Wieso geben die denn so entsetzliche Geräusche von sich?«

»Man hat ihnen das Bellen abgewöhnt«, sagte sie. »Damit sie um so überraschender zuschnappen können.«

Sie fuhr durch ein zweites Tor und parkte neben einer Gruppe von Mercedes und BMW. »Ach, noch etwas«, sagte sie. »Wir sollten einander nicht kennen.« Sie stieg aus, bevor ich sie fragen konnte, warum.

Ich folgte ihr ins Haus. Sie trug ein sehr kurzes schwarzes Kleid aus irgendeinem Elastikstoff, das ihre Brüste und Hüften eng umspannte. Ihre Beine waren braungebrannt, und an den Füßen hatte sie rote Schuhe mit sehr hohen Absätzen. Die Wirkung war verblüffend. Dieses Outfit gab ihr etwas Flittchenhaftes und paßte nicht zu der Helen Gallagher, die ich aus England in Erinnerung hatte. Aber ich hatte keine Zeit, mich lange zu wundern, weil sie selbstsicher an einem flachgesichtigen großen Mann im Dinnerjackett vorbeiging und über eine weiße Treppe auf das Stimmengewirr zusteuerte.

»Wer ist das?« Ich deutete auf den Mann, dessen Dinnerjackett an den Schultern spannte.

»John Elmes. Sie nennen ihn Jacky Damage«, sagte sie. Und dann waren wir mitten in der Party.

Deke Kellner stapfte durch die Menge. Er trug ein bis zum Gürtel offenes mexikanisches Hemd und eine Hose mit breitem Bund, der die eindrucksvolle V-Form seiner Boxerfigur betonte. Auf seinen rechten Unterarm war ein Dolch tätowiert, und in seinem gekräuselten grauen Brusthaar baumelten zwei Goldmedaillons und ein Haifischzahn.

»Helen!« rief er und riß sie an sich. So an seine Brust gedrückt, sah sie fast zerbrechlich aus. Kichernd machte sie sich los.

»Mann, Deke«, sagte sie, »das Problem bei dir ist, daß man immer deine Brusthaare zwischen die Zähne kriegt.« Auch ihre Stimme war verändert. Sie hatte den kultivierten Akzent der Ostküste verloren und einen Londoner Slang angenommen, der gut zu den roten Schuhen und dem zu engen Rock paßte.

Deke grinste und schaute mich an. »Sie sind zusammen gekommen?«

»Helen hat mich gerettet.« Ich erzählte von den Hunden, und

er lachte so, daß ich dachte, er würde jeden Moment ersticken. »Mann«, stöhnte er. »O Mann, o Mann!«

»Wie wär's mit einem Drink?« fragte Helen.

»Klar.« Deke grabschte nach einer Flasche Champagner und goß uns zwei Gläser ein. »Da haben sich diese dämlichen Hunde also an Ihnen versucht«, sagte er. »Das haben Sie davon, wenn Sie hier Spaziergänge machen.« Wieder lachte er, und seine Augen blinzelten aus einem Geflecht von Lachfältchen.

»Ich hoffe, die Hunde haben's überlebt«, sagte ich unaufrichtig.

»Ach, die kriegen wir in Zwanzigerpacks«, sagte er.

»Aha«, machte ich. Helen kicherte an seinem Ellbogen und warf mir aus großen graugrünen Augen einen Unschuldsblick zu. Als ich sie das letzte Mal getroffen hatte, waren diese Augen hart und ironisch gewesen.

Ich beschloß, den naiven Schuljungen zu spielen. »Wozu brauchen Sie denn all diese Sicherheitsvorkehrungen?«

»Man kann nie vorsichtig genug sein«, sagte Deke mit geübtem Grinsen. »Putzige Gegend hier. Es wird viel geklaut, und auf die Polizei ist kein Verlaß.« Er fing wieder an zu lachen. »Soso. Da wollen Sie und Paulchen also bei dieser Regatta mitsegeln.« Seine Augen über den Hängebacken wurden jetzt aufmerksam. »Jemand hat gesagt, Sie hätten den Mumm verloren. Irgend so'n Zeitungsmensch.«

Ich grinste ihn an, weil ich ja irgendwas machen mußte mit meinem Gesicht. »Warten wir's mal lieber ab, okay?« sagte ich. »Kennen Sie sich mit Regatten aus?«

»Nee«, sagte Deke. »Aber ein paar von uns setzen ein bißchen Geld auf diesen Marbella-Pokal. Als Vorwand für 'ne Party.« Er lachte wieder bellend. »Außerdem segle ich gern.«

»Was haben Sie mit der *Aldebaran* vor?«

»Sie 'n bißchen überholen«, sagte Deke. »Ein nettes Boot. Gesundes Holz.«

Ich nickte. Wenn Deke dachte, *Aldebaran* sei gesund, dann verstand er von Booten ungefähr soviel wie seine Dobermänner. Paul mußte als Verkäufer ganze Arbeit geleistet haben. Ich beschloß, das Thema zu wechseln. »Leben Sie schon lange hier?«

Seine Augen wurden leicht argwöhnisch. »Ein paar Jahre.«

Ich deutete mit ausladender Geste auf die Partygäste. »Sie kennen aber eine Menge Leute.«

»Ja.«

»Was machen Sie beruflich?«

Helens Augen waren jetzt nicht mehr naiv, sondern besorgt.

»Dies und jenes«, sagte er. »Hab' einen Nachtklub. Nehme verschiedene Geschäftsinteressen wahr.« Er hätte ebensogut ein Plakat mit der Aufschrift ›Kein Kommentar‹ hochhalten können.

»Ach so?« meinte ich. »Nun ja, dann also auf *Aldebaran* und ihren neuen Eigner.« Deke hob sein Glas. Helen kicherte und tat es ihm nach. Wir tranken.

Schließlich sagte Deke: »Hören Sie, ich muß noch mit jemandem sprechen. Ich werde Sie vorstellen.« Er führte mich durch den Raum und ratterte ein halbes Dutzend Namen herunter. Die meisten waren Engländer jener braungebrannten, aalglatten, eleganten Spezies, die man in teuren Golfklubs oder auf fetten Polyester-Kreuzeryachten trifft. Die Männer hatten einen unnötig harten Händedruck und Seidenkrawatten, und die Frauen trugen zuviel Goldschmuck und hatten jene Reptilienhaut, die durch lange Sonnenbäder und sorgfältiges Einsalben mit teuren Ölen entsteht.

Wir sprachen über den Marbella-Pokal. Sie waren nicht besonders interessiert an Regatten, wohl aber von den erheblichen Geldpreisen fasziniert. Dabei tranken sie in einer Tour; sie nippten nicht, sondern nahmen kräftige Züge und mixten Champagner und Cognac in Gläsern, die so groß waren wie Vogeltränken.

Als sie betrunkener wurden, sprachen sie über Grundbesitz. Sie schienen einander allesamt Land abzuluchsen oder zu verkaufen. Ein kleiner Holländer mit blaßbraunen Augen und in einem rehbraunen Anzug nahm es auf sich, mir zu erklären, warum das so war. »Das hier«, sagte er, »ist eine phantastische Gegend. Die phantastischste Gegend der Welt. Weiter unten an der Küste ist immer Wind. Nicht so hier. Bloß eine kleine Brise zum Abkühlen. Und das Meer.«

»Genau«, sagte ein braungebrannter Engländer.

»Phantastisch, dieses Meer. Deshalb wollen auch die Börsenspekulanten in England alle nach Marbella. Und die Araber. Da haben sie diese phantastische Anlage über José Banús gebaut. Und nun auch noch 'ne Autobahn«, sagte er. »Manche Grundstücke hier wechseln den Besitzer für über eine Million Pfund.«

Später sagte jeder, ich solle unbedingt mal bei ihm vorbeischauen. Ich nickte lächelnd und konzentrierte mich darauf, nicht soviel zu trinken wie sie. Honiton, der Grundstückslord, saß hier sicherlich auch wie die Made im Speck.

Die Party lärmte weiter. Steaks wurden gereicht, die Farbe des Weins wechselte von Weiß nach Rot, und dann gab's wieder Champagner. Irgend jemand begann ein Piano zu bearbeiten. Ein Mann mit olivfarbener Haut, schwarzem, über den langen drahtigen Koteletten leicht ergrautem Haar und mit einem Diamantring am kleinen Finger stand neben dem Klavier und sang mit Sirupstimme: »Smoke gets in your eyes«.

»Das ist Jake Schwartz«, sagte eine wasserstoffgelbe Blondine neben mir. »Er singt im Klub unten. Eine wundervolle Stimme.«

»Was für ein Klub?« fragte ich.

»Das Red House.«

»Ah«, machte ich.

»Er hat noch nie vom Red House gehört«, sagte sie zur Allgemeinheit. »Ist das nicht putzig?« Sie lachte künstlich, was wie Flaschenklirren klang. »Das ist Dekes Club«, sagte sie. »Deke hat Jake von England mitgebracht, er war Anfang der siebziger Jahre in allen Hitparaden. Es ist ein phantastischer Klub.«

»Muß ich mir unbedingt mal ansehen«, sagte ich.

»Ja«, sagte sie. »Der gute Jake hat eine herrliche Stimme. Vor allem, wenn er Oldies singt.«

Sie verfiel in Schweigen, eine Hyäne mit verschleiertem Blick. Aber ich schaute nicht sie an. Ich beobachtete Helen, die das Kinn auf ihre langen braunen Hände gestützt hatte und Schwartz anhimmelte. Wenn es etwas gab, das ich beim besten Willen nicht ausstehen konnte, dann waren es Leute, die wie Schwartz sangen. Unter dem gleichmütigen Blick von Jacky Damage verließ ich den Gesellschaftsraum mit dem Piano.

Davor lag eine Art Gemäldegalerie mit Bildern in Kaufhausrahmen. Auch die meisten Bilder stammten aus dem Kaufhaus, bis auf eines, das offenbar nach einem Foto gemalte Porträt einer alten Frau. Aber selbst diese laienhafte Arbeit ließ noch die Kraft erkennen, die von ihrem Gesicht ausging, ein zerfurchtes, häßliches Gesicht, das aus dem Rahmen heraus in eine Welt starrte, von der es sich nichts gefallen ließ. Es war das Gesicht einer Berufsboxerin, die weibliche Ausgabe von Deke.

Ich drehte mich um und wollte gerade in den Gesellschaftsraum zurückgehen, als ich Stimmen in der Halle hörte. Eine gehörte Deke Kellner, die andere Paul. Ich blieb stehen und lauschte. Pauls Stimme klang schrill. »Wir hatten Sturm«, beteuerte er, »ich konnte nichts dafür. Wirklich! Ich hab' mein Bestes getan ...«

»Aber das war nicht genug, oder?« Kellners Stimme klang ruhig und gemessen. »Du hast mir damit eine Menge Scherereien gemacht, Paulchen. Das ist sehr ärgerlich.« Er hob die Stimme. »Jacky!« rief er. Die Tür des Gesellschaftsraums ging auf. Ich trat schnell hinter eine Kupfervase mit getrocknetem Schilf, als Jacky Damage mit baumelnden Armen, die fleischigen Hände geballt, durch den Bogengang getrottet kam.

»Wenn ich was tun kann ...« sagte Paul. Ich hatte ihn noch nie so ängstlich erlebt. »Wenn ich irgendwas tun kann ...«

»Dafür ist's ein bißchen spät.« Kellners Stimme war ein leises Gurren. Ich stellte mir das Lächeln auf seinem harten rotbraunen Gesicht vor. »Jacky, Mr. Welsh war gerade auf dem Weg nach unten.«

»Ich werde ...«

Es folgte ein häßliches Geräusch, eine Art gurgelndes Stöhnen. Dann gab es einen dumpfen Schlag, als sei jemand gestürzt, und Gelächter: Deke Kellners Lachen, laut und herzlich. Ich rannte in die Halle.

Kellner lehnte am schwarzen Schmiedeeisengeländer einer Marmortreppe. Als er mich um die Ecke kommen sah, hörte er auf zu lachen. Seine grauen Augen huschten schnell zu mir und dann wieder zu dem, was vor der untersten Stufe lag.

Was da lag, war Paul Welsh. Als ich hinschaute, stemmte er sich gerade auf Hände und Knie hoch. Aus seiner Filmstarnase tropfte Blut und malte einen roten Oberlippenbart über seinen Adonismund.

»Ist die Treppe runtergefallen«, sagte Deke. »Pech.« Aus der Art, wie er das sagte, wurde nicht ersichtlich, ob es Pech war, daß Paul die Treppe runtergefallen war, oder Pech, daß er sich nicht schwerer verletzt hatte.

Paul kam auf die Füße. Jacky Demage trottete von dannen. Deke fragte mich: »Sie suchen sicher die Toiletten, stimmt's? Sind im ersten Stock.«

Ich ging zur Treppe, nahm Paul am Arm und half ihm nach oben. Deke schüttelte lächelnd den Kopf wie ein lieber Onkel. »Brav, Martin. Sie sind ein guter Mensch.«

Die Toilette war braun gefliest. Ich merkte, wie Pauls Arm zitterte, als ich ihn hineinführte. Er spritzte sich Wasser ins Gesicht, und ich gab ihm ein Papiertuch für seine Nase. Eine der Klotüren ging auf, und ein Mann kam heraus. Er war dünn, hatte ein dümmliches Grinsen und kleine Augen, die unnatürlich glänzten. Er stopfte sich gerade einen gerollten Fünftausend-Peseten-Schein in die Brusttasche seiner blau-weißen Leinenjacke. »'n Abend allesamt«, sagte er fröhlich. Ich nickte ihm zu. Er stank nach Whisky und rempelte mich mit der Schulter an. »Hicks«, sagte er. »Tschuldigung. Nichts für ungut.« Eilfertig klopfte er mir mit seinen affenbraunen Händen die Jacke ab.

»Nichts passiert«, sagte ich.

»So«, sagte er. »Nochmals nichts für ungut.« Kichernd schlurfte er auf den Gang hinaus.

Pauls Nase hatte aufgehört zu bluten. Ich fragte: »Warum haben sie dich die Treppe runtergeschmissen?«

Er öffnete schon den Mund, um zu antworten, klappte ihn aber sofort wieder zu. »Wovon zum Teufel redest du?«

»Sie haben dich die Treppe runtergeworfen«, sagte ich. »Deke Kellner und sein Gorilla.«

»Ich bin ausgerutscht«, sagte Paul. »Wirst du endlich aufhören, immer hinter mir herzulaufen?«

Ein Knäuel Klopapier an die Nase gedrückt, verließ er die Toilette. Ich folgte ihm. Das Piano hämmerte immer noch, und jetzt sangen sie alle mit Jake im Chor, ein schauerliches Grölen, das gerade noch als »Release Me« zu erkennen war. Die Worte klangen verschwommen, und die Gesichter waren von Sonne und Alkohol krebsrot. Die blonde Frau, die mir versichert hatte, wie sehr sie Jakes Stimme liebte, weinte schwarzes Maskara übers ganze Gesicht. Helen stand neben dem Sänger, einen nackten braunen Arm auf seine Schulter gelegt.

Plötzlich fühlte ich mich ausgelaugt, ernüchtert und deprimiert. In meiner Brieftasche hatte ich die Nummer vom Taxistand. Ich faßte in die Tasche.

Meine Brieftasche war weg.

Als ich zu Helen ins Auto gestiegen war, hatte ich sie noch gehabt; ich erinnerte mich, sie gefühlt zu haben, als ich eigentlich ein Messer rausholen wollte. Nun dachte ich zuerst, sie wäre mir irgendwo rausgefallen. Ich ging durch die Räume und schaute suchend zu Boden. Die Brieftasche war nicht da. Also stieg ich wieder die Treppe hinauf. Sie war leer und weiß bis auf ein paar Blutstropfen auf der untersten Stufe. In der Toilette war eine der Klotüren verriegelt, und von innen kamen Schnüffelgeräusche. Ich wusch mir die Hände. Die Brieftasche war nirgends zu sehen. Verdammte Zucht, dachte ich. Also muß sie noch draußen bei diesen scheußlichen Hunden sein.

Die Klotür ging auf, und der Mann mit den allzu glänzenden Augen kam heraus. Er hielt eine Plastikkarte in der Hand und fuhr mit dem Daumennagel darüber. Auf seinem Gesicht lag ein breites, starres Grinsen.

»So sieht man sich wieder«, meinte er.

Ich schaute auf die Karte. Es war eine Mitgliedskarte der Royal Yachting Association. Ich riß sie ihm aus der Hand. Auf der Karte stand mein Name. Da erinnerte ich mich, wie seine Affenhände meine Jacke abgeklopft hatten.

Ich sagte: »Geben Sie mir meine Brieftasche zurück.«

»Nein«, sagte er. »Ich doch nicht.« Er hob die Hände, zuerst langsam, dann schnell. Ich riß den Kopf zur Seite, und die Finger, die er mir eigentlich in die Augen hatte stoßen wollen, landeten auf meiner Stirn. Mein Kopf schlug gegen die Wand. Ich hörte eine Tür schlagen und seine Espadrillas über die Marmorstufen davonrennen. Mit heulendem Motor und quietschenden Reifen preschte ein Wagen auf der geteerten Auffahrt davon.

Ich wusch die Platzwunde auf meiner Stirn aus und ging zurück zur Party. Helen stand am Klavier, ein Glas Orangensaft vor sich. Ich sagte: »Mir hat gerade jemand meine Brieftasche gestohlen«, und kam mir vor wie ein Idiot. Noch nie war ich Opfer eines Taschendiebs geworden.

Sie starrte mich an. Ihre Augen waren graugrün und zu Tode

gelangweilt gewesen. Jetzt schauten sie nicht mehr gelangweilt drein. Sie fragte: »Wer war's?«

Ich beschrieb den Mann mit den affenbraunen Händen.

»Squeal«, sagte sie. »Er heißt Squeal und hat die Bar Bric-à-Brac am Ortsrand von Marbella. Wenn Sie ihn nett bitten, gibt er sie Ihnen vielleicht zurück, falls er sie nicht schon verkauft hat, um sich Koks zu verschaffen.«

Jake Schwartz, umgeben von einer Wolke schweren Aftershaves, gesellte sich zu uns. »Bin ich vielleicht heiser!« sagte er im gedehnten Ton des Disc Jockeys und nahm einen tiefen Schluck aus Helens Glas.

»Nett singen Sie.« Ich fand die Intimität, mit der er aus Helens Glas trank, empörend.

»Oh, vielen Dank!« Er hatte braune Spanielaugen, lange schwarze Wimpern und sah so schmachtend aus wie die übliche Señorita auf der Postkarte.

»Hallo«, sagte Deke. »Amüsiert ihr euch auch gut?«

»Klar«, sagte Schwartz. »Unheimlich gut. Aber ich muß ja noch arbeiten, nicht? Deshalb muß ich leider los.«

»Ich komme mit dem Wagen nach«, versprach ihm Helen.

»Ob mich vielleicht jemand durch die Hunde chauffieren könnte?«

Deke lachte. Schwartz sagte: »Jederzeit. Nur jetzt bin ich in Eile.«

Ich sagte: »Dann fahre ich mit Helen. Sie hat mir heute schon mal das Leben gerettet. Ich vertraue ihr.«

»Oh«, sagte Helen, die feuerwehrroten Lippen schürzend und sich in ihrem engen schwarzen Kleid räkelnd. »Aber vertraue ich Ihnen?« Es klang angeödet.

Deke sagte: »Okay. Also ciao für heute.« Er packte mich an der Schulter. »Halt die Ohren steif, Junge.«

»Werd' mein Bestes tun«, versprach ich.

»Natürlich werden Sie das«, sagte er. Sein Blick war kalt und nachdenklich, und einen Augenblick sah er mir direkt in die Augen. Dann lachte er, sein lautes explosives Lachen.

Auf dem Parkplatz winkte Helen zum Balkon hinauf, eines ihrer langen Beine kokett nach hinten abgewinkelt, als würde sie posieren. Ich setzte mich auf den Beifahrersitz. Sie schlug die Tür zu.

Das Tor vor uns öffnete sich langsam. Noch in der Auffahrt sagte sie: »Sie müssen aufhören, mir immer nachzurennen.«

»Was?«

»Ich kann ja nirgends mehr hin, wenn jedesmal Sie dastehen und idiotische Fragen stellen.« Der East-Side-Slang war aus ihrer Stimme verschwunden, sie klang jetzt nach einer Eliteuniversität der amerikanischen Ostküste. Und verärgert.

Ich sagte: »Ich weiß wirklich nicht, wovon Sie reden.«

Auf dem weichen grünen Rasen warteten im Flutlicht die Hunde. Sie wußten, daß es keinen Zweck hatte, Autos zu beißen, vor allem nicht grüne Seats mit Leuten, die einem Tränengas in die Schnauze sprühten. Die Torflügel standen weit offen.

Helen sagte: »Sie wirken wie ein Collegeboy, frisch, frei und fröhlich. Und Sie verdienen Ihr Geld mit Segeln. Unter den Leuten da drin fallen Sie auf wie ein Leuchtturm im Schwimmbad. Diese Clique ist doch nicht dumm!«

Ich schaute sie an. Sie guckte stur geradeaus, und ihr Profil hob sich entschlossen von den weißen Wänden neben der Straße ab. Ich sagte: »Zuerst Southampton, dann Pulteney. Und jetzt hier. Wie kommt das?«

»Wie ich bereits sagte: Man muß von was leben.«

Ich fragte: »Und wie ist das so, mit diesen Schmalspurganoven rumzugondeln und das süße Leben zu genießen?«

Wir waren an der Hauptstraße angelangt. Ihr Kopf fuhr herum. »Zwei Dinge«, sagte sie. »Erstens: Machen Sie nicht den Fehler, Deke Kellner für einen Schmalspurganoven zu halten.

Und erzählen Sie mir zweitens nie mehr, was ich tun oder lassen soll.« Sie schwieg. »Aber wenn Sie wirklich eins draufkriegen wollen, dann fragen Sie nur weiter so herum.«

Im Licht der entgegenkommenden Autos leuchtete ihr Haar golden, und der Mond legte Silberglanz in ihre Augen. Plötzlich beugte sie sich zu mir herüber, und ich fühlte die leicht klebrige Berührung ihrer Lippen auf meiner Wange. »Passen Sie gut auf, daß Sie nicht zu Schaden kommen«, sagte sie. »Und übrigens – Sie haben Lippenstift im Gesicht. Hier können Sie aussteigen.«

Dann stand ich in der warmen Nacht unter dem Sternenhimmel, und zwischen den Palmen auf der Straße nach Marbella wurden die Rücklichter des grünen Seats immer kleiner.

17

Es wäre ein langer Heimweg geworden, hätte ich nicht noch einen Tausend-Peseten-Schein in der Hosentasche gehabt. So aber nahm ich bis zum Ende der asphaltierten Straße ein Taxi und lief dann über die Elysischen Gefilde, die öde im fahlen Sternenlicht lagen, auf den hellerleuchteten Turm des Hotels El Gordo zu.

Am nächsten Morgen war Crewtreffen im Club Deportivo von Marbella angesetzt. Ich nahm schon den Neun-Uhr-Bus. Da war es bereits so heiß, daß mir das Hemd am Leibe klebte, als ich an staubigen Baugrundstücken vorbei zur Calle de las Rosas, dem Wirkungsort Squeals, hinunterlief. Auf dem Schild stand BAR BRIC A BRAC – BIER UND INTERNATIONALE ATMOSPHÄRE. Die Schaufensterscheibe gehörte mal wieder geputzt, und die stumpfe Jalousie war voller Fliegendreck. Die Bar hatte geschlossen. Sie sah wie jene Art von Bars aus, die erst sehr, sehr spät öffnen. Als ich auf der Uferpromenade zurückging, brandete das Mittelmeer zwischen die Betonbuhnen an meiner rechten Seite, in den Strandcafés tranken stiernackige blonde Touristen ihr erstes Bier. Ich fand ein ruhiges Lokal, setzte mich an die Messingtheke im kühlen Innenraum und trank Kaffee. Und fragte mich beim Trinken, warum Helen mich in der Nacht unter den Palmen geküßt hatte und was sie mit dem Sänger Jake trieb. Die Tasse Kaffee war so klein, daß ich nicht sehr lange darüber nachgrübeln konnte. Als ich ausgetrunken hatte, schob ich fündundzwanzig Peseten in den Münzapparat und rief das Büro der Wettfahrtleitung an. Man sagte mir, Honiton sei nicht da, käme aber gegen Abend zurück. Falls ich einen Termin ausmachen wolle? Ich machte einen Termin aus, zahlte und ging.

Um zehn vor zehn war ich auf dem Dique de Levante, einem die Marina wie ein Arm umfangender Wellenbrecher. Gerade eben setzte eine leichte Brise vom Meer her ein. Sie war so schwach, daß sie im Gesicht nicht einmal kitzelte; immerhin reichte sie aus, um mich das Wettfahrtbüro und die krebsroten frühen Biertrinker vergessen und mein Herz vor Vorfreude etwas schneller schlagen zu lassen, als ich auf die hohen schlanken Masten am Ende der Pier zuging. Die Crew war schon eifrig am Werkeln, als ich an Bord kam. Es waren die üblichen Routinearbeiten: alles, was sich losreißen konnte, befestigen, alles, was schamfielen konnte, umwickeln, und natürlich die obligatorischen Turbulenzanzeiger an den Segeln anbringen. Wenn man gegen einige der besten Skipper der Welt antritt, überläßt man nichts dem Zufall.

Charlie sah so müde aus wie immer. Scotto, Noddy und Dike waren groß, braun und verschwitzt.

Wir warfen die Leinen der Bayliss 38 los, ich manövrierte das Boot aus seinem Liegeplatz und motorte an den weißen Molenköpfen vorbei in das leicht geriffelte, gleißende Mittelmeer hinaus.

Wir zogen die Segel hoch; ich machte die Maschine aus und

fiel ab. In der plötzlichen Stille kam unvermittelt Leben in den Cockpitboden unter unseren Füßen. Das Zischen des Kielwassers hinter unserem Heck wurde zu einem verhaltenen Brausen.

»Problematisch, in Marbella zu segeln«, sagte Charlie und schielte auf den hohen, leicht gebogenen Schlitz zwischen Groß und Genua. »Nicht genug Wind.«

Ich nickte ohne recht zuzuhören und begann wie immer vor einer Regatta, mich mit dem Boot vertraut zu machen. Meine Sinne waren aufs äußerste angespannt: Ich spürte die leisesten Wirbel an der Kante von Ruderblatt und Kiel. Nach der Achterbahnfahrt mit *Aldebaran* war dies hier die reinste Freude.

»Dem Boot macht's aber nichts aus«, sagte ich.

»Das Boot ist nicht übel.« Charlie zog sich den langen Mützenschirm noch tiefer in die Augen. Er war wirklich ein Mann, der an übertriebener Bescheidenheit litt.

Wir hatten so wenig Wind, daß manche Rennyachten sich gar nicht von der Stelle bewegt hätten. Nicht so die Bayliss. Mit ihren Flügeln aus glänzendem Nylon fing sie auch das leiseste Lüftchen noch ein, so daß das Rauschen am Kiel nie nachließ und die Trimmer ihre Winschen wie mit Glacéhandschuhen bedienten, nur um die Bayliss nicht aus ihrer Hochform zu reißen.

»Gute Rumpfgeschwindigkeit«, sagte Charlie.

Unter dem Baum wurden die sich bis an die grauen Strände drängenden weißen Paläste Marbellas erkennbar. Auf dem Wasser standen noch mehr Segel, kleine helle Dreiecke, die, ebenfalls im Training, auf der glitzernden blauen See ihre Manöver fuhren.

Scotto sagte: »Da hinten ist Fournier. Und Paul Welsh.«

Fournier war Franzose: zu Lande ein Charmeur und auf dem Wasser ein großer weißer Hai. Er würde ein Problem werden.

Wieder sah ich Pauls zusammengekrümmte Figur an der unteren Stufe der Marmortreppe vor mir. Und ich dachte an die fünfzigtausend Pfund und den Senator's Cup. Die weißen Paläste wirkten plötzlich finster. In einem von ihnen saß Lord Honiton und ärgerte sich über eine Stahlkassette, die nie angekommen war. Und was war aus Henry geworden, von dem keine Menschenseele etwas wußte? »Wir werden Paul in der Luft zerreißen«, sagte ich.

Bis Mittag hatten wir uns gut aufeinander eingespielt. Die Sonne stand direkt über uns, und selbst mit einem Hut war es, als balanciere man weißglühendes Eisen auf dem Kopf. Wir waren gedörrt und salzig wie Erdnüsse.

Charlie fragte: »Gehen wir zusammen essen?«

Ich war dermaßen in die Arbeit vertieft, daß ich beinahe zugestimmt hätte. Doch dann fiel mir Squeal ein. Wir hielten auf den schimmernden Streifen des Stegs zu und machten längsseits fest. Ich fuhr direkt von der Marina in den Staub und Schweiß der Stadt. Die Strafencafés füllten sich jetzt.

Als ich in der Bar Bric à Brac angelangt war, klebte mir das Hemd am Körper, und meine Schuhe fühlten sich an, als seien sie bis auf halbe Höhe mit Schweiß gefüllt.

Diesmal war die Jalousie über dem schmutzigen Fensterglas hochgezogen, und als ich gegen die Tür drückte, schwang sie nach innen auf. Links stand eine lange leere Mahagonibar und dahinter an der Wand ein schmiedeeisernes Gestell, von dem eine Reihe Zinnhumpen hingen. Die Wände bedeckten Dutzende von schmalen Regalen, vollgestopft mit Kuckucksuhren, Tonkrügen, alten Flaschen, Kerzenhaltern, Souvenirs und anderem Trödel, der samt und sonders so aussah, als käme er aus der Mülltonne eines Antiquitätenhändlers. Es stank nach verschüttetem Bier und kaltem Rauch, nach Schmutz und Verwahrlosung. Vielleicht war das die »internationale Atmosphäre«.

Durch eine Tür in der Rückwand trat eine Blondine. Sie sah aus, als hätte ich sie geweckt. Als sie mir ein Bier gegeben hatte, fragte ich: »Wo ist Squeal?«

Sie hatte gedunsene braune Haut und verdrießliche schwarze Augen. »Im Bett«, sagte sie. »Er hat 'ne lange Nacht hinter sich.« Ihr Akzent lag irgendwo zwischen Madrid und Stepney. Sie runzelte die Stirn. »Wer sind Sie?«

»Ein Freund«, sagte ich.

»Oh.« Sie schien nicht beeindruckt. »Normalerweise macht er um die Zeit ein Nickerchen, um sein Herz langsam anzukurbeln.«

Als ich die schmierigen Fettflecke auf dem Glas sah, das sie mir hingestellt hatte, beschloß ich, aus der Flasche zu trinken. Das Bier sandte kühlende Tentakeln durch meinen dehydrierten Körper. »Arbeiten Sie schon lange hier?«

»Lange genug.« Sie holte sich aus einer Ecke neben der Kühltruhe ihr Strickzeug und setzte sich so weit von mir weg, wie es nur ging. Ich nippte an dem Bier. Ein Schlagersänger jammerte über die Schwierigkeiten, ein Mann und unverstanden zu sein.

Die Tür ging auf, und Squeal kam herein.

Er trug einen schmutzigen hellen Leinenanzug und sah gar nicht gut aus. Sein Teint war so stumpf, als habe er keine Farbe unter seiner Bräune. Er hievte sich auf einen Hocker und flüsterte schwach: »Gib uns 'nen Wodka, Schatz.« Mich blickte er nicht mal an.

Die Strohblonde brachte ihm einen Becher Wodka, der mit etwas Tomatensaft und einem kräftigen Spritzer Tabasco versetzt war, der ihm die Tränen in die Augen trieb, nachdem er ein paar kräftige Schlucke getrunken hatte. Sie gab ihm eine Serviette, damit er sie abwischen konnte. »Du hast Besuch«, sagte sie.

Er drehte sich um und starrte mich an. Seine eng zusammenstehenden Augen hatten den unnatürlichen Glanz verloren. Die rötliche Spitze seiner langen Nase ragte über ein kleines fliehendes Kinn. Letzte Nacht, mit dem Kokainglanz im Blick, hatte er fast etwas dargestellt. Heute sah er aus wie ein Nagetier mit einem schlimmen Kater. Mich erkannte er offenbar nicht wieder. Aber er lächelte einnehmend und zeigte dabei abgestoßene gelbe Zähne. »Was kann ich für Sie tun?«

»Sie könnten mir meine Brieftasche wiedergeben.« Ich rutschte so von meinem Barhocker, daß ich zwischen ihm und der Tür zu stehen kam. »Die Brieftasche, die Sie mir auf Deke Kellners Party gestern aus der Jacke geklaut haben«, ergänzte ich.

Aus den Schatten um seine Augen wurde etwas noch viel Schlimmeres. In seiner Wange zuckte ein Muskel. »Ich weiß nicht, wovon Sie reden.« Er griff nach seinem Becher und trank ihn hastig aus.

»Trinken Sie noch einen«, sagte ich und ließ meine Stimme nett und beiläufig klingen. »Ich will ja nur meine Brieftasche wiederhaben.« Seine Augen irrten nach rechts und dann wieder nach links. Ich dachte an Dekes massige Erscheinung und beschloß, ein bißchen zu bluffen. »Andernfalls müßte ich Deke bitten, sie für mich zurückzuholen.«

Das half. Squeal wandte den Blick ab und beguckte sich die Flecke auf dem Bartresen, als konsultiere er einen Bauplan mit der Beschreibung des Notausgangs. Deke war also jemand, vor dem man Angst haben mußte, wenn man Squeal war.

Die Barfrau hatte ihm ein neues Glas hingestellt. Diesmal hörte ich es gegen seine Zähne klirren. Er angelte eine Zigarette aus dem blau-weißen Päckchen und zündete sie umständlich an, um Zeit zum Nachdenken zu gewinnen.

»Dann bitten Sie ihn doch«, sagte er schließlich und warf mir einen schnellen Blick aus seinen gelblichen Augen zu, um meine Reaktion zu testen.

»Überlegen Sie sich's«, sagte ich. »Der gute Deke könnte sich vielleicht ärgern über Leute, die seine Gäste beklauen.«

Er schaute auf die schmutzigen Fliesen unter seinen Barhokkerbeinen und dann die Barfrau an. Doch beides schien ihm nicht weiterzuhelfen. Dann schlürfte er seinen Drink aus und fuhr mit der nikotinbefleckten linken Hand in seine Jackentasche. »Ich habe nie 'ne Brieftasche nicht geklaut«, sagte er. »Hab' aber eine auf dem Fußboden dort gefunden. Ich wollte sie Deke geben, aber ... Na ja, Sie wissen ja, wie's so geht. Hab's vergessen. Ist es die?« Er hielt sie mir hin. Es war meine. Ich nahm sie an mich.

»Na, und ob«, sagte ich. »Was für ein Glück.«

»Ja«, sagte er. »Riesenglück.«

»Das mit dem Geld ist halt Pech«, sagte ich. Im Innenfach fehlten zwanzigtausend Peseten.

»Geld?« fragte er. »Ich hab' kein Geld drin gesehen.«

»Natürlich nicht.« Ich steckte die Brieftasche weg. »Jedenfalls haben Sie mir einen Riesengefallen getan. Trinken Sie noch was?«

Er tat, als müsse er lange überlegen, und willigte schließlich gnädigst ein. Seine Hand zitterte jetzt nicht mehr, denn mittlerweile mußte er wohl eine Viertelflasche Wodka getrunken haben. Seine Bewegungen aber blieben fahrig und schwerfällig. Wir tranken einander zu. »Nette Bar haben Sie«, sagte ich.

Er schaute sich um, als sei er noch nie zuvor hiergewesen. »Ja«, sagte er. »Recht nett. Nette kleine Existenz. Klar ist jetzt noch keine Saison. Läßt sich ein bißchen langsam an, dieses Jahr.« Er schwieg, betrachtete sinnend den schmutzigen Trödel auf den Regalen und fragte sich vermutlich, warum so wenig Gäste kamen. »Komisch, ich habe gerade mit dem Gedanken gespielt, sie zu verkaufen. Machen Sie mir ein Angebot.«

Ich versuchte deprimiert auszusehen und sagte, das könne ich mir nicht leisten. Er schüttelte den Kopf und trank noch einen Wodka. »Schade«, sagte er. »Schade.«

»Gehen Sie denn nach England zurück?« fragte ich. »Weil Sie die Bar und alles verkaufen wollen?«

Er schüttelte den Kopf. »Nein«, sagte er. »Es gibt nur ein paar Probleme, Sie wissen schon, was ich meine.«

Ich glaubte es zu wissen. »Ärger mit der Polizei?«

Er nickte und schaute mich von der Seite an. »War ein Mißverständnis. Ich hab' daheim Lebensversicherungen an der Haustür verkauft und, na ja – also, die Versicherung hat die Prämien nicht immer gekriegt. Sie verstehen schon.« Das klang, als sei er Robin Hood, der den Sheriff von Nottingham ausgeraubt hatte. »Also bin ich dort abgehauen. Und hier bin ich nun. Sonne, See und Señoritas.« Mit einer ausladenden Geste umfaßte er die schmutzige Bar und die aufgedunsene Frau, die neben der Kühltruhe saß und strickte.

»Mit dem guten Deke im selben Boot«, sagte ich.

Sofort wurde mir klar, daß ich zu weit gegangen war. Squeal hatte zuviel Zeit mit Verhören zugebracht, um die entscheidende Frage nicht zu erkennen, wenn sie auftauchte.

Sein Blick wurde plötzlich wachsam. »Deke«, sagte er, »ist ein sehr harter Mann. Und er hätte bestimmt nicht gern, daß ich das, was ich über ihn weiß oder nicht weiß, mit Leuten diskutiere, die mich mittags in meiner eigenen Bar unter den Tisch trinken wollen.« Er stand plötzlich auf, sein Gesicht war wutverzerrt. »Also verpiß dich«, sagte er. »Los, raus!«

Ich stand auf, er auch. Aber er hatte die Wirkung des Wodkas auf seine Beine unterschätzt. Er taumelte einen Schritt zurück, stolperte über den Barhocker und fiel in die schmalen Regale an der Wand hinter ihm. Sie krachten in einer Staubwolke zusammen und rissen Kaskaden von Bric à brac mit sich auf den Fliesenboden. Ich stieß sie mit dem Fuß zur Seite und ging auf die Tür zu. Aber auf halbem Weg blieb ich stehen.

Ein Gegenstand aus dem Regal war etwas weiter gerutscht als die anderen: eine schmale Dose aus patiniertem grauem Metall. Sie war so geformt, daß sie bequem in die Jackentasche paßte. Ich bückte mich, hob sie auf und las die Inschrift auf dem Deckel. Mein Mund wurde plötzlich trocken und die Welt um mich ganz still.

Denn ich kannte diese Dose. Die Inschrift auf ihrem Deckel lautete: »Für H.M. von seiner Besatzung, HMS RUTLAND, 1942.« Es war eine Zigarettendose, und als ich sie vor sechs Wochen zuletzt gesehen hatte, war sie Eigentum von Henry MacFarlane gewesen.

18

Ich hielt die Dose in der Hand und wendete sie hin und her. Sie hatte eine glatte Form, die angenehm in der Hand lag. Schon als Kind hatte ich sie bewundert. Es war typisch für Henrys verschrobenen Eigensinn, daß er überhaupt eine Zigarettendose benutzte, noch dazu eine aus Geschützlegierung. Hinter mir sagte Squeal: »Hau ab! Verpiß dich, bevor ich die Bullen hole.«

Ich drehte mich um und ging auf ihn zu. Sein magerer Körper schrumpfte, als habe jemand die Luft herausgelassen. Unwillkürlich zuckte meine Hand vor und packte ihn am Revers. Ich schob ihn quer durch die Bar zurück, bis eine der Bänke an der Wand sich ihm in die Kniekehlen bohrte und er krachend auf den Sitz plumpste.

Ich hielt ihm die Zigarettendose vor seine kleinen gelben Augäpfel. »Sag mal«, fragte ich mit Lippen, die sich durch den Schock wie geschwollen anfühlten, »wie genau bist du denn an die gelangt?«

Er schloß die Augen. Von seiner Stirn perlten Schweißtropfen, und er roch nach Fusel, Zigaretten und Angst. »Erinnere mich nicht«, sagte er.

Ich zog ihn hoch und stieß ihn gegen die Wand. Es gab ein häßlich knackendes Geräusch, als sein Kopf gegen den Verputz schlug. »Diese Dose gehört einem guten Freund von mir«, sagte ich. »Einem sehr guten Freund. Und ich schlage dich jetzt so lange gegen diese Wand hier, bis du mir sagst, woher du sie hast.« Wieder verpaßte ich ihm eine. Noch mehr Bric à brac polterte auf die Fliesen. »Und außerdem werde ich Deke erzählen, wer meine Brieftasche geklaut hat«, drohte ich.

»Polizei!« keuchzte Squeal. »Mona, ruf die Polizei.«

Ich drehte mich um. Mona strickte noch immer. »Sie weiß es besser«, sagte ich. »Also, mach schon.«

»Laß mich los, dann sag' ich's dir«, versprach er.

Ich ließ ihn los. Es war eine Erholung, von ihm wegzutreten, so daß ich ihn nicht mehr riechen mußte.

»Ich hatte da so'n Job«, begann er.

»Für wen?«

»Firma«, sagte er. »Immobilien.«

»Name?«

»Morris Holdings.« Er blinzelte. »Den Chef dort hab' ich gekannt. Der hat auch ein bißchen Detektivarbeit gemacht, Prozeßbeobachtung und so.«

»Wo ist er?«

»Nicht mehr im Land«, sagte Squeal.

»Wo hast du diese Zigarettendose gefunden?«

»Ich mußte neulich mal so 'nem Kerl Material bringen. Ein paar Dokumente. Da hab' ich die kleine Dose auf'm Tisch liegen gesehen. Ich fand, daß sie gut zu meiner Dekoration hier paßte, und hab' sie mitgehen lassen.«

»Sehr nett«, sagte ich. »Wer war der Kerl?«

»Heißt Neville«, sagte er. »Major Neville.«

»Wo wohnt er?«

Unter Squeals schmaler gerader Oberlippe wurden die gelben Schneidezähne sichtbar. »Er hat in Guadalmina gewohnt«, sagte er. »Aber jetzt wohnt er wahrscheinlich nicht mehr dort, wegen der Papiere, die ich bei ihm abgeben sollte. Sie hatten was damit zu tun, ihn aus dem Haus zu verjagen.«

»Wie lange ist das her?«

»Drei Wochen.«

Vor drei Wochen hatte ich auf *Aldebaran* gestanden und England hinter der Kimm versinken sehen.

»Schreib mir die Adresse auf«, sagte ich. Er tat es. Ich zahlte die Drinks und ließ ein kleines Trinkgeld für Mona da. Sie dankte mir nicht.

Ich ging erst noch zur Bank, nahm mir dann einen Mietwagen und machte mich auf den Weg nach Guadalmina. Dort hatte jemand eine Menge neuer Villen gebaut. Dahinter ging die Straße in einen Pfad über, und die akuraten Gärten mit Oleanderbüschen und Orangenbäumen endeten an einem Grundstück, wo es kürzlich gebrannt haben mußte, denn aus einer schwarzen Ascheschicht ragten verkohlte Pinienstämme wie verfaulte Zähne. In der Asche steckten zwei Reklametafeln. »25 herrschaftliche Villen und Luxusapartments«, lautete ihre englische Aufschrift.

Aber auch die Pinienstümpfe hörten auf, und der Pfad verlief sich in einem Sandplatz. Links, unter einem großen Mandelbaum, führte ein Eisentor durch eine Mauer; dahinter lag ein langgestrecktes weißes Haus mit grünen Fensterläden und rotem Ziegeldach. Früher war es mal von einem Garten umgeben gewesen. Jetzt war der Rasen aus Wassermangel verdorrt, und aus den Blumentöpfen auf der Terrasse hingen die Geranien braun und leblos. Eine Eidechse glitt zur Seite, als ich das Tor öffnete. Gleich hinter der Mauer des Sandplatzes vor dem Haus brandete das Meer auf einen schmalen Strand. Es war ein wunderbar ruhiges Plätzchen. Die rauschende Brandung und zirpenden Zikaden schienen die Stille eher noch zu vertiefen.

Ich ging zur Haustür und betätigte den Türklopfer. Das Geräusch hallte mit dem typisch hohlen Klang spanischer Fliesenböden durchs Haus. Es waren nirgends Fußspuren zu sehen und keine Stimmen zu hören. Ich klopfte erneut und ging ums Haus. Türen und Fensterläden waren fest geschlossen. Die Nevilles waren nicht zu Hause.

»Hola!« sagte eine Stimme hinter mir. Als ich mich umdrehte, stand ein alter Mann da. Aus seinem Unterhemd schauten knochige Schultern, und an den Füßen hatte er aus alten Autoreifen gemachte Sandalen. Auf dem Kopf trug er einen Strohhut, den er tief über seine wie nasse schwarze Weintrauben glänzenden Augen gezogen hatte.

Ich fragte ihn, wo ich Señor und Señora Neville finden könne. Er ließ eine Salve andalusischer Worte auf mich niederprasseln. Sie schienen zu besagen, daß die Nevilles vor drei Wochen weggefahren waren und er seitdem für sie nach dem Garten schaue. Ich fragte, wann sie zurückkämen, und er machte eine abwehrende Gebärde. »Nein«, sagte er. »Casa vendida.« Das Haus war verkauft.

Ich fragte ihn, wo die Nevilles jetzt seien.

»Banús.« Er gestikulierte gen Osten. »Banús.« Dann zog er mich am Arm. »Perro«, sagte er. »Perro.«

Perro ist das spanische Wort für Hund. Wieder nahm er meinen Arm und zerrte mich zu einem Gebüsch in der Ecke. Dabei arbeitete er heftig mit den alten Händen und seinem braunen, schrumpeligen Gesicht. Also ließ ich mich von ihm führen.

Er brachte mich zu einem Baum, und ich konnte die Fliegen schon hören, bevor wir da waren. Er nickte und hielt sich die Nase zu. Der Gestank war in der Tat schauderhaft. Unter dem Baum lag eine kleine, neu aussehende Grabplatte mit den eingemeißelten Worten WINSTON R. I. P. Neben dem Stein war ein Loch und daneben ein Erdhaufen. Der Haufen sah aus, als sei er von Hunden aufgebuddelt worden. Am Loch kroch ein summender Fliegenschwarm über etwas auf dem Erdboden. Etwas, das mal ein Hund gewesen war. Aber jetzt hatte er keinen Kopf, und es verschönerte ihn auch nicht gerade, daß er schon eine Weile vergraben sein mußte. Vielleicht seit drei Wochen. »Han cortado la cabeza«, sagte der Mann mit dem Strohhut: Man hat ihm den Kopf abgeschnitten. Ich musterte das Gewimmel von Maden, die sich in seinem verfilzten schwarzen Fell wanden.

Ich mußte davon ausgehen, daß Henry wegen einer Transaktion nach Spanien gekommen war, die irgendwie mit dem Inhalt der Geldkassette zusammenhing. Nach Pauls Behauptung war die Geldkassette für Honiton bestimmt gewesen, der viel Geld im Grundstückshandel gemacht hatte. Hier hatte ich nun ein Haus vor mir, in dem Henry sich aufgehalten hatte. Und das vor kurzem verkauft worden war.

Es war nicht schwer, Squeal mit geköpften Hunden in Verbindung zu bringen. Bei Seiner Lordschaft Honiton war das schon etwas anderes.

Ich sagte dem Gärtner, er möge den Hund wieder vergraben, und gab ihm zweihundert Peseten. Dann fuhr ich zur Hafenmeisterei von Puerto Banús.

Der Mann im Büro antwortete gelangweilt, als ich mich nach den Nevilles erkundigte: »Motorkreuzer *Shearwater*. Am hintersten Ende.« Er deutete müde auf die schmutzigen Plätze an der Außenpier hinter den schwimmenden Palästen, wo die Boote kleiner und schmuddeliger waren und Sehleute sich gar nicht erst hinbemühten.

Shearwater war einer jener kleinen Motorkreuzer aus Holz, von denen englische Yachtmakler in dem Versuch, sie aufzuwerten, immer behaupten, sie wären bei der Flotte kleiner Schiffe dabeigewesen, die das eingeschlossene britische Expeditionskorps seinerzeit aus Dünkirchen evakuiert hatten. Sein Holz war sehr gepflegt, auch der Laufsteg am Heck glänzte wie in Sirup getaucht, und das grüne Sonnensegel über dem Cockpit war adrett wie gebügelt.

Ich klopfte an und rief: »Ist jemand da?«

Eine Frau steckte den Kopf durchs Luk. Ihr Haar war grau, und ihr Profil hatte Ähnlichkeit mit dem eines aristokratischen Papageis.

»Morgen«, sagte sie ohne sonderliche Begeisterung.

»Mrs. Neville?« fragte ich. »Hätten Sie bitte einige Minuten Zeit für mich?«

Ihr Kopf ruckte wie bei einem Vogel. »In welcher Angelegenheit?«

»Henry MacFarlane.«

Sie runzelte die Stirn. Ihre scharfen Augen musterten mich von oben bis unten und registrierten: Admiral's-Cup-Shirt, marineblaue Hose, Segelschuhe, strubbeliges Haar, sich häutende Nase: eine Kombination, die bei aller Lässigkeit doch respektierlich war. Sie sagte: »Kommen Sie an Bord.«

Es war sehr heiß im Boot, denn in Puerto Banús weht selten eine Brise. Die Kajüte war mit Mahagoniholz getäfelt. Am Salontisch saß ein Mann. Er hatte ein schmales, braunes Gesicht und einen sorgfältig gestutzten weißen Schnauzbart. Seine Handrücken waren mit Leberflecken übersät.

Die Frau sagte: »Dieser junge Mann hier denkt, daß wir einen gewissen Henry MacFarlane kennen.«

Die Augen des Mannes waren alt, wäßrig und argwöhnisch. »So?« Er trug ein cremefarbenes Hemd, eine Seidenkrawatte, und die knorrigen braunen Füße unter dem Tisch steckten in Espadrillas. Er sah nicht aus wie ein Mann, der normalerweise Fremden gegenüber unhöflich war.

Ich begann: »Soweit ich weiß, hat ein Mann namens Squeal Ihnen vor drei Wochen einige Dokumente überbracht. Während er bei Ihnen im Haus war, stahl er eine Zigarettendose, die Henry MacFarlane gehörte.«

»Sind Sie von der Polizei?« fragte er.

»Nein«, sagte ich. »Henry MacFarlane ist mein Ziehvater.«

»Philipp, ich glaube, du kannst ruhig«, sagte Mrs. Neville.

»Was kann ich?« fragte der Major gereizt.

Sie antwortete nicht. Des Majors alte Finger umklammerten die Tischkante. Schließlich fragte er: »Wie heißen Sie?«

Ich sagte es ihm.

»Segler?« fragte er. »Hab' über Sie in der Zeitung gelesen.«

»Henry und ich sind Partner, wir haben eine Marina und eine Bootswerft. Ich bin bei ihm aufgewachsen.«

»Ah«, sagte der Major. »Ja.« Die Tränensäcke unter seinen Augen schwollen stärker an, als er mich intensiv musterte. »Das kommt hin.«

»Wie meinen Sie?«

»Ich denke, wir sollten es Ihnen erzählen«, begann er. »Henry hat uns besucht. Er war hinter einer Firma her, die versucht, ihn von seinem Besitz in Südengland zu vertreiben. Irgend jemand hatte ihm erzählt, daß es diese Firma mit uns genauso getrieben hat.«

»Seahorse Land«, sagte ich.

»Richtig.«

»Diese fürchterlichen Leute«, sagte Mrs. Neville.

»Er bat uns, niemandem von seinem Besuch zu erzählen, es könne gefährlich werden.«

»Und wir glaubten ihm«, sagte Mrs. Neville, »nach allem, was vorgefallen war.«

Ich atmete einmal tief durch. Henry, du alter Schwachkopf, dachte ich. Fährst nach Marbella, um Detektiv zu spielen. Aber woher wußtest du, wohin du dich wenden mußtest, und wo zum Teufel steckst zu jetzt?

»Er sah aber durchaus aus wie jemand, der auf sich achtgeben kann«, meinte der Major.

»Wie lange ist das her?«

»Drei Wochen. Er kam drei Tage, nachdem wir aufgefordert wurden, zu verschwinden.«

»Haben Sie ihn seitdem noch mal gesehen?«

»Er wollte nach Madrid fahren«, sagte der Major. »Und wir waren danach auch ziemlich beschäftigt.«

»Sie haben Ihr Haus verkauft«, sagte ich. »Ich war vorhin

dort.« Draußen erklang ein Donnern, als ein Motorboot-Cowboy seine Maschine testete. Von den Piers driftete das Stimmengewirr der Touristen herüber, und das Wasser schwappte ölig gegen die Bordwand. »Es muß Ihnen doch unheimlich schwergefallen sein, von dort wegzugehen.«

Mrs. Neville lachte, aber nicht amüsiert. Der Major knurrte: »War der schlimmste Fehler, den wir je gemacht haben.«

»Aber wir konnten doch nicht anders«, sagte seine Frau.

Der Mann hob die Hände und ließ sie wieder fallen. Sein Argwohn mir gegenüber war jetzt völlig verschwunden. Geblieben war die Hoffnungslosigkeit. »Tja«, sagte er, »das ist ja nun vorbei. Wir müssen in die Zukunft blicken.«

Ich sagte: »Es ist sehr unhöflich von mir, so zudringlich zu sein. Aber würden Sie mir erzählen, was vorgefallen ist?«

Sie schauten mich an, als hätten sie meine Anwesenheit ganz vergessen gehabt. Dann sagte Major Neville: »Setzen Sie sich, setzen Sie sich. Haben wir noch Tee, Hilda? Oder möchten Sie lieber einen Drink?«

Ich sagte, Tee wäre fein.

»La Residencia«, sagte er, »haben wir vor Jahren gekauft, gleich nach dem Krieg. Und danach fast vergessen. Vor zehn Jahren kamen wir her, um im Ruhestand hier zu leben. Vieles hatte sich verändert, aber zum Glück hatten wir die Farm gekauft, als es hier noch nichts als Ziegen gab. Also krempelten wir die Ärmel hoch und verkauften ein paar Hektar Ackerboden landeinwärts, in der Nähe des Golfplatzes, und richteten uns im Farmhaus ein.«

»Wirklich hübsches Anwesen.«

»Wunderbare Gegend«, sagte seine Frau und reichte Porzellanteetassen von der Pantry herüber. »Unheimlich friedlich.« Mittlerweile wurden draußen schon zwei Motoren getestet, und in der Nähe des Kontrollturms landete ein Hubschrauber auf einem der schwimmenden Paläste.

»Wie dem auch sei ...« Der Major hob die Stimme, um den Lärm draußen zu übertönen. »Vor etwa vier Monaten kam ein Mann zu uns und sagte, er wolle unser Grundstück kaufen. Nun ja, im Lauf der Jahre sind dort Dutzende verkauft worden. Die müssen inzwischen einiges wert sein.« Ich dachte an Dekes braungebrannte Gäste und ihre Gespräche, in denen es um Grundstücke im Wert von Millionen gegangen war. »Aber ich habe das nie nachgeprüft. Der Mann war sehr hartnäckig. Spanier. Ölig. Grinste in einem fort. Händedruck wie ein nasser Lappen. Ich sagte ihm, er solle sich fortscheren. Er ging ohne viel Aufhebens, aber noch in derselben Nacht stand der Wald in Flammen.«

»Der Wald?«

»Pinien, Buschwerk und so. Hübsches Plätzchen, gut für Schlangen. Alles ist total verkohlt. Ein Glück nur, daß das Feuer nicht aufs Haus übergegriffen hat. Und wer kam prompt wenig später angetanzt? Menéndez. So hieß er: Menéndez. Sagte, es täte ihm leid wegen der Bäume und so, aber Unfälle kämen immer mal vor. Es wäre doch bestimmt nicht einfach, in unserem Alter ein so großes Grundstück zu überwachen. Sagte, wir sollten wirklich daran denken, an einen etwas – netteren Ort umzuziehen.« Er schnaubte. »Dieser Schweinehund! Naja, ich hab' ihm gesagt, wo er mich mal könnte. Und weg war er.«

»Danach fing es erst richtig an«, sagte seine Frau. Sie hatte sich hingesetzt, ihr Gesicht glänzte rosig und erregt. »Die Orangenbäume gingen ein, denn jemand hatte Batteriesäure auf ihre Wurzeln geschüttet. Dann beschmierten sie uns die Wände. Dann waren ständig betrunkene Leute am Strand, und einer von ihnen schlug Philip nieder, als er sie aufforderte, zu verschwinden. Jemand warf uns ein totes Schwein in den Brunnen. Wir hatten eigenes Wasser, wissen Sie. Und dann ...« Sie verzog schmerzlich das Gesicht, als wolle sie an das, was als nächstes geschah, nicht einmal denken.

»Wir hatten einen Hund«, sagte der Major. »Einen schwarzen Labrador. Winston. Wir haben keine Kinder. Da wird man vermutlich zum Hundenarr. Jedenfalls kamen wir eines Morgens zum Frühstück hinunter, und da lag der brave alte Winston.«

»Der arme Winston«, sagte seine Frau.

»Mitten auf dem Eßtisch. Jemand hatte ihm den Kopf abgeschnitten. Übrigens haben wir den Kopf nie gefunden. Wir vergruben Winston draußen im Garten und wurden von da an ganz schön dickköpfig. Da haben sie ihre Taktik geändert. In Madrid ist ein Katasteramt, aber daran hat, als wir das Haus damals kauften, kein Mensch gedacht. Der Kauf ist also nie in einem spanischen Grundbuch eingetragen worden. Wir wußten einfach nicht, daß es so was hier überhaupt gibt. Dieses Pack ging also zu den Verwandten des Bauern, von dem ich die Farm gekauft hatte, und bekam von ihnen eine Factura.«

»Was ist das, eine Factura?«

»Ein Kaufvertrag«, sagte der Major. »Vor einem Notar abgeschlossen. Sie bestachen die Verwandten, holten sich einen Betrüger von Notar, fuhren mit dem Kaufvertrag nach Madrid und ließen dort den Grundbucheintrag vornehmen. Und so mußten wir weg von unserem Grund und Boden.« Er schwieg einen Augenblick. »Zuletzt fiel es uns gar nicht mehr so schwer, wie wir dachten. Wir haben angefangen, diese Gegend hier zu hassen, wissen Sie? Alles geht zum Teufel. Vermutlich werden sie Ferienhäuser auf unserem Land bauen oder einen Nachtklub aus dem Haus machen.« Sein Blick war weit weg. »Wir beschlossen aufzugeben und nach England zurückzukehren. Wir werden's schon verwinden.«

»Ja«, sagte seine Frau und wandte mir das Gesicht zu. Einen Augenblick lang sah sie nicht wie ein Papagei, sondern wie ein Adler aus. »Aber wir geben nicht auf«, fuhr sie fort. »Ich habe einen Rechtsanwalt beauftragt, und wir haben sie vorladen lassen. Für heute.«

»Ach, die Gerichte hier!« seufzte der Major. »Bevor sich da was tut, sind wir längst tot. Wir sind alt, und das wissen die natürlich. Und überhaupt – die Richter wollen sich wegen ein paar Ausländern nicht aufregen. Dabei ist es Gesindel. Einfach Gesindel.«

»Wir mochten Henry MacFarlane«, sagte Mrs. Neville. »Ich hoffe, Sie finden ihn bald.«

Ich trank meinen Tee aus und ließ sie in den Trümmern ihres ruinierten Lebens zurück.

19

Der Marbella Club war eine Urbanisation aus weißgetünchten Landhäusern, die hier und da durch dichte Jasmin- und Geranientuffs lugten. Die tiefstehende Abendsonne blendete mich, dennoch konnte ich ein halbes Dutzend Rolls Royces ausmachen, als ich vorsichtig, um keine dieser Prachtpflanzen zu beschädigen, am pseudoandalusischen Tor der Honiton-Residenz vorfuhr.

Der Lord saß unter einem weißen Sonnenschirm auf seiner Terrasse. Auf dem Tisch stand etwas, das wie Gin Tonic aussah, und er betrachtete sinnend das Ende seiner Zigarette in ihrer kurzen, schwarz-goldenen Spitze. Er trug einen blauen Blazer, eine perfekt gebundene Klubkrawatte und eine weiße Hose. Seine listigen kleinen Bernsteinaugen waren zusammengekniffen und feindlich, aber er lächelte. Noblesse oblige: So war Georgie Honiton eben. »Nun?« fragte er. »Was kann ich für Sie tun?«

Er bot mir keinen Stuhl an, aber ich zog mir dennoch einen heran. Sein Glas klirrte, als ich meine Ellbogen auf den Tisch legte. Ich sagte: »Sie haben eine Menge Geld mit Immobilien verdient.«

Er runzelte die Stirn. »Ich hatte den Eindruck, daß Sie mich wegen der Regatta sprechen wollten.«

»Da gibt's einiges, das wir vorher besprechen sollten.«

Er steckte eine neue Zigarette in die Spitze. Die schmalen Augen schauten mich aufmerksam an.

»Von South Creek ist ein Gegenstand gestohlen worden«, sagte ich. »Dieser Gegenstand tauchte bei Paul Welsh wieder auf. Als ich ihn fragte, wie er dazu gekommen sei und was er damit wolle, sagte er, daß er ihn zu Ihnen bringen sollte. Was ich gern gewußt hätte: Was macht jemand wie Sie mit Diebesgut?«

Es folgte eine lange Pause. Irgendwo in der Urbanisation sprach ein Mann arabisch. Die Schwalben zwitscherten, als sie auf die roten Dachziegel flogen. Schließlich zündete Honiton die Zigarette an. Er legte das Feuerzeug weg, strich das Tischtuch glatt und sagte: »Das ist eine ungeheuerliche Unterstellung.«

Ich fühlte mich wie ein Elefant im Porzellanladen. Trotzdem hakte ich nach: »Sie sind Geschäftspartner von James de Groot und haben mit ihm in Las Brisas zusammengearbeitet. Ich habe die Fotos gesehen. Und durch James sind Sie auch mit einer Firma namens Seahorse Land verbunden, die einige Sabotageakte gegen eine Marina inszeniert hat, an der ich Anteile besitze . . .«

»Halt!« sagte Honiton.

Okay, dachte ich, dann laß mal hören.

»Sie sagen, Paul Welsh hat Ihnen das erzählt?« Seine Stimme war vollkommen ruhig; zu ruhig. Mein Magen fühlte sich plötzlich eiskalt an. Obwohl er alles zu verlieren hatte, sprach er wie ein Mann, der nichts befürchtete.

Ich nickte.

Er nippte an seinem Drink und stieß Rauch durch seine aristokratische Nase, der auf sein untadeliges Revers herabschwebte. »Ich fürchte, da hat man sie falsch informiert«, sagte er. »Ich habe keinerlei Verbindung zu Seahorse Land.«

Ich grinste ihn an. Jetzt hatte ich wieder festen Boden unter den Füßen. »Im Haus meines Vetters James steht in der Bibliothek ein Foto mit Ihnen und dem Bürgermeister bei der Eröffnung von Las Brisas, einer Urbanisation der Seahorse Land.«

Er nickte ernst. »Das war vor einem Jahr«, sagte er. »Vor elf Monaten bin ich als Geschäftsführer zurückgetreten.«

Meine Enttäuschung kehrte zurück. »Warum?«

»Einige – Geschäftsmethoden der – anderen Geschäftsführer gefielen mir nicht«, sagte er.

»Wie zum Beispiel?«

Er lächelte affektiert. »Ich habe nicht vor, mich dahingehend zu äußern. Ich will nicht wegen übler Nachrede belangt werden.«

Ich zuckte die Achseln. Schließlich kannte ich die Geschäftsmethoden der Seahorse Land. »Und warum hat Paul Welsh dann behauptet, in Ihrem Auftrag zu handeln?« fragte ich.

Er schwenkte sein Glas, daß die Eiswürfel klirrten. »Das«, sagte er, »ist das Verblüffende an der ganzen Angelegenheit. Ich kann nur vermuten, daß er Ihnen die – Unwahrheit gesagt hat, weil er den Verdacht von jemand anderem ablenken wollte.«

»Wie nett von ihm!«

Honitons Lider wurden schwer von der zynischen Weisheit seiner Gesellschaftsschicht. »Es gibt gewisse Zwänge, denen niemand von uns entgehen kann«, sagte er. »Paul ist ein sehr vielversprechender junger Mann. Ich will ihn wegen dieses Ausrutschers nicht ruinieren.«

Ich nickte. »Und welche Zwänge waren das?«

Er stand auf und stolzierte steifbeinig ins Haus. Als er zurückkam, hielt er ein Blatt Papier in der Hand. Er gab es mir. »Ich zeige Ihnen das jetzt Pauls wegen«, sagte er. »Nicht, daß es mich im geringsten kümmert, was aus Ihnen wird.« Das Papier war ein Brief. Er lautete: »Lieber Honiton, es ist äußerst bedauerlich, daß Sie sich entschlossen haben, als Geschäftsführer der Seahorse Land zurückzutreten. Ich möchte Ihnen hiermit für alles, was Sie für die Firma getan haben, ausdrücklich danken, und weiß, daß ich Ihnen diesen Dank nicht nur in meinem, sondern auch in Deke Kellners Namen ausspreche. Mit freundlichem Gruß – James de Groot.«

»Deke Kellner«, sagte ich. Plötzlich sah ich wieder das Foto in James' Bibliothek vor mir und den Mann, der vermutlich sein Gesicht vor der Kamera verbergen wollte. Von Haar und Statur her konnte es Deke Kellner gewesen sein.

Honiton sagte: »Ich vermute, daß Sie jetzt aufbrechen müssen. Ich werde Ihre Leistungen bei der Regatta mit großem Interesse verfolgen.«

Ich dachte an Paul und an seine Angst in Bayona, weil die Kassette über Bord gegangen war. Und wie ihm letzte Nacht auf der Marmortreppe von Deke Kellner das Blut aus der Nase gelaufen war. Er hatte mich in Bayona angelogen, weil er vor Angst fast durchdrehte. Und auch James in England hatte fast den Verstand verloren. Beide hatten um nichts in der Welt zugeben wollen, daß sie etwas mit Deke Kellner zu tun hatten.

»Vielen Dank.« Ich stand auf. »Das war sehr interessant.«

Dann fuhr ich zum Hotel und rief Mary an.

Sie schien erfreut, von mir zu hören. Ihre Freude tat mir gut. »Gibt's was Neues?« fragte sie.

»Irgendwo hier steckt Henry.« Ich versuchte, so zuversichtlich wie möglich zu sprechen. »Hier bei Marbella. Ich habe ein paar Leute kennengelernt, die ihn gesehen haben.«

»Du sagst mir doch die Wahrheit, oder?«

»Natürlich.« Ich hoffte, daß meine Stimme nicht allzu hohl klang. Mary kannte mich gut genug, um jede Notlüge sofort zu durchschauen. Ich sagte: »Ich muß los. Paß gut auf dich auf.« Damit hängte ich ein.

Mary würde zwar ganz und gar nicht mit mir zufrieden sein, aber es war das Beste, was ich im Moment für sie tun konnte.

Henry war einundsiebzig Jahre alt. Wenn er eine so harte Nuß wie Deke Kellner zu knacken versuchte, bestand aller Anlaß zu Besorgnis.

Ich aß im Hotel zu Abend und überlegte, was ich machen konnte, außer früh ins Bett zu gehen und intensiv daran zu denken, daß ich eine Regatta gewinnen mußte. Die Antwort ließ nicht lange auf sich warten: Ich würde ein bißchen ausgehen und ein wachsames Auge auf Deke Kellner halten, von Helen Gallagher ganz zu schweigen.

Ich nahm noch einen Drink an der Hotelbar und fuhr dann zum Red House, einem unter Palmen gelegenen, niedrigen Gebäude an der Küstenstraße.

Es ging auf Mitternacht. Als ich die Stufen erklomm und unter das überdachte Portal trat, sagten meine Beine mir, daß sie schon seit dem frühen Morgen unterwegs waren und recht gern, sobald es sich machen ließ, ihre acht Stunden schlafen würden. Ich sagte ihnen, sie sollten Ruhe geben, und betrat den Klub.

Er war wie die meisten Nachtklubs: eine Tanzfläche, umrahmt von Tischreihen, und ein Podium am anderen Ende. Ich ging an die überdachte Bar und ließ mir ein Bier einschenken. Die Bar war hell genug erleuchtet, daß die Gäste einander gut mustern konnten. Ich erkannte einen Tennishelden, ein paar Fußballspieler und einen millionenschweren Schlagersänger, alle säuberlich unter einem Spotlight plaziert. Aber ich war an Berühmtheiten nicht sonderlich interessiert. An einem Tisch im Halbdunkel, in der Nähe des Podiums, sah ich einen blonden Schopf und ein flaschengrünes Kleid, an dem ein roter Stein aufblitzte: Helen. Bei ihr am Tisch saßen zwei Männer; einer von ihnen war, den ausladenden Schultern und dem gekräuselten grauen Haar nach zu urteilen, Deke Kellner. Der andere war Paul Welsh.

Der Raum wurde dunkler, und ein Lichtkegel erfaßte einen Mann in glitzerndem Dinnerjackett, der über die Tanzfläche zum

Podium ging. Es war Jake. Die Band begann zu spielen, er lächelte, und seine weißen Zähne hoben sich schimmernd in dem dunklen Gesicht mit den langen schwarzen Koteletten ab. Mit schwülstiger Inbrunst ließ er den ersten Song auf das Publikum los. Ich schob mich durch die verzückte Menge, stieg die Stufen zu Helens Tisch hoch und setzte mich neben sie. Ich begrüßte zuerst Deke; er gehörte zu der Sorte Mensch, die das erwartet. Dann bedachte ich Paul mit einem Nicken und wandte mich Helen zu.

Den Kopf leicht zur Seite geneigt, musterte sie mich gedankenverloren. »Toller Sänger«, sagte ich und grinste sie an.

»Ich finde ihn umheimlich gut«, sagte Paul und blickte rasch zu Deke hinüber, ob dieser ihm beipflichtete.

»Gut und toll.« Deke lachte so laut, daß er den Song übertönte. Er schlug mir aufs Knie. »Sie sind ein netter Junge, Martin«, sagte er. »Trinken Sie doch was!«

Ich bestellte noch ein Bier. Jake hörte endlich auf zu singen, und die Disco begann zu hämmern.

Jake kam und setzte sich zu uns. Ihm rann der Schweiß durch die schwarzgelockten Koteletten, aber Helen schmiegte sich an ihn. Ich mußte den Blick abwenden.

Deke sagte: »Du warst phantastisch, Jake! Nicht wahr, Martin?« Er zwinkerte mir so auffällig zu, daß Jake es sehen mußte. Der zog einen Schmollmund.

Ich war nicht in der Stimmung, vor Nachtklubsängern zu katzbuckeln. »Wollen wir tanzen?« fragte ich Helen.

Sie hob die Schultern. Sie waren nackt, bis auf die dünnen Träger, die ihr Kleid hielten. Der Rock war wieder zu kurz und zu eng. »Können Sie denn tanzen?« fragte sie. Sie gab Jake einen Klaps auf die Schulter, küßte ihn auf die Wange und ging mit übertriebenem Hüftschwung, der zu ihrem Lower-East-Side-Slang paßte, auf die Tanzfläche. Dort hängte sie sich an mich, und wir tanzten eng aneinandergeschmiegt. Sie sagte: »Okay, Sie können tanzen.« Sie hatte immer noch ihren Slang drauf, aber jetzt kam er moderat, nur so zum Spaß. Wir wiegten uns ein paar Takte Seite an Seite, ihr Körper war fest und biegsam.

Ich fragte: »Was zum Teufel tun Sie hier?«

»Mit dem Mobiliar verschmelzen.«

»Haben Sie dabei einen alten Mann namens MacFarlane gesehen? Einen grauhaarigen Engländer. Braungebrannt. Raucher.«

»Nicht daß ich wüßte.« Ich fühlte ihr Haar über meine Wange streichen. »Wie ich Ihnen schon sagte: Sie sollten vorsichtiger sein, weil ein paar Leute hier ein Auge auf Sie haben.«

Eine Weile tanzten wir schweigend. »Wer?« fragte ich.

»Unser leutseliger Gastgeber«, sagte sie. »Er hält ein sehr, sehr wachsames Auge auf alle möglichen Leute. Auch auf mich, und deshalb tue ich so, als sei ich schrecklich in diesen schwulen Jake verliebt, der schrecklich verliebt in Deke ist. Und natürlich ist Deke hinter mir her. Sie sollten ihn ablenken, sollten sein wachsames Auge auf irgend etwas anderes richten.«

Wir hatten uns im Kreis gedreht. Unter dem Spotlight schimmerte Dekes Haar wie ein roter Heiligenschein. Sein Blick ruhte auf uns.

»Sie haben mit dem schönen Paul gewettet«, sagte sie. »Und Deke liebt Wetten über alles. Damit sollten Sie ihn ablenken.«

»Was treiben Sie hier eigentlich?«

»Wenn ich es Ihnen erzähle, passiert uns beiden was«, sagte sie. »Und deshalb erzähle ich's Ihnen nicht.« Sie schob die Hand höher, und ich fühlte den leichten Druck ihrer Nägel im Nakken. »Wie ich Ihnen schon letzte Nacht sagte: Passen Sie auf, daß Ihnen nichts passiert.«

»Sie auch«, sagte ich. Unsere Hände berührten sich kurz. »Au!« quietschte sie. »O Gott – mein Fuß!« Sie fing an, von der Tanzfläche zu humpeln. Als ich versuchte, ihren Arm zu nehmen, riß sie ihn weg. Ich merkte, wie mir das Blut ins Gesicht schoß. Vom Tisch dröhnte uns Dekes Lachen entgegen.

Ich setzte mich und grinste wie ein Idiot, während Helen behauptete, daß ich größere Füße hätte als ein New Yorker Polizist und daß ihre Zehen jetzt Mus seien. Deke hörte nur mit halbem Ohr zu und beobachtete die Tänzer. Nach einer Weile beugte Helen sich zu ihm hinüber und flüsterte ihm mit schadenfroh zusammengekniffenen Augen was ins Ohr. Dabei wanderte ihr Blick zwischen Paul und mir hin und her.

Deke hörte gar nicht mehr auf zu lachen. Dann sagte er: »Ich hab' 'ne kleine Bar in Banús unten, gehen wir da noch was trinken: Percy's.«

»Ich muß los«, sagte Paul.

»Wie du meinst«, sagte Deke, und es war nicht zu überhören, daß er zu den Mannschaftskapitänen gehörte, die es nicht schätzten, wenn ihre Spieler vor ihnen zu Bett gingen.

Es war drei Uhr früh, aber Schlafenszeit schien an der Costa del Sol kein Begriff zu sein. Die Fußsteige der Uferstraßen waren voller Menschen. Percy's lag auf halbem Weg zum Strand und war genau das, was Squeals Bric à Brac so gern gewesen wäre. Es gab Speisen wie in englischen Autobahnraststätten, Korbstühle mit pfefferminzgrünen Kissen, eine Kellnerin, deren T-Shirt als Kleid zu kurz und als Hemd zu lang war, und einen weißen Stutzflügel, auf dem ein schwarzer Pianist klimperte. In einer Ecke saß Jacky Damage allein an einem Tisch und drehte ein volles Bierglas zwischen seinen Pranken.

Deke besorgte die Konversation. Er bestellte Steaks, Spiegeleier, Pommes frites und Erbsen. Dann begannen er, Helen und Jake sich über Tennisregeln zu ereifern. Ich saß da, trank Kaffee und konzentrierte mich ganz darauf, mit dem Mobiliar zu verschmelzen. Die perlenden Läufe des Pianisten tropften wie warmer Kleister in mein Hirn. Ich wußte, daß ich schleunigst nach Hause fahren müßte. Morgen waren sieben Rennen zu bestreiten. In einem Korbstuhl zu schlafen, ist keine gute Vorbereitung dafür. Im Begriff aufzubrechen, schob ich meinen Stuhl zurück, als draußen ein lauter, trockener Knall ertönte. Die Fensterscheiben klirrten. Das Stimmengewirr verstummte einen Augenblick. Eine Frau schrie, dann noch eine. Es folgten weitere flache Detonationen; sie klangen genau wie die erste. Ich sprintete durch die Tür mit dem Reflex eines Mannes, der sein Brot zwanzig Jahre lang auf einer Werft verdient hat und dem eben dieser Reflex jetzt Beine machte.

Die Passanten schauten zur Marina. Ihr Wasser war ruhig und schwarz bis auf die Stelle, wo auf den sanften Wellen ein orangeroter Widerschein glühte. Hinter diesem Widerschein loderten gespenstische gelbe Flammen aus dem Pulk der festgemachten Boote: Gasexplosion. Der Feuerschein kam nicht von den schwimmenden Palästen sondern vom Außensteg, wo die Boote kleiner und schmuddeliger waren und die Sehleute sich normalerweise gar nicht erst hinbemühten.

Ich wühlte mich durch die Menge und lief so schnell ich konnte auf die Feuersäule zu. Es waren gut zweihundert Meter bis dahin, aber ich mußte sie trotz meiner müden Beine in weit unter einer halben Minute zurückgelegt haben.

Doch eine halbe Minute war bei weitem zu lang. Mir lief der Schweiß in die Augen, teils weil es hier heiß war, teils aber auch, weil ich wußte, was gleich kommen würde.

Und es kam. Ein gewaltiger Knall erschütterte die Luft, rollte über den schmutzigen Hafen und gegen die Fenster der Apartmenthäuser. Dann loderte eine Fackel in den Himmel und fiel, einen Kometenschweif glühender Trümmerteile hinter sich herziehend, zurück ins Wasser. Das war der Treibstofftank, dachte ich.

Bis ich dort war, tobte das Feuer wie ein kleiner Vulkan und schleuderte Funken zu den Sternen empor, die aus dem schwarzen Himmel herabstarrten. Es wurde zu heiß, um weiter vorzudringen. Ich stand da und starrte wohl fünf Sekunden auf dieses Schauspiel. Das Sonnensegel war nicht mehr da, und das Cockpit war ein einziger Feuerkrater. Aber der Name stand noch auf dem Heck: *Shearwater*.

Ich rief: »Major Neville! Mrs. Neville!« Aber das Prasseln der Flammen übertönte alles.

Ich riß einen Schlauch von seiner Halterung am Steg und drehte den Hahn auf. Er ruckte in meinen Händen, als ich ihn auf die Flammen richtete, und die Hitze versengte mir das Gesicht. Der honigfarbene Lack der Gangway warf Blasen und wurde schwarz. Inzwischen hatte sich eine dicke Menschentraube gebildet, die nur durch die Hitze daran gehindert wurde, noch weiter vorzudringen. Jemand fragte, ob da wer an Bord sei. Ich antwortete nicht. An der Einfahrt zur Marina heulten Sirenen und überlagerten das Geschrei ringsum. Durch das Wasser, das ich auf die Flammen spritzte, fing das Heck an zu dampfen und wurde schwarz. Vom Kajütdach war der größte Teil bei der Treibstoffexplosion weggerissen worden. Ich ließ Wasser in die glühende Höhle rauschen, die vor kurzem noch der Salon gewesen war, und der Strahl erstickte die Flammen für einen Moment, so daß ich die auf beiden Seiten des Salons installierten Kojen erkennen konnte. Auf diesen Kojen hatten die Nevilles geschlafen. Die Nevilles waren noch da. Jedenfalls das, was von ihnen übrig war.

Ich drückte den Schlauch einem fetten Mann in die Hände, der sich den Hals verrenkte, um noch besser gucken zu können, sprang auf die andere Seite des Stegs und mußte mich entsetzlich übergeben.

Noch brennend wurde das Holzboot weggeschleppt und auf den Wellenbrecher gesetzt, damit das Feuer nicht auf andere Yachten übergreifen konnte. Auf den Stegen rannten Leute mit Feuerlöschern umher und erstickten die kleinen Brandherde und glühenden Wrackteile auf den Decks von *Shearwaters* Stegnachbarn. Ein Krankenwagen kam heulend die Mole entlang. Die Menge murmelte und wogte hin und her wie öliges braunes

Wasser. Ein Polizist fragte mich, was ich gesehen hätte. Ich sei sehr schnell dagewesen, fand er.

»Gasexplosion«, sagte ich.

Er nickte. Gegen den Himmel sah sein Gesicht ganz dunkel aus. Im Kanal sind es die Schiffskollisionen, im Mittelmeer ist's Gas. Weil Gas schwerer ist als Luft. Wenn jemand betrunken nach Hause kommt und den Gashahn abzudrehen vergißt, nachdem er sich seinen Schlaftrunk gemacht hat, dann sammelt sich in der Bilge ein Tümpel von diesem Gas. Dann braucht sich nur jemand eine Zigarette anzuzünden oder den Motor anzulassen, es braucht sogar nur ein Thermostat zu klicken. Der kleinste Funke reicht, damit es einen Knall gibt und das Dach des Bootes wegfliegt. Wenn es dann ein Holzboot ist, mit Polstern und hübschen blauen Vorhängen, dann geht das Ganze in einem Flammenmeer auf und nimmt die Besatzung mit.

»Problema, gaz«, sagte der Polizist. Ich gab ihm meinen Namen und die Hoteladresse. Zwar werden durch Gasexplosionen meist Leute getötet, aber sie kommen zu häufig vor, als daß sie in Europas Sporthäfen eine Besonderheit wären. Aus diesem Grund haben eine ganze Menge vernünftiger Yachties einen Gaswächter auf ihrem Boot, einen Apparat, der die Luft nach Kohlenwasserstoff absucht und sofort zu summen beginnt, wenn er welchen findet.

Während ich dasaß und die Stirn gegen den kühlen Beton eines Pollers drückte, rief ich mir *Shearwaters* Salon ins Gedächtnis und Major Neville, der auf die Uhr geschaut hatte, die neben einem Gaswächter hing. Wenn so ein Alarm losgeht, weckt er Tote auf. Das ließ mehrere Möglichkeiten offen: Erstens, daß das Gerät nicht funktioniert hatte. Zweitens, daß der Alarm überhört wurde und drittens, daß jemand das Warngerät ab- und den Gashahn aufgedreht hatte. Und danach auf den Knall wartete.

Ich stand auf. Als ich die Hände in die Taschen steckte, spürte ich, daß sie wund waren, und die Haut an meiner Stirn fühlte sich gespannt an. Die Leute von Seahorse Land hatten schon unseren Dick umgebracht, um zu bekommen, was sie wollten. Hatten sie nun auch die Nevilles ermordet?

Plötzlich war die Nachtluft kalt. Ich sah Jacky Damage vor mir, der in Percy's Bar vor einem vollen Bierglas gesessen hatte, als wir reingekommen waren. Er hatte ruhige Bewegungen, dieser Jacky, und tat, was man ihm sagte. Das Gas mußte schon aus Nevilles Herd gezischt sein, während Jacky vor seinem Glas saß. Deke hält ein sehr, sehr wachsames Auge auf alle möglichen Leute, hatte Helen gesagt. Er konnte die Nevilles beobachtet haben, als sie zu ihrem Rechtsanwalt gingen. Er konnte beschlossen haben, daß sie ihm Scherereien machten und zum Schweigen gebracht werden mußten.

Aber wenn die Nevilles zum Schweigen gebracht werden mußten, dann galt dies auch für eine Menge anderer Leute. Und es galt vor allem für Henry.

20

Ich lief mit zitternden Beinen die Mole entlang. Deke und sein Gefolge kamen gerade aus dem Percy's.

»Da ist er ja!« schrie Deke. »Der Feuerwehrmann!«

Sie lachten. Aber Helens Lachen verflog sofort wieder. Unter ihrem dicken Make-up sah sie müde und abgespannt aus. Sie sagte, mir kaum merklich zuzwinkernd: »Deke gibt 'ne Party!«

»Ja«, sagte Deke, »für euch Bootsleute, um den Marbella Cup zu feiern. Morgen abend. Bringen Sie die ganze Crew mit. Paul und seine Leute kommen auch, und wir wollen mal sehn, wen wir sonst noch auftreiben, um ordentlich einen zu kippen. Also, bis dann.«

Sie verschwanden lachend in der Menge. Es war spät, und ich

fühlte mich leer und ausgebrannt. Hatte ich wirklich erst an diesem Morgen mit den Nevilles gesprochen?

Dekes Lachen dröhnte durch das Stimmengewirr. Ich fröstelte, ging zu Percy's zurück und versuchte mir in der Toilette den Rauchgestank aus dem Gesicht zu waschen. Die Barfrau wirkte gelangweilt, aber ihre Miene hellte sich auf, als sie mich sah. Sie war dunkelhaarig und hübsch und hatte unter ihrem T-Shirt nicht eben viel an.

Ich fragte: »Dieser Typ, der wie ein Boxer aussieht – war der lange vor uns hier?«

»Jacky? Er kam um neun, als wir aufmachten.« Sie hatte einen leicht schwedischen Akzent. »Er war die ganze Zeit hier. Ein Bier, kein Trinkgeld.« Sie verzog das Gesicht.

»Kommt er oft her?«

Sie zuckte die Achseln, und ihr T-Shirt rutschte auf einer Seite von der Schulter. Sie machte sich sogar die Mühe, es wieder hochzuziehen. »Zu oft«, sagte sie. »Er ist ein Schwein. Kann seine schmutzigen Finger nicht bei sich behalten, Sie verstehen schon.«

Ich nickte. Wenn Jacky den ganzen Abend hiergewesen war, konnte er nicht gut Nevilles Gashahn aufgedreht haben.

»Aber heute abend war er krank«, sagte sie.

»Krank?«

»Durchfall. Er blieb ziemlich lange auf dem Klo.« Sie lachte.

Ich lachte nicht, sondern ging in die Toilette. Das Fenster führte auf einen engen Gang hinaus und war ohne weiteres groß genug, selbst für Jacky. Auf der Fensterbank war die Farbe abgeblättert und ließ Streifen von hellem Holz durchscheinen.

»He«, sagte die Kellnerin, als ich wieder in der Bar war. »Wir schließen jetzt. Kommen Sie noch auf 'nen Drink mit?«

Sie hatte ein nettes Lächeln. Aber ich zitterte vor Erschöpfung, deshalb sagte ich, ein andermal, und ging zum Auto.

In dieser Nacht träumte ich von Flammen. Am nächsten

Morgen fühlte ich mich, als ob ich in einem Mikrowellenherd geschlafen hätte. Ich kroch aus dem Bett, legte mir etwas gegen die Eiseskälte der Klimaanlage um und betrachtete mich im Badezimmerspiegel. Dasselbe alte Gesicht, nur röter als gewöhnlich; einiges von dem gelbstichigen Haar über der Stirn versengt; dunkle Ringe unter den Augen. Ich frühstückte schnell Kaffee, hartes Brot und Butter, kletterte wieder ins Auto und raste zum Hafen von Marbella zurück.

Vor dem Club Deportivo hing ein Transparent mit der Aufschrift HOY MARBELLA CUP zwischen zwei Palmen. Ein Fernsehübertragungswagen und ein paar Fotografen standen schon da. Blitzlichter zuckten, als ich die Eingangsstufen zu dem großen überfüllten Saal im Erdgeschoß erklomm. Auf dem Podium an der anderen Seite standen drei Männer. Zwei von ihnen kannte ich nicht, der dritte war Lord Honiton. Er bedachte mich mit einem schnellen Blick aus seinen Bernsteinaugen und zog leicht die Mundwinkel nach unten. »Nun, da wir endlich alle da sind, werde ich die Wettkampfregeln erklären«, sagte er in seinem trockenen Tonfall. »Für die Presse wie für die Skipper.«

Und er erklärte. Der Kurs war wie beim Iceberg Cup ausgelegt: zwei Bahnmarken im Abstand von einer Meile, eine direkt in Luv der anderen. Start auf halber Strecke des Luvschenkels, Vorbereitungssignal acht Minuten vor dem Startschuß. Die Strecke war zweimal abzusegeln, außer im Halbfinale und im Finale, das erst nach drei Runden entschieden wurde. Die Schiedsrichter folgten in Motorbooten und würden im Falle eines Protestes vor Ort entscheiden, ob ihm stattzugeben war, und über Funk die entsprechenden Strafpunkte verkünden; für kleinere Verstöße war ein Vollkreis zu fahren. Am ersten Tag segelte jeder gegen jeden, die vier Punktbesten kamen ins Halbfinale und dessen Gewinner in die Endausscheidung.

Vorn in der Zuschauermenge sah ich Paul stehen. Er runzelte die Stirn, sein Adamsapfel hüpfte, wenn er schluckte. Zu oft, dachte ich, er war nervös. Es tat gut, ihn und Honiton im selben Raum zu sehen. Das weckte bei mir eine gesunde Wut im Bauch und eine klare Vision vom Sieg. Gewinnen war unsere Aufgabe, und wenn kein Unfall passierte, würden wir genau das tun.

Nach der Besprechung wühlte ich mich durch das Gedränge zum abgesperrten Kopf der Mole. Dort warteten Charlie und die Crew. »Menschenskind«, sagte Charlie, »was hast du denn gemacht?«

»Das ist eben das Nachtleben von Marbella.« Ich sprang ins Cockpit.

»Gegen wen müssen wir zuerst?« fragte er.

»Gilchrist.«

Das war ein australischer Regattasegler und ein guter Rudergänger, aber in den harten Boot-gegen-Boot-Kämpfen war er ein Neuling. Bord an Bord glitt die Flottille in den blauen Morgen hinaus.

»Halt sie noch zurück«, sagte ich leise.

Charlie kurbelte ein paarmal an der Großschotwinsch, so daß das Boot seine weiße Bordwand ins Wasser legte und durch das Krängen an Vortriebskraft verlor. Wir wurden langsamer.

Eine halbe Meile an Backbord voraus hüpfte eine riesige aufgeblasene Plastik-Champagnerflasche im glitzernden Wasser auf und ab. Zweihundert Meter weiter östlich dümpelte eine weitere: Sie markierten die Startlinie. Ich spürte, wie das Adrenalin meinen Mund zu trocknen begann. Gilchrist blickte zu mir herüber. Er hatte die Augen zusammengekniffen.

Sonst ein netter Kerl. Aber heute war er schlicht und einfach ein Gegner, den es zu besiegen galt.

Der erste Schuß knallte. Die Startmanöver begannen.

Gilchrists Crew war gut, aber Scotto, Noddy und Slicer waren besser. Zwei Minuten vor dem Start gondelte er auf Backbordbug heran und klaute uns den Wind.

Leise sagte ich: »Stopp.«

Noddy und Dike sprangen aufs Kajütdach, stemmten ihre Deckschuhe auf den rutschfesten Belag und drückten den Baum um 90 Grad nach außen. Der Wind fiel von der verkehrten Seite ins Segel, so daß das Boot jäh stoppte. »Los!« brüllte ich.

Jetzt lief alles mit jenem geschmeidigen Rhythmus ab, wie er sich einstellt, wenn man wirklich gut segelt. Scotto stellte die Genua back, wir drehten nach Backbord weg. Die Winschen heulten, als wir unsere Q-Wende fuhren, und ich fühlte, wie heißer Triumph in mir hochstieg, als ich Gilchrists Boot fast bewegungslos im Wasser liegen sah, während er uns mit offenem Mund anstarrte, als wir mit sieben Knoten und dichtgeholten Schoten auf ihn zupreschten. Auf dem Vordeck brüllte Noddy: »Raum!« Schweiß glänzte auf Gilchrists Gesicht, als er sein Ruderrad herumwirbeln ließ. Aber er hatte keine Steuerfähigkeit mehr, und es geschah gar nichts. Geschickt wich ich aus und tauchte hinter ihm durch. Unsere Luvreling sauste zwei Zoll an seinem Heck vorbei.

»Protest!« brüllten wir und setzten die rote Flagge am Achterstag, während wir in Luv wieder hervorschossen und ihnen den Wind nahmen. Unser Empfänger rauschte, das Juryboot erkannte den Protest an. Wir walzten hundert Meter vor Gilchrist über die Linie und blieben die ganze Strecke lang vorn.

Diesen Rhythmus behielten wir bei. Als nächstes starteten wir gegen Gulbransson, einen Schweden. Wir hielten uns in der Mitte der Bahn und stahlen die ganze Zeit seinen Wind, während er verzweifelt versuchte, unserer Wirbelschleppe zu entkommen. Zuletzt tricksten wir Richie Barret zehn Sekunden vor dem Schuß über die Startlinie, wodurch er zu einem Vollkreis um die Starttonne gezwungen war. So gewannen wir mit einer Minute Vorsprung.

Wir aßen auf dem Wasser zu Mittag und segelten am Nachmittag noch vier weitere Rennen, die wir alle gewannen. Als ich mit einem großen Schritt auf den Steg trat, fühlte ich mich acht

Fuß groß. Ein Journalist kam auf mich zu und sagte: »Herzlichen Glückwunsch.« Er war jung und hatte braunes, gewelltes Haar. »Ich hab' noch nie jemanden so gut segeln sehen wie Sie.«

Ich grinste ihn an. »Wie läuft's bei Paul Welsh?«

Er zuckte die Achseln. »Gut, vermute ich. Er hat auch gewonnen. Aber nicht so wie Sie.«

»Hoffentlich sehen Sie uns weiter zu.« Ich ging am Kai entlang zu meinem Wagen.

An den Strafencafés der Uferpromenade vorbei fuhr ich zu den staubigen Baugrundstücken. Squeals Bric à Brac war geöffnet, schien aber keine Gäste zu haben. Der Anblick deprimierte mich, er erinnerte mich an die Nevilles und an Henrys Zigarettendose. Im selben Moment stieg ich auf die Bremse, und der Wagen kam quietschend zum Stehen.

Die Nevilles hatten gesagt, Henry habe sie erst ein paar Tage, *nachdem* Squeal ihnen die Papiere gebracht hatte, besucht. Wie also konnte Squeal Henrys Zigarettendose bei den Nevilles gefunden haben? Irgendjemand log da, und ich war bereit, jede Wette einzugehen, daß es nicht Major Neville gewesen war.

Ich wende und fuhr zurück zum Bric à Brac.

Die blonde Frau saß hinter der Bar und strickte. Ihre geschwollenen Augen blickten mich argwöhnisch an.

Ich fragte: »Wo ist Squeal?«

»Weggegangen.«

»Wo wohnt er?«

Sie zuckte die Achseln. »Weiß nicht.«

Ich zog einen Fünftausend-Peseten-Schein aus der Shorttasche und legte ihn auf die Bar. »Adresse«, sagte ich.

Ihre Hand zuckte vor, ich deckte den Schein ab. Sie sagte: »Edificio Granada, 6038.« Als meine Hand den Schein losließ, ergriff sie ihn und steckte ihn in den Ausschnitt ihres schmutzigen Häkelpullovers. »Aber er ist nicht da.« Triumphierend grinste sie mich an, weil sie sich jetzt mächtig schlau vorkam.

»Wo ist er?«

Sie bedachte mich mit einem gepreßten Lächeln.

»Na, dann eben kein Geld mehr«, sagte ich. »Nur noch Polizei.«

Sie dachte einen Moment nach und entschied, daß sie keine Polizei wollte. »Er ist zu 'ner Party gegangen.« Ihre Stimme wurde quengelig. »Da hätte er mich doch mitnehmen können, nicht?«

»Wo?«

»Bei Deke Kellner«, sagte sie mit einer gewissen Ehrfurcht.

Im Hotel waren mittlerweile an die zwanzig Anrufe für mich eingegangen, alle beglückwünschten uns zu der Art, wie wir heute gesegelt waren. Ich wählte eine Nummer in London. Die Stimme am anderen Ende sagte: »Guardian.«

»Nachrichtenredaktion bitte«, sagte ich. »Harry Chase.«

Als sie mich durchgestellt hatte, fragte ich: »Hast du mal von einem Deke Kellner gehört?«

»Kellner«, sagte er. Seine Stimme war schwer von Carlsberg Special Brew und Tom-Thumb-Zigaretten. »Nein. Wieso?«

Ich sagte ihm, daß ich in Spanien sei, und beschrieb Deke.

»Costa del Crímen, wie? Wahrscheinlich nicht sein richtiger Name. Ich hör' mich mal um.«

Ich dankte ihm und legte auf. Danach zog ich mich um: schwarze Hose, saubere Segelschuhe, dunkelblaues Hemd und Leinenjacke. Zuletzt steckte ich ein Messer und eine kleine Taschenlampe ein. Falls sich Gelegenheit ergab, mich in Dekes Haus mal umzuschauen, war ich damit halbwegs ausgerüstet. Dann machte ich mich auf den Weg zum Shark Club in Puerto Banús, wo ich mit der Crew verabredet war.

Charlie und Scotto warteten schon an einem Tisch. Ich bestellte Bier.

Scotto begann: »Die armen Teufel, die heute nacht verbrannt sind ...«

Ich sagte: »Hab's gesehen.«

Wir schwiegen und starrten zu *Shearwaters* ausgebranntem Rumpf auf der Mole hinaus. Das Loch, wo einmal das Kajütdach gewesen war, klaffte wie ein Krater.

»Gas?« fragte Charlie.

»Ja.« Ich wollte nicht darüber sprechen.

»Wann sollen wir bei dieser Party sein?«

»Wir haben noch eine Stunde Zeit.«

»Können wir uns die Ketsch mal ansehen, die du überführt hast?«

Wir zahlten und gingen am Ufer entlang, an Percy's vorbei und an Läden, die Bikinihöschen aus Schlangenhaut verkauften. *Aldebaran* war am seewärts gelegenen Rand der Werft aufgebockt.

»Donnerkeil«, sagte Scotto, »was für ein Seelenverkäufer!«

Trotz aller Geschäftigkeit, die Deke bei unserer Ankunft an den Tag gelegt hatte, schien er das Boot seitdem nicht mehr angerührt zu haben. Der Rumpf hob sich wie ein altes Faß gegen den Himmel ab. An der seewärtigen Seite lehnte eine Leiter. Ich stieg hinauf und lief über die klaffenden Decksfugen. Charlie und Scotto tauchten unter Deck ab. Das Niedergangsluk stand offen.

Ich hatte mich getäuscht, denn in der Zwischenzeit war doch jemand an Bord gewesen. Die Bodenplanken des Frachtraums waren aufgerissen und ein Teil des Ballasts weggeschafft worden.

Charlie kam vom Salon in den Laderaum und schaute schräg zu mir hoch. »Da hast du ja Glück, daß du noch lebst«, sagte er.

»Oiga!« rief es draußen.

Ich schaute durch das Luk. Ein kleiner Mann in blauem Overall kam auf uns zu. Er trug irgendwelche Rangabzeichen und schüttelte mißbilligend den Kopf. Ich sagte ihm, daß ich das Boot nach Marbella gesegelt hatte, worauf auch er mir sagte, daß ich Glück hätte, noch am Leben zu sein. Dann begleitete er uns zum Werfttor.

»Du sagst, dieser Deke hat die Ketsch nur nach einem Foto gekauft?« fragte Charlie.

Ich nickte.

»Und daß ein Gutachter sie gecheckt hat?« Wir gingen weiter. »Würde mich ja nicht wundern«, fuhr Charlie fort, »wenn dein Freund Paul Welsh zuvor ein Wörtchen mit diesem Gutachter geredet hätte.«

»Den hat er doch bestimmt geschmiert«, sagte Scotto. »Also, wenn ich dieser Deke wäre, würde ich Paul einen Tritt geben, daß er über ganz Spanien fliegt.«

»Hat er ja vielleicht schon getan«, meinte Charlie. »Paul war heute den ganzen Tag über sehr zurückhaltend, hörte ich.«

Ich sagte nichts. Ich hatte meine eigenen Ansichten darüber, warum Paul so zurückhaltend gewesen war.

»Jedenfalls ist er ein Problem für uns«, sagte Scotto. »Zurückhaltend oder nicht.«

Die Nacht brach herein. Plötzlich gingen überall die Lichter an. Das scheußliche, ausgebrannte Wrack auf der Mole verblaßte zu einem dunklen Schatten. Wir gingen noch was trinken, und eine halbe Stunde später machten wir uns auf den Weg zu Dekes Party.

»Menschenskinder«, sagte Scotto, »da hat aber jemand was springen lassen!« Vor dem pompösen Eingangstor parkten schwere Wagen. Die Hunde schienen diesmal eingesperrt zu sein.

Ich hielt. »Fahrt ihr den Wagen rein«, sagte ich. »Ich gehe noch einen Moment spazieren.«

Die Nachtluft war warm. Ich trat durch das Tor nach draußen, weil ich mir das Grundstück außerhalb von Dekes Mauern ansehen wollte. Eine leichte Brise ließ die Blätter im Olivenhain wispern. Ich mochte diesen Olivenhain. Er war neben dem Haus der Nevilles der einzige Flecken, den ich an dieser verkommenen Küste gesehen hatte, der sich noch eine Spur von Unberührtheit bewahrt hatte. Im dichten Laub der Bäume sangen die Vögel ihr letztes Abendlied. Dekes Gartenmauer wirkte wie ein hoher Wall, der ihn gegen eine Welt abschirmte, in der man auf so wichtige Dinge wie Geld und Grundbesitz keinen Wert legte. Der Olivenhain war Land, kein Bauland. An seinem Ende führte die Mauer im Bogen über niedrige, gestrüppbewachsene Klippen zum Strand. Die See murmelte. Die Mauer bog nach links ab, und in ihrer Mitte war eine Tür. Ich drückte auf die Klinke. Verschlossen.

Dahinter grenzte die Mauer an den Nachbarzaun. Er war mit Stacheldraht bewehrt, und ich verspürte keine Lust, hinüberzuklettern. Der Mauer durch den Olivenhain folgend, ging ich den Weg, den ich gekommen war, wieder zurück. Er war holprig und in der zunehmenden Dunkelheit nicht angenehm zu laufen, deshalb hielt ich den Blick zu Boden gerichtet. Auf halbem Weg erregte ein kleiner Gegenstand am Fuß der Mauer meine Aufmerksamkeit. Ich bückte mich und ließ den Strahl der Taschenlampe darüber gleiten. Und stand wie angewurzelt und atmete nicht einmal mehr.

Der Gegenstand war eine kleine braune Plastikflasche. Auf der Flasche klebte ein Etikett. Auf dem Etikett stand: *Eine Tablette dreimal täglich oder nach Bedarf. Commander H. MacFarlane.* Die Flasche war leer. Mit zitternder Hand schob ich sie in meine Tasche. Über mir grenzte ein rotes Ziegeldach an die Mauerkrone: Dekes Geräteschuppen.

Langsam verließ ich den Olivenhain und ging durch das schwere Eisentor.

21

Im Garten brannte Flutlicht. Die Orangenbäume warfen keine Schatten, und die Giebelwand des Hauses war eine fensterlose, weiß verputzte Fläche. Verstecken konnte man sich da nirgends. Die schwere Eichentür öffnete sich. Vor mir stand wie ein Butler des Todes Jacky Damage.

Aus der Halle drang Stimmengewirr. Ich ging an den Gemälden und dem getrockneten Schilf vorbei und trat auf die Galerie. Charlie und Scotto standen an der Bar. Deke, wie immer in einem mexikanischen Hemd und einer Hose mit breitem Bund, kam mit einer Flasche Champagner in der Hand auf uns zu.

Ich stellte ihm Charlie und Scotto vor. Charlie fragte: »Das ist also Ihre Ketsch in der Werft?«

»Ja.« Deke grinste, aber seine Augen waren so kalt wie Kameralinsen. »Wie finden Sie sie?«

»Braucht eine gründliche Überholung«, sagte Charlie.

»Das stimmt«, nickte Deke, »das stimmt.«

»Wollen Sie das hier machen lassen?« fragte Scotto.

»Hab' mich noch nicht entschieden«, sagte Deke mit einem dünnlippigen Lächeln. »Hier oder anderswo.« Er blickte suchend in die Menge. »Haben Sie Paulchen gesehen?«

Ich schüttelte den Kopf.

Er zwinkerte. »Der meint wahrscheinlich, daß er seinen Schönheitsschlaf braucht, so wie Sie heute gesegelt sind!« Lachend boxte er mich auf den Arm und schob seine breiten Schultern durch die Menge davon.

Charlie schaute ihm nach. »Hast du je versucht, ein Boot in Südspanien überholen zu lassen?«

»Der muß ja plemplem sein«, sagte Scotto.

»Das macht der doch nie! Warum hat er dich den Kahn bloß diese Riesenstrecke überführen lassen, wenn er ihn in England für den halben Preis repariert bekäme?«

Als ich damals erfahren hatte, daß es für die *Aldebaran* einen Käufer gab, war ich zu dem Schluß gekommen, daß dieser Käufer entweder ein Holzenthusiast, stinkreich oder strohdumm war. Deke war nichts von alledem. Es war auch kaum vorstellbar, daß er das Boot nur als Vehikel für Paul und die Stahlkassette benutzen wollte. »Schwer zu sagen«, meinte ich und wollte hinzufügen, daß ich es noch herausfinden würde, aber in dem Moment sah ich auf der anderen Seite der Galerie kurz braune Schultern und einen Kopf mit fettigem spärlichem Haar: Squeal. Ich ging ihm nach. Er war wohl auf dem Weg zu einem Trip.

Auf der obersten Treppenstufe hatte ich ihn eingeholt. »Squeal«, sagte ich.

Sein Gesicht war gelblich und fahl und wurde noch einen Stich blasser, als er mich erkannte. Seine Augen glänzten. Den Trip hatte er also schon gemacht. »Was willst du?«

»Wo genau hast du diese Zigarettendose gefunden?«

»Sei still!« zischte er ängstlich.

»Erst wenn du mir erzählst, wo.«

»Sagte ich doch. Bei den Nevilles.«

»Denk noch mal nach.«

»Jesus«, sagte er. »Hier. Es war hier.«

»Hinter der Mauer«, sagte ich. »Im Olivenhain.«

»Woher weißt du das?« Sein Gesicht war weiß wie die Wand. Da wußte ich, daß er diesmal nicht log.

Ich fragte: »Wo ist der Mann, dem sie gehört?«

Er hörte mir nicht mehr zu. Er schaute über meine Schulter, und sein Gesicht bekam eine geradezu grünliche Farbe. Abrupt drehte er sich um und raste die Treppe hinunter. Die Eingangstür flog zu, Reifen quietschten, und weg war er.

Ich drehte mich um. Hinter mir stand Jacky Damage. Mein Magen krampfte sich zusammen. »Pardon«, sagte er mit einem breiten Grinsen, das seine anthrazitfarbene Gesichtshaut wie

Gummi dehnte, und rannte ebenfalls die Stufen hinunter, hinter Squeal her.

Ich trat auf einen Balkon, um in der klaren Nachtluft ein paarmal tief durchzuatmen. Henry war also in dem Olivenhain gewesen. Er hatte seine Zigarettendose und eine leere Pillenflasche weggeworfen. Was hatte er dort gemacht?

Ich schaute durch den Garten zur Mauer mit dem langen weißen Geräteschuppen. In seiner Mitte war ein vergitterter Teil: der Hundezwinger. Das eine Ende war eine Garage, das andere hatte eine Tür und ein Fenster mit geschlossenen Läden.

Aber natürlich! dachte ich. Henry mußte seine Zigarettendose und die Pillenflasche nicht unbedingt im Olivenhain weggeworfen haben. Er konnte sie auch von innen über die Mauer geschleudert haben. Mein Mund wurde plötzlich trocken. Diesen Schuppen mußte ich mir ansehen. Ich befand mich innerhalb der Mauer, die Hunde waren eingesperrt. Heute nacht war die beste Chance dazu.

»Mann«, sagte Scotto, der neben mich getreten war und sich über das Balkongitter beugte. Unter uns lag der Swimmingpool wie ein blaues Bullauge im grünen Rasen. Bäume und Büsche um den Pool waren angestrahlt und mit bunten Lampen geschmückt. Was Scotto so bewunderte, waren drei Mädchen im Pool. Es waren sehr hübsche Mädchen, und sie hatten überhaupt nichts an. »Da kriegt man ja das Zittern, wenn man nur hinguckt.« Scotto nahm einen tiefen Zug aus seinem Bierglas.

Hinter mir sagte eine Frauenstimme: »Darling!« Ich drehte mich um. Es war meine australische Ex-Freundin Camilla. Ihr Teint war wie Milchkaffee, und ihre großen türkisfarbenen Augen strahlten vor Wohlwollen. Sie trug ein sehr kurzes, sehr teuer aussehendes schwarzes Kleid. »Du warst phantastisch heute!«

Eigentlich hätte ich mich freuen müssen, Camilla wiederzusehen. Aber heute abend lenkte sie mich nur ab.

»Ich bin mit Georgie Honiton gekommen«, sagte sie und schlang ihre Finger um meine. »Wie ich höre, wirst du hier gegen Paulchen antreten?«

Hinter ihrer seidigbraunen Schulter sah ich Helen Gallagher. Sie trug rote Schuhe mit Pfennigabsätzen, kurze glänzende Boxershorts und ein Singlet mit der Aufschrift JOE BUGNER TRAINING CAMP. Am linken Fußgelenk schimmerte ein Goldkettchen.

Ich sagte: »Tut mir schrecklich leid, aber ich muß gehen.« Eine leise Stimme in mir mahnte: Das ist Camilla, und du gehst von ihr weg? Aber ich hörte die Stimme kaum. Ich war in Gedanken bei der freien Rasenfläche und dem, was sich im Schuppen dahinter befinden mochte.

Als ich unten beim Pool ankam, schwammen die Mädchen noch immer umher. Ich beobachtete sie ein paar Minuten mit leicht blasiertem Lächeln, aber niemand schien von mir Notiz zu nehmen. Daher begann ich, an meinem Hosenschlitz nestelnd, auf die Büsche zuzuschwanken. Schwanken war um diese Nachtzeit eine gute Camouflage.

In den Büschen zog ich mein hellblaues Jackett aus und hängte es in die Zweige. Mein Herz klopfte zu schnell. Ich atmete einmal tief durch und versuchte, nicht an Jacky Damage zu denken. Dann entfernte ich mich kriechend von diesem Lärm und dem Flutlicht und kletterte über den Holzzaun, der den Poolbereich abgrenzte.

In den Büschen zirpten die Zikaden, und auf dem Balkon und am Pool kreischten die Partygäste. Dagegen war der Garten entsetzlich still. Ich konnte meinen Atem hören und meine dumpfen Schritte auf dem Gras.

Vor mir erhob sich die hohe weiße Mauer mit ihrer zum Strand führenden Tür. Eine Bougainvillea rankte an ihr empor, und meine Füße standen in einem Blumenbeet. Die Mauer bog nach rechts ab und führte auf den Schuppen zu. Wer dort an ihr entlanglief, würde so auffallen wie ein Kohlefleck auf einem Hochzeitskleid. Ich atmete einmal tief durch, bückte mich so tief ich konnte auf den schwarzen Rasen und arbeitete mich zu dem Schuppen vor.

Es war ein entsetzliches Gefühl. Ich kroch langsam vorwärts, ständig darauf gefaßt, daß ich zum Stehenbleiben aufgefordert würde. Aber niemand rief mich an; ich hörte nur den Partykrach, das Rauschen der See und die im Olivenhain piepsenden Käuzchen.

Ich befand mich jetzt an der Giebelwand des Schuppens, wo er zur Gartenmauer einen rechten Winkel bildete. In dem Winkel war ein kleines Stück schwarzer Schatten. Ich kroch in seinen Schutz und wartete, bis mein Herz langsamer schlug und der Schweiß mir nicht mehr aus den Achseln rann. Von hier sah das Haus aus wie eine Zuckerbäckerskulptur mit Heiligenschein.

Im Pool spritzte Wasser hoch, und von den weißen Wänden hallte Gelächter wider. Als ich wieder ruhiger atmete, kehrte mein Selbstvertrauen zurück.

Ich lief am Zwinger vorbei zum anderen Ende des Schuppens. Die Hunde in ihren Schlafquartieren waren längst wach und knurrten. In der Garage stand ein silberner Mercedes, eine Tür nach draußen hatte sie nicht. Vorsichtig schlich ich den Weg zurück, den ich gekommen war, bis in den Schutz des schwarzen Schattens zwischen Giebelwand und Gartenmauer.

Die Schuppentür an diesem Ende war mit einem Vorhängeschloß gesichert. Ich holte mein Messer mit Schraubenzieher aus der Tasche, trat seitlich ins Licht und drehte die drei Schrauben heraus, die die Spange hielten. Dann probierte ich den Türgriff. Prompt setzte im mittleren Teil des Schuppens ein heiseres Hecheln ein: die Hunde. Ich öffnete die Tür und glitt hinein.

Es roch nach Gartengeräten. Die handtellergroße gelbe Scheibe meiner Taschenlampe wanderte über Rasenmäher, Harken und über ein Regal mit Unkrautvertilgungsmitteln. Ein Gecko huschte die Wand hinunter. Hier war alles so rein und unschuldig wie eine Kinderstube.

Aber der Schuppen hatte eine Zwischenwand mit einer Verbindungstür. Leise sagte ich: »Henry?« Keine Antwort. Ich drückte die Tür auf, trat über einen Stapel alter Blumentöpfe und ging hinein. Die gelbe Lichtscheibe erfaßte Schnur-Rollen, Samentüten und ein altes Fahrrad. Da stand ich nun und fühlte mich richtig schwach vor Enttäuschung.

In einer Ecke lag ein Haufen, der nach Blumenerde aussah. In diesem Schuppen war alles grau und verstaubt, doch die Blumenerde hatte eine so warme schokoladenbraune Farbe, als sei sie gerade erst aufgeschüttet worden.

Ich griff mir eine an der Wand lehnende Bambusstange und steckte sie in den braunen Haufen: Einen Zoll unter der Oberfläche stieß ich auf etwas Hartes. Ich bückte mich und schob die Erde zur Seite. Darunter befand sich eine silbergraue Oberfläche, die wie metallisch schimmerte. Ich bekam eine Kante zu fassen und zog. Aber ich mußte beide Hände zu Hilfe nehmen, denn das Ding wog mindestens fünfzig Pfund. Ich nahm meine Taschenlampe in den Mund und betrachtete es mir genauer: ein silbergrauer Barren von der Form eines großen Wörterbuchs.

Diesen Barren hatte ich schon mal gesehen. Oder, genauer gesagt, ich hatte jede Menge dieser Barren gesehen. Und zwar im Frachtraum der *Aldebaran*, bei Sturm. Es war gegossener Ballast, eine Mischung von Kunstharz und Blei, die sich in jede beliebige Form bringen läßt. Und ich erinnerte mich, daß ich abends in *Aldebarans* Frachtraum gestanden und die Bodenplanken aufgerissen gesehen hatte, ein dunkles Loch dort, wo die Ballastbarren gewesen waren.

Es lagen noch mehr davon unter dem Erdhaufen. Ich deckte sie schnell wieder zu, hob den hoch, den ich als ersten gefunden hatte, und ging in den vorderen Raum zurück. Sehr vorsichtig steckte ich den Kopf durch die Tür.

Ich sah den scharf abgegrenzten Schatten im Winkel und den fahlen Rasen. Der Partylärm war noch lauter geworden, jemand spielte jetzt Trompete. Aus dem Zwinger kam immer noch das heisere Japsen. Doch in meinem Blickfeld rührte sich nichts.

Ich knipste die Taschenlampe aus und steckte sie ein. Dann nahm ich den schimmernden Barren auf, hob ihn wie einen Medizinball ans Kinn und schleuderte ihn so hoch ich konnte zur Mauerkrone hinauf. Er prallte etwa einen Fuß darunter ab und landete mit einem dumpfen Knall wieder auf dem Rasen. Das Hecheln im Zwinger wurde lauter. Mir rann der Schweiß aus dem Haar.

Ich hob den Barren wieder hoch und warf ihn, so kräftig ich konnte, ein zweites Mal. Diesmal traf er die Mauer nur sechs Zoll unter ihrer Oberkante. Der Arm, den ich mir gebrochen hatte, schmerzte heftig. Mir wurde klar, daß ich den Barren so nicht über die Mauer bekam. Ich ging in den Schuppen zurück. In einer Ecke stand ein alter Tisch mit einem Stapel Blumentöpfe. Ich packte sie auf den Boden, schleppte den Tisch nach draußen und stellte ihn gegen die Mauer. Mein Atem kam nur noch als abgerissenes Keuchen. Mit dem Barren kletterte ich auf den Tisch. Der Schatten des Schuppens fiel diagonal über die weiße Mauer. Mit Kopf und Schultern ragte ich jetzt darüber hinaus und mußte jedem, der zufällig hersah, eine perfekte Silhouette bieten. Ich hob den Barren hoch und schleuderte ihn unter Aufbietung aller Kräfte über die Mauer. Er landete mit einem Plumps auf der anderen Seite. Ich wartete darauf, daß drüben im Haus Alarm geschlagen wurde, doch nichts geschah. Die Stimmen am Pool kreischten weiter. Aber trotz dieses Lärmpegels hörte ich noch ein anderes Geräusch. Irgendwo weit hinten im Haus, wo die Gäste nicht hinkamen, schrillte eine Klingel. Ununterbrochen. Ich sprang vom Tisch und trug ihn in den Schuppen zurück. Dann schob ich die Schrauben wieder ins Vorhängeschloß, bückte mich und wollte gerade zum

Pool zurückkriechen, als ich hinter mir einen Laut hörte. Es war ein Summen, wie es bei Betätigung eines elektrischen Türöffners ertönt. Und dann hörte ich das Gurgeln.

Die Hunde waren draußen.

22

Sie kamen auf den Rasen gestürzt, monochrome Phantomgestalten zwischen den schwarzen Schatten der angestrahlten Bäume. Ich sah sie nur kurz aus dem Augenwinkel, denn ich rannte schon auf den Zaun am Pool zu. Jetzt war's mir ganz egal, wer mich sah; ich wollte nur weg von diesen Hunden.

Wie ein Zug gegen den Prellbock prallte ich gegen den Zaun, zog mich hoch und konnte mich mit einem Fuß oben festhaken. Der erste Hund begann den Zaun zu erklettern, als sei er eine ebene Fläche. Seine Zähne schlugen neben meiner rechten Schulter ins Holz, und ich fühlte Stoff reißen. Er fiel zurück. Ich warf mich über den Zaun und landete auf der anderen Seite mit einem Aufprall, der mir fast den Atem nahm.

Saphirblau schimmerte das Wasser des Swimmingpools durch die Büsche. Jetzt hörte ich Rufen und jemanden durch die Büsche brechen. Ich robbte weiter durch das Laub, weg vom Zaun. Meine Kleidung, dachte ich, ist schmutzig. Sie wird mich verraten.

Durch die Büsche drang Gelächter zu mir und das Spritzen von Wasser. Da wußte ich, was ich zu tun hatte. Ich rannte durch die letzten Büsche und sprang mit einem Satz ins kühle Wasser des Pools.

»Der hat ja noch seine Kleider an«, quietschten die Mädchen durcheinander, als ich wieder auftauchte. Das Knacken in den Büschen hatte aufgehört. Deke kam heraus und stolzierte, die Daumen in den breiten Bund seiner Hose gehakt, zum Poolrand. Das Licht legte einen hellen Lichterkranz um sein krauses graues Haar. Sein Gesicht konnte ich nicht erkennen. »Sie haben sich das Hemd zerrissen«, sagte er.

Ich schaute an mir herunter. »Macht nichts.«

»Sie müssen besser aufpassen«, sagte er, machte auf dem Absatz kehrt und ging weg.

Ich stand in der Mitte des Pools, während um mich herum die Schwimmer prusteten und spritzten. Ein Mädchen sagte: »Sie sehen aus, als wäre Ihnen kalt.«

Ich grinste sie an mit einem Gesicht, das sich wie Marmor anfühlte. Sie hatte recht, mir war kalt. Aber ich zitterte nicht deswegen.

Ich ging Charlie und Scotto holen, und wir stiegen ins Auto. Das schmiedeeiserne Tor war jetzt geschlossen, und die Dobermänner trotteten schnüffelnd von Busch zu Busch. Aber sie ließen uns raus.

Auf der Straße schaltete ich die Autolichter aus und bog zum Olivenhain ab. Der Wagen holperte über den unebenen Boden, bis ich auf der Höhe des Schuppens hielt. Dort, wo ich die Pillenflasche gefunden hatte, schimmerte der Ballastbarren im feuchten Gras. Ich hob ihn in den Kofferraum, wendete und fuhr zurück auf die Straße.

Charlie fragte: »Was war das?«

»Ballast von *Aldebaran*.«

»Was willst du denn damit?«

»Ich habe gerade entdeckt, warum Deke das Boot gekauft hat.«

»Warum?«

Ich sagte: »Erzähl' ich dir morgen früh.«

Ich setzte sie an ihrem Apartment ab und fuhr in die Stadt.

Squeals kleine gelbe Augen hatten eine Menge von dem beobachtet, was in Dekes Haus vor sich ging, und ich wollte herausfinden, wieviel. Im Bric à Brac brannte Licht. Es war ein schwaches Licht, so daß der Schmutz an der Scheibe von außen gar nicht auffiel. Es war aber hell genug, daß ich fünf Leute an der Theke sehen konnte. Ich ging dichter ran. Die Leute waren Touristen. Mona saß in ihrer Ecke neben der Kühltruhe, und ihre flinken Finger wanderten über das Strickzeug. Kein Squeal.

Ich fuhr stadteinwärts. Jenseits von Uferpromenade und Altstadt stieß ich auf einen blonden Mann in Union-Jack-Shorts, der sich in den Rinnstein erbrach, und auf ein paar Taxis als einzige Lebenszeichen. Ein Taxi fuhr bis zum Edificio Granada vor mir her. Ich ließ den Wagen einen Häuserblock vorher stehen und lief zu Fuß weiter. Es war ein hoher weißer Wohnblock. Auf den dunklen Außengalerien wehte Wäsche, durch die geöffneten Fenster drangen Schnarchgeräusche. Aus der Ferne wehte Flamencomusik herüber, und irgendwo bellte ein Hund.

Ich fuhr in den sechsten Stock. Bei Nummer siebenunddreißig brannte Licht, aber Nummer achtunddreißig war dunkel. Die Wohnungstür war geschlossen. Mir sank das Herz.

Ich drückte gegen die Tür, und meine Hand berührte zersplittertes Holz. Im schummrigen Licht des Korridors erkannte ich, daß jemand den Falz mit einem Stemmeisen weggebogen hatte, damit er an das Türschloß herankommen konnte.

Der Riegel stand vor. Ich zog mein Messer aus der Tasche, steckte seine Spitze in den Schlitz bei der Zunge und drückte sie zurück.

Lautlos ging die Tür auf.

Der Gestank in der Wohnung nahm mir fast den Atem: nach ranzigem Fett, abgestandenem Rauch, schmutziger Kleidung. Ich stand in einer Küche, atmete durch den Mund, um nichts riechen zu müssen, und lauschte. Nichts rührte sich. Es war die Ruhe einer Wohnung, in der niemand zu Hause ist.

Meine Hand wanderte zum Lichtschalter neben der Tür und drückte ihn. Nichts. Birne kaputt, dachte ich. In einem Aschenbecher auf dem Küchentisch lagen ein paar Streichhölzer, kleine Wachsstäbchen, die mit großer klarer Flamme brennen. Das erste warf huschende Schatten auf die Zimmerdecke und ein schwaches Schummerlicht gegen die fettigen Wände. Hinter der nächsten Tür lag das Wohnzimmer.

Es war leer bis auf den Gestank, zwei Stühle und einen Kaffeetisch. Auf dem Tisch lag ein Spiegel mit weißen Flecken: Kokain. Ich drückte auf den Lichtschalter, auch hier tat sich nichts. Sicherung kaputt, dachte ich und riß noch ein Streichholz an. Das Schlafzimmer war leer, aber der Gestank darin war noch schlimmer.

Die Badezimmertür war nur angelehnt, ich stieß sie auf und machte einen Schritt hinein. Dann atmete ich schnell tief durch, und mein Herz fing an zu pochen, als versuche es, aus meinen Rippen zu springen. Denn im Bad lag Squeal. Er schaute mich an. Seine Augen waren weit geöffnet, und sein Gesicht war zu einer schauerlichen Karikatur seines Grinsens verzogen. Aber seine Augen sahen mich nicht. Sie würden nie mehr etwas sehen.

Weil nämlich von der Steckdose für den elektrischen Rasierapparat, einer spanischen Steckdose ohne Erdung, eine Schnur zu einem großen Radio führte, das auf Squeals dürrem Bauch lag. Und Squeal lag in der Badewanne, die halb mit Wasser gefüllt war. Jetzt wußte ich, warum das Licht nicht angegangen war.

Das Streichholz verbrannte mir die Finger. Ich zündete noch eins an und legte einen Finger auf Squeals Schulter. Sie war kühl, aber noch nicht kalt. Ich machte kehrt, rannte, die Tür hinter mir zuschlagend, aus dem Apartment und durch die Straßen bis zu meinem Wagen. Das Quietschen meiner Reifen hallte von den blinden Fenstern wider, als ich in die Nacht hineinraste.

Eine Gasexplosion, ein Radio in der Badewanne. Lauter sogenannte Unfälle. Als ich in meinem Hotelzimmer angekommen war, schloß ich die Tür doppelt ab, warf meine Sachen auf den Boden, trat ans Fenster und schaute hinaus.

Die Elysischen Gefilde lagen grau im Sternenlicht, und hinter ihnen malte der Mond eine silberne Straße auf die ebenholzschwarze See. Jacky Damage, dachte ich. Er war Squeal nachgelaufen, und Squeal hatte ihm erzählt, worüber wir sprachen. Da hatte Jacky dafür gesorgt, daß ihm ein Unfall passierte. Und der nächste auf der Liste würde Martin Devereux sein.

Mir steckte noch immer der Gestank von Squeals Apartment in der Nase. Ich ging ins Bad und drehte die Dusche auf.

Da klopfte es an der Tür.

Ich erstarrte, die Hand an der Duscharmatur.

Squeal war wahrscheinlich japsend nach Hause gekommen, hatte seinen Spiegel rausgeholt und ein bißchen Schnee, um sich zu trösten. Dann kam das Klopfen an der Tür. Er hatte nicht aufgemacht. Also folgte das Splittern und Krachen des Stemmeisens. Ich mußte nach dem Duschhahn greifen, um das Zittern meiner Hand zu bändigen.

»Hier ist Helen Gallagher«, sagte eine Stimme.

Ich wickelte mir ein Handtuch um und ging zur Tür. Kurz davor blieb ich stehen. War sie allein?

»Bitte ...« Ihre Stimme klang müde und hatte nichts von ihrem Slang mehr an sich.

Ich dachte: Devereux, du bist ein Narr, und machte ihr auf. Sie war allein. Ihre hochhackigen Schuhe trug sie in der Hand. Sie sah klein und braun, zerbrechlich und sehr hübsch aus. »Kommen Sie rein«, sagte ich.

Sie kam rein. Ihre graugrünen Augen musterten mich von oben bis unten. »Hätten Sie einen Drink?« fragte sie.

Ich gab ihr etwas Whisky in einem Zahnputzbecher.

Sie setzte sich in einen Sessel und warf ihre Schuhe quer durch den Raum. »Oh, tut das gut«, sagte sie. »Hören Sie zu, ich muß mich beeilen.« Ich goß auch mir etwas Whisky ein und setzte mich auf die Bettkante.

Der Raum schrumpfte. Wir saßen in einer Überlebenskapsel,

nur ich und Helen, während im grauen Mondlicht draußen Menschen, blutgierig wie wilde Tiere, durch die staubigen Elysischen Gefilde streiften.

»Das hab' ich gefunden«, sagte sie und reichte mir ein mit Schreibmaschine beschriebenes Blatt. Es war zerknüllt, als sei es aus einem Papierkorb geholt worden. Der Text war in juristischem Spanisch abgefaßt und handelte offenbar vom Kauf eines Grundstücks. Aber es war nicht der Text, der meine Aufmerksamkeit fesselte, sondern die Stelle darunter. Dort prangten, sauber und korrekt, die Unterschriften eines Notars und eines Käufers. Auf der linken Seite war, über einem maschinengeschriebenen Namen, Platz für die Unterschrift des Verkäufers vorgesehen. Bloß daß der Verkäufer nicht unterschrieben hatte. Stattdessen hatte er mit schwarzer Tinte KEIN VERKAUF quer über die Seite geschrieben.

Ich kannte diese Schrift. Zwar war sie unkontrolliert und krakelig, aber zweifelsfrei eine Version der festen Handschrift, mit der früher immer meine Schulzeugnisse unterschrieben worden waren und die Korrespondenz der South-Creek-Marina. Der unter das Gekritzel getippte Name lautete Henry MacFarlane. Ich schaute auf das Datum; es war von heute morgen.

»Das habe ich in Dekes Büro im Papierkorb gefunden«, berichtete Helen. »Er ist doch der Mann, nach dem Sie suchen, oder?«

Ich starrte sie an. »Heute«, sagte ich. »Heute hat er Deke getroffen.«

»Vermutlich.« Sie schaute auf die Uhr. »Ich hab's heute abend aus dem Papierkorb gefischt.«

»Wo ist er also?«

»Wer weiß?« Sie sah plötzlich ängstlich und zerbrechlich aus. »Aber fragen Sie nicht herum. Tun Sie im Moment gar nichts, Martin. Sie sind in Gefahr.«

Ich wollte nicht daran denken, daß ich in Gefahr war. Ich wollte Mary anrufen und ihr sagen können, daß ich Henry gefunden hatte und daß es ihm gut ging.

Ich fing an, mich an Dinge zu erinnern, an die man sich besser nicht erinnerte. Höhnisch grinste mich Squeals widerliches Gesicht aus der Badewanne an. »Squeal ist heute nacht umgebracht worden«, sagte ich.

Ihr Gesicht blieb reglos. Sie sagte: »O Gott«, dann schwieg sie. Plötzlich war der Raum nicht mehr die abgeschirmte Überlebenskapsel. Er war voller Raubtiergestank.

»Er hat Sie gesehen«, sagte sie.

»Wer?«

»Deke. Er hat Sie über den Rasen rennen sehen, als die Hunde hinter Ihnen her waren. Ich hab's beobachtet.« Sie schwieg. »Er hat gelacht und gesagt: ›Nächstes Mal mehr Glück‹.«

»Ich kann auf mich aufpassen.«

»Wenn Sie Deke so gut kennen würden wie ich, dann würden Sie nicht solchen Blödsinn sagen. Bisher hat er mit Ihnen nur gespielt. Jetzt will er Sie umbringen.«

Ich sagte: »Aber ich schnappe ihn mir zuerst.«

»Was wollen Sie tun?«

Da erzählte ich ihr von Henry MacFarlane, von Mary und South Creek, mit all dem Hintergrund und der Bedeutung, die es für mich hatte. Als ich fertig war, saß sie still da. Ich dachte, du Narr hast doch keinerlei Beweis dafür, daß sie nicht hergeschickt worden ist, um rauszufinden, was du weißt. Um dich auszuhorchen. Du weißt überhaupt nichts von ihr, was nicht *sie* dir erzählt hat. Der Kaufvertrag vorhin konnte ein Köder gewesen sein.

»Was sind Sie eigentlich?« fragte ich.

»Schauspielerin.«

Sie saß da wie ein Schulmädchen, Beine nebeneinander, Hände zwischen den braunen Knien, und fing an zu weinen. Ich vergaß alles über Köder und Aushorchen, ging zu ihr und legte ihr den Arm um die Schultern. Sie schluchzte: »Das mußte ja kommen.«

»Was?«

»Daß ich um die halbe Welt fahre, um was zu erledigen. Und daß ich mittendrin jemanden kennenlerne, der wie ein Elefant im Porzellanladen herumtrampelt und es offenbar darauf anlegt, sich umbringen zu lassen. Und daß er hinter derselben Sache her ist wie ich.«

»Und das wäre?«

Sie stand auf. »Hören Sie zu: Halten Sie sich immer da auf, wo viele Menschen sind. Bleiben Sie in der Menge. Gehen Sie nicht zur Polizei, weil man nie weiß, wen er dort bestochen hat. Und wenn Sie Ihre Regatta gesegelt haben, dann sehen Sie zu, daß Sie hier schnell rauskommen. Ich werde mich morgen mal umhören, ob ich was über Ihren Freund Henry MacFarlane erfahre. Kommen Sie morgen nacht um zwei Uhr zum Parkplatz vor dem Red House und folgen Sie mir nach Hause. Ich muß jetzt gehen.«

Ich fragte: »Was haben Sie in Dekes Papierkorb gesucht?«

»Das ist so ein Hobby von mir. Ich erzähl's Ihnen morgen.« Sie trat auf mich zu und schlang mir die nackten Arme um den Hals. Dann küßte sie mich, auf den Mund. Lange. Ich küßte sie wieder.

»Bleib hier«, bat ich.

Sie schüttelte den Kopf. »Ich muß nach Jake sehen«, sagte sie. »Und wieder meinen gewohnten Platz einnehmen. Dann merken die gar nicht, daß ich existiere.« Sie holte tief Luft und zwängte die Füße in ihre roten Schuhe. »Bis morgen.« Ich hörte ihre Absätze über den Marmorboden davonklappern.

Als sie gegangen war, schaute ich auf die Uhr. Es war ein Uhr morgens. Sie mußte Jakes zweitem Auftritt im Red House beiwohnen. Ich goß mir Whisky nach, setzte mich in den Sessel und versuchte herauszukriegen, warum Henry sich geweigert hatte, einen Kaufvertrag zu unterschreiben. Und versuchte außerdem, meine Gedanken davon abzuhalten, immer wieder zu Squeal zu wandern, der mit dem Radio auf dem Bauch in der Badewanne lag.

Ich hatte noch ganz leicht den Geschmack von Helens Lippenstift auf den Lippen, aber der Whisky spülte ihn herunter. Als ich sie das erste Mal in Spanien gesehen hatte, hatte sie versucht, mich auszuhorchen. Beim zweiten Mal hatte sie versucht, mich ins Vertrauen zu ziehen. Und jetzt versuchte sie, mich mit Henry MacFarlanes Schriftzug zu ködern, bat mich, ihr Gott weiß wohin zu folgen zu einer späten Stunde, in der leicht tödliche Unfälle passieren konnten. Dabei lag sie doch praktisch Deke auf der Tasche. Wenn es den Prototyp des ausgehaltenen Mädchens gab, dann war sie es.

Ich trank den Whisky aus und kletterte ins Bett. Als ich die Augen schloß, sah ich Squeal vor mir. Dachte ich aber an Helen, verschwand Squeal. Da wußte ich, daß ich morgen nacht um zwei Uhr auf dem Parkplatz des Red House auf sie warten würde.

23

Am nächsten Morgen rief ich zu allererst Mary an und versuchte beim Wählen nicht daran zu denken, daß es, falls Helen in Bezug auf Deke recht hatte, das letzte Mal sein konnte, daß ich mit Mary sprach. Sie schien erfreut. »Hab' die Zeitungen gelesen«, sagte sie. »Die *Times* meint, du seist bestens in Form.«

»Ich hab' von Henry gehört.«

»Was?« Ihre Stimme war plötzlich gespannt und ängstlich.

Bloß harmlos klingen, befahl ich mir selbst. »Nicht viel«, sagte ich. »Nur von jemandem, der ihn gestern hier in der Gegend gesehen hat.«

»Oh.« Ihre Stimme war eine Mischung aus Enttäuschung und Erleichterung. Enttäuschung, daß es so vage war, Erleichterung, weil er noch lebte. »Geht's ihm gut?«

»Wie's scheint, ja.« Zwar gefiel mir diese krakelige Version seiner normalerweise sehr akkuraten Handschrift gar nicht, aber der Vermerk KEIN VERKAUF stammte eindeutig von Henry. »Hat er dir gegenüber jemals was von Grundbesitz in Spanien gesagt?«

»Nein«, sagte sie. »Nie. Höchstens ...«

»Ja?«

»Er ist doch immer Vögel beobachten gefahren, weißt du noch? Bis vor fünf Jahren, mit seinem Freund Sam Ethridge. Immer im Frühjahr, als er eigentlich Boote streichen sollte. Dann starb Sam, und seitdem fuhr er nicht mehr.«

Ich erinnerte mich vage, wie Henry Panamahut und Feldstecher einpackte und, begleitet von einem grauhaarigen Mann mit dickem Schnauzbart, zu unbekannten Zielen aufbrach. Aber da Henry ohnehin zwischendurch immer mal die Reiselust packte, war mir das nicht als außergewöhnlich in Erinnerung geblieben.

»Warum fragst du?«

»Er soll angeblich gerade ein Stück Land verkaufen.«

»Oh«, sagte sie. »Ich hoffe, er versucht sich da nicht in irgendwelchen dunklen Geschäften.«

»Nein«, sagte ich. »Ich glaube nicht, daß er das macht.« Andernfalls hätte er nicht KEIN VERKAUF auf einen sorgfältig vorbereiteten Kaufvertrag geschrieben.

»Dann kann er ja nicht allzu viel Schaden anrichten.«

Ich äußerte Besänftigendes.

Sie wäre nicht eben beruhigt gewesen, wenn ich ihr gesagt hätte, was ich von Deke Kellners Geschäftsgebaren hielt. Aber so sagte sie nur auf Wiedersehen und wünschte mir Glück im Halbfinale. Und ich ging in den gleißenden Morgen hinaus.

Auf dem Weg zum Parkplatz mischte ich mich unter die

Touristen, sprach einen von ihnen an und achtete darauf, mitten unter ihnen zu bleiben, damit es zu auffällig wäre, wenn ich dort Opfer eines Unfalls würde. In einem Eisenwarengeschäft in San Pedro de Alcantara kaufte ich Hammer und Meißel und fuhr von da aus zu Charlie. Den Ballastbarren schaffte ich in einem Sack nach oben. Ich legte ihn auf den Küchenfußboden, setzte den Meißel an und teilte ihn mit einem harten Schlag in zwei Teile.

»Mann«, sagte Charlie, »was hast du vor?«

»Wart's ab«, sagte ich und schlug die beiden Teile in Viertel.

»Muß das sein?« Scotto schnitt eine Grimasse über seiner ersten Tasse Kaffee.

Charlie sagte: »Und jetzt teilt er die Viertel in . . .«

Er sprach den Satz nie zu Ende. Weil ich nämlich den Meißel auf das erste Viertel gesetzt und draufgeschlagen hatte und das Viertel in der Mitte auseinandergebrochen war. Und weil in der Öffnung ein harzgehärteter, zerknitterter Plastikbeutel lag. Ich schnitt ihn mit dem Messer auf. »Schaut mal, was unser Freund Deke alles in seinem Gartenschuppen hat«, sagte ich.

Auf meiner Handfläche beschien die Morgensonne zwei funkelnde kleine Steine. Sie schienen die Strahlen durch ihre geschliffenen Facetten aufzusaugen und blutrot gefärbt wieder auszuspeien, denn die weiße Zimmerdecke war über und über mit kleinen roten Lichtflecken gesprenkelt.

»Donnerkeil!« sagte Scotto.

»Allerdings«, sagte Charlie.

Wir zertrümmerten den Barren zu Staub und fanden fünf weitere Rubine. Und in Dekes Gartenschuppen lagen noch jede Menge dieser Barren.

Einen Moment saß Charlie wie versteinert, und die roten Lichtpünktchen jagten einander in den Höhlungen seines Gesichts. Dann stand er auf, holte eine Flasche Whisky aus dem Regal und schenkte drei Gläser voll. Normalerweise trinke ich morgens nichts, aber dies war eine Ausnahme.

»Im Ballast«, sagte Charlie. »Mich laust der Affe.«

Ich sagte: »Du wolltest doch wissen, warum Deke die Instandsetzungsarbeiten nicht in England machen ließ.«

Charlie nickte. »Lohnt nicht«, sagte er. »Ein wahres Meisterstück von einem Einwegbehälter.«

»Wer hat den Ballast eingeladen?« fragte Scotto.

»Also, er hatte schon mal einen eigenen Gutachter«, sagte ich. »Und die Reparaturarbeiten hat Paul überwacht. Dafür wurde ein eigener Mann angeheuert.«

»Dann sollten wir Paul vielleicht ein paar Fragen stellen«, sagte Scotto.

»Damit würde ich gern noch warten«, sagte ich.

»Geh zur Polizei«, sagte Scotto. »Jetzt gleich.«

»Noch nicht«, sagte ich. Helen hatte angedeutet, daß Deke vielleicht Freunde bei der Polizei hatte.

Ich wollte unser Treffen heute nacht um zwei am Parkplatz des Red House abwarten, bevor ich irgendwelche Schritte unternahm. Wobei ich mir darüber im klaren war, daß ich Helen Gallagher vernünftigerweise nicht trauen sollte. Deshalb hatte ich das Gefühl, jetzt einige Erklärungen abgeben zu müssen.

»Dieser Deke hat seine Finger überall drin«, sagte ich. »Juwelen, Immobilien, Erpressung und so. Wenn wir jetzt die Polizei einschalten, wird's nur kompliziert. Deke würde untertauchen, und wir könnten ihm überhaupt nichts anhängen. *Aldebaran* ist sicher nicht das einzige Boot in Spanien mit solchem Ballast.«

Charlie starrte noch immer die Juwelen an. »Unternehmungslustiger Typ, dein Freund Deke«, sagte er. »Fragt sich nur, wo er die her hat.«

Ich griff zum Telefon, wählte den Guardian und bekam Harry Chase an die Strippe.

»Ah, da bist du ja«, sagte Harry. »Also, dein Freund Deke Kellner scheint mir nicht der richtige Umgang für dich zu sein.«

»Wieso?«

»Er ist auch als David Blackah bekannt«, sagte Harry. »Familiärer Typ. Hat überall Verwandte. Vorstrafe wegen bewaffneten Raubüberfalls. Wird gesucht, weil man ihm in Zusammenhang mit dem Walstein-Überfall gern ein paar Fragen stellen möchte.«

Ich hatte nie von einem Walstein-Überfall gehört und sagte ihm das.

»Menschenskind«, staunte er, »liest du denn keine Zeitungen? Das war vor fünf Jahren. Dein Freund hatte 'nen Kumpel, der da arbeitete, wo die Lieferungen ankamen. Eines Tages also beguckte sich Mr. Walstein im Büro seine neuen Edelsteine, da kam Deke mit einigen Verwandten reinspaziert. Die hatten alle abgesägte Gewehre dabei. Sie holten Mr. Walstein aus seinem Sessel, und damit er nicht an die Alarmanlage kam, zwangen sie ihn, die Hände in die Schublade seines Aktenschranks zu stekken, schlugen die Schublade zu und schlossen den Aktenschrank ab.«

»Großer Gott«, sagte ich.

»Ja«, sagte Harry. Ich hörte sein Feuerzeug klicken, als er sich eine Zigarette anzündete. »Mr. Walstein wird niemals mehr Klavier spielen können. David alias Deke sackte die Juwelen ein, die waren an die drei Millionen Pfund wert, und zog ab. Er hat dabei gelacht, sagt mein Informant. Lauthals gelacht.«

»O ja, Deke hat einen wundervollen Sinn für Humor«, sagte ich.

»Und dann tauchte er in Spanien auf«, sagte Harry. »Niemand weiß, wie er überhaupt reingekommen ist. Eines Tages war er einfach da, mit ordentlichem Paß, Aufenthaltsbewilligung und so. Aber ohne Gepäck.«

»Nein«, sagte ich. »Das haben wir für ihn mitgebracht.«

»Was?«

»Ach, nichts.«

»Und warum interessiert er dich dann?« fragte Harry.

Ich fragte dagegen: »Warum hat jemand Interesse daran, Juwelen nach Spanien zu bringen?«

»Córdoba«, sagte Harry. »Die Juwelenhauptstadt des ganzen Mittelmeerraumes. Die verkaufen dort dein Gold, waschen deine Edelsteine und schleifen sogar die Kronjuwelen um, wenn du willst. Du, sag' mal, gibt das vielleicht 'ne Story?«

»Du bist der erste, der das erfährt.« Ich legte auf.

Wir brachten die Juwelen in einen Safe und trainierten anschließend den ganzen Tag. Als wir am Abend an Land gingen, hatte Paul von seinen sieben Wettfahrten sechs gewonnen. Wir hatten sieben gesegelt und sieben gewonnen. Die Ziehung fürs Halbfinale war im Club Deportivo. Lord Honitons Lippen preßten sich zu einem dünnen Lächeln zusammen, als er die Papierstreifen entfaltete. »Welsh gegen Gibson«, sagte er. »Devereux gegen Fournier.«

Fournier war gut, aber mir gegenüber im Nachteil. Denn er wollte den Marbella Cup gewinnen. Ich aber wollte Paul Welsh schlagen, und das war natürlich überhaupt kein Vergleich.

Ich blieb den ganzen Abend bei der Crew. Wir gingen in einem hell erleuchteten Restaurant essen und tranken in einer hell erleuchteten Bar unser Bier – an Plätzen also, wo es keine dunklen Ecken gab, in denen Unfälle passieren konnten.

Um 1.45 Uhr verließ ich diese hell erleuchteten Stätten, ging zum Auto und fuhr durch dunkle Straßen zum dunklen Parkplatz des Red House. In den Palmen schaukelten bunte Lampen und bildeten eine zum Eingang führende Allee. Das ferne Jaulen eines Gitarrensolos drang durch meine hochgekurbelten Autoscheiben.

Ein paar Leute kamen schwankend die Stufen herunter. Das Gitarrensolo war zu Ende, es gab Applaus. Untergehakt und lachend liefen ein paar Besucher über den Kies der Auffahrt. Ein paar Autos fuhren an. Dann kamen zwei Personen die Stufen herunter: ein langbeiniger Mann in glitzernder langer Hose und eine schlanke Frau mit kurzem Rock und blondem Haar: Jake und Helen. Sie streckte einen Arm aus und legte ihn auf seine Schulter, er hauchte ihr tuntenhaft einen Kuß aufs Handgelenk. Dann ging jeder zu seinem Auto. Es war alles ganz harmlos und unverfänglich, aber mir rann der Schweiß in den Nacken. Ich biß die Zähne zusammen und folgte Helen vom Parkplatz aus nach links auf die Straße nach Marbella, wo mir wohl Hunderte von Scheinwerfern entgegenkamen. Hinter jedem konnten die kalten Augen von Deke oder Jacky Damage lauern ...

Sie bog ab und fuhr durch ein hell erleuchtetes schmiedeeisernes Tor, über dem, ebenfalls aus Schmiedeeisen, »El Generalife« stand. Dahinter befanden sich in einiger Entfernung zur Straße durch Buschwerk und Pinien voneinander abgegrenzte Villen. Plötzlich leuchteten zwei Scheinwerfer in meinem Rückspiegel auf.

Sie bogen nach links ab. Mein Atem ging zu schnell, fand ich.

Helen fuhr in einen schmalen Weg. Meine Scheinwerfer beleuchteten ein von Bäumen umstandenes kleines weißes Haus. Helen hielt. Ich parkte neben ihr und stieg langsam aus. Sehr langsam. Mit dem Rücken zum Wagen wartete ich darauf, jeden Moment die todbringenden Schritte kommen zu hören. Aber ich hörte nur Zikaden in der lauen Nacht und, weit entfernt, das Röhren eines Mopeds.

»Komm rein«, sagte sie.

Plötzlich war alles ganz normal und selbstverständlich. Wir liefen über Sand und Tannennadeln. Kein zurechtgestutzter Garten, keine Flutlichter. Drinnen hallte es, ein fast leeres Haus, weiße Wände, Bilder mit Stiermotiven, rote Tonfliesen. Ich wurde etwas ruhiger. Sie öffnete die Tür zu einem großen Raum und sagte: »Bin gleich wieder da. Im Regal steht Bier.«

Ich setzte mich und betrachtete eine Ameisenkompanie, die über die Tonfliesen spazierte, halb darauf gefaßt, daß gleich Jacky Damage mit einem abgesägten Gewehr zur Tür hereinkam. Aber er kam nicht. Stattdessen erschien Helen. Sie trug einen schwarzen Hausanzug, der zu ihrem kurzen blonden Haar sehr gut aussah, und hatte das starke Make-up entfernt. Sie ging zu einer Nische neben dem Kamin, goß zwei Fingerbreit Whisky in einen schweren Becher, setzte sich auf das Sofa und lehnte sich zurück.

»Ich habe über das nachgedacht, was du mir letzte Nacht erzählt hast«, sagte sie. »Vermutlich sind wir hinter derselben Sache her.« Sie schaute zu mir hoch, abgespannt, zurückhaltend und spröde.

Sie fuhr fort: »Ich war heute den ganzen Tag zu Hause und habe von deinem Freund Henry MacFarlane weder gehört noch gesehen. Tut mir leid.«

»Macht nichts.« Ich versuchte, meine immense Enttäuschung nicht zu zeigen. »Weißt du, wer Deke Kellner ist?«

Sie lachte, aber es klang nicht amüsiert. »Wenn man seinen Papierkorb kennt, dann kennt man auch den Typ.«

Ich fragte: »Also weißt du von dem Walstein-Überfall?«

Sie starrte mich an. »Oho«, sagte sie. »Nein.«

Ich erzählte ihr von den abgesägten Gewehren und dem kleinen Mann, der schrie, weil man ihm die Finger in der Schublade des Aktenschranks zerquetscht hatte.

Sie kaute an ihren Lippen und nickte. Als ich fertig war, stand sie auf, ging an einen Schrank, zog ein dickes rotes Album heraus und warf es mir in den Schoß. Ich schlug es auf.

Als erstes kam die Titelseite einer Hochglanzbroschüre. Ihr Aufmacher lautete: MARINA QUAGUE. EIN EXKLUSIVER HAFEN FÜR SIE UND IHRE TRÄUME. Es war das übliche Bild: Yachten, ein künstlicher Hafen, Ferienhäuser mit steilen Dächern.

Auf den nächsten Seiten folgten Zeitungsausschnitte: SCHEUNENFEUER – ZWEI MENSCHEN VERBRANNT lautete die erste Überschrift. Die restlichen Artikel befaßten sich alle mit demselben Thema und stammten aus den verschiedensten Zeitungen, vom

Globe in Boston bis zum *Examiner* aus Quague. In den Artikeln hieß es, daß Jack Walton, emeritierter Harvard-Professor, und seine Frau Una beim Heumachen in den lodernden Flammen ihrer Scheune umgekommen seien. Sie hatten, so die Mutmaßung, wohl das Heu zu feucht eingelagert, so daß es sich selbst entzündet hatte. Jack und seine Frau waren gerade beim Wenden des Heus gewesen, als das Feuer ausbrach, und hatten sich nicht mehr in Sicherheit bringen können. Der *Examiner* aus Quague wußte viel Lobendes zu sagen über die Waltons, die in ihrer Gemeinde sehr beliebt waren, nicht zuletzt, weil ihnen die Mündung des Quague River gehörte, an dem sich ein Anlegesteg befand, den jeder benutzen durfte, wovon gerade in den Sommermonaten lebhaft Gebrauch gemacht wurde. Die Farm der Waltons, einschließlich der Anlegestelle, war nach ihrem Tod an eine Baufirma verkauft worden. Ich brauchte den Namen dieser Firma nicht erst zu lesen, um zu wissen, daß sie Seahorse Land hieß. »Wer waren die Waltons?« fragte ich.

»Meine Eltern«, sagte Helen. »Jack hätte niemals feuchtes Heu eingelagert. Sie haben sie bei lebendigem Leib in der Scheune verbrannt. Sie hatten ein Auge auf unsere Anlegestelle geworfen. Also verbreiteten sie Gerüchte, daß meine Eltern in finanziellen Schwierigkeiten steckten. Dann setzten sie einen Kaufvertrag auf und fälschten Jacks Unterschrift. Und zuletzt brachten sie sie um, bevor Jack seinen Rechtsanwalt darauf ansetzen konnte. Aber niemand glaubte das - außer mir. Ich hatte gehört, wie meine Eltern über den Vertrag sprachen.«

»Ich glaube es.« Ich dachte daran, was in South Creek geschehen war, und an das, was das Feuer in Puerto Banús auf den Kojen von *Shearwater* hinterlassen hatte. »Aber wie bist du so nahe an sie rangekommen?«

»Ich habe mir Seahorse mal angeschaut«, sagte Helen. »Die Firma ist auf der Isle of Man registriert, dort wollte man mir nichts sagen. Also hab' ich da ein bißchen rumgelungert und mich mit einem Mann vom Büro dort angefreundet.« Ruhig sah sie mich mit ihren graugrünen Augen an. »Der gab mir James de Groots Adresse und so, nun ja, so lernte ich James kennen. Die Leute freuen sich, wenn sie mich kennenlernen.«

»Das wundert mich nicht«, sagte ich.

»Also freundete ich mich mit James an, der ein Arschloch ist, was du vermutlich schon weißt. Er ist einer der Direktoren von Seahorse Land, weißt du das auch? Aber er mag keine Gewalt, will von Gewalt nichts wissen. Deke hält ihn trotzdem für nützlich, weil er aus der besseren Gesellschaft kommt. James fädelt die Geschäfte ein und stellt nicht zu viele Fragen darüber, wie Deke die – die Geschäfte dann abwickelt. Daß Seahorse eine Waschanlage für das Geld ist, das Deke mit dem Verkauf von gestohlenen Juwelen macht, hat ihm nie jemand erzählt – weil er nie gefragt hat. Seahorse macht das große Geld. Sie kaufen ein erstklassiges Wassergrundstück auf, das normalerweise nie auf den Markt käme. Man bekommt es nur, wenn man die Besitzer umbringt. Dann parzellieren sie es und verkaufen es teuer an Bauherren.« Sie zuckte die Achseln. »Mit Riesengewinnen.«

»Welche Rolle spielt dabei Paul Welsh?«

»Paul Welsh ist ihr Laufbursche«, sagte sie. »Er hält es für clever, sich mit zwielichtigen Leuten abzugeben. Deke duldet ihn nur um sich, weil er mag, wie Paul sich immer so windet.« Sie schwieg. »Weißt du, ich glaube, Deke mag dich irgendwie, weil du Paul auch immer dazu kriegst, sich zu winden. Was Deke allerdings nicht davon abhalten wird, dich umzubringen.«

»Woher weißt du das?«

»Ich arbeite in seinem Vorzimmer. Er glaubt, ich sei zu doof, um ein Problem für ihn zu sein. Dadurch kriege ich Hinweise, und denen gehe ich nach. Wenn was Interessantes im Papierkorb landet, dann kopiere ich es.« Sie klopfte auf den zweiten roten Ordner neben sich. »Das sind noch keine Beweise. Aber ein Rechtsanwalt kann damit schon was anfangen.«

»Dann wirst du also damit zur Polizei gehen?«

»Deke hat jede Menge Freunde bei der hiesigen Polizei. Er wäre hart dranzukriegen, hier in Spanien.«

»Aber würde er denn nicht nach England ausgeliefert?«

»Nein«, sagte sie. »Deke reist immer von sich aus ab.«

Ich starrte sie an. »Wie meinst du das?«

»Er ist viel unterwegs«, berichtete sie sachlich. »In England, Deutschland und anderswo. Er handelt mit Pässen, fliegt mit den Rücktickets von Charterflügen und so. Alles kein Problem. Er hat viele gute Freunde. Aber wenn er Spanien das nächste Mal verläßt, werde ich rauskriegen, wohin er fährt, und dort die Polizei alarmieren. Dann haben sie ihn.«

»Wie lange kannst du das noch durchhalten?«

Sie lächelte. Es war ein böses Lächeln. »Es dauert nicht mehr lange. Er fliegt dieser Tage nach England.«

»Woher weißt du das?«

»Dein Freund Paul Welsh hilft ihm dabei. Sie haben im Klub darüber gesprochen. Dachten, ich würd's nicht verstehen. Der gute Deke ist mir gegenüber ein echter Chauvi. Jedenfalls ist seine Mutter schwer krank.«

»Seine Mutter?«

»Eine schreckliche alte Frau.«

»Wie kommt er hin? Und wann?«

»Das mußt du Paul fragen«, sagte sie. »Dekes Mutter lebt in einer Stadt, die Sheerness heißt. Sie kann England nicht verlassen, weil sie so krank ist. Aber sie halten zusammen wie Pech und Schwefel, diese Kellners.«

»Diese Blackahs. Woher weißt du das?«

»Er hat's mir erzählt.« Sie zuckte die Achseln. »Hat ja auch ihr Porträt im Haus hängen.«

Ich erinnerte mich an die entsetzliche alte Lady in der Galerie von Nuestra Casa. »Ich hab's gesehen«, sagte ich.

»Er stellt schon Blumen davor. Sie liegt im Sterben.«

Plötzlich sah sie todmüde aus. Ich fragte: »Wie lange sammelst du schon diese – Beweise?«

»Drei Monate«, sagte sie. »Drei verflucht lange Monate.« Sie nippte an ihrem Whisky und verzog das Gesicht. Damit wollte sie die Tränen verbergen, die ihr übers Gesicht liefen. Doch das nützte nichts.

Ich stand auf, setzte mich neben sie und legte den Arm um sie. »Mach dir keine Gedanken«, sagte ich. »Jedenfalls nicht heute nacht.«

Sie lehnte den Kopf an meine Brust, ihr Körper war ganz starr in meinen Armen. Ihre Tränen drangen durch mein Hemd. Dann entspannte sie sich, hob den Kopf und sagte: »Okay. Keine Gedanken.« Sie setzte sich auf und wischte sich die Tränen ab.

»Würdest du mit mir schlafen?« fragte sie plötzlich. »Ich wäre heute gern mit wem zusammen.«

»Mit irgendwem?«

Sie lächelte mich an. »Mit dir«, sagte sie. »Dem irren Iren. So nennt Paul dich: der irre Ire.«

Wir gingen nach oben. Der Wind seufzte in den Pinien, und wir liebten uns in der lauen Nachtluft auf ihrem großen weißen Bett. Es war ganz selbstverständlich und zärtlich, eine Erweiterung der engen Welt, die wir teilten, weit entfernt von geifernden wilden Tieren. Danach lag sie in meinen Armen, und ich betrachtete den Lichtschein, der durch das blasse Rechteck des Fensters auf die sanfte Wölbung ihres Rückens fiel.

Sie sagte: »Das war die erste ehrliche Sache, die ich mir seit Monaten geleistet habe.« Sie rollte sich zu mir herum, nahm mein Gesicht in die Hände und küßte mich. Ihr Rücken war wie Satin. »Hättest du was dagegen, wenn wir's wiederholten?«

»Kneif mich«, sagte ich. Ihre Zähne schimmerten im freundlichen Dämmerlicht. Da klingelte das Telefon.

»Laß«, sagte ich. »Es ist vier Uhr morgens.«

»O je«, sagte sie. Ihr Haar glänzte, als sie den Kopf schüttelte. »Das wird Jake sein. Er braucht mich zum Händchenhalten.« Sie nahm den Hörer ab. »Ja«, sagte sie. »Jake.« Sie hatte wieder ihren Lower-East-Side-Slang. »Armes Herzchen. Armer Jake.« In ihrem Hörer quäkte es. Ich streichelte ihre kleinen goldenen Nackenhärchen. Dann fragte sie. »Was?« Die Stimme am anderen Ende klang hoch und aufgeregt. »Beruhige dich, Schätzchen. Es ist ja vorbei. Geh in deine Wohnung und nimm eine von deinen kleinen Pillen.« Wieder plapperte die Stimme auf sie ein. »Wir gehen zusammen essen«, sagte sie. »Leckeren Kuchen bei Pepe. Den hast du doch so gern. Glaub Mama, alles wird wieder gut.« Das Plappern verstummte. Sie legte den Hörer auf.

Ich fragte: »Mama?«

»Jake ist ein großes Baby«, sagte sie. »Bei Deke waren die Hunde los.« Sie setzte sich auf und umfaßte mit den Armen ihre Knie. Ihre Stimme klang gepreßt. »Es war jemand im Garten, ein alter Engländer. Jake sagt, daß er furchtbar geschrien hat.«

Mit einem Ruck setzte ich mich auf. »Haben die Hunde ihn gekriegt?«

»Sie haben ihn umgeworfen. Mehr konnte Jake nicht sehen.« Ihre Stimme klang monoton, sie sprach, weil sie mußte, nicht weil sie wollte. Ich war schon in der Hose und zog die Schuhe an. »Wohin haben sie ihn gebracht?«

»Jake sagt, zu den Hunden.«

»Nein«, stöhnte ich. »Das können sie nicht! Die Hunde würden ihn töten.«

Sie zuckte die Achseln. Ihr Gesicht war tränenüberströmt. Ich stand vor Entsetzen wie erstarrt. Warum sollten sie Henry bei lebendigem Leibe auffressen lassen? Und dann verstand ich.

Ich sah plötzlich wieder die Pillenflasche im Gras des Olivenhains aufblitzen. Jetzt war mir alles klar. Du Dummkopf, sagte ich zu mir selbst, Henry ist die ganze Zeit dort gewesen. Du elender Dummkopf!

Helens brauner Körper schimmerte im Mondlicht. »Sie werden dich umbringen«, sagte sie. »Du kriegst ihn nie da raus.«

Sie schlang mir die Arme um den Hals. Ich schmeckte ihre Tränen. »Ich komme wieder«, sagte ich.

Sie stand in der Tür, als ich den Wagen anließ. Das Hauslicht legte einen goldenen Schein um ihr Haar. Die Reifen quietschten, als ich vor dem schmiedeeisernen Tor schaltete. Auf der Hauptstraße raste ich gen Osten.

Am Club Deportivo beobachteten zwei auf ihren Motorrädern sitzende grüngekleidete Polizisten einen jungen Typ, der gerade die Treppe runterfiel. Noch während ich über die Pier rannte, suchte ich in meinen Taschen nach dem Bootsschlüssel. Der Bolzenschneider lag im Steuerbordschapp. Auf dem Rückweg zum Auto wollte mir jemand Kokain verkaufen. Ich rannte an ihm vorbei, ließ den Wagen an und fuhr Richtung Hauptstraße. Dabei hielt ich nach einer Baustelle Ausschau, und daran herrschte in Marbella kein Mangel. In einer Seitenstraße fand ich eine, kappte das Vorhängeschloß an ihrem Tor mit dem Bolzenschneider und ging hinein.

Die Stadt war jetzt ruhig, nur das ferne Hämmern einer Baßgitarre war zu hören. Und die Plastikplanen der Baustelle, die im Wind knatterten. Ich brauchte nicht lange, um einen Bauwagen zu finden. Seine Tür öffnete ich mit dem Bolzenschneider, holte eine kurze Leiter und einen Stapel alter Säcke raus, schmiß die Leiter in den Fond des Wagens, die Säcke auf den Fahrersitz, setzte mich obendrauf und raste los.

In der langen Straße zu Dekes Haus brannten keine Laternen. Ich fuhr bis an den Olivenhain. Als ich den Motor abstellte, waren nur Zikaden, raschelnde Blätter und die Brandung der See zu hören. Ich zog die Leiter aus dem Wagen. Am östlichen Himmel mußte bald der Morgen dämmern. In Höhe des Schuppens lehnte ich die Leiter an die Mauer und begann zu klettern.

24

Der angestrahlte Rasen unter mir sah aus wie giftgrünes Wasser. Ich legte zwei Säcke über die Glasscherben in der Mauerkrone, kletterte hinauf und ließ die Leiter auf der anderen Seite hinunter. Links von mir begann das gräßliche Japsen der Hunde. Ich schluckte trocken und stieg die Leiter hinab.

Ich landete neben der Tür des Schuppens, wo ich neulich auf den Tisch geklettert war, um den Ballastbarren über die Mauer zu werfen. Ich ließ die Leiter, wo sie war, und ging leise um die Ecke. Der Hundezwinger hatte eine Art vergitterten Vorbau. Hinter seinen Stäben hetzten die dunklen Schatten der Dobermänner auf und ab, unaufhörlich wie Haie in einem Wasserbekken. Als ich näherkam, warfen sie sich gurgelnd gegen die Stäbe. Ihre Zähne blitzten im Flutlicht. Im Haus blieb alles dunkel.

Meine Handflächen waren naß vor Schweiß. Ich wußte, wohin ich mich zu wenden hatte. Der heiße Atem aus dem Schlund der Hunde drang mir durch die Stäbe ins Gesicht. Brave Hunde, sagte ich mir. Brave Hunde. Aber sie warfen sich blutrünstig gegen die Gitterstäbe.

Die Tür in der Mitte des Vorbaus war mit einem einfachen Schnappschloß verriegelt. Ihre Stäbe waren vertikal, mit einer Querstrebe auf halber Höhe. Ich atmete einmal tief durch, dann warf ich den Bolzenschneider durch die Stäbe und öffnete die Tür.

Die Hunde kamen wie Torpedos rausgeschossen, so schnell, daß ich ihre Pfoten über den Rasen schlittern hörte, als sie sich umdrehten, um mich in Stücke zu reißen. Aber da hatte ich schon einen Fuß auf der Querstrebe, stieß mich ab, über die Tür hinweg. Die Hunde sprangen hoch und schnappten nach meinen Beinen. Ich landete, die Hände noch an den Streben, ungeschickt auf dem Betonboden und zog noch im Fall die Tür fest zu. Einer der Hunde war schon halb hindurch. Ich hörte ein

Knacken, spürte den Widerstand eines Körpers. Da rammte ich die Tür nach außen, hart gegen den Kopf des anderen, kickte den Körper aus dem Käfig und schlug die Tür mit einem metallischen Krachen zu, das selbst Tote zum Leben erweckt hätte.

Dann wankte ich zurück und lehnte mich innen gegen die Wand, um Atem zu schöpfen. In dem großen weißen Haus jenseits des Rasens blieb alles dunkel und ruhig. Der andere Dobermann japste guttural neben dem Körper seines Gefährten. Ich drehte ihnen den Rücken zu, hob den Bolzenschneider auf und betrachtete mir den Zwinger.

In der Wand war eine verriegelte Tür. Ich öffnete sie. Sie führte in einen kleinen Raum, der nach Hund roch. Ich schloß die Tür hinter mir und knipste die Taschenlampe an. Ihr Strahl huschte über nackte Zementwände und eine weitere Tür. Diese hatte ebenfalls einen Riegel, der mit einem Vorhängeschloß gesichert war, aber mein Bolzenschneider glitt hindurch wie durch Butter. Die Tür schwang auf. Dahinter war ein Raum, der ein Geräteschuppen hätte sein können, nur daß keine Geräte drin waren. Er hatte Betonwände und einen Betonboden. Auf dem Boden standen ein Zinkeimer und ein Stuhl. In der Ecke lag etwas, das wie ein Haufen Lumpen aussah. Ich ließ mich daneben auf die Knie nieder.

Der Haufen Lumpen regte sich. Er sagte: »Verpiß dich!«

Die Stimme klang undeutlich und stammelnd. Aber es war unzweifelhaft die Stimme von Henry MacFarlane.

Ich sagte: »Henry, ich bin's. Martin.«

»Scheiße«, sagte Henry. »Hau ab.«

Ich sagte: »Schau«, und leuchtete mir mit der Taschenlampe ins Gesicht. Er regte sich ein bißchen, stöhnte, dann sagte er: »Bei Gott, du bist's.«

Durch den Strahl der Lampe war ich einen Moment geblendet. »Komm, wir müssen dich hier rauskriegen.«

»Nicht einfach«, sagte er.

Draußen warf der Hund sich gegen die Stäbe. Das Geräusch drang immerhin durch zwei Türen, bald würde es auch jemand im Haus hören. Der Strahl meiner Lampe fiel auf Henrys Gesicht.

Als ich ihn zuletzt gesehen hatte, war es braun und solide wie ein Fels gewesen. Jetzt war es aschgrau und ausgemergelt, mit dicken Tränensäcken. Sein Atem ging laut rasselnd.

»Meine Hände«, stöhnte er.

Ich leuchtete sie mit der Lampe an. Die Finger waren dick geschwollen und schwärzlich, weil jemand seine Handgelenke mit Draht zusammengeschnürt, den Draht um eine Kette gewunden und die Kette mit einem Vorhängeschloß an einen Ring in der Wand geschlossen hatte.

»Wollte abhauen«, sagte er, »als sie mit dem Essen kamen. Haben die Hunde auf mich gehetzt.«

Ich konnte nicht sprechen. Der Bolzenschneider zerbiß die Kette, und danach schnitt ich behutsam den Draht von seinen Händen.

Er taumelte. »Hilf mir auf«, sagte er.

Ich half ihm, sich aufzusetzen. Sein Atem kam durch die Anstrengung noch mühsamer.

»Kannst du gehen?«

»Gerade eben.«

Jedenfalls war er in keinem Zustand, um vor Hunden wegzulaufen. Ich ließ den Lichtkegel über die Wände gleiten. Sie hatten keine Fenster.

Wir saßen in der Falle.

Dann erinnerte ich mich. »Die Pillenflasche«, sagte ich. »Wie hast du sie rausgekriegt?«

Er hatte sich über seinen Händen zusammengekrümmt. Das zurückströmende Blut mußte ihm entsetzliche Schmerzen bereiten. »Dach«, krächzte er.

Ich leuchtete nach oben. Der Strahl beschien Dachsparren, auf denen schwere gewölbte Ziegel lagen.

»Auf den Stuhl stellen«, sagte Henry. »Mit dem Eimer.«

Ich zog den Stuhl an die Rückwand und stellte mich darauf. Ich war größer als Henry, dennoch reichte ich nicht bis an die Dachsparren. Also stieg ich hinunter, schnappte mir den Eimer, goß seinen Inhalt in die hinterste Ecke, stellte ihn umgedreht auf den Stuhl und mich auf seinen Boden. Dann griff ich hinauf.

Jetzt reichte ich mit den Fingerspitzen bis an die Dachsparren. Tief Atem holend, ging ich in die Knie und sprang hoch.

Mit der Linken bekam ich eine Latte zu packen, aber meine Rechte glitt an einem Sparren ab. Der Eimer schepperte ohrenbetäubend laut zu Boden. Ich tastete mit der rechten Hand herum und rammte die Finger zwischen Ziegel und Sparren, bis ich Halt fand. Dann hangelte ich mich mit den Füßen die Wand hinauf, so daß ich wie ein Faultier von den Balken hing, fand einen Platz für meinen linken Fuß und blieb einen Moment so hängen, um Luft zu holen. Dann stemmte ich den rechten Fuß gegen einige Ziegel und trat zu.

Sie gaben nach, fielen aber an ihren Platz zurück.

Wieder trat ich zu. Wieder gaben sie nach und fielen zurück. Aber dieses Mal hatte ich ein Bröckeln gehört.

Ich hatte einen Krampf in den Fingern, und die Sehnen meiner Unterarme fühlten sich an wie weißglühende Drähte. Wieder trat ich zu.

Es gab ein anhaltendes Poltern und Rutschen, dann flutete frische Nachtluft durch ein Loch in der Größe von drei Ziegeln. Ich trat die Latten zur Seite, schob ein Bein hindurch und schlängelte mich aufs Dach hinaus. Die Nachtluft roch köstlich.

»Ich hole 'ne Leiter«, sagte ich in das dunkle Loch. Henry hustete, es war ein gräßlich brodelndes Husten.

Ich kroch auf dem Dach entlang bis zur Mauer und zog die Leiter hoch. Unter mir rutschten ein paar Ziegel weg und zerplatzten wie Bomben auf dem steinharten Boden des Olivenhains. Vom Rasen her ließ sich der Hund mit einem wütenden Japsen vernehmen. Ich steckte die Leiter durch das dunkle Loch und kletterte nach unten.

Henry saß noch immer auf dem Boden. »Komm«, sagte ich.

Er blickte zu mir hoch und grinste. »Die Pumpe«, sagte er. »Die macht's nicht mehr.«

»Natürlich macht sie's.« Mich hatte kalte Wut gepackt, eine furchtbare Wut auf Deke, Damage und die anderen Schweine, die Henry in dieses stinkende Loch gesperrt hatten. »Steh auf.«

Ich packte ihn unter den Achseln und zog. Sein Körper fühlte sich so schlaff an wie bei einem Invaliden.

Er fiel halb gegen die Leiter. Ich hielt ihn aufrecht.

Die Taschenlampe kullerte zu Boden und erlosch. Ich ließ sie liegen.

»Kletter' hoch«, sagte ich.

Er schwieg. »Kann mich nicht rühren«, sagte er schließlich.

Ich bückte mich und steckte den Kopf zwischen seine Beine, als wolle ich mir ein Kind auf die Schultern heben. »Halt' dich mit den Händen fest, wenn du kannst«, sagte ich und begann mit ihm zu klettern.

Er war überraschend leicht. Als er die Öffnung im Dach erreichte, griff er zu, rutschte seitlich weg und nahm die Beine von meinen Schultern. Ich schob mich nach ihm durch das Loch ins graue Zwielicht der Morgendämmerung hinaus. Henrys Keuchen übertönte fast das Japsen des Hundes unten. Durch die Bäume drang jetzt ein gelber Schein. Im Haus war Licht gemacht worden.

Ich sagte: »Tut mir leid«, und packte, mit einer Hand am Dachsparren hängend, mit der anderen Henrys linkes Handgelenk und ließ ihn über die Mauer hinunter. Er stöhnte, als sein ganzes Gewicht an seinem linken Arm hing. Die letzten drei Fuß ließ ich ihn fallen. Dann sprang ich hinterher.

Er bewegte sich nicht, aber ich hörte ihn atmen. Auf dem Rücken schleppte ich ihn zum Auto und packte ihn gerade auf den Beifahrersitz, als hinter der Mauer jemand schrie. Als ich den Zündschlüssel drehte, hustete drüben in der Garage ein Anlasser. Mein Wagen sprang zuerst an. In einer Staubwolke setzte ich zurück. Wir schossen auf Dekes Tor zu.

Am Torpfosten schob sich ein Kühler vorbei, ein Mercedes. Ich trat das Gaspedal durch und hielt genau auf die kleiner werdende Lücke zwischen dem Kühler und der Mauer gegenüber zu. Mit einem metallischen Krachen stießen wir zusammen. Der Mercedes rutschte zur Seite, und vor uns lag die freie Straße.

Ich blickte kurz zurück. Die Scheinwerfer des Mercedes schielten, unter ihnen glänzte Wasser, vermutlich vom Kühler. Sich in der Wasserfläche spiegelnd, standen sie unbeweglich in der Toreinfahrt. Mein Wagen eierte seltsam, schien aber nicht ernsthaft beschädigt.

Die Tachonadel stieg auf 140, und da ließ ich sie. Als wir auf die Hauptstraße einbogen, waren im Rückspiegel keine Lichter zu sehen. Henry regte sich, sein Gesicht war aschfahl. »Wir bringen dich ins Krankenhaus«, sagte ich. »Aber nicht in Marbella. In Marbella passieren merkwürdige Dinge. Nach Málaga. Kannst du bis dahin durchhalten?«

Er kämpfte sich, nach Luft ringend, auf dem Sitz hoch. Wir waren in den Außenbezirken der Stadt angekommen. Ich hielt an, half ihm, sich richtig hinzusetzen, legte ihm den Sicherheitsgurt um und fuhr weiter.

Seine Gesichtsfarbe hatte sich etwas gebessert. »Am Olivenhain gibt's keinen Parkplatz«, sagte er.

»Still«, sagte ich. »Schone dein Herz.« Ich hätte genausogut in den Wind reden können.

»Kein Parkplatz am Olivenhain«, sagte er. »Weißt du, warum?«

Ich schüttelte den Kopf.

»Ist *mein* Olivenhain.« Er atmete heftig.

»Der Olivenhain neben Kellners Haus gehört dir?« Er phantasiert, dachte ich.

»1947 gekauft«, sagte Henry. »Wie der alte Neville. Nur daß meiner im Grundbuch eingetragen ist, in Madrid. Hab' hier immer Vögel beobachtet. Zugvögel.«

Ich warf ihm einen schnellen Blick zu. Er schaute mich aus seinem zerfurchten Gesicht an. Das Glänzen seiner Augen hatte etwas vom typischen Henry-Funkeln. Ich bin ein schlauer alter Fuchs und weiß mehr als alle anderen, hieß das.

»Kellner hat versucht, ihn zu kriegen«, sagte er. »Sind meilenweit die letzten fünf Hektar direkt am Meer. Millionen wert. Brauche aber keine Millionen. Mag Bäume. Mag Vögel.«

Die Worte kamen langsam und schwerfällig, mit vielen Pausen zum Atemholen. »Wollte das Land nicht bebauen lassen. Endlos argumentiert. Fuhr ein paar Tage weg. Kam wieder. Als nächstes hat das Schwein mich eingesperrt. Versuchte eine Unterschrift von mir zu erpressen. Hab' aber nicht unterschrieben. Er konnte mich nicht überzeugen. Was in South Creek alles schiefging, sollte mich überzeugen.«

»Du hast angerufen«, sagte ich. »Nachdem Dick umgekommen war.«

Er nickte. Die Anstrengung schien ihn zu erschöpfen. »Sie haben mir's erzählt«, sagte er. »Sie hielten über Paul Welsh Kontakt. Paul wußte angeblich, wo die Kassette war.«

Die Landstraße war leer bis auf ein paar Bierlastwagen auf dem Weg nach Torremolinos.

»Wußte er aber nicht«, sagte Henry. »Mein Fehler, daß er sie kriegte. Hätte sie in den Hummerkörben lassen sollen. Aber ich geriet in Panik. Befahl dir, sie zur Bank zu bringen. Dummkopf, ich.«

»Was war drin?«

»Mein Kaufvertrag. Wenn er den gekriegt hätte, hätte er ihn verbrennen und seinen Rechtsanwalt drauf ansetzen können. Der hätte einen neuen ausstellen und den Grundbucheintrag ändern lassen. Nichts einfacher als das. Ist über Bord gegangen, wie ich höre.«

»Ja.«

»Dann sagte er, er würde mich umbringen. Hat auch die Nevilles umgebracht. Ich wußte, daß er's ernst meinte. Hat einen neuen Kaufvertrag aufgesetzt und mir präsentiert. Alles ganz legal. Aber ich hab' nicht unterschrieben.«

»Ich hab's gesehen«, sagte ich. »KEIN VERKAUF.«

Er lachte pfeifend.

Die Sonne war aufgegangen. Links vor uns röhrte über der Coca-Cola-Abfüllanlage ein Flugzeug in den Morgenhimmel.

»Wundervoll, dieser Olivenhain«, sagte Henry. »Entzückende Vögel.« Er verfiel in Schweigen. Dann sagte er: »Lange Nacht. Hast du heute ein Rennen?«

»Halbfinale«, sagte ich. »Wenn ich's gewinne, werde ich wahrscheinlich gegen Paul segeln müssen.«

»Schlag den Schweinehund«, sagte Henry. »Segle ihn in Grund und Boden.« Er lehnte sich japsend zurück.

»Henry«, sagte ich, »du mußt dich erst mal erholen und wieder auf die Beine kommen. Dann setzen wir uns zusammen. Was wir wissen, bringt Deke Kellner für fünfundzwanzig Jahre hinter Schloß und Riegel.«

»Prima«, sagte er. »Prima.«

Wir fuhren am Krankenhaus vor. Ich sprang hinaus, rannte durch die Glastür und gab dem Mädchen an der Notaufnahme ein paar Erklärungen. Sie brachten eine Bahre. Als sie Henry durch die Tür schoben, sagte er: »Mach das Rennen. Und paß gut auf dich auf.«

Ich zögerte. In meinen Augen schwammen Tränen. Es war

typisch für Henry, daß er sein bißchen Luft dazu verwandte, mich anzufeuern.

Dann ging ich zum Auto und machte mich auf den Rückweg nach Marbella.

25

Es war sieben Uhr, als ich zurückkam, für Nachtklubs zu spät und zum Arbeiten zu früh. Die Luft war klar und die Stadt bis auf das Rascheln der Blätter im Park ruhig. Ich stellte den Wagen vor Charlies Apartment ab und klingelte. Auf der Straße war niemand zu sehen, dennoch fühlte ich mich wie preisgegeben, bis er mir aufmachte. Danach erzählte ich ihm, was vorgefallen war, legte mich aufs Sofa und schlief auf der Stelle ein. Als ich um ein Uhr mittags wach wurde, fühlte ich mich erfrischt und spürte ein wohliges Adrenalinprickeln im Magen. In einer Cafeteria ließen wir uns Omeletts und Kaffee kommen und fuhren nach dem Essen zum Puerto Deportivo.

Als wir unter Motor aus der Marina liefen, wehte noch die Seebrise, die letzte Nacht die Blätter im Olivenhain hatte wispern lassen. Es war ein solider, anständiger Wind. Der Wetterbericht meinte, er würde so bleiben, aus Süd, und später auf Südwest drehen. »Rechte Seite«, schlug Charlie vor.

»Wir versuchen's«, sagte ich. Sollte es eine Winddrehung geben, war es wünschenswert, die rechte Seite der Startlinie abdecken zu können und zwischen dem Gegner und der Tonne zu bleiben, damit er nicht den günstigen Wind für sich ausnutzen konnte. Fournier, ein Mann mit blondem Haar und Bart, war schon auf dem Wasser. Er winkte, als er uns sah.

Drüben im Startraum versuchten Paul Welsh und Joe Bigson, einander auf den Fersen zu bleiben. Inzwischen hatten sich etwa zwölf Zuschauerboote eingefunden.

»Da ist Deke«, sagte Charlie und deutete auf eine dicke gelbe Sunseeker mit schwarzen Tigerstreifen. Ich schaute nicht hin. Meine ganze Aufmerksamkeit galt jetzt dem hellen Dreieck von Fourniers Segeln, das hundert Meter luvwärts wie ein Schaukelpferd über die indigoblauen Wellen hoppelte.

»Drei Minuten bis zum ersten Schuß.« Charlie fummelte an den Knöpfen der Instrumente herum. »Was hast du vor?«

»Wir lassen es langsam angehen«, sagte ich.

Das Startboot wurde größer. Angriff, dachte ich. Angriff!

»Donnerkeil«, sagte Scotto, der die Boote um uns herum beobachtete. Sein Adamsapfel hüpfte auf und ab. Ich grinste. Es war ein Grinsen, das alle meine Gesichtsmuskeln beschäftigte, damit die Anspannung etwas gedämpft wurde.

»Eine Minute«, sagte Charlie.

»Da fahren sie hin«, sagte ich.

Die beiden Boote im Startraum hatten sich getrennt und hielten auf die linke oder rechte Seite der Startlinie zu. Paul wählte die linke. Er schien eine Idee besser in Form zu sein.

»Auf in den Kampf«, sagte Charlie. Der erste Schuß krachte.

»Wende«, sagte ich und schob die Pinne von mir weg.

Der Baum kam zügig über, und die Leereling zog gurgelnd einen langen Schaumstreifen durchs Wasser.

»Er hat auch gewendet«, meldete Charlie.

»Wende«, sagte ich. Der Baum flog herüber, die Winschen bimmelten, und schon waren wir wieder auf dem anderen Bug. Fournier segelte jetzt nur zwanzig Meter von uns entfernt, über Steuerbordbug.

Wir erreichten den Startraum. »Macht bißchen Radau da vorn.« Oben auf der Luvreling fingen Noddy und Slicer an, nach Raum zu schreien. Zwar gab es überhaupt keinen Grund dafür, aber wenn wir Fournier damit nerven konnten, war es einen Versuch wert.

Es hatte vielleicht nichts mit ihrem Gebrüll zu tun, trotzdem fuhr Fournier noch eine Wende. Eine unnötige Wende, denn sie brachte ihn zwar auf eine Höhe mit uns, aber in Lee.

»Aufschießer«, sagte ich. Scotto ließ ein paar Törns der Großschot los. Die Segel killten im Wind, stampfend lag das Boot in der kurzen Dünung.

Fournier unten hatte ebenfalls gestoppt, vielleicht sieben Meter von uns entfernt. Das Knattern seiner Segel klang fast so laut wie das unserer eigenen.

Ich drehte mich um und schaute zu ihm hinüber. Unsere Blicke kreuzten sich, und ich grinste. Er grinste zurück, wandte aber den Blick als erster wieder ab. Wir blieben, wo wir waren, hockten da auf Backbordbug, und taten gar nichts. Und Fournier konnte überhaupt nichts machen, außer mit uns dazuhokken. Aus dem Augenwinkel erkannte ich, daß auf seiner Stirn Schweiß zu perlen begann. Da nahm ich meine weiße Schirmmütze ab und setzte sie umständlich wieder auf. Ich schwitzte ebenfalls, aber anders als er. Beim Matchrace muß man eine Art Radar haben, das einem sagt, wie der Gegner sich fühlt - in Bezug auf sein Boot, auf sein letztes Frühstück und in Bezug auf einen selbst. Heute sagte mir meine Intuition, daß Fournier in der Defensive war. Was mir nur zupaß kam.

Die Digitaluhr über dem Niedergang spulte ihre Ziffern ab. Vom anderen Boot drang schwach das französische Gemurmel der Crew herüber. Ich ließ die Ziffern bis auf 1.15 weiterticken. Bei 1.10 nestelten Fourniers Leute an den Schoten. Um 1.05 sagte ich leise: »Jetzt!«

Mit einem Ruck kamen unsere Schoten dicht, und die Segel füllten sich mit einem harten trockenen »Ploff«.

Fourniers Crew war allzu eifrig gewesen. Ihre überreizten Nerven hatten sie etwa eine halbe Sekunde gekostet, und in dieser halben Sekunde hatten wir die Nase vorn und nahmen ihnen jetzt den Wind. Sie saßen fest. Wir waren dicht vor der Startlinie, als der Schuß fiel.

»Je dichter wir zusammen bleiben«, sagte Charlie und visierte Fourniers Bug an, der nun auf einer Höhe mit unserem Mast war, »desto besser.«

»Wende«, sagte ich, direkt auf der Startlinie.

Und schon preschten wir los, auf die rechte Seite der Bahn zu, und erwarteten Fournier genau dort, wo wir sein mußten, falls der Wind umsprang.

»Den haben wir gekillt«, sagte Noddy.

»Zu einfach«, sagte ich. »Er war nervös. Nächstes Mal wird er's besser machen.«

Und dann segelten wir auf der rechten Seite der Bahn der Luvmarke entgegen. Fournier blieb nervös. Sein schlechter Start schien ihn aus der Fassung gebracht zu haben, und das holte er nicht wieder auf. Charlie und die Crew arbeiteten gut. Unser Spinnaker blähte sich wie ein riesiger Ball, kaum daß wir die Luvmarke gerundet hatten. Die erwartete Winddrehung blieb aus, aber das war kein Problem; wichtig waren gute Nerven, und die hatte Fournier schon beim Start verloren. Wir gingen volle dreißig Sekunden vor ihm über die Ziellinie.

Aber zu Übermut bestand überhaupt keine Veranlassung. Wir hatten noch zwei Wettfahrten vor uns.

Beim zweiten Start war Fourniers Grinsen nicht so überzeugend. Wir segelten ihn in Grund und Boden und schossen zehn Bootslängen vor ihm über die Ziellinie. Und das war's dann. »Du bist im Finale«, sagte Charlie. »Gut gemacht.«

Unten knisterte der Empfänger, und Scotto steckte den Kopf aus dem Niedergangsluk. »Paul Welsh hat ebenfalls gewonnen«, meldete er.

Schlag den Schweinehund, hatte Henry gesagt. Ich grinste Scotto an. Ich war wirklich und wahrhaftig entzückt über Pauls Sieg.

Im Klubhaus trank ich ein Bier und winkte den Journalisten zu. Zwanzig Minuten später, nachdem wir uns noch den Blitzlichtern der Fotografen gestellt hatten, gingen wir zum Parkplatz, um ins Auto zu steigen und so bald wie möglich unter die Dusche zu kommen. Ich verabschiedete mich von der Crew und legte die letzten zwanzig Meter zu meinem Wagen allein zurück.

Die Abenddämmerung brach schon herein, und das Laub der Bäume stand schwarz vor dem Himmel. Die Polizisten hatten ihre Posten auf dem Vorplatz des Club Deportivo noch nicht bezogen. Am Rand des kleinen Verkehrskreisels, hinter dem ich meinen Wagen geparkt hatte, wartete ein grüner Seat unter den Bäumen. Als ich den Autoschlüssel aus der Tasche holte, sagte eine Stimme: »Martin.« Die Seitenscheibe des Seat war heruntergekurbelt, Helen steckte den Kopf aus dem Fenster. »Sie ...«

Den Rest hörte ich nicht mehr, weil in diesem Augenblick etwas mit meinem Schädel kollidierte. Vor meinen Augen explodierte ein wildgezackter Stern aus Schmerzen, und meine Knie wurden zu Gummibändern. Ich fiel vornüber. Hinter mir hielt ein Auto. Jemand öffnete eine Tür, und als ich in den dunklen Fond gestoßen wurde, prallte wieder etwas gegen meinen Kopf, an derselben Stelle und genauso hart wie vorher. Ich wollte rufen, daß es wehtat und sie aufhören sollten, aber es kam kein Ton heraus. Mein Gesicht war wie auf Luftkissen gebettet. Nichts funktionierte mehr bei mir. Zutiefst enttäuscht dachte ich, Helen, du Luder, du hast mich in eine Falle gelockt. Dann drangen Lachfetzen an mein Ohr, Dekes Lachen. Aber das Lachen wurde zwischen zwei großen schwarzen Klappen zerquetscht und wurde leiser. Die Klappen schlossen sich mit einem Knall, dann wurde alles schwarz.

Es war kalt, so kalt, daß ich zitterte. Der Schmerz schob sich vom Hinterkopf immer weiter nach vorn, bis hinter die Augen. Er schob sich auch bis in meinen Magen. Ich rollte mich auf die Seite, und mein Hirn schwappte wie kalter Porridge gegen die Schädeldecke. Ich übergab mich über die Kante von irgendetwas.

Auch danach wurde mir nicht besser. Ich hörte ein Geräusch. Schwerfällig und unendlich langsam begriff ich, was es war: Wasser. Wasser, das gegen einen Bootsrumpf klatschte. Das Geräusch eines Bootes in Fahrt. Ein Motor. Aber das Boot schien schräg zu liegen. Krängen nannte man das wohl. Also war es ein Segelboot. Was machte ich auf einem Segelboot?

Die Frage ließ mich nicht los. Ich strengte mich an, um sie zu beantworten. Wieder wurde mir übel, und wieder mußte ich mich übergeben. Ich hörte Schritte. »Igitt«, sagte eine Stimme. »Der hat gekotzt.«

»So ein Dreckskerl«, sagte ein anderer. Dessen Stimme wurde von einem Geräusch überlagert, dem Brummen und Blubbern eines Motors. Aber nicht eines Außenborders. »Laß es uns hier erledigen.«

Ich verstand noch immer nicht, was geschah. Aber das Unterbewußtsein meines Puddinghirns wußte irgend etwas über mich. Ich merkte, daß ich zuckte wie ein betäubter Fisch.

Schritte schlurften über einen Kajütboden. Ich versuchte, die Beine anzuziehen, um besser zutreten zu können. Aber meine Beine wollten nicht mit mir zusammenarbeiten. Hände packten mich unter den Armen.

»Schiet«, sagte die Stimme, »der ist verdammt schwer.«

»Gut für die Fische«, sagte die erste Stimme.

Ich fragte: »Was soll das?« Aber alles, was herauskam, war ein schleimiges Krächzen.

»Er ist wach«, sagte die erste Stimme.

»Aber nicht mehr lange«, sagte die zweite. Ich kannte sie: Das war Jacky Damage. Sie lachten beide, es war ein schreckliches Kichern wie von Schuljungen, die eine Mitternachtsfete aushekken. Aber sie waren stärker als Schuljungen. Ich spürte, wie ich mit schleifenden Beinen zum Niedergang gezerrt wurde. Meinem Kopf gefiel es nicht in der Senkrechten, er schlenkerte und baumelte hin und her.

Übers Cockpit wehte eine leichte Brise. Im Mondlicht sah ich eine Reling, eine Pinne und weißen Kunststoff. Wir waren an Bord einer Kreuzeryacht, die Segel standen. Wir segelten mit raumem Wind und wurden von einem die Pinne hin und her stupsenden Autopiloten auf Kurs gehalten.

Die Brise strich kühl über meine Stirn. Das Denken fiel mir etwas leichter. Draußen in der Nacht, neben dem Segelboot her, lief eine dicke Motoryacht. Beide Boote meißelten parallele Kielwasserbahnen in die vom Mond beschienene Tintensee.

»Also los«, befahl Jacky Damage. »Geh an die Reling.«

Wie beim Zahnarzt: Mund weit aufmachen. Meine Knie wurden gegen die Cockpitbank gedrückt. Ich konnte das Klikken des Autopiloten und das Hämmern meines Herzens über dem leisen Blubbern des Kielwassers hören. Unvermittelt wurde es klarer in meinem Kopf. Und dieses Begreifen jagte wieder Kraft in meine Beine. Mich mit einem Fuß gegen die Bank stützend, trat ich heftig nach hinten aus.

Der Mann an meiner linken Seite grunzte. Ich sah, wie er die Hand hob. Irgend etwas krachte gegen meinen Schädel, dort, wo er mit dem Hals zusammentraf. Wäre es ein sauberer Schlag gewesen, hätte er mir den Kopf abgetrennt. Aber er rutschte seitlich ab. Schmerz explodierte in meinem Kopf, und ich versuchte zu schreien. Aber es kam kein Ton heraus. Alles spielte sich hinter einem roten Nebelschleier ab. Jemand gab mir von hinten einen Stoß. Irgendwas traf meine Beine von vorn, dicht über den Knien, und warf mich um. Ich fiel vornüber, mit weit vorgestreckten Armen, um den Aufprall abzufangen.

Aber das mit den Armen klappte nicht, weil ich nicht auf etwas Hartem aufprallte. Meine vorgestreckten Arme landeten in tiefem, schwarzem, salzigem Wasser.

26

Ich tauchte mit schreiend geöffnetem Mund ein, und der füllte sich sofort. Ich würgte. Ich merkte, wie ich mich überschlug, und einen Moment wußte ich nicht, wie ich wieder hochkommen sollte. Aber das Mittelmeer ist salzhaltig und trägt gut. Mein Kopf kam über Wasser, und ich spuckte den bitteren Schwall aus. Jetzt organisiere dich, befahl ich mir selbst. Der Schmerz in meinem Kopf war gräßlich; das Wasser war kühl, aber das schien nicht viel zu helfen. Organisiere dich ...

Plötzlich hörte ich Motorengebrumm. Eine Lichtscheibe erschien, eine kleine Sonne, die blendend weiße Strahlen aussandte. Suchlicht, dachte ich zwischen den Hammerschlägen in meinem Kopf. Runter. Runter! Sie überrennen dich. Also tauchte ich mühsam in die kalte Finsternis hinunter. Die Wasseroberfläche leuchtete weiß auf, als der Strahl des Suchscheinwerfers über sie hinwegglitt; ich hörte die Schrauben der Sunseeker durchs Wasser quirlen. Da ich die Luft anhielt, ging es meinem Kopf sofort schlechter. Ich wollte an der Oberfläche nicht gesehen werden, aber unter Wasser konnte ich nicht länger bleiben. Da ließ ich mich hochtreiben und schnappte nach Luft. Der Scheinwerfer erlosch, das Motorengeräusch wurde schwächer. Am Himmel glomm ein blasser Mond.

Die See war schwarz und ging hoch, aber träge. Links erkannte ich rote und grüne Seitenlichter, ein weißes Hecklicht und ein im Mondschein kaum sichtbares Segel. In meiner Verwirrung hob ich die Hand und wollte um Hilfe rufen, als mir gerade noch rechtzeitig einfiel, wer das war: der Segelkreuzer, von dem ich über Bord geworfen worden war und der nun unter Autopilot auf die Küste Afrikas zusteuerte. Muß ausgerutscht sein, würden sie sagen, wenn das Boot wieder im Hafen war; vielversprechendes Talent, dieser Devereux. Schade, wirklich schade um ihn.

Plötzlich war die See kalt, und die Kälte drang mir durch Hemd und Hose in die Haut, drang immer weiter, bis in mein Herz und meinen Magen.

Weit hinten am Horizont zu meiner Rechten erstreckte sich eine orange-weiße Lichterkette, die hinter den glänzenden Wellenrücken verschwand, sobald ich in ein Tal sank. Das mußten die Lichter der Küste sein. Sie waren zu weit auseinandergezogen, als daß es die Lichter von Marbella hätten sein können. Angestrengt suchte mein tumbes Hirn das Problem zu lösen: Wo war ich?

Eine Welle, höher als die anderen, hob mich empor. Von ihrem Kamm aus erkannte ich, daß die einzelnen Lichter unten mit einer schimmernden Lichterflut verschmolzen. Mir wurde noch kälter. Denn was ich bisher gesehen hatte, waren die in den Bergen oberhalb von Marbella verstreuten Lichter. Was bedeutete, daß ich mehr als zehn Meilen von der Küste entfernt war. Zehn Meilen sind eine lange, lange Strecke für einen Schwimmer, noch dazu mitten in der Nacht. Selbst für einen, der absolut fit ist.

Ich starrte zu den Lichtern hinüber und versuchte mir einzureden, daß dieser fürchterliche Schmerzklumpen in meinem Kopf schon verschwinden würde und daß ich leicht an Land schwimmen könnte, wenn ich mir nur Zeit ließ. Aber dann sah ich wieder Dekes Boxergesicht und seinen berechnenden Blick vor mir. Er hatte bestimmt seine Hausaufgaben gemacht. Ich würde ebensowenig fähig sein, nach Marbella zu schwimmen, wie den Atlantik auf einem Skateboard zu überqueren.

Ich trat Wasser, spuckte und konzentrierte mich darauf, langsam und gleichmäßig zu atmen. Panik schadete nur. Doch ich mußte immer wieder an meine Aussichten denken: an die vor Erschöpfung schmerzenden Glieder, an das langsame Versinken im Wasser, an den verzweifelten Kampf gegen das Ertrinken, fern vom Land, wo mich niemand hören würde.

Wieder drang mir Wasser in den Mund, und ich würgte. Plötzlich spürte ich die hundert Meter schwarzen Wassers unter mir, sah mich selbst als Insekt, das auf dem Oberflächenfilm dieser immensen schwarzen Falle zappelte. Jetzt bekam ich öfter Wasser in den Mund und fing an zu sinken. Irgendwo im Hinterkopf sagte ein Stimmchen: Warum dagegen ankämpfen? Es ist besser so. Laß doch. Schließ die Augen, laß dich in die Finsternis sinken, weg von diesem Schmerz in deinem Kopf, weg von aller Pein.

Mein Kopf durchbrach die Oberfläche, und ich schrie: »Nein!« Der Schrei scholl flach und jämmerlich über die dunkle See. Ich streifte die Schuhe ab, wandte das Gesicht den Lichtern zu und begann zu schwimmen. Zunächst war es einfach. Die Berge hatten etwas von der Hitze des Tages verloren, und die abgekühlte Luft wehte die Hänge hinunter und als ablandige Brise auf die See hinaus. Die Lichter der Stadt kamen und gingen mit der auf und ab wogenden See. Es war nicht schwer, den Kurs zu halten, denn hoch oben in den Bergen sahen vier Lichtpunkte aus wie die Ecken eines Diamanten. Ich benutzte sie als Landmarke. Aber bald fingen meine Schultern an zu schmerzen, auch bohrte der Schmerz stärker in dem Bluterguß an meinem Hinterkopf und hinter den Augen. Meine Beine wurden steif. Die vier Lichter schwebten hoch in der Finsternis, aber sie bildeten keinen Diamant mehr, sondern ein Kreuz. Und ich hing an diesem Kreuz, war darangenagelt; der Schmerz in Nakken und Schultern rührte daher, daß ich schon den ganzen Nachmittag in praller Sonne an dem Kreuz gehangen hatte. Jetzt strich der Wind kalt und naß über meinen Körper. Kaltes Wasser rann mir in den Mund. Ich wälzte mich auf den Rücken, um mich auszuruhen, und schaute zum Himmel auf. Er war tiefschwarz und mit Milliarden gelber Sterne durchsetzt, die auf mich herabblinkten, ohne sich einen Deut um mich zu scheren. Aus unerfindlichem Grund hob das meine Stimmung. Verflucht noch mal, dachte ich, euch werde ich's zeigen! Ich wälzte mich wieder auf den Bauch und begann, auf die Lichter zuzuschwimmen.

Dann stellten sich Besucher ein. Helen kam und sagte, alles ginge in Ordnung. Das war ärgerlich, weil jeder Narr sehen konnte, daß genau das Gegenteil zutraf. Aber ich konnte nicht mit ihr streiten, weil jetzt Paul auf meinen Schultern saß, mein Gesicht unter Wasser drückte und mir dabei von seinen Plänen erzählte, in South Creek einen Supermarkt zu eröffnen. Er war schwer, ich begann zu sinken. Das Atmen wurde schmerzhaft und schwierig, und das Salz zerfraß meine Mundhöhle, bis sie eine trockene, bittere Kaverne war. Aber noch schlimmer war, daß ich immer, wenn ich das Gesicht sinken ließ, da unten Squeal erkannte. Er sah unglücklich aus, selbst für einen Melancholiker wie Squeal. Bei all dem wußte ich, daß ich, wenn ich ihn erst da unten erreichte, nie wieder auftauchen konnte. Die Aussicht, die Ewigkeit mit Squeal verbringen zu müssen, war höchst unerquicklich.

Wieder bekam ich Wasser in den Mund, prustete und brachte es fertig, mich auf den Rücken zu drehen. Dieses Mal brauchte ich etwa zehn Minuten, um mich zu erholen. Ich war jetzt sehr erschöpft. Aus dem Augenwinkel konnte ich den dicken Lichterklumpen von Marbella sehen. Er zog sich am Ufer entlang und war jetzt gut zu erkennen. Trotzdem war er noch viel zu weit weg, und ich wußte, daß ich sterben würde. Das machte mich wütend.

Wütend, weil ich die Regatta morgen nicht mitsegeln konnte und somit keine Chance hatte, Paul zu vernichten und unsere Wette zu gewinnen. Wenn ich an Paul dachte, dachte ich an Deke. Und wenn ich an Deke dachte, wurde ich noch wütender. Der Haß gab mir die nötige Kraft, mich wieder auf den Bauch zu drehen und meinen klopfenden Schädel aufs neue durch den schwarzen Schwell zu rammen. Aber im kalten Wasser verraucht

Wut schnell, und damit kam der Fatalismus wieder. Ich merkte, wie meine Arme langsamer wurden, und ruhte mich erneut aus. Bald würden meine Arme aufhören, sich zu bewegen, und das war's dann. Zu den Lichtern der Stadt hinüberschielend, mühte ich mich weiter ab. Eines der Lichter bewegte sich.

Auto, dachte ich. Später Nachtvogel. Fährt nach Hause. Bett. Wacht morgen früh auf. Hat der ein Glück ...

Das Licht bewegte sich wieder, löste sich von dem hellen Fleck, hinter dem es verborgen gewesen war, und glitt an einem weniger hellen Fleck vorbei. Ich merkte, daß mein Herzschlag schneller wurde, und schluckte einen Schwall Gischt. Da waren drei Lichter. Das unterste war rot: ein Schiff, das mir seine Backbordseite zuwandte. Darüber, sich von der Dunstglocke der Stadt abhebend, war ein weißes Licht und direkt darüber noch ein rotes. Sie kamen und gingen, diese Lichter, verloren sich vor dem hellen Hintergrund, aber ich wußte, was sie bedeuteten, wußte es so genau, als hätte ich den nautischen Almanach direkt vor mir auf dem Wasser aufgeschlagen.

Ein fischendes Fahrzeug in Fahrt. Es konnte nicht weiter als eine halbe Meile entfernt sein, dieses fischende Fahrzeug in Fahrt. Die Zähne zusammenbeißend, begann ich schwerfällig drauflos zu schwimmen. Jetzt wollte ich leben. Die Halluzinationen waren verschwunden, ich spürte nur noch die Schmerzen. Jetzt bewegten sich die Lichter nicht mehr. Ich erkannte das schwarze Gewirr des Riggs und hörte das Tuckern eines alten Diesels.

Bleib da! schrie ich im Geiste. Bleib da!

Meine Arme waren fast taub, aber sie bewegten sich wie die Schaufeln eines alten Raddampfers. Das Boot war nur noch zweihundert Meter entfernt. Ich sah seine Bordwand wie eine schwarze Mauer, sah die Gestalten, die sich unter Scheinwerfern an Deck bewegten, hörte das Surren einer Winde. Ich hörte auf zu schwimmen, hob eine Hand und rief. Aber auf einem Fischerboot herrscht eine Menge Lärm, und meine Stimme ging in diesem Radau unter wie ein Stein in Schlick. Ich schwamm weiter. Bleib da. Bleib da!

Noch hundert Meter. Ein Mann schaute ins Rigg hoch, den Rücken mir zugewandt. Ich trat Wasser und schrie gellend. Er drehte sich nicht um. Ich gehe noch dichter ran, sagte ich mir, und dann schreie ich noch mal. Meine Schultern brannten wie Feuer, meine Beine waren wie Eisenstangen. Ich war nur noch zwanzig Meter von der Bordwand entfernt. Der Rücken des Mannes zeichnete sich als schwarze Silhouette gegen die Deckslichter ab. Er war so nahe, daß ich die Ärmel seines T-Shirts im Wind flattern sah. Das Tuckern des Diesels war sehr laut. Ich öffnete den Mund, um zu schreien.

Das Maschinengeräusch wurde leiser. Unter dem Heck schäumte weißes Wasser auf. Langsam zunächst, dann schneller, setzte sich das Fischerboot in Bewegung.

Ich war zu spät gekommen.

Ich wurde verrückt, jedenfalls so verrückt, wie man werden kann, wenn einem die Arme von den Schultern fallen und die Beine nicht länger funktionieren. Ich legte die letzten zwanzig Meter in Richtung Bordwand zurück, spürte, wie mich die von der Schraube aufgewirbelte Hecksee überspülte, und sah wassertretend dem kleinen schwarzen Boot nach, meinem Retter, der in der Dunkelheit verschwand. Nun blinkten die Lichter von Marbella wieder zu mir herüber, Marbella, das acht Meilen entfernt hinter der schwarzen Dünung lag.

Irgend etwas stieß gegen meinen Arm. Ich machte einen Satz, dachte: Hai, Krake, Delphin, Kreatur der Nacht! Wieder stieß mich was an. Mein Herz hämmerte wild aus blinder Angst vor dem, was da aus der Finsternis auf mich zukam. Ich streckte eine Hand aus, um es wegzuschieben, und fühlte einen glatten, runden Gegenstand: den Schwimmer eines Fischnetzes.

Meine Hand griff zu und umschloß ein Tau. Das Tau bewegte

sich. Es versuchte, mir den Arm aus der Gelenkpfanne zu ziehen. Aber ich klammerte mich jetzt mit beiden Händen daran fest, unter Wassermassen begraben, die Beine in den Maschen verfangen. Das Netz zog mich immer weiter durch die See, auf die wunderbare Bordwand des Fischerbootes zu. Ich schrie, als ich an dieser Stahlwand hochgehievt wurde. Jemand hörte den Schrei und stellte die große Winde ab, die das Netz einholte. Ich sah blendende Lichter und drei unrasierte Männer, die mit offenen Mündern suchend in die schwarze Finsternis starrten. Einer hatte gerade einen kleinen Schwertfisch aus dem Netz geholt.

»Buenas noches«, sagte ich.

Dann verschwamm alles um mich herum. Ich habe eine vage Erinnerung daran, daß ich zu einer Koje geführt wurde, die nach verfaultem Fisch, nach Wein und schwarzem Tabak roch und daß ich ungläubig meine Finger anstarrte, die so verschrumpelt waren wie die einer Waschfrau. Dann muß ich ohnmächtig geworden sein.

Als nächstes spürte ich, daß jemand an meiner Schulter rüttelte, was stark schmerzte. Es war einer der Fischer, der mich aus seinem unrasierten Affengesicht angrinste und mir eine Tasse Kaffee hinhielt.

Als ich die Füße aus der Koje schwang, dröhnte mein Kopf, und meine Schultermuskeln fühlten sich an, als seien sie mit Glassplittern durchsetzt. Ich fürchtete, daß mir gleich wieder schlecht werden würde. Aber ich brachte ein Grinsen zuwege und schlürfte etwas von dem stark mit Brandy versetzten Kaffee. Er brannte mir mit der Glut einer Fackel im Magen. Der Fischer gab mir einen Overall, der viel zu klein war, und ich wankte an Deck.

Vor uns in der Morgensonne lag, heiß und gleißend, der Fischerhafen von Marbella.

»Bien dormido?« fragte der Fischer. »Gut geschlafen?«

»Qué hora es?« fragte ich.

Er zeigte mir seine Armbanduhr, ein solides japanisches Exemplar. Sie stand auf fünf nach zehn. Ich nickte grinsend. Die Sonne knallte auf den Hafen hinunter, und die City stank in ihrer Hitze. Das alles war solch ein Kontrast zu dem kalten nassen Terror der letzten Nacht, daß es für einen Moment auch den ganzen Rest verdrängte. Aber nur für einen Moment.

Händeschüttelnd bedankte ich mich bei der ganzen Mannschaft. Sie sahen allesamt verblüfft drein, schienen sich aber zu freuen, daß ich noch am Leben war. Dann humpelte ich den Steg hinunter und schnappte mir ein schwarz-grünes Taxi zur Marina.

Ich kämpfte mich aus dem Overall, aber da ich mich in Marbella befand, guckte ohnehin niemand zweimal hin, und ich hatte an Wichtigeres als an Kleidung zu denken. Helen, dachte ich. Muß mit Helen reden.

Aber Helen hatte mich in die Falle gelockt. Noch wichtiger als Helen war die Regatta. Der Taxifahrer folgte mir durch die Menschenmenge bis zum Molenkopf, wo die Segel schon hochgezogen waren. Charlie sah von seiner Arbeit auf und fragte: »Wo zum Teufel steckst du?« Sein Gesicht war angespannt, und er hatte dunkle Ringe unter den Augen.

Steifbeinig kletterte ich ins Cockpit. Charlie bezahlte den Fahrer, und Scotto lieh mir eine seiner Shorts. »Sorry«, sagte ich, »bin aufgehalten worden.«

»Du solltest gar nicht mehr am Leben sein«, sagte Charlie. »Sechzig Meilen von hier ist heute morgen um sechs ein Segelboot gefunden worden, Bug zum Wind, Autopilot eingeschaltet, niemand an Bord. Jemand hat angeblich gesehen, wie du nachts damit ausgelaufen bist, sternhagelvoll.«

»Wer hat das gesehen?«

Charlie zuckte die Achseln. »Gerücht.«

Noch jemand hatte das Gerücht gehört. Weiter unten befestigte Paul Welsh gerade Gummistropps an seinem Spinnaker. Oder hatte befestigt, denn jetzt starrte er zu mir herüber wie ein griechischer Gott, der soeben einen Geist gesehen hat.

Ich rief: »Guten Morgen, Paul. Startklar?«

Er rang sich ein schwaches, wäßriges Grinsen ab, zu dem er kaum das Gesicht verzog.

Charlie fragte: »Was hat er denn?«

Ich sagte: »Sein Freund Deke Kellner hat mich auf deinem aufgegriffenen Segelboot rausgefahren. Sie haben mir eine über den Kopf gehauen und mich über Bord geworfen. Zehn Meilen weit draußen.« Ich deutete auf die blaue See, die unter der Sonne glitzerte.

Stirnrunzelnd schaute Charlie erst hinaus und dann mich an. »Über Bord? Da draußen?«

Ich berichtete. Er sagte: »Bist du sicher, daß du segeln kannst? Wie fühlst du dich?«

Ich sah zu Paul hinüber. Er war gerade dabei, mit ungeschickten Fingern einen Wantenspanner zu umwickeln. Ein Reporter ließ den Fotoapparat klicken. Paul schaute hoch und grinste automatisch. Ich dachte, jetzt reicht es. Dies ist der Morgen, an dem ich Paul Welsh aus Martin Devereux' persönlicher Landkarte ausradiere. Ein für allemal.

»Ich habe mich in meinem ganzen Leben noch nicht besser gefühlt«, antwortete ich.

27

Die Zuschauerboote, schwarz gegen die gleißende Sonne, gaben uns das Geleit, ebenso Honiton und Archer und die Männer mit den Notizbüchern und Fotoapparaten. Ihre Motoren summten wie Fliegen, die sich in der Erwartung von Blut versammeln.

»Vorbereitungsschuß«, sagte Charlie.

Noch acht Minuten bis zum Start. Ich fuhr, mich mit Backbordwind in der Mitte haltend, schnell auf den Startraum zu. Paul quetschte sich in Lee heran in der Hoffnung, mich zu einer Wende zu zwingen. Der Nahkampf begann, das Auf- und Abfahren, die Zickzackkurse und das Geschrei. Plötzlich lief eine direkte Leitung von meinem Hirn durch Hände und Pinne zum Boot. Ich spürte, daß ich Gewißheit ausstrahlte. Mach dich gefaßt, du Schweinehund, dachte ich. Mach dich auf was gefaßt, weil wir dich an die Fliegen verfüttern werden!

»Eine Minute«, sagte Charlie.

Paul hockte dicht neben unserer Steuerbordreling in der See, als wir auf die linke Starttonne zuliefen. Ich hörte das Wasser zwischen unseren beiden Rümpfen rauschen, sah aus dem Augenwinkel sein weißes, krängendes Cockpit und sein Gesicht unter dem Baum, das ausdruckslos nach vorn starrte. Die Tonne stand für mich fast voraus, in dem himmelblauen Zipfel zwischen Vorstag und Want. Nur etwas mehr nach Backbord, und ich war außerhalb der Tonne und mußte sie runden. Und etwas mehr nach Steuerbord, dann würde der Schiedsrichter mich auch einen Strafkringel drehen lassen, weil ich Paul behindert hatte. Wir rasten auf gleicher Höhe mit vielleicht einem Fuß Abstand auf die Startlinie zu. Ich wischte mir den Schweiß mit dem Ärmel von der Stirn, sagte: »Schot«, und sah, wie Charlie sich mit der Zunge über die Lippen fuhr, als Scotto leicht die Großschot fierte. Er zählte die Sekunden mit: »Fünfzehn, vierzehn, dreizehn.« Er sah besorgt aus, denn wir hatten ein ungeheures Tempo drauf.

Und dann geschah, was ich beabsichtigt hatte. Durch das Auffieren hatten wir an Fahrt verloren, und Pauls Bug lag ganz leicht in Führung. Wir gerieten in seinen Abwind und wurden etwas langsamer. Er aber schien, als die Tonne zehn Meter voraus auftauchte, einen Satz nach vorn zu machen.

»Neun, acht, sieben«, zählte Charlie. »Der baut 'nen Frühstart.« Pauls Bug kreuzte die Startlinie gut sechs Sekunden vor dem Startschuß. Ich hörte, wie er seinen Großschoter anbrüllte. »Protest!« röhrten wir.

Er war so dicht vor uns, daß wir seinen Empfänger rauschen hörten, als die Schiedsrichter ihm umzukehren befahlen. Aber wir überquerten die Linie genau mit dem Startschuß. Als ich das nächste Mal nach Paul schaute, hatte er die Tonne gerundet und machte jetzt einen Schlag nach rechts. Auf der Kreuz lag er weit hinter uns. Wir blieben den ganzen Weg zur Luvmarke in Führung, denn niemand wußte besser als Charlie, wie man aus einer Bayliss 34 Höchstgeschwindigkeit heraussegelte. Dann blähte sich unser Spinnaker völlig problemlos, und wir preschten mit dem Wind im Nacken auf die Leetonne zu. Noddy und Slicer, die achtern für den richtigen Spitrimm sorgten, machten unflätige Bemerkungen, als Paul versuchte, uns mit seinem Abwind zu stören. Aber er war zu weit achteraus, als daß es funktioniert hätte. Wir rundeten die Tonne zweihundert Meter vor ihm, und beim Zielschuß lagen wir sogar anderthalb Minuten in Führung.

Wir saßen da, ließen alles fliegen und tranken Orangensaft, während wir auf unsere nächste Wettfahrt warteten. Die anderen Finalisten zogen an uns vorbei zum Start. Ich hätte ihnen eigentlich zusehen sollen. Aber ich hatte mich schweißgebadet auf eine Backskiste gesetzt, weil ich nicht sicher war, ob meine Knie mich überhaupt noch tragen würden.

»Du siehst scheußlich aus«, sagte Scotto.

»Du solltest erst den andern sehen«, sagte ich.

Er grinste und schlenkerte mit seinem Gorillaschritt nach vorn, um den Spinnaker zu verstauen.

Charlie sagte: »Zwei Minuten bis zum Vorbereitungsschuß.«

»Wir wollen es hinter uns bringen«, sagte ich. Siegen würde der Beste aus drei Wettfahrten.

Die Hochstimmung des ersten Starts war verflogen. Ein weiterer Durchgang würde mir vollauf reichen. Die Trimmer holten die Schoten dicht, die Brise schnappte nach den Segeln, und ich richtete den Bug auf die linke Seite der Linie. Drüben an Steuerbord, hinter dem Schlauchboot des Schiedsrichters, erkannte ich das harte helle Dreieck von Pauls Segeln, der auf seine Seite der Linie zuhielt. Sie waren weit weg, viel zu weit, als daß meine Stimme dort gehört werden konnte. Ich sagte: »Wir legen einen Tanz aufs Parkett.«

Sie nickten und wußten alle, was ich meinte. Deswegen war Training so wichtig.

Wir waren jetzt außerhalb der Tonne, auf der linken Seite der Startlinie.

»Eine Minute noch«, sagte Charlie.

»Laßt alles fliegen«, sagte ich.

Die losen Segel knatterten, als der Wind sie von beiden Seiten beutelte und wie Fahnen killen ließ. Recht voraus standen die flaschenförmigen Starttonnen, eine hinter der anderen, wie im Visier eines Gewehrs. Am jenseitigen Ende der Linie lief, leicht krängend, mit unruhigen Segeln und einem kleinen weißen Schnauzbart am Steven, Pauls Boot.

»Dreißig Sekunden«, sagte Charlie.

»Los«, sagte ich.

Die Winschen sirrten, die Segel wurden harte weiße Flügel, und das Kielwasser zischte wie eine Schlange. An Backbord schoß die erste Starttonne vorbei. Paul lief direkt auf uns zu. Er segelte über Backbordbug und hatte damit Wegerecht. Sein Vordeckmann rief nach Raum, aber ich achtete nicht darauf und schob die Pinne etwas nach Backbord. Unser Bug schwenkte leicht nach Steuerbord. Die Gischt von Pauls Bugwelle sprühte zwischen unseren beiden Rümpfen hoch, und seine Bordwand schoß einen Fuß entfernt an Backbord vorbei.

»Klar zur Wende«, brüllte ich und schob die Pinne leicht von mir weg. Das klassische Manöver wäre jetzt eine Wende gewesen, um sich ans Heck des Gegners zu hängen. Pauls Kopf fuhr herum. Seine Augenbrauen waren ein einziger schwarzer Strich, als er meinen Steven das Auge des Windes suchen sah. Seine Gedanken waren so klar zu lesen wie die Sprechblasen eines Comics.

Die Winschen bimmelten, als er abfiel, klar zur Halse, dem klassischen Gegenmanöver zu unserem Angriff.

»Los!« brüllte ich. Statt anzuluven, um mit dem Bug durch den Wind zu gehen, zog ich die Pinne an mich heran. Unser Kielwasser zischte, als wir Fahrt aufnahmen, einen weiten Bogen beschrieben und das Boot über die kleinen Wellen bolzte, statt durch sie hindurchzupreschen.

Am Ende der Drehung kam der Baum zur Halse über, wobei wir nichts an Geschwindigkeit einbüßten. Nun waren *wir* auf Backbordbug und hatten Wegerecht. Von uns aus gesehen, deckte sich das Vorstag genau mit Pauls Bug, und wir näherten uns einander mit einer kombinierten Geschwindigkeit von zwanzig Knoten. »Anpreien«, sagte ich.

»Raum!« brüllten Noddy und Slicer.

Der rasiermesserscharfe Bug schwankte, als Paul abfiel, um uns Wegerecht zu geben. Ich hörte ihn fluchen, als ich hart anluvte, während die Trimmer geschmeidig und schnell arbeiteten. Das Ruder spuckte Schaum, als wir unsere Wende fuhren. Und schon segelten wir über Steuerbordbug zwischen Paul und der Linie und hatten alles unter Kontrolle.

Ich schaute zu ihm hinüber. Er starrte mit wütend verzerrtem Gesicht zurück und spuckte über Bord. »Reg dich ab«, sagte Scotto so laut, daß er es hören konnte. Wir lagen mit einer dreiviertel Bootslänge in Führung. Das war nicht viel, aber genug. Denn auf dem ersten Am-Wind-Schenkel hieß das, daß wir nicht nur zwischen Paul und der Luvtonne waren, sondern auch seine Segel mit unserem Abwind stören konnten.

Und dabei blieb es natürlich nicht. Der Abwind verlangsamte Pauls Fahrt, und er begann zurückzufallen. Das Wasser spiegelte sich als kleines Wellenmuster auf seinem Segel. Dann sah ich ihn nicht mehr. Aber ich wußte, was als nächstes kommen würde. Als ich mich umdrehte, stand Paul so hinter dem Kajütdach, daß er die Pinne mit seinem Körper verdeckte. Seine linke Schulter senkte sich. Ich lächelte ihm zu, sah die Unsicherheit auf seinem Gesicht. Aber jetzt war es zu spät, anderen Sinnes zu werden.

»Er wendet«, murmelte Charlie.

Ich hörte seine Genua am Mast vorbeigleiten und das Krachen des Baumes, als er wendete. Aber bis dahin hatte ich meine Pinne schon drüben, und mein Baum ging eine Sekunde nach seinem über. Sein Großsegel wellte sich unschlüssig in der Verwirbelung, die von uns zu ihm hinüberdrang.

»Paß auf«, warnte Charlie.

Ich paßte auf. Wenn man hoch am Wind in einem Matchrace nicht in Führung liegt, bleibt einem als einzige Chance nur, die Abdeckung des Führungsbootes zu durchbrechen und von ihm wegzukommen. Doch das Führungsboot kann das Rennen nur dann verlieren, wenn es beim Abdecken des Gegners nachläßt oder die Situation verpfuscht.

Wir ließen aber nicht nach.

Mir lief Schweiß übers Gesicht, als die Luvmarke vor uns größer wurde. Meine Schultermuskeln fühlten sich an, als hätte man sie etliche Male zusammengeknotet, und in meinem Kopf klopfte der Schmerz unter der Sonne.

»Er holt auf«, sagte Charlie.

Das tat er. Er war jetzt anderthalb Längen hinter uns. Hätte er unsere Bootsgeschwindigkeit erreicht, hätte er mit uns gleichziehen können. Die Sicherheit, die ich beim Start gefühlt hatte, war verschwunden.

Die groteske Plastikflasche wurde größer, und über dem

Rattern und Zischen unserer Braßfahrt und dem Blubbern des Jury-Schlauchbootes hörten wir schon die Wellen dagegen klatschen. »Macht schnell mit dem Spi«, sagte ich.

Noddy und Slicer, Vorschoter und Mastmann, nickten. Ich hätte es ihnen gar nicht erst zu sagen brauchen. Mit dem Spinnaker schnell zu sein, war genau das, womit sie ihren Lebensunterhalt verdienten. Behutsam begann ich, in einer langen weichen Kurve von der Tonne abzufallen. Vor uns auf dem Wasser wanderten die dunklen Riffel einer Bö heran. Sonne und gleißende See brannten mir in den Augen. Unser Bug kam herum, der Spinnaker stieg hoch. Noddys Arme bewegten sich so schnell wie die eines Boxers vor dem Punchingball. Aber ich reagierte zu hastig. Der Spi bauschte sich, als wir halb herum waren, noch bevor Dike den Spibaum anschäkeln konnte. Er schwang nach Steuerbord. Die Luvmarke raste drei Fuß entfernt auf uns zu, und als wir an ihr vorbeipreschten, glitt die große bunte Nylonblase zur Seite und streifte den Flaschenhals.

»Jesus«, sagte Scotto.

Wir hielten den Atem an. Wir brauchten nicht lange zu warten. »Protest!« brüllte Pauls Crew.

Unser Empfänger begann zu knistern. Ich wartete gar nicht erst, bis man mir sagte, daß wir die Tonne berührt hatten und sie dafür noch einmal runden mußten. Ich legte Ruder, Noddy ließ den Spinnaker fliegen. Wir waren in zwanzig Sekunden herum, aber ein Boot, das mit acht Knoten segelt, kann in zwanzig Sekunden eine ziemliche Strecke zurücklegen. Als wir die Tonne hinter uns gelassen hatten und die Spinnakerschot dichtholten, lag Pauls Boot mit schwellendem Spi achtzig Meter vor uns.

Charlie sagte gleichmütig: »Der hat noch eine lange Strecke vor sich.«

Langsam atmete ich wieder regelmäßiger. Er hatte recht. Der Halbmond von Pauls Heck wurde allmählich wieder größer. Ich schielte nach oben, beobachtete die Turbulenzanzeiger und legte unsere Abdeckung etwas vor Paul wie ein Jäger, der beim Fasanenschießen vorhält.

Als wir uns der Leemarke näherten, merkte ich, daß es funktionierte. Aber es war sehr spät, und wir hatten noch viel aufzuholen. Er rundete die Tonne und holte schon seine Schoten dichter, als wir noch auf sie zufuhren. Ich konnte sein Gesicht unter dem Baum erkennen. Sonnenlicht glänzte auf dem Schweiß und ließ die angespannten Muskeln stärker hervortreten. Als er meinen Blick sah, grinste er. Es war ein häßliches Grinsen. Er nahm eine Hand von der Pinne, hob den Mittelfinger und stieß ihn in die Luft.

»Sehr sportlich«, sagte ich. Dann zog ich die Pinne an mich heran, der Spinnaker fiel zusammen wie ein angestochener Ballon, und die Winschen dröhnten, als wir unsere Leereling ins Wasser gruben und ihm nachsetzten.

Aber er hatte uns abgedeckt, und wir konnten überhaupt nichts tun. Ich fiel einen Strich vom kürzesten Kurs ab, aber er hörte seinen Zielschuß zehn Sekunden vor uns.

Damit stand es eins zu eins.

Wir saßen da und sagten eine Weile gar nichts. Ich hätte meinen Kopf so gern auf die Cockpitbank gelegt und ein paar Wochen geschlafen. Aber das wäre für meine Selbstachtung nicht gut gewesen. So begann ich stattdessen über Paul nachzudenken.

Er wußte, daß ich besser war als er. Ehe er das Rennen verlor, würde er lieber foulen. Das hatte er in Australien gemacht, und wenn wir ihn nicht wie die Geier bewachten, würde er es gleich wieder tun. Ich trank Orangensaft und schaute hinüber, wo er und seine Crew im Cockpit die Köpfe zusammensteckten.

»Behaltet ihn gut im Auge«, sagte ich. »Der wird jetzt bestimmt garstig.«

Sie nickten alle: Charlie, dunkel und hager; Scotto, blond und breit; Noddy und Slicer mit ihren Stierköpfen auf kurzen Hälsen, die fast direkt in die Schultermuskeln übergingen. Sie wußten, was auf dem Spiel stand.

Auch sie konnten garstig werden.

»Noch drei Minuten bis zum ersten Schuß«, sagte Charlie. Wir hielten auf die Startlinie zu. Über uns ratterten Hubschrauber. Außerhalb der Bahn patrouillierten Übertragungsboote des Fernsehens und schlossen dichter zu uns auf, als unser Countdown begann. In die Salzluft des Meeres mischte sich ein Hauch von Afrika. Die Kameras surrten, die Fotoapparate blitzen. Es hing noch ein anderer Geruch im Wind: der nach Blut.

28

Auf Backbordbug segelten wir am rechten Ende der Startlinie vorbei. Am Komiteeboot zog ein Rauchwölkchen übers Wasser, gefolgt vom Knall der Pistole. Der Wind frischte auf. Er legte uns noch mehr nach Backbord über, und wir bohrten uns mit dem Bug in eine Welle, die hochbrandete und mir ins Gesicht klatschte. Vor uns lief Paul auf zwei Flügeln aus Gischt. Er kam schnell voran. Ich behielt meinen Kurs bei. Schon konnte ich sein Gesicht erkennen; seine Augen verzogen sich zu schmalen Schlitzen, als er herauszufinden versuchte, welche Richtung ich einschlagen würde. Ich hatte Wegerecht. Es lagen noch zwanzig Meter zwischen uns, als ich die Pinne an mich heranzog. Als ich abfiel, war Pauls weiße Bordwand nur ein paar Zoll von unserem Steven entfernt. Er luvte hart an und rammte seinen Bug direkt in den Wind, um eine Ramming zu verhindern, die ihn disqualifiziert hätte. Trotz des Knatterns seiner Segel konnte ich ihn brüllen hören und erlaubte mir ein kaum merkliches Lächeln. Selbstsichere Männer brüllen nicht.

Unser Boot war auf Touren gekommen und ratterte über die

Wellen, als ich abfiel, wieder anluvte und krachend durch den Wind ging, während Scotto wild an der Genuaschot pumpte und wir uns Pauls Heck näherten.

Hinter der rechten Starttonne kräuselten kleine Windstöße das Wasser. Sie kamen nicht von recht voraus, sondern von weiter westlich. Dahin mußten wir laufen.

Die erste Wendemarke lag also nicht mehr direkt in Luv, sondern etwas versetzt zur Windrichtung. Auf Steuerbordbug konnte ich Paul eng abdecken, auf Backbordbug lose. All das schoß mir in der halben Sekunde durch den Kopf, die wir brauchten, um an Pauls rechter Seite aufzutauchen, die Schoten fliegen zu lassen, dazusitzen und mit Wegerecht leicht anzuluven. Solange wir nicht mit ihm kollidierten, waren wir sicher. Ich schaute zu ihm hinüber. Er war zehn Fuß entfernt. Sein Gesicht wurde dunkelrot vor Wut.

»Du behinderst mich!« brüllte er.

»Quatsch!« brüllte Scotto zurück.

»Dann protestier' doch«, rief ich.

Er protestierte nicht, sondern legte Ruder, um abzufallen. Ich folgte ihm. Er luvte erneut an, ich auch. Wir hüteten uns, ihn zu berühren.

Er grinste häßlich. »Feigling«, höhnte er.

Eine Bö trieb ihren Schatten an Steuerbord voraus übers Wasser und fegte in die Genuas. Wir gingen beide höher an den Wind, und die Masten neigten sich nach Lee. Ich sah, wie der Mann an Pauls Genuaschot eine verstohlene Handbewegung machte.

Auch Scotto hatte es gesehen. Seine Hand zuckte vor wie eine Schlange und riß die Genuaschot von der Winsch. Das große Segel killte, unser Mast richtete sich wieder auf. Das Gleiche tat auch Pauls Mast, der dabei wie ein riesiges silbernes Schwert durch den hitzeflimmernden Himmel hieb. Er peitschte über die Stelle hinweg, wo unser Mast eine Sekunde zuvor gewesen war.

»Wende«, sagte ich.

»Noch fünfundvierzig Sekunden«, sagte Charlie.

Über Steuerbordbug liefen wir zur rechten Seite. Mir rann der Schweiß vom Körper. Wenn unsere Masten sich berührt hätten, wäre man davon ausgegangen, daß ich Paul gerammt hatte. Im besten Fall hätte mir das einen Strafkringel gebracht, im schlechtesten Fall die Disqualifizierung.

Charlie sagte: »Sieben ... sechs ... fünf ...«

Scotto hockte jetzt auf der Luvkante, und sein beachtliches Gewicht drückte das Boot ins Wasser, während ich abfiel und Fahrt aufnahm, als die Tonne näherrückte.

»Null«, sagte Charlie. Der Schuß krachte.

Zwei Sekunden später fegte die Tonne an uns vorbei. Als ich die Linie entlangschaute, wurde die andere Tonne noch durch Pauls weißen Rumpf verdeckt. Wir lagen vielleicht eine Sekunde in Führung. Okay, Freundchen, dachte ich, bleib so, damit wir's dir geben können.

»Klar zur Wende«, sagte ich. Und schon waren wir auf Backbordbug, hatten Wegerecht und liefen zur Mitte der Bahn.

Ich war ganz darauf konzentriert zu atmen, mein Herz ruhig zu halten und abzuschätzen, wann das an Backbord näherkommende Boot bei uns sein mußte. Wer in Führung lag, wenn sich unsere Kurse kreuzten, hatte eine ausgezeichnete Chance, es auch zu bleiben.

Als Paul näherkam, spürte ich, daß ich unmerklich zu grinsen begann. Wir zogen anderthalb Längen vor seinem Steven vorbei und wendeten sofort, um ihn abzudecken. Jetzt brüllten sich da drüben alle gegenseitig an. Paul fuhr eine Wende, um unserem Abwind zu entkommen. Sofort wendeten wir wieder, um zwischen ihm und der Bahnmarke zu bleiben. Das Wendeduell hatte begonnen. Die nächsten Minuten waren ein einziges Katz-und-Maus-Spiel. Bis zur Luvtonne hatten wir unsere Führung auf drei Längen ausgebaut, und selbst Charlie schwitzte.

Die große Flasche tauchte an Steuerbord auf. Diesmal hielten wir genügend Abstand und zogen den Spinnaker erst dann hoch, als wir sie sauber gerundet hatten.

Das bunte Nylon glitt in die Höhe.

Auf halbem Weg stoppte es.

»Los!« krächzte ich.

Noddy zerrte zweimal kräftig am Fall. »Klemmt!« schrie er. Mir drehte sich fast der Magen um.

Scotto war schon aufgesprungen und sprintete übers Deck nach vorn. Er spähte hinauf in das gleißende Licht. Mein Kopf dröhnte vor Schmerz, als ich einen Blick über die Schulter warf. Zehn Meter entfernt näherte sich uns schnell eine große gelbe Nylonblase über einem scharfen weißen Steven.

»Ich hab's!« schrie Scotto. Der Spi rauschte nach oben, schlug einmal und füllte sich. Am Heck setzte wieder das vergnügte Blubbern des Kielwassers ein. Aber von uns war keiner vergnügt, denn in der Zeit, die wir mit dem verklemmten Fall verloren hatten, war Paul Welsh an uns vorbeigezogen und lag jetzt gut zwei Bootslängen in Führung.

Ich atmete tief ein und stieß die Luft geräuschvoll wieder aus. Mein Kopf dröhnte wie eine Kesselpauke. Der Verklicker am Masttopp deutete direkt nach vorn. Ich legte leicht Ruder und damit unseren Spinnakerschatten auf Pauls schwarze Nackenhaare. Winzige Riffel der Unsicherheit liefen über sein Großsegel. Wir begannen aufzuholen. »Den kriegst du«, sagte Charlie.

Paul halste und zog davon. Ich konzentrierte mich auf den Versuch, ohne Geschwindigkeitsverlust mehr nach Backbord zu laufen, wo die Böen herkamen. In meinem Kopf summte es wie in einem Bienenkorb. Der Arm, mit dem ich die Pinne bediente, fühlte sich an wie ein nasser Bindfaden. Letzte Nacht war ich hier in diesem Wasser geschwommen.

Charlie schaute mich fragend an. Wir hielten zwar etwas nach Backbord, aber Paul war von dannen gezogen. Es gab keinen

Extrawind für uns. Nur die Sonne war da und ihr weißglühendes Licht auf dem Spiegel der See.

Konzentriere dich, befahl ich mir selbst. Konzentriere dich, Devereux, du Schwachkopf. Ich spielte mit der Pinne. Zoll um Zoll holten wir wieder auf. Ich sah Pauls Großsegel in meinem Abwind flattern, bevor er halste. Wir halsten. Er halste erneut. Es gab nur noch die Hitze, die Männer in seinem Cockpit, das Krachen seines Baumes. Dreihundert Meter, dachte ich, noch dreihundert Meter, dann haben wir dich.

Aber keiner schenkte uns die dreihundert Meter. Die Leetonne lag jetzt für ihn zwanzig Meter entfernt an Steuerbord voraus, und zwischen ihm und uns klaffte eine Bootslänge Wasser.

»Mach's gut«, sagte Scotto zu niemand im besonderen. »Mach's gut.«

Wir rundeten die Tonne und legten dabei an Geschwindigkeit zu. Aber da war Paul, saß fett in unserem Wind, sein Heck auf einer Höhe mit unserem Bug.

»Jetzt geht's los«, sagte ich.

Sie sahen mich alle skeptisch an. »Dies ist ein Rennen!« sagte ich. »Wir sind noch immer im Rennen.«

Sie nickten.

»Wende«, sagte ich.

Wir drehten von Pauls Heck weg und zogen dorthin, wo wir auf dem Vor-Wind-Kurs einen Extrawind gesucht, aber nicht gefunden hatten. Ich schaute zu Paul hinüber. Er starrte zurück, dann auf die dreihundert Meter entfernte Ziellinie und schließlich wendete er. Während er sein Manöver fuhr, fühlte ich, wie eine kleine Bö einfiel. Sie reichte gerade eben, um uns stärker krängen zu lassen und hochzuschieben. Paul aber ging gerade durch den Wind, als die Bö einfiel, so daß er sie nicht nutzen konnte.

Seine Crew machte ein Geräusch. Es war ein Stöhnen, weil

ihre Genua sich, als sie überkam, am Mast verfing und das Boot an Schwung verlor. Als er schließlich wieder an unserer linken Seite war, lagen wir genau auf gleicher Höhe.

Mit sechs Zoll Abstand zwischen uns zogen wir hoch am Wind durchs Wasser. Wir hatten den gleichen Krängungswinkel, und die Bugseen gurgelten zwischen unseren beiden Rümpfen. Er wird noch mal wenden, dachte ich und wußte, daß ich für eine weitere Wende keine Kraft mehr haben würde. Die Geräusche ringsum kamen mir ohrenbetäubend laut vor. An den Rändern meines Gesichtsfeldes wurde alles rot, und ich hätte mich gern übergeben. Die Sache mußte ein Ende nehmen.

Ich schaute Scotto an, sagte: »Schot«, und legte Ruder.

Scotto fierte die Genua auf. Unser Boot lag plötzlich auf ebenem Kiel. Irgendwo am Himmel klapperte Metall gegen Metall. Pauls Mast, der zu unserem Deck hin krängte, hatte unseren Mast berührt. »Raum!« brüllte ich, aber es kam nur als Krächzen heraus. Doch die Crew hatte mich verstanden, und ihr Geschrei stach in mein Hirn wie glühende Nadeln.

Paul fiel ab, denn ich hatte Wegerecht gehabt. Vielen Dank für die gute Idee, rief ich ihm stumm nach. Er drehte eine Strafpirouette und war damit erledigt. Wir liefen so gesetzt über die Ziellinie wie ein Schlachtkreuzer. Der Zielschuß knallte.

Ich sank auf die Cockpitbank und ließ meinen Kopf in beide Hände fallen.

»Geschafft!« brüllte Charlie. »Geschafft!«

Ich wollte nicken, aber mein Kopf war zu schwer. Wenn ich ihn losgelassen hätte, wäre er bis auf den Meeresboden gefallen. Ich habe das Schwein geschlagen, dachte ich, ich habe das Schwein geschlagen.

29

Lord Honiton stand im Blazer auf dem Steg, und seine Klubkrawatte flatterte im Wind. Seine Lippen waren so dünn wie eine Rasierklinge.

»Meinen Glückwunsch«, sagte er, mühsam lächelnd. »Ich werde dafür sorgen, daß man Ihnen eine Einladung zum Senator's Cup schickt.« Diese Worte schienen ihm Schmerzen zu bereiten, so gepreßt kamen sie.

»Ich habe das Schwein geschlagen«, wiederholte ich, ging an Honiton vorbei und bahnte mir einen Weg durch die Menge. Helen, dachte ich. Jetzt muß Helen einiges erklären.

Mein Wagen stand unter den Bäumen, wo ich ihn vor vierundzwanzig Stunden abgestellt hatte. Ich stieg ein und schoß auf die Hauptstraße hinaus, verfolgt vom wütenden Hupen aufgebrachter Autofahrer, denen ich die Vorfahrt genommen hatte. Bei dem schmiedeeisernen Namensschild von El Generalife bog ich ab. Hier wehte ein glutheißer Wind, der nach Staub stank und die Pinien peitschte, daß sie sich krümmten. Die Luft war voller Sand, als ich ausstieg und zu Helens Eingangstür stürmte.

Sie stand offen und schwang, in den Angeln knarrend, im Wind hin und her. Ich ging geradewegs ins Wohnzimmer. Sein Boden lag voller Bücher, die Bilder mit den Stiermotiven hatte man von den Wänden gerissen. Eines von ihnen hatte eine Lampe umgeworfen. Der Telefonhörer baumelte am Ende seiner Schnur. Ich öffnete den Schrank, in dem sie ihre Alben mit den Zeitungsausschnitten versteckt hatte. Sie waren weg. Der Wind wehte heiß herein, aber mir wurde plötzlich kalt. Ich rannte, Helens Namen rufend, durch alle Räume, über Scherben und zerbrochene Bilder. Auf dem Küchenfußboden knirschte verschütteter Zucker, auf dem Ameisen herumkrochen.

Im oberen Stockwerk sah es aus, als hätten hier wilde Tiere

gekämpft. Das Bad war ein einziges Schlachtfeld. Der Schrank über dem Waschbecken war geschlossen, die einzige geschlossene Tür im ganzen Haus. Ich machte sie auf.

Die Tür war innen rot beschmiert. Einen Moment dachte ich, es sei Blut. Doch es war kein Blut, sondern Lippenstift. Das feuerrote Geschmiere bildete Buchstaben: Mart – Eng – gefahren – Dekes – Mami – frag – Paul.

Ich dachte an Helens Gesicht, als ich sie das letzte Mal in ihrem Wagen unter den Bäumen gesehen hatte. Sie hatte mich nicht in die Falle gelockt. Sie hatte versucht, mich zu warnen. Wie ein Hurrikan fegte ich durch den Rest des Hauses und fand überall nur Verwüstung.

Dekes Mutter lag in Sheerness im Sterben, er wollte sie noch einmal sehen. Aber in England würde er sofort verhaftet werden. Also konnte er wohl kaum mit Helen am Arm eine Linienmaschine besteigen.

Ich legte den Telefonhörer kurz auf die Gabel zurück, bekam dann das Freizeichen und wählte Dekes Nummer. Eine Frau antwortete in Englisch mit starkem spanischen Akzent: »Señor Kellner nicht hier. Weggefahren heute in Urlaub.«

Deke hatte Helens Haus durchsucht und ihre Zeitungsausschnitte gefunden. Nun war sie sein Schutzschild gegen Leute wie mich.

Ich fuhr zum Hotel zurück und wählte Pauls Nummer. Er war schon weg. Ich würde ihn mir also in England vorknöpfen müssen. Ich buchte den nächstbesten Platz auf einer Iberia-Maschine, die in vier Stunden starten sollte. Dann fuhr ich nach Málaga ins Krankenhaus.

Henry sah sehr alt und hager aus. Er hing am Tropf, und neben seinem Bett standen Sauerstoffflaschen. Er sagte: »Mary kommt. Sie nimmt mich mit nach Hause.«

Wie gern hätte ich Mary noch gesehen, mich an der Ruhe gelabt, die sie ausstrahlte. Aber es würde noch einige Zeit dauern, bis ich an Ruhe denken konnte. Ich sagte, das sei fein, und tätschelte ihm die Hand. Mary bedeutete Sicherheit und jemand, der nach ihm schaute. Das war genau das, was er jetzt brauchte, denn der Unterschied zwischen diesem Henry und dem, der vor sechs Wochen South Creek verlassen hatte, war erschreckend. Eine Weile blieb ich noch bei ihm in der aseptischen Stille und lauschte dem fernen Türenschlagen und zwitschernden Frauenlachen. Als ich aufstand, fragte er: »Hast du Welsh geschlagen?«

»Ja.« Ich zögerte. »Wir hatten noch eine Wette laufen«, sagte ich dann. »Mein Anteil an der Werft gegen seinen. Das Maklerbüro gehört ihm also nicht mehr.«

Henry starrte mich an. Seine blauen Augen über den schweren dunklen Tränensäcken waren trübe und leer gewesen, jetzt aber hellten sie sich auf. »Du Hasardeur«, sagte er. »Du unverschämter Hasardeur. Du bist zwar nicht mein Sohn, aber, bei Gott, du benimmst dich, als wärst du's.«

Ich verließ ihn und tauchte bald darauf in der krebsroten Menge am Flughafen von Málaga unter.

Bis ich endlich von Heathrow wegkam, war es sieben Uhr. Im Flugzeug hatte ich mir schon zurechtgelegt, wie ich fahren würde, und ansonsten Zeit gehabt, ein Stündchen zu schlafen. So hatte ich nun einen klaren Kopf und fühlte mich in der kühlen englischen Luft gestärkt und erfrischt.

Ich nahm mir einen Leihwagen und fuhr zur M 3. In Basingstoke hielt ich an einer Reparaturwerkstatt und kaufte ein paar Dinge, dann fuhr ich durch die grüne Landschaft um Winchester.

Der Abend war mild und frühlingshaft. Auf den Feldern sproß junger Mais, und das frische Grün der Hügel ringsum leuchtete in der Abendsonne. Meine Reifen quietschten durch die engen Kurven der Landstraße. Um halb neun steuerte ich auf La Grange zu, die Residenz von Paul Welsh.

Von den hohen Backsteinpfosten der Einfahrt führte eine Zypressenallee zu einem Haus, wie es sich in den dreißiger Jahren Börsenmakler bauen ließen, nachdem sie Hampton Court gesehen hatten. Es hatte einen holzverschalten Giebel und eine wahre Flut von Gaubenfenstern. Pauls Vater hatte es gekauft, um die Welt davon zu überzeugen, daß er's geschafft hatte.

Pauls BMW stand auf dem geharkten Kies der Auffahrt. Ich hielt, eine Staubwolke aufwirbelnd, vor der Treppe. Die Kühlerhaube des BMW war noch warm, aber im Haus blieb, bis auf ferne Plätschergeräusche, alles still. Ich ging schnell durch nach hinten. Das Geräusch wurde lauter.

In La Grange gab es einen Außen- und einen Innenpool. Das Plätschern kam aus dem Innenpool, einem riesigen Wintergarten mit giftgrünen Fliesen und üppigen Zimmerpflanzen.

Paul hatte sich gerade den Reisestaub abgewaschen. Er saß jetzt nackt am Beckenrand und trocknete sich ab. Als er meine Schritte hörte, drehte er sich erschrocken um und strich sich mit der Hand über die dunklen Locken. »Wer hat dich reingelassen?« fragte er. Ich antwortete nicht, sondern ging auf ihn zu, bis an den Rand des Pools. Er wickelte sich das Handtuch um den Bauch. »Was willst du?«

»Dich sprechen.« Ich konnte jedes Detail seines Gesichts erkennen. In den Mundwinkeln verzogen sich kaum merklich zwei winzige Falten. Ich ging noch weiter, bis ich direkt vor ihm stand. Er beschloß, nicht zu weichen, und stand auf. Das war sein Fehler. Als ich den letzten Schritt gemacht hatte, holte ich aus und boxte ihn, so hart ich konnte, in den Solar Plexus.

Er machte ein abstoßendes Geräusch und krümmte sich. Ich stieß ihm mein Knie ins Gesicht, und er flog zurück. Unter einer Topfpalme standen weiße schmiedeeiserne Stühle. Ich riß einen heran und stieß Paul seine vordere Kante in die Kniekehlen. Mit einem Plumps saß er. Das Handtuch fiel von ihm ab. Ich zog aus meiner Jacke ein Motorradschloß, das ich in der Reparaturwerkstatt gekauft hatte. Schnell schlang ich die Kette um seine Taille, unter die Armlehnen des Stuhls und um die Rückenlehne und ließ das Schloß zuschnappen. Er rang nach Luft. Sein Atem kam stoßweise und widerhallte laut von der Glaskuppel.

Ich sagte: »Paul.«

Er hatte sich so weit erholt, daß er mich anstarren konnte. »Mach mich los«, sagte er.

»Paul, ich will alles über Deke wissen.«

»Du weißt über Deke genausoviel wie ich.«

Ich holte etwas aus meiner Tasche, das ich ebenfalls in der Werkstatt gekauft hatte. Er folgte meiner Hand mit Blicken.

»Alles über Deke«, wiederholte ich.

»Wofür ist das?« fragte er.

Das Ding in meiner Hand war eine Gartenschere. »Damit schneide ich jetzt kleine Stücke von dir ab«, sagte ich. »Erst die Finger, dann die Zehen. Danach alles andere, was rausragt. Also sag mir lieber alles über Deke. Von Anfang an.«

Er schaute mir ins Gesicht. »Bist du verrückt geworden?«

Ich sagte: »Ich habe Henry MacFarlane halb tot in Dekes Gartenschuppen gefunden. Er hat mir erzählt, daß du die Sabotage in South Creek organisiert hast. Ich will alles darüber wissen.«

Paul schaute erst auf die Schere hinunter, dann in mein Gesicht. Schließlich begann er zu reden. »James war schuld«, sagte er. »Ich habe Deke durch James kennengelernt, in Spanien. James sagte, er hätte jemanden, der an Grundstücken am Meer interessiert sei, um da Marinas zu bauen. Er sagte, mein Ruf und mein Name könnten dabei von Nutzen sein, und ich könnte gleichzeitig ein bißchen verdienen. Es war ganz seriös, mit Lord Honiton und so. Also machte ich mit.« Er erschauerte. »Mir ist kalt.«

»Erzähl weiter«, sagte ich.

»Also haben wir ein paar Geschäfte gemacht«, sagte er. »Ganz unkomplizierte Sachen. Dann haben sie mich gebeten, mal in England die Augen offenzuhalten, wegen Bauland. Da dachte ich sofort an South Creek und erzählte ihm davon, ihm und James. Aber ich warnte sie, Henry würde nie auch nur ein Zipfelchen davon verkaufen. Deke lachte nur und sagte, das sei kein Problem. Und dann passierten einige Sachen in South Creek, du weißt ja.« Er schwieg und fuhr sich mit der Zunge über die Lippen.

»Was ist mit Raistrick?« fragte ich.

»Der war ein Niemand. Ein Laufbursche.«

»Hat er die Sabotage in South Creek organisiert?«

»Weiß ich nicht«, sagte er. »Ich hatte jedenfalls damit nichts zu tun. Ich war in Australien. Wie du auch.«

Ich nickte. »Ja«, sagte ich. »Ich erinnere mich daran. Lebhaft sogar. Warum hast du unser Maklerbüro gekauft?«

Er saß, an seinen Stuhl gekettet, splitternackt da. Und doch war dieser Mann noch so eitel, daß er es fertigbrachte, selbstgefällig dreinzuschauen. »Gute Investition«, sagte er. »Wenn MacFarlane verkauft hätte, hätte Seahorse von mir den Firmennamen kaufen müssen.«

»Du wolltest sie also nach deiner Pfeife tanzen lassen.«

»Irgendwie schon.«

»Und was, glaubst du, hätte Deke mit dir gemacht, wenn er das rausgekriegt hätte?« Er verdrehte die Augen. »Oder kanntest du Deke damals noch nicht so gut?«

Er zuckte die Achseln. »So könnte man es nennen.«

»Aber jetzt kennst du ihn«, sagte ich. »Weil du inzwischen ein paar Dinge für ihn erledigt hast. Du hast dafür gesorgt, daß die Stahlkassette gestohlen wurde, als er das von dir verlangte.«

»Nein«, sagte Paul mit weit aufgerissenen Augen und schüttelte heftig den Kopf. »Nicht ich.«

»Und du hast den Ponton losgebunden und treiben lassen.«

Er sagte: »An dem Abend war ich auf einer Dinnerparty in Norfolk. Das kannst du nachprüfen.« Er winselte fast. »Ehrlich«, sagte er. »Ehrlich!«

Ich hockte mich auf die Hacken und klapperte mit der Schere. Seine Augen folgten ihr hin und her, hin und her. »Von wem hattest du also die Kassette?« fragte ich.

»Von Raistrick«, sagte Paul. »Weil von Deke eine Nachricht gekommen war. Er wollte, daß wir sie mitbringen.«

Ich schaute ihn scharf an. »Wußtest du, was in *Aldebarans* Frachtraum war?«

»Nichts war da«, sagte er.

»O doch«, sagte ich und erzählte ihm von den Juwelen.

Sein Mund blieb offenstehen. »Du machst wohl Witze!«

»Wenn du wissen willst, wer hier Witze macht, dann kannst du mal in meinem Banksafe in Marbella nachschauen. Jetzt ist Deke auf dem Weg nach England.«

»Wirklich?« Diesmal war er nicht überrascht. Er wußte es.

»Wirklich«, sagte ich. »Ich stelle mir vor, daß du viele interessante Gespräche mit Deke hattest. Ich möchte wissen, wie er herkommt, wann und wohin.«

»Glaubst du, so was erzählt er mir?« fragte Paul.

»Ja.«

»Aber nie im Leben!«

Ich ging um ihn herum, bis ich hinter ihm stand und er mich nicht mehr sehen konnte. Dann berührte ich sein rechtes Ohr mit der kalten Schere. Sein Kopf fuhr herum. »Das wagst du nicht«, sagte er.

Ich dachte an Helens feuerwehrroten Hilfeschrei im Badezimmerschrank. In meinem Kopf rauschte das Blut. Schnell, bevor ich nachdenken konnte, öffnete ich die Hand mit der Schere und schloß sie wieder. Er schrie auf, so geschockt war er. Aus dem kleinen Schnitt in seinem linken Ohrläppchen rann Blut.

»Um Himmels willen, Martin!« stöhnte er.

»Fünfundzwanzig Jahre«, sagte ich. »Deke wird für fünfundzwanzig Jahre hinter Gittern verschwinden. Da, wo er hingeht, kann er dich nicht mehr belästigen.«

Er schüttelte den Kopf. Sein Atem kam in harten Stößen.

»Die Knöchel«, sagte ich. »Ich fange mit den Knöcheln an, das ist am einfachsten. Die Schneide dringt ein und teilt die Knöchel wie ein Keil auseinander. Drin ist dann nur ein bißchen Knorpelzeug.« Ich schwieg. Er hielt den Atem an. »Es wird sehr weh tun. Schon der erste Schnitt«, versprach ich.

»Das machst du nie«, sagte er. »Dazu hast du gar nicht den Mumm.«

Ich packte die Rückenlehne des Stuhls und schmetterte ihn zur Seite. Er stürzte laut krachend um. Es knackte, als Pauls Kopf auf die Fliesen schlug. Ich hockte mich neben ihn, packte seine linke Hand, die zuoberst lag, und drückte das Gelenk in den eisenharten Winkel zwischen Arm- und Rückenlehne. Er ballte die Faust. Aber ich zwängte die eine Schneide zwischen seine gekrümmten Finger, so daß die andere Schneide auf der weißen Haut des Knöchels lag. Und ich begann zu drücken. Er schrie. Es war ein entsetzlicher Schrei, hoch wie der einer Frau, doch es war nicht Schmerz, sondern Angst, die ihn so schreien ließ. Jetzt kam Blut, dabei war die Schneide nur leicht durch die Haut gedrungen. Ich mochte nicht hinsehen.

»Du elendes Schwein«, stöhnte er.

»Das Schwein bist du«, sagte ich. »Seit unserer Kindheit hast du beschissen und gelogen, um zu kriegen, was du wolltest. Du hast dich einen Scheißdreck um andere geschert. Du bist ein Schwein durch und durch, Paul. Also, wo ist Deke?«

Ich drückte die Schere zusammen. Er schrie erneut. Ich fühlte jetzt einen knorpeligen Widerstand, und mir wurde übel. Ich dachte an Helen, wie sie aus ihrem verwüsteten Haus gezerrt wurde.

»Sag's«, befahl ich. »Los, sag's schon!«

Seine Worte klangen hell und kamen ganz schnell. »Seine Mutter ist krank. Er hat in Le Tréport ein Boot genommen, einen Lotsenkutter. Er kommt den Horse Channel zum Medway rauf.«

»Woher weißt du das?«

»Er wollte Segelanweisungen von mir haben.«

»Ist Helen Gallagher bei ihm?«

»Ja.«

»Wann kommt er?«

»Morgen. Mach mich los!«

Ich steckte die Schere in die Tasche. »Okay«, sagte ich. »Vielen Dank für deine freundliche Hilfe.«

Ich warf den Schlüssel zum Vorhängeschloß in den Pool, zog Paul vom Beckenrand weg und ließ ihn auf seinen giftgrünen Fliesen, nackt in dem weißen Eisenstuhl, da sitzen.

Draußen war es Nacht geworden. Die Scheinwerfer des Mietwagens bohrten gelbe Röhren in die Dunkelheit. Ich nahm die A 303. In der Nähe von Wilon warf ich die Schere aus dem Fenster. Paul würde morgen früh von seinem Diener gefunden werden.

Um zehn Uhr traf ich in South Creek ein.

30

Die Einfahrt war geschlossen. Ein Wächter in schwarzer Uniform mit Silberknöpfen und einer Schirmmütze, kam, einen Schäferhund an der Leine, ans Autofenster. Ich sagte ihm, wer ich war, und er ließ mich passieren. »Mrs. MacFarlane ist nach Spanien geflogen«, sagte er. Ich ging ins Büro und rief Emily an, ihre fliegende Nichte. »Tu' mir einen Gefallen«, bat ich, als sie, rund und frisch, kurz darauf vor mir stand.

»Wenn ich kann«, sagte Emily.

»Bring zwei von deinen Maschinen morgen nach Kent.« Ich zog den Almanach aus dem Küchenregal und schlug nach. Am North Foreland würde mittags Niedrigwasser sein. »Gegen Mittag kommt ein Boot von Le Tréport herüber. Könntest du von oben nach ihm Ausschau halten? Du müßtest aber in beiden Maschinen Seefunk haben.« Ich malte ihr eine Skizze von einem Lotsenkutter und zeigte ihr das Gebiet auf der Karte.

»Bei Dunkelheit kann ich nicht fliegen«, sagte sie.

»Brauchst du auch nicht. Und wenn du fertig bist, könntest du dann hierher zurückkommen und in Bereitschaft bleiben?«

Sie schaute mich mit ihren pfiffigen grünen Augen an. »Was hat das alles zu bedeuten?«

»Kann ich dir jetzt noch nicht sagen.«

»Dann sag's mir hinterher.«

»Natürlich.«

Ich zog los, um Tony zu suchen, aber bei ihm zu Hause war alles dunkel. Deshalb fuhr ich über die langen Backsteinstraßen von Marshcote zu den Burnett Arms. Er lehnte groß und braungebrannt an der Theke, eine volle Halbe vor sich, und sprach mit ein paar Fischern. Als er mich sah, bestellte er mir eine Halbe. Ich bestellte mir eine Pastete dazu.

»Schrecklich, das mit Henry«, sagte er. »War das Herz, nicht?«

Ich nickte. »Es geht ihm aber schon wieder besser.« Ich wollte jetzt keine langen Erklärungen abgeben. »Ich möchte, daß du mit mir zum North Foreland kommst. Dort chartern wir ein Boot. Ich hab' draußen zu tun.«

»Eine Regatta?« fragte Tony.

»Nein. Nur ein Tag auf dem Wasser.«

»Eines unserer Charterboote ist gerade oben in Ramsgate«, sagte er. »Nützt dir das was?«

»Super«, sagte ich. »Ist es frei?«

»Der Typ ist heute von Bord gegangen«, sagte Tony. »Ist seekrank geworden. Was hast du dort zu tun?«

»Muß was bereinigen. Noch von Spanien her.«

Er nippte an seinem Bier. »Du hast die *Aldebaran* jedenfalls gut runtergeschafft«, sagte er. »Und wie ging's mit Paul?«

»Mäßig«, sagte ich. »Der ist in schlechte Gesellschaft geraten.«

»Wundert mich nicht«, sagte Tony.

Ich trank mein Bier aus. »Ich muß los. Kommst du mit?«

»Ich komme nach«, sagte Tony. »Um neun Uhr, okay? Das Boot liegt in der Marina von Ramsgate. Heißt *Opal.*«

Ich setzte mich in den Mietwagen, befahl meinen Augen, offenzubleiben, und machte mich auf den Weg nach Ramsgate.

Opal war eine zehn Meter lange Sadler. Ihr seekranker Charterskipper hatte sie im Innenhafen in eine der Besucherboxen gezwängt. Als ich über den Steg lief, rüttelte ein frischer Westwind an den Fallen. Ich kletterte an Bord, schloß mit meinem Reserveschlüssel auf und ließ mich auf eine Polsterkoje im Salon fallen. Ich war restlos fertig. Aber immer, wenn ich die Augen schloß, sah ich Deke an der Pinne eines Lotsenkutters bei Westwind durch den Kanal krebsen. Und fragte mich, was jemand wie Deke mit einer Versicherung wie Helen machte, wo er doch keine mehr brauchte.

Ich wälzte mich in der Koje hin und her, bis es endlich hell wurde. Dann ging ich in die Stadt, frühstückte eine Tasse Tee und ein Schinkensandwich und versuchte nicht an den Nägeln zu kauen.

Es war eine rosig graue Dämmerung, und der Wetterbericht sagte leichte Westwinde voraus, mit vereinzelten Nebelbänken.

Ich ging zur Sadler zurück und machte Reinschiff; nicht weil ich ein Reinlichkeitsfanatiker gewesen wäre, sondern weil ich mich zu beschäftigen suchte. Ich spülte ihr Deck gerade zum dritten Mal, als Tony endlich auf dem Steg auftauchte, wie immer alle Leute, die zu oder von ihren Booten unterwegs waren, weit überragend.

»Scheußliche Fahrerei«, sagte er und warf seinen Seesack an Deck. Sein blondes Haar hing glatt und strähnig herunter, und an seinem ausladenden Kinn sproß ein Tagesbart. Ich warf den Motor an und die Leinen los. Tony setzte rückwärts aus dem Liegeplatz und drehte das Boot auf dem Teller. »Wohin?« fragte er, als wir durch die Schleusentore in den Außenhafen motorten.

»Nach Norden«, sagte ich und zog die Rollgenua ganz heraus.

Wir glitten in die grauen Wellen des Kanals. An Backbord kam der North-Foreland-Leuchtturm über den niedrigen weißen Klippen zum Vorschein. Wir hatten stark ablaufendes Wasser und um ein Uhr mittags Niedrigwasser. Ich stellte UKW, Kanal 72, ein. Langsam zogen wir mit dem ablaufenden Wasser voran.

»Was soll das Ganze?« fragte Tony.

»Wir wollen jemanden treffen«, sagte ich. »Er kommt mit der Tide die Mündung hoch und nimmt den Horse Channel.«

»Ah«, sagte Tony und begann etwas freundlicher dreinzuschauen.

»*Opal, Opal,* hier ist *Tiger One, Tiger One.* Niemand in Sicht. Ende«, meldete Emily von irgendwo über uns.

»Danke. Ende und aus«, sagte ich. Plötzlich war mein Magen wie zugeknotet. Ich wollte mir einfach nicht vorstellen, daß sie nicht auftauchen könnten. Die Tide läuft mit hoher Geschwindigkeit durch die Sandbänke und die flachen Kanäle der Themsemündung. Dort gegen Ebbe ansegeln zu wollen, ist ein schwieriges Unterfangen. Wir hatten jetzt elf Uhr, also noch zwei Stunden bis Niedrigwasser. Wenn Deke nicht im Umkreis von zehn Meilen am North Foreland war, dann war er nirgends.

Tony fragte: »Wer ist dieser Typ?«

»Der Kerl, dem wir die ganzen Scherereien in South Creek zu verdanken haben.«

»Ah«, sagte Tony. »Und warum hast du nicht die Polizei geholt?«

»Er hat eine Frau bei sich«, sagte ich, »und wird ihr was tun, wenn die Polizei Wind kriegt. Wir müssen also diskret zu Werk gehen.«

»Diskret«, sagte Tony. »Ja.«

Eine Stunde verging. Noch eine Stunde bis Niedrigwasser. Hinten im Westen schwappte der Schmutz von Margate ans Ufer. Emilys Freund stieg in der zweiten Maschine auf, sah aber keinen Lotsenkutter. Dann startete wieder Emily. Wir lagen jetzt vor Anker, ich rauchte im Cockpit eine von Tonys selbstgedrehten Zigaretten. Deke kam nicht. Um vier Uhr sagte Tony: »Er hat die Tide verpaßt. Wir sollten sehen, daß wir heimkommen.«

»Nein«, sagte ich, nicht weil ich dachte, daß er unrecht hatte, sondern weil ich nicht aufgeben wollte. »Vielleicht kommt er mit der nächsten Tide.«

»Bis dahin ist kohlrabenschwarze Nacht. Da siehst du ihn doch nie.«

Ich ging nach unten und hakte das Mikrophon aus seiner Halterung. Wir sahen ihn vielleicht wirklich nicht, aber Emily würde ihn vorher zu sehen kriegen. Ich holte die große Karte des Ärmelkanals heraus, legte das Kursdreieck an und zog eine Linie von Le Tréport zum North Foreland. Dann schaltete ich auf Senden und sagte: »Flieg sechzig Meilen lang 180 Grad rechtweisend, Richtung Le Tréport. Er dürfte sechs Knoten über Grund machen.«

Ich hörte ihren Motor aufheulen, als sie bestätigte. Ich rollte mir noch eine von Tonys Zigaretten, und wir warteten weiter.

Eine Stunde verging, wir hatten Flut.

»Jetzt wird's nichts mehr«, sagte ich.

»Gott sei Dank«, sagte Tony. »Können wir jetzt nach Hause fahren?«

Ich wollte gerade antworten, als der Lautsprecher knackte.

»Hab 'nen Lotsenkutter«, sagte die Stimme. »Dunkelgrün. Ein

Mann am Steuer. Er steht zwanzig Meilen entfernt ostnordöstlich von Dungeness mit Kurs auf dich. Ende.«

Das mußte Deke sein.

»Danke.« Meine Erleichterung war immens. »Wir fahren ihm jetzt entgegen. Kannst du da oben bleiben? Ende.«

»Kann ich«, sagte Emilys ferne Stimme.

»Anker hoch«, sagte ich zu Tony. »Wir haben ihn.«

Die Sonne senkte sich langsam auf den Horizont, als wir südwärts segelten. Ihr unterer Rand hing gerade über den blauen Hügeln von Kent, als ich über uns das kleine Silberkreuz eines Flugzeugs erkannte. Ich nahm das Mikrophon und sagte: »Drehung nach Steuerbord.«

Das silberne Kreuz funkelte in der niedrigstehenden Sonne, als es zur Antwort leicht kurvte. »Ich sehe dich«, sagte ich.

»Nun mal dalli«, sagte die UKW-Stimme. »Dein Freund steht etwa zehn Meilen entfernt mit Kurs 178 Grad. Ich habe noch für zwanzig Minuten Treibstoff, dann muß ich weg.«

Der Horizont war ein sauberer Bogen unter einem Himmel, dessen hohe Wolkendecke mit blauen Flecken durchsetzt war. Im Südwesten hielten ein paar Yachten auf Dover zu. In der Fahrrinne dampften drei Containerschiffe in die offene See. Und weit im Süden durchschnitt ein Schnurrbarthaar die glatte blaue Linie. Ich richtete das Doppelglas darauf. Im Okular wurde daraus ein Gaffelsegel und die oberen Hälften von zwei Kuttersegeln.

»Wir haben ihn«, sagte ich. »Klar zum Beidrehen.«

Hinter dem Land versank die Sonne, die Wolken im Westen leuchteten golden und rot. Achteraus röhrte die Hovercraftfähre von Ebbsfleet nach Calais. Und die aus der dunkler werdenden See hervorkommenden Kuttersegel wurden zu einem schwarzen Rumpf mit einem Dinghi, das umgedreht auf dem Kajütdach festgelascht war.

Im Cockpit wurde ein Kopf erkennbar. Dich haben wir, du

Hund, dachte ich. Helen war sicherlich unten, sie mußte unten sein. Wir holten die Fock über, drehten den Bug nach Norden und begannen, uns an den Downs entlang rückwärts zu trollen. Dabei kriegten wir die beginnende Ebbe unangenehm zu spüren. Ich hielt uns etwa drei Meilen vor Deke, den Bug so ausgerichtet, als würden wir nach Ramsgate laufen. Der Himmel wurde dunkler. Der Kutter hinter uns schaltete seine Navigationslichter ein. Sehr vorsichtig fuhren wir ihm voraus, mit Kurs auf die Huk von North Foreland. Als es völlig dunkel war, machte ich unsere Lichter aus.

Tony fragte: »Was hast du vor?«

»In den South Channel zu laufen«, sagte ich, »und ihn den ganzen Weg bis nach Hause zu beschatten. Wir werden ihn schnappen, sobald er an Land geht.«

Um zehn Uhr dreißig stand das rot-weiße Blinkfeuer von North Foreland querab. Tony zerkaute rhythmisch Sandwiches mit Büchsenfleisch, ich aß überhaupt nichts. Mein Magen fühlte sich so hart an wie eine Walnuß. Die schwarze See war voller Lichter: An Backbord leuchteten die Neondome der Städte und an Steuerbord die roten und grünen Juwelen der ein- und auslaufenden Dickschiffe. Um elf Uhr änderte das rote Licht drüben seinen Kurs nach Backbord, und ich tat dasselbe. Der Wind war schwächer geworden und hatte mehr nach Süd gedreht. Wir hingen fast dümpelnd im Wasser. Deke war eine dreiviertel Meile von uns entfernt, als wir die Landspitze rundeten.

Fast schlagartig änderte sich der Geruch. Es roch nicht mehr nach der sauberen Salzluft des Kanals, sondern nach dem, was aus sämtlichen Wasserspülungen Südenglands die Themse hinuntertrieb. Das rote Positionslicht war noch immer an Steuerbord, aber die Kompaßrose hatte auf 270 Grad, also West, gedreht. Vor uns blinkten die Lichter. Das erste war das weiße Funkelfeuer von S. E. Margate an der Einfahrt zum South Channel, hinter dem der Gore Channel und der Horse Channel die dunkle weite Niederung von Kent durchziehen.

Wir hatten immer noch ablaufendes Wasser. Deke wollte so weit wie möglich in das tiefe Fahrwasser des Gore Channel vordringen, bevor der Strom kenterte, um sich dann von der Flut hindurchschieben zu lassen.

»Echolot«, sagte ich.

Vor uns hüpften die Bojen auf und ab. An Backbord querab lag Margate, eine Kette trüber Juwelen auf einem Wasser aus Obsidian. Sie fiel bald achteraus zurück.

Das Backbordlicht begann nordwärts zu verblassen. Es ließ das weiße Funkelfeuer von Margate an Backbord.

»Was hat er vor?« fragte Tony.

Ich deutete mit der rot abgedunkelten Taschenlampe auf die Seekarte. Das Hauptfahrwasser läuft an der Nordküste Kents entlang, von der Mündung nur durch die lange Sandbank von Margate Hook getrennt. Margate Hook liegt, lang und schmal, parallel zur Küste. Nördlich davon befindet sich ein enger Kanal, schwierig zu durchfahren und bei Nipptide mit bestenfalls einem Fuß Wassertiefe. Er wird verständlicherweise ungern benützt, ist aber eine nützliche Hintertür zum Horse Channel, wenn man nicht beobachtet werden möchte.

Wir krebsten sehr langsam vor Deke her, und ich fing an, nervös zu werden. Der Himmel hatte sich bezogen, und die Sicht wurde schlechter. Das weiße Funkelfeuer von Margate lag jetzt drei Meilen achteraus. Ringsumher würden sich die bei Dunkelheit nicht zu erkennenden gelbbraunen Sandbänke aus dem Wasser heben. Im Norden war bis auf Dekes rotes Backbordlicht alles schwarz. Wenn wir das rote Licht verloren, dann verlor ich Helen. Wir brauchten eine Rückversicherung.

»Übernimm mal«, sagte ich zu Tony, ging nach unten und bat Thanet Radio um ein Gespräch mit South Creek. Emily mußte kurz nach Sonnenuntergang dort eingetroffen sein. »Hör zu«, sagte ich zu ihr, »verständige die Polizei. Sie soll sich bereithalten, Deke Blackah zu verhaften, der wegen bewaffneten Raubüberfalls gesucht wird. Er kommt die Themsemündung herauf. Ich sage dir genau, wo, sobald ich's weiß.«

Emily sagte: »Verstanden. Die Polizei war schon hier.«

»Wieso das?«

»Paul Welsh ist heute am frühen Morgen auf dem Grund seines Swimmingpools gefunden worden. Tot. An einen Gartenstuhl gefesselt.«

Einen Moment starrte ich das Mikrophon an. Der Lautsprecher zischte wie eine Schlange. Dann sagte ich: »Danke«, und unterbrach die Verbindung.

Als ich Paul verlassen hatte, hatte er gut vier Meter vom Beckenrand entfernt gesessen. Es war technisch unmöglich, daß er sich ins Wasser gerollt und Selbstmord begangen hatte. Jemand mußte ihn reingestoßen haben.

Ich drehte das Radio aus.

»Hände hoch«, sagte eine Stimme vom Niedergang. »Steh langsam auf und komm her.«

Im schwachen Lichtschein der Kartentischlampe wurden zwei Hände sichtbar, die eine kurze Flinte hielten. Auf den rechten Handrücken war ein Anker tätowiert. Die Hand gehörte Tony Fulton.

»Vorwärts«, sagte die Stimme. »Oder ich blas' dein Hirn durch die Kajüte.«

Ich hob die Hände, dabei fiel mein Blick auf die Uhr. Noch eine Stunde bis Niedrigwasser.

»Raus«, sagte Tony.

Ich stieg aus der Kajüte ins Cockpit. Tony war nur ein schwarzer Schatten neben der Pinne. Er steuerte mit der Hüfte, und die abgesägte Schrotflinte war eine dunkle Stange zwischen seinen beiden massigen Händen.

Also Tony, sagte ich mir und versuchte, Überraschung zu empfinden. Aber ich war nur wie betäubt.

»Du hast Paul umgebracht«, sagte ich.

»Genau«, sagte Tony. »Diesen miesen Jammerlappen.«

»Ganz anders als du«, sagte ich. »Du bist der Überraschungssieger.« Meine Zunge fühlte sich zu groß an für meinen Mund. »Wie lange bist du jetzt in South Creek? Fünf Jahre?«

»Richtig«, sagte Tony.

»Seit dem Walstein-Überfall«, sagte ich.

»Sehr klug«, sagte Tony.

Meine Benommenheit wich, stattdessen empfand ich jetzt Furcht. Ich stellte mir die Seekarte vor. Muß ihn am Sprechen halten, dachte ich. Unbedingt am Sprechen halten.

»Da hast du also ein bißchen Schwarzarbeit gemacht«, sagte ich. »Schmuggel mit den Charterbooten, die dir anvertraut waren, vielleicht auch ein paar Edelsteine im Ballast?«

»Vielleicht«, nickte Tony.

»Und *Aldebaran* hat den Rest übernommen. Job erledigt. Weil der gute Deke die Walstein-Juwelen inzwischen in Immobilien verwandelt hat. Ein netter kleiner Nebenverdienst für dich, wenn du mal in Rente gehst. Aber ihr seid bewaffnete Räuber, du und Deke, und du konntest einfach nicht ohne Gewalt auskommen. Du bist auf die alten Methoden verfallen, als es ans Verhandeln ging. Der arme Dick.«

»Das war ein Unfall«, sagte Tony. »Er hatte mich gesehen. Ich mußte ihn ausschalten.«

»Natürlich mußtest du«, sagte ich. »Genauso wie du Paul Welsh ertränken mußtest.«

»Der hat zuviel gequatscht.«

»Du warst es vermutlich auch, der die Kassette geklaut hat. Und du hast Raistrick dazu gekriegt, dir in Southampton zum Schein eine überzubraten.« Ich seufzte theatralisch. »Du hast mir vielleicht Ärger bereitet, Tony!«

Ich sah ihn stolz nicken. »Ja«, sagte er, »das habe ich wohl.«

»Was ich seltsam finde«, sagte ich, »du hattest doch alle diese Juwelen griffbereit, wenn du sie gewollt hättest. Der gute Deke führte in Spanien ein Leben wie ein Nabob – und du hast in South Creek Antifouling gestrichen. Warum?«

»Ich wollte da nicht reingezogen werden«, sagte Tony.

»Aber jetzt hast du dich doch reinziehen lassen. Warum?«

Sein Kopf und die Schultern hoben sich riesenhaft vom Himmel ab. »Weil meine alte Mami gesagt hat, daß ich's tun soll«, sagte er.

Ich verstand nicht. »Warum?« beharrte ich. »Du mochtest doch Henry und Mary. Wir sind alle gut miteinander ausgekommen. Fünf Jahre sind eine lange Zeit. Warum bleibst du an so einem Hund wie Deke hängen?«

»Tu mir einen Gefallen«, sagte Tony mit harter, ausdrucksloser Stimme, »und hör auf. Er ist mein Bruder. Du bist 'n prima Kerl und alles, das gebe ich ja zu. Aber Deke ist mein Bruder, verflucht noch mal, und ich bringe ihn zu unserer alten Mami, bevor sie abkratzt. Das ist was ganz anderes.«

Ich schaute zu Boden und dachte an das Porträt der häßlichen alten Frau in dem Haus bei Marbella. Die Kajüttür stand offen. Die Ziffern des Echolots spulten sich schnell ab: 1.8, 1.6, 1.5. Ich wußte, daß ich sterben würde, wenn ich nicht etwas tat, und zwar sofort. Aber mir fiel nichts ein.

Deshalb sagte ich einfach nur: »Du läufst gleich auf.«

»Ach ja?« meinte er. »Na, so ist's ja auch gedacht.«

Das Deck unter meinen Füßen ruckte, bewegte sich vorwärts und blieb erneut stecken. Wir saßen auf Grund.

Mit einem Satz war ich auf der Cockpitbank und sprang über Bord. Noch während ich sprang, gab es eine gewaltige Explosion, und die Nacht wurde hellrot. Etwas sehr Heißes versengte mein rechtes Ohr. Dann schlug ich aufs Wasser.

Es war eiskalt und schmeckte faulig. Ich schwamm so lange

getaucht, wie ich konnte, weg von diesen Schrotkörnern. Es war stark ablaufendes Wasser, und als ich wieder auftauchte, war *Opals* Heck schon kleiner geworden. Ich hörte den Diesel blubbern. Das Heck begann sich zu bewegen. Tony hatte das Boot wieder flottgekriegt. Und hinten rechts war das rote Positionslicht des Lotsenkutters zu erkennen.

Mir war übel. Das lag nicht am Geschmack des Wassers, sondern daran, daß ich schon wieder in einer schwarzen Leere herumstrampelte, in diesem Fahrwasser, das mich in die Straße von Dover saugen, mich nach unten ziehen und zu Fischfutter machen wollte. Während Tony und sein Bruder sich ausschütten würden vor Lachen. Und dort drüben war Helen, eine halbe Meile von mir und drei Meter von diesem roten Licht entfernt.

Das rote Licht. Es war noch da: ein kleiner Rubin, der sich in der langen, dunklen Dünung hob und senkte. Ich begann, auf das Licht zuzuschwimmen.

Natürlich kam ich nicht voran. Aber der Strom versetzte mich nach außen, bis ich genau hinter dem Licht war. Ich hatte die Seekarte im Kopf. Nicht mehr weit! sagte ich zu meinen vor Kälte erstarrenden Armen. Nicht mehr weit.

Das rote Licht verschwand. Jetzt war auf dem öligen schwarzen Wasser ein weißes Hecklicht und der matte grüne Schein eines Steuerbordlichts zu sehen. Und als ich das rote Licht undeutlich wieder auftauchen sah, grinste ich in die Dunkelheit. Das war genau, was ich erwartet hatte. Die Lichter hätten normalerweise auf einer Ebene sein müssen, waren es aber nicht. Das weiße Licht stand deutlich höher als das grüne. Ich grinste und lachte laut, das Wasser rann mir in den Mund. Ich schwamm, bis meine Schultermuskeln wie Feuer brannten und meine Bauchmuskeln schmerzten, in die Dunkelheit hinaus, auf die rechte Seite dieser schiefen Lichterreihe zu. Als ich fünf Minuten geschwommen war, ließ ich die Beine sinken. Sie berührten etwas unter Wasser. Sand. Harten, festen Sand. Ich hatte Grund.

31

Einen Moment stand ich still da, und das Wasser riß an meinem Brustkorb. Die Lichterreihe war eine Viertelmeile entfernt und deshalb schief, weil das Boot festsaß. Weil es auf Grund gelaufen war. Die Rinne war hier kaum mehr als vierhundert Meter breit und von nicht markierten, trockenfallenden Untiefen gesäumt. Deke hatte es also nicht durch die Hintertür geschafft. Mit dem Wind wehten Maschinengeräusche und Benzingeruch zu mir herüber. Er hatte den Motor angelassen, um das Boot wieder flottzukriegen. Aber es war immer noch Ebbe, und er würde für mindestens zwei Stunden festsitzen. Drüben im Fahrwasser hörte ich ein Platschen und das Rasseln einer Kette: Tony mit *Opal.* Seine Navigationslichter gingen aus, und nur ein weißes Licht durchdrang die Dunkelheit: das Ankerlicht. Dann hörte ich Wasser spritzen und einen Außenborder tuckern. Tony war auf dem Weg zu einem Schwatz mit seinem Bruder.

Ich ging in die Knie und hielt nur die Nase dicht überm Wasser. Das Tuckern lief in Richtung Lotsenkutter und verstummte. Sehr vorsichtig begann ich, auf Dekes Lichter zuzugehen. Ich kam nur schwer voran. Das Wasser reichte mir bis zum Brustkorb und strömte mir mit mehr als einem Knoten entgegen. Beim dritten Schritt fand mein Fuß keinen Grund mehr, sondern nur noch Wasser. Ich ließ mich mit der Tide zurücktreiben und begann mich weiter rechts vorzuarbeiten. Das Wasser wurde seichter, ging mir bis zur Hüfte, bis an die Knie und schließlich bis an die Fußknöchel. Und dann stand ich an Land.

Ich kroch höher auf die Sandbank und fragte mich, was zum Teufel ich als nächstes tun sollte. Vierhundert Meter entfernt hatte der Lotsenkutter die Positionslampen aus- und das Ankerlicht eingeschaltet. Aus den Kajütfenstern fiel mattes Licht, aber am Niedergang war alles dunkel. Tony und Deke waren unten und hatten das Luk geschlossen. Auch Helen war unten.

Zitternd blieb ich stehen. Zu *Opal* führte kein Weg zurück. Die einzige Möglichkeit, hier herauszukommen, war der Lotsenkutter, dem ich das Beiboot stehlen mußte. Aber ich konnte nicht ohne Helen von hier weg. Die Luft roch feucht und würzig. Die Lichter bekamen größer werdende Höfe: Nebel.

Ich biß die Zähne zusammen, damit sie nicht länger klapperten, und begann langsam, an der Sandbank entlang, auf die Lichter zuzuwaten. Als ich näherkam, erkannte ich den weit nach Steuerbord überliegenden Mast. Die Salonfenster waren milde gelbe Vierecke, und davor kamen zwei runde Bullaugen; ihre gelben Scheiben spiegelten sich zitternd im Wasser. Sie gehörten vermutlich zur Vorderkajüte. Äußerst behutsam, um am Rumpf des gestrandeten Kutters kein Plätschern zu verursachen, watete ich in das schwarze Wasser hinein. Am Heck hüpfte Tonys Schlauchboot auf und ab. Das Wasser wurde tiefer, es reichte mir erst bis zu den Knien, dann bis zur Taille. Die Strömung war jetzt träge, sie würde jeden Moment kentern. Drohend wuchs der Kutter vor mir empor, die Reling zum Wasser geneigt, das fahle Holzdeck steil nach oben ragend.

Das Niedergangsluk war bei dem Nebel tatsächlich geschlossen. Mein Blick wanderte nach vorn. Vor Kajütaufbau und Mastfuß leuchtete schwach ein Skylight. Vermutlich gehörte es zur Vorschiffskajüte. Ich stand ganz still und hielt den Atem an. Außer dem Wispern der kleinen Wellen am Rumpf waren Stimmengemurmel und James-Last-Klänge zu hören. Behutsam watete ich zum Bug.

Die Reling war wenige Fuß über dem Wasser. Ich packte sie mit beiden Händen und zog mich hoch wie jemand, der aus einem Swimmingpool steigt, nur viel vorsichtiger. Das Geräusch des von meinen Beinen strömenden Wassers kam mir so laut vor wie der Niagarafall. Da stand ich und wartete darauf, daß das Niedergangsluk aufgerissen und aus einer abgesägten Flinte ein Schauer heißen Schrots übers Deck gejagt würde.

Doch die Stimmen murmelten weiter, James Last schmalzte weiter. Deke lachte sein leeres, schreckliches Lachen. Nichts Gefährliches geschah. Sehr leise kroch ich übers Vorschiff auf das Skylight zu und betastete seinen Rand.

Meine Finger stießen an einen Riegel, der von einem Metallring gesichert war. Mein Herz sank: ein Vorhängeschloß. Wie blasse Spinnenbeine glitten meine Finger darüber hinweg. Nein, kein Vorhängeschloß, nur ein Schäkel. Eine Bö zog übers Wasser, heulte im Rigg und ließ die Fallen gegen den Holzmast schlagen. Ich drehte den Schäkelbolzen. Er war nicht gesichert und gab nach. Langsam drehte ich weiter, bis er frei war. Der Wind hatte sich gelegt. Das leise metallische Klicken, mit dem ich den Schäkelbügel aus dem Riegel zog, klang wie ein dröhnender Gong. Vorsichtig zwängte ich meine Finger unter den Lukenwulst. Die Musik verstummte, um gleich darauf neu einzusetzen. Ich wartete, bis sie wieder lauter wurde, und hob den Lukendeckel an.

Licht drang heraus, als ich den Kopf durchsteckte, und blendete mich. Ich flüsterte: »Mach kein Geräusch.« Unten in dem Gleißen sagte eine leise Stimme: »Martin.« Eine Frauenstimme. Helens Stimme.

Meine Augen gewöhnten sich an das Licht. Helen war blaß, ihr blondes Haar wirr. Ich flüsterte: »Kannst du deine Tür abschließen?«

Sie starrte mich mit ihren graugrünen Augen an, als könne sie nicht glauben, was sie sah. Dann schüttelte sie den Kopf. Die Stimmen im Salon nebenan wurden lauter.

»Komm raus«, sagte ich.

Ich kippte den Lukendeckel zurück, bis er an Deck auflag, und streckte ihr einen Arm entgegen. Ihre Handgelenke fühlten sich so zart an wie die Knochen eines Vogels unter meinem harten Griff. Als ich zog, kam sie, ohne den Rand zu berühren, durch die Luke. Dann hockte sie neben mir an Deck.

Ich wisperte: »Warte, bis du was sehen kannst. Dann geh im Wasser nach achtern und mach das Beiboot los. Zieh es weg, und halte dich dran fest.«

Der Schäkel der Lukenverriegelung war da, wo ich ihn hingelegt hatte. Ich klappte das Skylight zu und drehte den Bolzen wieder hinein. Das Plätschern, mit dem Helen über Bord glitt, war kaum zu hören.

Aus der Kajüte drang erneut Dekes Lachen. Lach nur, dachte ich, lach nur weiter. Bald habe ich dich, dich und das ganze Gesindel, und dann übergebe ich euch der Polizei.

Ich schlich mich nach achtern. Das Großsegel war unten. Ich tastete herum, bis ich den Schäkel fand, der das Klaufall hielt, öffnete ihn und nahm ihn mit. Dann kroch ich über eine Wuling von Leinen ins Cockpit.

Es lag voll sperriger dunkler Gegenstände. Sehr behutsam legte ich die Hand auf die Niedergangsluke. Sie hatte oben ein Schiebedach und unten Lamellentüren. Die Lamellen ließen horizontale Lichtstreifen auf den Cockpitboden fallen. Meine Finger tasteten am Süll über der Tür entlang und fanden, was sie gesucht hatten: drei Ringe, einer an jeder Tür, einer am Schiebedach. Man brauchte nur einen Schäkel durchzuführen und den Bolzen durchzuschieben, dann kam keiner mehr raus.

Eine der Stimmen unten hustete. Die Musik verstummte, dann stand jemand auf. Ein Schatten fiel über die Lichtstreifen. Ich hatte den Schäkel schon durch zwei Ringe gezogen, und der Bolzen war in meiner linken Hand.

Da wurde das Schiebedach zurückgerissen. Die Türen flogen auf. Grelles gelbes Lampenlicht ergoß sich in die neblige Luft. Ich sprang ans äußerste Ende des Cockpits zurück. Der Kopf im gelben Luk hatte Blumenkohlohren und einen Stiernacken: Dekes Kopf. Er sagte: »Hallo!« mit einer häßlich ruhigen Stimme. Seine Schultern kamen den Niedergang herauf.

Ich griff mit der Rechten nach einem der sperrigen Gegenstände auf dem Plichtboden. Es war ein Kanister. Dekes Torso im Luk wurde größer. Ich packte den Kanister und schleuderte ihn nach Dekes Kopf. Von unten rief Tony eine Frage herauf. Im Cockpit schepperte es. Plötzlich roch der Nebel nach verschüttetem Benzin. Deke schrie auf und fiel den Niedergang hinunter. Ich rollte mich über die Reling in das einen Meter tiefe Wasser.

»Ich bin hier«, sagte Helen.

Das Licht aus dem Salon hatte mich so geblendet, daß ich überhaupt nichts sah und nicht wußte, wo ihre Stimme herkam.

Deke brüllte wie ein Tier. »Meine Augen«, schrie er. »Meine Augen!«

Ich platschte ums Heck. Auf dem Wasser war ein dunkler Schatten: das Schlauchboot. Ich machte einen Satz darauf zu; meine Finger trafen auf weiches Neopren, rutschten ab und landeten in einer Bucht der Halteleine. Neben mir heulte der Außenborder auf. Ich rief: »Er hat eine Flinte!« Dann wurden meine Arme nach vorn gerissen, und mein Mund füllte sich mit Wasser. Ich wandte den Kopf zurück.

Der Kutter lag in einem Hof aus Licht. An Deck stand eine Figur, eine schwarze Silhouette, die sich gegen das Licht riesig ausnahm. Sie hielt etwas in Händen. Ich wußte, was es war. »Abbiegen!« schrie ich. Der Außenborder röhrte mir ins Ohr. Der Gegenstand, den die Figur an Deck in der Hand hielt, gab einen donnernden Knall von sich und spuckte eine lange Flammenzunge aus. Das Beiboot machte einen Satz.

Tony brüllte: »Nein, laß das sein! Wirf sie weg!«

Ich schrie noch einmal: »Abbiegen!«

»Es reagiert nicht!« rief Helen.

Der Schlauch unter meinem Arm begann zu schrumpfen. Ich schrie: »Spring raus!« Neben meinem Kopf stiegen Blasen aus dem Wasser. Der Außenborder lief voll und verstummte.

Helen schrie: »Es sinkt!«

»Es kann nicht sinken«, sagte ich. »Spring ins Wasser.« Sie sprang. Ich schlang meinen freien Arm um sie, und wir warteten auf den nächsten Schuß. Er kam.

Tony schrie noch immer warnend, und es klang, als würden sie kämpfen. Um die Schrotflinte kämpfen.

Die lange Flammenzunge zuckte wieder durch die Nacht auf uns zu. Ich duckte uns, aber der Schuß war zu weit gegangen. Das Mündungsfeuer erlosch nicht, sondern breitete sich weiter aus, nach achtern; plötzlich war das gelbe Licht im Cockpit des Kutters sehr hell und bekam eine bläuliche Färbung. Es gab eine Detonation und einen Luftstoß, der heiß genug war, um mein nasses Gesicht zu versengen. Mast und Rigg wurden zu einem lodernden Spinnennetz. Es folgte eine Explosion, eine richtige Explosion diesmal, mit einer Druckwelle, die mir die Nieren zu zerquetschen schien und mich herumrollte wie einen toten Fisch. Die Flammen wurden schmutzig orangerot, und schwarzer Rauch wälzte sich, vom Nebel niedergehalten, über das seidige Wasser. Der Rauch roch nach brennendem Holz.

Das Schlauchboot hatte zwei Luftkammern, und nur eine war durchlöchert. Ich schraubte den Außenborder ab und ließ ihn auf den Grund sinken. Wir trieben nach Westen. Die Riemen lagen noch auf dem Boden. Ich kletterte Helen nach ins Boot, gab ihr einen Riemen und nahm den anderen. Helen zitterte unter der Schockwirkung. Und vor Kälte.

»Wir müssen paddeln«, sagte ich heiser.

Vor uns schien *Opals* Ankerlicht durch den Nebel. Wir pullten, brauchten aber eine halbe Stunde, bis wir längsseits gehen konnten. *Opal* saß nun ebenfalls auf Grund. Aber der Strom war gekentert und lief jetzt stark westwärts. Ich kletterte an Bord und zog Helen nach. Sie legte die Arme um mich. Über uns driftete brandiger Gestank seewärts. Wir preßten uns aneinander, um uns angesichts des auf der nebelverhangenen Barre wütenden Todes gegenseitig zu wärmen.

Dann sagte Helen: »Es wird schon hell.« Das stimmte. Der Nebel über uns wurde grauer. In der fahlen Morgendämmerung konnte ich die Falten der Erschöpfung erkennen, die sich in ihr Gesicht gegraben hatten. Sie hob die Hand und deutete querab: »Da.«

Auf der Sandbank neben dem brennenden Kutter waren zwei dunkle Gestalten auszumachen. Sie standen still und schauten zu uns herüber, klein vor dem großen Rücken der Barre. Eine Gestalt bewegte sich, ging an den Rand des Wassers und schien die Fahrrinne hinunter zu starren.

Helens Haar wehte im Wind. Der Nebel im Westen wälzte sich seewärts und wurde transparent. Vor uns öffnete sich eine weite Fläche metallisch glänzenden Wassers: das Wattenmeer von Kent. Das andere Ufer war nicht zu sehen.

Ich sagte: »Such dir unten trockene Kleider.« Sie ging unter Deck, ich folgte ihr und setzte auf Kanal 16 einen Notruf ab. Als wir an Deck zurückkamen, standen die beiden Gestalten schon am Wasserrand. Eine der beiden hatte sich der anderen zugewandt und rief etwas. Die Stimme war heiser wie ein Möwenschrei.

Neben den Brüdern ragte noch ein flaches Stück Sandbank hervor. An ihrer tiefsten Stelle züngelte Wasser hoch, glänzend und gewunden wie eine Schlange. Zwei Minuten später war der Fleck von Wasser überspült. Immer noch standen die beiden Figuren am Rand und trippelten, je höher das Wasser stieg, mit kleinen Schritten rückwärts. Dann fingen sie an auszuschreiten.

Es war jetzt hell genug, um die beiden voneinander unterscheiden zu können. Tony watete vorn und schob das Wasser mit energischen Bewegungen zur Seite. Deke lief hinterher.

Sie zogen ein ausgefranstes V auf dem glasigen Wasser hinter sich her und drehten sich nicht um. Sie gingen immer weiter, bis sie keinen Grund mehr fanden, und blieben dann stehen: zwei schwarze Köpfe auf einem Tablett aus Metall. Dann begannen sie, auf die andere Seite der Fahrrinne zuzuschwimmen. Bis dahin war es weniger als eine Viertelmeile, aber die Tide setzte mit zwei Knoten herein. *Opal* saß noch fest, wir konnten nichts weiter tun, als sie beobachten. Die Köpfe hielten nach rechts auf das rote Blinklicht der Hook-Spit-Tonne zu. Sie kamen schnell voran, doch bei dieser reißenden Strömung konnten sie unmöglich das andere Ufer erreichen. Der Nebel hatte sich ganz gelichtet, meilenweit erstreckten sich die Kentish Flats bis zur Isle of Sheppey, ein von reißenden Prielen durchzogenes Watt, das selbst bei Niedrigwasser noch zwei Meter tief war.

Nur ein Riese kann bei einer Tiefe von zwei Metern den Kopf über Wasser halten.

Helen hatte sich aufgerichtet und schaute hinüber. Der Wind war stärker geworden und preßte ihr das Haar eng an den Kopf. Ihr liefen Tränen übers Gesicht. Schließlich verbarg sie es in den Händen.

Die kleinen schwarzen Köpfe waren wie zwei Punkte auf einer großen grauen Buchseite. Dann war nur noch ein Punkt da. Und dann keiner mehr.

Helen nahm meine Hand. Die Tide zerrte an *Opal*, sie ruckelte und begann zu treiben. Ich zog den Anker hoch und richtete den Bug auf den fernen, bleistiftdünnen Küstenstreifen.

Wolfgang J. Krauss

Seewind
Ullstein Buch 20282

Seetang
Ullstein Buch 20308

Kielwasser
Ullstein Buch 20518

Ihr Hafen ist die See
Ullstein Buch 20540

Nebel vor Jan Mayen
Ullstein Buch 20579

Wider den Wind und die Wellen
Ullstein Buch 20708

Von der Sucht des Segelns
Ullstein Buch 20808

Weite See
Ullstein Buch 22862

Cecil Scott Forester

Die Hornblower-Romane

Ullstein

Fähnrich zur See Hornblower
Ullstein Buch 22422

Leutnant Hornblower
Ullstein Buch 22441

Hornblower wird Kommandant
Ullstein Buch 22462

Der Kapitän
Ullstein Buch 22481

An Spaniens Küsten
Ullstein Buch 22502

Unter wehender Flagge
Ullstein Buch 22529

Der Kommodore
Ullstein Buch 22555

Lord Hornblower
Ullstein Buch 22570

Hornblower in Westindien
Ullstein Buch 22598

Hornblower auf der Hotspur
Ullstein Buch 22651

Zapfenstreich
Ullstein Buch 22834